Judith Katz

Der Traum von Freiheit

Roman

Aus dem Englischen von Rebecca Lindholm

Querverlag

Alle Charaktere, Schauplätze und Handlungen in diesem Roman sind frei erfunden. Ähnlichkeiten mit lebenden und toten Personen sind unbeabsichtigt.

Die US-amerikanische Originalausgabe dieses Romans erschien 1997 unter dem Titel *The Escape Artist* bei Firebrand Books. Die US-amerikanische Neuausgabe erschien 2013 bei Bywater Books.

Umschlag und grafische Realisierung von Sergio Vitale unter Verwendung einer Fotografie von AdobeStock/burnell11.

Druck und Weiterverarbeitung: Finidr
ISBN 978-3-89656-278-4
Printed in the Czech Republic

Bitte fordern Sie unser Gesamtverzeichnis an:
Querverlag GmbH
Akazienstraße 25, 10823 Berlin
www.querverlag.de

Zur Erinnerung

an meine Großmütter
Sarah Lizabitzky und Anna M. Katz
Olehen hascholem

und an meine liebe Freundin, Esther Izbitzky –
möge sie in Frieden ruhen

Zeig mir, was unter dem Ladentisch ist,
Zeig mir, was unter deiner Haut ist.
Zeig mir den Weg hinaus
Und ich zeige dir den Weg hinein.

Muriel Rukeyser, *Houdini*

ERSTER TEIL
Transatlantischer Heiratsschwindel
(1913)

Kapitel 1

In Warschau habe ich einmal ein Zauberkunststück gesehen. Ich war 16 Jahre alt – es ist also fast schon eine Ewigkeit her, oder zumindest will es mir so scheinen. Meine beste Freundin Tamar und ich suchten auf dem Marktplatz nach meinem Vater. Es war schon spät, und ich sollte ihm eine Nachricht meiner Mutter überbringen. Nun, als wir endlich seinen Bücherstand erreicht hatten, da war bereits alles schön ordentlich weggeschlossen, und wir konnten Vater nirgendwo mehr entdecken. Der Marktplatz lag allerdings nicht gerade wie ausgestorben da. Andere Stände hatten noch geöffnet, und es liefen jede Menge Leute herum. Ganz in der Nähe feilschte eine Gruppe von Frauen mit den Händlern um den letzten erbärmlichen Fisch des Tages, während ein halbes Dutzend russischer Soldaten in Uniformen mit überaus exakten Bügelfalten herumstanden, Zigaretten rauchten und ohne ersichtlichen Grund lachten. Die Händler feilschten weiter, als wir vorbeigingen, aber die Soldaten pfiffen. Wir kicherten, denn sie machten uns verlegen. Da wir jedoch nicht stehen blieben, um ihre großen Gewehre zu bewundern, fauchten sie hinter uns her: »Juden!«

Tamars dünne Schultern wanderten bis zu ihren Ohren hinauf. Ich hatte auch Angst, doch ich konnte dem Drang nicht widerstehen, mich zu diesen Soldaten umzudrehen und ihnen die Zunge herauszustrecken. Einer von ihnen hob seine fleischige Faust und machte eine drohende Geste in unsere Richtung, doch die anderen hielten ihn zurück. Von ganzem Herzen betete ich darum, dass seine Kameraden es nicht zulassen würden, dass er ein junges Mädchen bei hellem Tageslicht erwürgte. Aber man konnte sich da nie so sicher sein: Er war schließlich Soldat, und wir befanden uns in Warschau. Mit einem Mal bekam ich es noch mehr mit der Angst zu tun. Ich packte Tamars Hand, und wir rannten los, zu der kleinen

Menge hinüber, die sich in der Mitte des Marktplatzes versammelt hatte.

Was sie dort sahen, was auch Tamar und ich dort sahen, war ein Mann, der Feuer schluckte. Er war bemerkenswert, Hankus! Er trug eine Satinweste und Pantalons und schluckte mächtige Flammenbündel. Dann atmete er sie in einem stetigen Strom wieder aus. Aber so bemerkenswert dieser Feuerschlucker auch war, er war nichts im Vergleich zu dem Zauberer, der seinem Auftritt folgte.

Als er vortrat und in seinem Hexerumhang herumwirbelte, als er sich mit seinem hohen Seidenhut im Kreis drehte, da verschwanden diese dummen Soldaten mit ihren schnellen Fäusten und ihrer schlechten Laune so plötzlich aus meinen Gedanken, wie sie zuvor mein Herz hatten erstarren lassen. Denn *das* war ein Zauberer!

Er schnippte mit seinen langen Fingern – und aus den Spitzen fielen Goldstücke; er schüttelte ein scharlachrotes Tuch – und es verwandelte sich in Rosen. Er zog ein Kaninchen aus seinem Zylinder und eine Taube aus seinem eigenen Mund. Dann klatschte er in die Hände, und eine hochgewachsene Frau mit messingfarbenem Haar und in einem hautengen, blauen Kleid erschien. Er verbeugte sich vor ihr wie ein Ehrenmann, hob sie mit einer Hand in die Höhe und legte sie in eine prächtig bemalte Holzkiste.

Tamar und ich standen mit weit geöffneten Mündern da, während der Zauberer eine scharfe Säge zückte und damit in der Luft herumwedelte. Wir hielten den Atem an, denn er machte sich daran, die wunderschöne Kiste und die Frau darin in zwei Hälften zu zersägen. Die Frau schrie, weil die hin und her wandernde Säge wohl an ihrem Bauch angelangt war, aber es klang in meinen Ohren ziemlich falsch. Als der Zauberer dann die beiden bunt bemalten Kistenhälften auseinanderzog, schrie sie wieder. Dieses Mal klang es ein wenig echter. Er kitzelte die Füße ihres in zwei Hälften geteilten Körpers, und das Oberteil lachte. Er küsste ihren lachenden Mund, und ihre abgetrennten Zehen krümmten sich. Dann schob er die beiden Hälften der Kistenfrau wieder zusammen und drehte sie kräftig im Kreis. Eine Minute später öffnete er die Kiste mit einer schwungvollen, eleganten Bewegung – und die Frau erhob sich vollkommen richtig zusammengesetzt und in einem Stück. Das habe ich mein ganzes Leben lang nicht vergessen. Und das ist auch gut so.

Tamar und ich konnten auf dem Nachhauseweg gar nicht aufhören zu reden. »Wie hat er sie wohl wieder zu einem Stück zusammengesetzt?«, platzte ich heraus.

»Das ist ein Trick«, erwiderte Tamar altklug. Sie schnippte mit ihren Fingern über einen *groszy* und versuchte, ihn zum Verschwinden zu bringen.

»Ich weiß, dass es ein Trick ist, aber wie stellt man das an?«

»Das, was die Frau macht, oder das, was der Mann macht?«, fragte sie mit einem frechen Glitzern in den Augen.

»Der Teil der Frau ist schwieriger«, sagte ich. »Denk doch nur mal! Du musst so tun, als ob es dir Spaß macht, dass du von deinem eigenen Kopf abgeschnitten wirst. Der Mann muss doch bloß mit seinem Zauberstab herumwedeln und ein paar alberne Worte sprechen.«

Man konnte schon den Frühling in der Luft riechen, die von der Weichsel heraufwehte. Es war immer noch ein wenig kühl, doch die Bäume schlugen aus. Ich betrachtete Tamars rotes Haar, das sich in dieser Brise bewegte. Ich betrachtete auch ihren hübschen Mund. Ich fragte mich, ob dieser Mund, wenn ich sie in zwei Hälften schnitt, weiter so spitzbübisch lächeln und ob ihr Schrei wohl qualvoll oder falsch sein würde, wenn sie schrie. Und dann überlegte ich mir, was geschehen würde, wenn sie der Zauberer wäre und ich diejenige, die von ihr in zwei Hälften geschnitten würde, und ein kleiner Schauer durchlief mich.

»So schwer kann es nun auch wieder nicht sein«, sagte Tamar. Sie schnippte ein letztes Mal mit den Fingern. Zu unserer großen Zufriedenheit war der *groszy* verschwunden.

»Lass es uns versuchen.« Meine Augen blitzten. »Du bist die Frau.«

»Nein, du«, flüsterte Tamar, und dann beugte sie sich vor und küsste mich vor aller Augen dort auf der Grzybowskistraße mitten auf den Mund! »Fang mich!«, rief sie und rannte los, heimwärts.

So hinter ihr herzujagen, brachte mein Herz unglaublich zum Pochen, und dennoch rannte ich, so schnell ich nur konnte. Ihr wunderbares rotes Haar, das hinter ihr herflatterte, zog mich ebenso magisch an wie der Geschmack ihrer prachtvollen Lippen auf den meinen. Du hast die gleichen Lippen, Hankus. Schon damals, als ich dich zum ersten Mal sah, musste ich an Tamar denken. Ja, sagte ich mir, Hankus Lubarsky hat den gleichen gefährlichen Mund wie Tamar. Vielleicht lebt sie noch, vielleicht auch nicht. Vielleicht war dieser flüchtige Kuss, den sie mir auf der Grzybowskistraße gab, der letzte, den Tamar jemals einer Frau geschenkt hat, vielleicht war es einer von vielen. Nachdem ich Warschau verlassen hatte, verlor ich sie aus den Augen. Von dem Augenblick an, als man mich verschleppte, bis zu dem Augenblick, als ich dich kennenlernte, dachte ich nur an mich. Nachdem man mich der Stadt entrissen hatte, wollte ich mir das Leben in Warschau einfach nicht mehr vorstellen. Hätte ich es versucht, wäre ich bestimmt an gebrochenem Herzen gestorben.

Doch damals dachte ich nicht ans Exil, obwohl mein Schicksal an jenem Nachmittag besiegelt worden war. Ich dachte an Soldaten und Zauberer und an Tamars dichtes, rotes Haar und an ihre Lippen auf den meinen. Ich wünschte mir sehnlich, dass sie mich noch einmal auf den Mund küssen würde, wie es dieser Zauberer bei seiner durchgesägten Assistentin getan hatte. Ich wünschte mir allerdings, dass sie dort verweilen und mich langsam küssen würde, sich alle Zeit der Welt nahm. Ich wollte sie fangen, sie in meine Arme schließen und hören, wie sie Liebesworte in meine begierigen Ohren flüsterte.

Als wir an unserem Haus ankamen, holte ich Tamar endlich ein. »Abrakadabra!«, rief sie und verschwand durch die Tür, die zur Wohnung ihrer Familie führte. Ich schleppte mich noch eine Treppe höher, ins oberste Stockwerk, wo ich mit meinen Eltern wohnte.

Ich vernahm Vaters Stimme und die eines anderen Mannes. Sie lachten und plauderten am Esszimmertisch. Ich hörte sie, als ich – die Wangen immer noch gerötet von meinen Abenteuern – durch die Hintertür eintrat. »Wissen Sie«, sagte der Fremde mit honigsüßer Stimme, »meine Schwester ist eine große Liebhaberin von Büchern.«

»Ich hatte vom ersten Moment an, als ich Ihnen begegnet bin, das Gefühl, dass Sie aus einer erstklassigen Familie stammen«, erwiderte mein Vater. »Kommen Sie doch am Morgen, nach der *schul,* mit zu meinem Stand, dann werde ich Ihnen all die seltenen Bücher zeigen, die ich zum Verkauf anbiete. Vielleicht finden Sie darunter etwas für Ihre Schwester – etwas auf Polnisch, das sie an die Heimat erinnert!« Mein Vater, den man bestenfalls als zurückhaltenden Verkäufer beschreiben konnte, klang derart begeistert, diesem Mann seine Waren zeigen zu können, dass ich mich fragte, ob er getrunken hatte.

Der Mann lachte, aber es war kein warmes Lachen. »Oh, ich werde schon etwas für sie finden.« Er sprach jiddisch mit Warschauer Tonfall, doch da war noch etwas, das ich nicht einzuordnen vermochte – eine gewisse Schlüpfrigkeit. Einen solchen Akzent hatte ich noch nie zuvor vernommen.

»Mit wem spricht Papa da?«

Mutter blickte von der Suppe auf, die sie gerade rührte. »Ein Ausländer, den er heute Morgen in der *schul* kennengelernt hat. Sein Name ist Goldenberg. Ich habe dich schon vor einer Stunde losgeschickt, nach Papa zu suchen. Wo bist du gewesen?«

»Du hast ihn ja selbst gefunden, also was spielt das für eine Rolle?« Ich reckte meinen Kopf um die Ecke zum Esszimmer. Damals war Goldenberg noch ein gut aussehender Mann – sein erbärmliches Leben hatte ihn noch nicht gezeichnet. Das konnte sogar ich, die ich mein Herz an Tamar verschenkt hatte, erkennen. Doch von Anfang an hatte ich das Gefühl, dass etwas mit ihm nicht stimmte. »Was macht er hier?«

»Du bist ja ganz schön frech. Dein Vater hat ihn heute Morgen in der *schul* getroffen, und jetzt trinken sie eine Tasse Tee zusammen, und in ein paar Minuten werden sie zum Abendgebet gehen.«

Seit dem Tod meiner Großmutter war Vater zu der Sorte Mann geworden, der morgens und abends in die Synagoge ging. Am *schabbes* und zu den Feiertagen war er schon immer gegangen, aber nun, da seine teure Mutter plötzlich im Himmel weilte, wurde er sogar noch frommer. Er ging, wann immer er es ermöglichen konnte, um ein *kaddisch* zu sprechen. Ich hätte ihn gern begleitet, aber das war nicht erlaubt.

Ich verrenkte mir den Hals, um in das andere Zimmer zu spähen. Mutter stieß mich gegen die Schulter, reichte mir eine Zwiebel und ein Küchenmesser und sagte: »Du kannst morgen selbst mit ihm reden. Er kommt zum Abendessen.«

Ein kalter Schauer lief mir über den Rücken.

»Er kommt, um *dich* kennenzulernen«, fuhr Mutter fort.

»Aber warum denn?«

»Weil er reich ist und alleinstehend und einsam, Sofia. Jetzt reicht es aber, schneide die Zwiebel!«

In jener Nacht träumte ich, ich sei Teil einer Zirkusnummer. Ich stand mit dem Rücken vor einer wunderschönen, feuerroten Wand, an deren Rand gelbe Flammen aufgemalt waren; meine Hände waren an den Seiten festgebunden. Mutter erschien in ihrem guten schwarzen Kleid und einer strahlend weißen Schürze. Sie trug einen riesigen Satinturban auf dem Kopf, an dem vorn eine rosafarbene Straußenfeder befestigt war. Sie sah albern aus. Sie klatschte in die Hände, woraufhin mein Vater in einem Smoking und mit glänzenden, goldenen Manschettenknöpfen auftauchte. Seine Füße waren nackt. Er trug einen ganzen Arm voller Küchenmesser, die er mit den Griffen nach oben meiner Mutter reichte. Ich fragte mich, wie er dies wohl anstellte, ohne sich zu schneiden. Mit einem Mal ertönte ein Trommelwirbel, und ein Scheinwerfer wurde auf mich gerichtet. Mutter warf das erste Messer. Es wirbelte durch die Luft und landete mit einem *tonk* knapp über meiner rechten Schulter. Das zweite Messer landete knapp über der linken. Dann warf sie zwei auf einmal. Sie schienen in Zeitlupe auf mich zuzuschwirren und bohrten sich neben meinen Ohren fest. Vater verband Mutter die Augen, drehte sie drei Mal im Kreis herum und stellte sie mit dem Gesicht in meine Richtung auf. »Ha!«, schrie Mutter, während sie die übrigen Messer wie der Blitz nacheinander in meine Richtung schleuderte. Ich hielt den Atem an und spürte, wie mir das Herz bis zum Hals pochte, als die Messer *tonk, tonk, tonk* um mich herum landeten. Dann riss sich Mutter die Augenbinde ab, und beide Eltern verbeugten sich. Ich hing am Brett fest. Niemand half mir. Meine Eltern wurden von der Menge förmlich auf Händen getragen.

Ich wachte schweißgebadet auf, mein armes Herz hämmerte, meine Kehle war wie zugeschnürt und völlig trocken. Ich stellte mir vor, wie Tamar in meinem schmalen Bett neben mir lag, ihren Kopf an meinen Hals geschmiegt, und wie sie weinte.

Am nächsten Tag ging ich nach der Schule sofort nach Hause, wie es mir Mutter befohlen hatte, denn wir erwarteten unseren Gast zum Abendessen, und bis dahin gab es noch viel zu tun. Ich flocht den Teig, den Mutter für die *challa* zubereitet hatte. Den Honigkuchen backte ich ganz allein. Ich schnitt Mohrrüben und Zwiebeln für unsere dünne Hühnersuppe. Ich deckte den Tisch mit frisch poliertem Silber. Als ich in der Küche und im Esszimmer alles erledigt hatte, war es an der Zeit, mich fertig zu machen. Ich zog das gute marineblaue Kleid an, das Mutter für mich herausgelegt hatte. Es war so ein kratziges Ding mit engem Matrosenkragen, wie wir jungen Mädchen sie damals tragen mussten. Ich schlüpfte in mein einziges Paar schwarzer Strümpfe und zwängte meine Füße in die schwarzen Schuhe, die ich nur zu ganz besonderen Gelegenheiten trug. Sie drückten, und ich hasste sie, aber was blieb mir anderes übrig? Es waren die besten, die ich besaß.

Mutter presste mich auf einen harten Holzstuhl, bürstete mir das Haar mit hundert Strichen und band es mit einer blauen Schleife zusammen. Sie holte etwas Rouge aus ihrer Frisierkommode, rieb mit dem Daumen darüber hinweg und fuhr anschließend grob über meine Wangen und meine Lippen. Dann schüttelte sie den Kopf. »Egal, wie viel Mühe ich mir auch gebe, ich werde es nie hinkriegen, dass du wie eine Dame aussiehst. Geh runter und schau, ob Tamar helfen kann.«

Ich stapfte eine Stufe nach der anderen zu Tamars Wohnung hinunter. Ich schämte mich, mich mit Lippenstift vor ihr zu zeigen; ich fühlte mich wie ein Clown, und Tamar sah ganz einfach immer makellos aus. Ich traf sie am Küchentisch an, wo sie mit ihrer Schwester Rote Bete und Mohrrüben schnitt. Ihre Mutter war im anderen Zimmer und polierte die Kerzenhalter. »Du siehst hübsch aus«, sagte Tamar. Ich wusste nicht recht, ob das ihre ehrliche Meinung war. »Haben sie dich so fein gemacht, weil du den neuen Freund deines Vaters kennenlernen sollst?«

Ich nickte traurig mit dem Kopf.

»Da muss es ihnen ja ernst sein, wenn sie dir das ganze Zeug ins Gesicht schmieren.«

»Pass auf« – ihre Schwester hob ihre roten Finger und deutete auf Tamar –, »sonst stelle ich mit dir das Gleiche an.«

»Versuch's doch.« Tamar hob die Knolle auf, die sie gerade bearbeitete, und zielte damit auf ihre Schwester.

Wie gern hätte ich eine der dicken Scheiben genommen und Tamars Lippen so rot wie die meinen angemalt! Stattdessen fragte ich: »Was meinst du mit *ernst?*«

»Vielleicht will er dich ja heiraten?« Sie nahm einen kräftigen Biss von ihrer Mohrrübe. »Das wollen die Männer manchmal, wenn sie mit den Vätern in die *schul* gehen.«

»Lieber sterbe ich.«

»Sag deinen Eltern, dass du nicht willst«, riet sie mir. Dann schluckte sie das Stück Mohrrübe hinunter und küsste mich zum Abschied.

Damals sah Tutsik Goldenberg nicht wie ein Wiesel aus; er sah aus wie ein Mann. Aber heimtückisch war er und aalglatt noch dazu. Ich habe ja bereits angemerkt, dass er recht gut aussehend war, aber das war nicht das Erste, was an ihm auffiel. Die Leute registrierten immer zuerst, wie sauber er war, wie er strahlte – vor Sauberkeit, wie sie dachten. Denn seine moderne, westliche Kleidung war picobello, seine weißen Zähne blitzten, und unter seinen Fingernägeln war niemals auch nur ein winziges Dreckkörnchen zu finden. Tutsik Goldenbergs Schuhe glänzten; es schien so, als hätten sie nichts von dem Staub an sich, mit dem sich andere Männer herumschlagen mussten. Und in jenen längst vergangenen Tagen blitzte auch ständig ein strahlend weißes Taschentuch aus Tutsik Goldenbergs Brusttasche hervor, zurechtgezupft und bereit, an einem tränenfeuchten Auge zu tupfen – sei es nun sein eigenes oder das eines Mitmenschen.

Ja, jeder glaubte, er funkele vor Sauberkeit, bis allen klar wurde, dass Tutsik Goldenberg auch vor Diamanten funkelte, die er trug: Auf der Krawattennadel, die seine Seidenkrawatte an Ort und Stelle hielt, waren sie zu finden, auf den blendenden Manschettenknöpfen, die unter seinem gebügelten Leinenjackett hervorschauten, auf den klobigen, goldenen Ringen, die einem von den kleinen Fingern jeder sorgfältig manikürten Hand entgegensprangen.

Wie konnte es nur sein, fragte sich so mancher, dass einem ein Mann, der so sauber und recht angenehm anzuschauen war, bei näherem Hinsehen so schmierig vorkam? Gewiss lag es nicht an der Pomade, die er nur sparsam benutzte, um den Wust lockiger Haare zu bändigen, oder an dem winzigen bisschen importiertem Rasierwasser, mit dem er sich einsprühte, wie reiche, nicht jüdische Männer dies manchmal taten. Und ganz gewiss lag es nicht an der wohlgeformten Melone, die er in einem etwas nach links geneigten Winkel trug, noch an den schlanken, kurzen Zigarren, die er reichte – allerdings, zumindest in Europa, selten in der Gesellschaft von Damen.

Damals verhielt sich Tutsik Goldenberg immer wie ein Gentleman. Nein, erst wenn er den Mund öffnete, wurde einem gescheiten Menschen klar, was für ein Aal Tutsik Goldenberg war. Ja, er war wahrhaftig so gerissen, dass einige Leute eine vage Ahnung von bevorstehendem Ärger überkam und sie unwillkürlich nach ihren Brieftaschen fassten, sobald er das Zimmer verließ. Manche verspürten ein gewisses Frösteln, eine Eiseskälte in seiner Gegenwart und zogen sich ihre Tücher fester um den Körper, denn beinahe jedes Mal, wenn Tutsik Goldenberg vorüberging, lief es ihnen kalt den Rücken hinunter.

Doch Tutsik Goldenberg stahl keine Brieftaschen. Wenn einem Mann ein Gulden oder ein paar Kopeken aus der Tasche fielen, war Tutsik Goldenberg der Erste, der sie aufhob und zurückgab. Wenn er beim Würfelspiel gewann, dann für gewöhnlich nicht, weil er schummelte. Diese Art des Betrugs lag ihm nicht – obwohl es beim Binokel schon wieder etwas völlig anderes war. Tutsik Goldenberg trug allerdings ein Messer und einen Schlagring, auch wenn er diese selten in vornehmen Kreisen herumzeigte. Er bezahlte sämtliche Schulden, die er in Europa machte, pünktlich und mit Zinsen.

Nein, dem äußeren Anschein nach war Tutsik Goldenberg ein ehrlicher Mann. Doch wenn man ein *schabbes*-Abendessen in seiner Gesellschaft zu sich genommen oder eine seiner ausgefallenen Zigarren geraucht hatte, wurde man das Gefühl nicht los, dass Tutsik Goldenberg nichts Gutes im Schilde führte. Und dennoch vermochte es in den winzigen Synagogen, wo er während der europäischen Frühlingsmonate an einem *schabbes*-Abend auftauchte, niemand genau auszumachen. Und natürlich dachten alle, wenn er den Tisch verlassen hatte und der Vater des Hauses nach seiner Brieftasche tastete und diese noch da war – oft genug dicker als zuvor –, dass sie sich das alles nur einbildeten. Denn Tutsik Goldenberg war ein reicher junger Mann, und er war gekommen, um an einem Freitagabend in ihrer bescheidenen Synagoge zu beten und an ihrem kärglichen Tisch zu essen. Doch das Allerbeste war, dass er selbst am *schabbes* dem Vater des Hauses das angenehmste aller Geschäfte vorschlug.

Jüdische Männer in den großen wie in den kleinen Städten, ob in Polen oder Russland, Ungarn oder Litauen, brachten sich beinahe gegenseitig um, weil jeder der Erste sein wollte, der Tutsik Goldenberg zum *schabbes*-Abendessen in sein Heim einlud. Er durfte sich das Beste des perfekt zubereiteten Hühnchens und der *tscholent*-Kartoffeln aussuchen. Doch viel wichtiger noch: Er hatte die freie Auswahl unter ihren Töchtern. Denn Tutsik Goldenberg war ein moderner Jude, der in den Augen aller wie ein erstklassiger Handlungsreisender aussah. Doch eins machte den Vätern zu schaffen: Wenn er ein Handlungsreisender war, wo waren dann seine Koffer?

»Ach«, antwortete Goldenberg daraufhin für gewöhnlich – doch nur an die Väter gewandt, während er an den von den schweigenden Frauen gut gedeckten Tischen saß –, »ich bin im Exportgeschäft.«

Die Väter kratzten sich die Bärte und nickten anerkennend. Bedeuteten den Töchtern, sie sollten den guten Weinbrand herbeiholen. »Und was exportieren Sie?«, erkundigten sich die Väter dann immer und gossen den Weinbrand für sich und den ungewöhnlichen Fremden ein.

»Diamanten und andere erlesene Edelsteine«, antwortete Goldenberg sehr ernst.

»Vergeben Sie mir meine Unwissenheit, aber wenn Sie ein Händler von Diamanten und anderen erlesenen Edelsteinen sind, *Reb* Goldenberg, was hat Sie dann nur in unsere kleine *schul* verschlagen? Wir sind ehrliche, hart arbeitende Leute, doch praktisch Bettler. Wenn Sie wüssten, was mich dieses Huhn gekostet hat –«

»Ach«, erwiderte Goldenberg dann wieder und blickte traurig in die Augen des Vaters, »ich bin ein reicher Mann, doch ich bin einsam und 30 Jahre alt. Ich suche in eurer kleinen *schul* nach einer trefflichen und guten Ehefrau, um mit ihr den besten Teil meines Lebens zu verbringen.«

»Eine *jüdische* Ehefrau?«, erkundigte sich der Vater des Hauses, nur um sicherzugehen, denn Goldenberg war ein moderner Jude, der keinen Bart trug und sich möglicherweise nicht mit der Frömmigkeit einer Frau belasten wollte.

»Eine jüdische Frau«, bestätigte der damals noch jungenhafte Goldenberg. »Ich habe all die üblichen Wege versucht, habe Ehestifter und *schadchens* aufgesucht, mich mit reichen Töchtern von hier bis Tschernigow (oder Kovno oder Plock) getroffen, doch scheint jeder immer nur darauf bedacht, seine eigenen Taschen zu füllen. Ach, mein Freund, mein Gastgeber, wenn Sie nur wüssten, wie sich mein Herz nach einer guten, jüdischen Frau sehnt ...«

Sobald der Vater das vernahm, begannen seine Augen für gewöhnlich zu funkeln, und seine Gedanken überschlugen sich. »Haben Sie eigentlich schon meine Rachel kennengelernt? Meine Merl? Meine kleine Sofia?«, fragte er und fügte dann rasch hinzu: »Ihre Mitgift ist natürlich recht bescheiden –«

Daraufhin hob Tutsik Goldenberg jedes Mal die mit Diamanten geschmückten Hände und unterbrach den Vater. »Eine Mitgift? Guter Mann, ich habe Ihnen doch bereits versichert, dass mir Geld nichts bedeutet. Aber kann Ihr Rachele kochen? Näht Ihre Merl? Wird Sofia den jüdischen Gesetzen folgen und mich in der Küche und im Schlafzimmer zu einem glücklichen Mann machen? Oh, wie einsam bin ich nun all die Jahre schon gewesen! Ich wünsche mir nur das eine: die Gesellschaft einer rechtschaffenen, ehrlichen jüdischen Tochter.«

»Die Tochter ist eine Heilige unter den Frauen«, beeilte sich der Vater an dieser Stelle zu bestätigen. »Die *challa,* die Sie heute Abend gegessen haben, ist eine *challa,* die sie mit ihren eigenen zierlichen Händen zu einem Vogel geflochten hat – meine Frau hat lediglich danebengestanden und zugesehen. Und die Hühnersuppe, die Ihren Gaumen erfreut hat, ist nach einem Rezept gekocht, das sie selbst erfunden hat. Und was das *challa*-Tuch, die Tischdecke, die Serviette auf Ihrem Schoß angeht, so hat meine Tochter diese mit ihren eigenen, zierlichen Händen vollbracht. Sehen Sie nur, *Reb* Goldenberg, sehen Sie, *Pan* Handelsreisender, Exporteur von Diamanten und anderen Edelsteinen – meine Tochter ist ein Augenschmaus unter den Frauen. Sehen Sie sich nur ihren üppigen Kirschmund, ihre herrlichen grünen Augen an, schauen Sie, wie sich ihr köstlicher Busen hebt, dann werden Sie unschwer erkennen, was für eine vortreffliche Ehefrau sie abgeben könnte.«

Wie wahr, wie wahr. Gleichgültig, wie übertrieben die Behauptungen des Vaters über die häuslichen Fähigkeiten der Tochter auch sein mochten, die junge Frau des Hauses, in dem Tutsik Goldenberg wie ein Ehrengast behandelt wurde, war immer *saftik,* kokett und noch unter 20. Als schließlich die Weinbrand-Gläser geleert und der Abendbrottisch abgeräumt war, hatte man die Hochzeitsarrangements praktisch getroffen.

Und dies war kein Zufall. Denn bevor Tutsik Goldenberg auf die westliche Mauer irgendeiner Synagoge in Sluzk, Brody, Tarnopol oder Minsk zuschritt, bevor er seinen Platz am Tisch eines heruntergekommenen, aber aufrechten Bürgers von Lodz oder Lublin, Belz oder Warschau einnahm, hatte er seine Hausaufgaben gemacht.

Er pflegte montags in eine Stadt zu kommen und ein Zimmer in einem anständigen Gasthaus zu nehmen, möglichst weit entfernt von den Vierteln, in denen die Juden lebten. Er verbrachte die nächsten drei Tage unauffällig, ging einkaufen und sah sich das Angebot an. Er besuchte *koschere* Bäckereien und Gaststuben und saß dort mit einer jiddischen Zeitung vor dem Gesicht, während Kunden kamen und gingen, allesamt derart mit ihren eigenen alltäglichen Dingen beschäftigt, dass sie ihn kaum bemerkten. Er hörte zu, wie die Leute über sich und ihre Nachbarn redeten. Wenn er mehr über eine bestimmte junge Frau wissen wollte, gab er ein belegtes Brot oder ein Glas Schnaps aus. Bis zum Donnerstagnachmittag hatte er die Lage ausreichend sondiert. Er wusste gewissermaßen, welches schmackhafte Hühnchen auf welchen Tisch gehörte, sodass er am Freitagabend, als er sich dem *schames* mit der Bitte um einen Platz in der Synagoge näherte, auch genau wusste, welchen großzügigen Vater er auszunutzen gedachte.

Wenn das Abendessen vorbei und der Heiratsvertrag so gut wie unterzeichnet war, beendete Tutsik Goldenberg den ersten Abend mit seinen zukünftigen Verwandten immer auf die gleiche Weise. »Man stelle sich das nur vor, *Reb* Ansky, *Reb* Mordkhe (in meinem Fall), *Reb* Teitelbaum. Da bin ich seit so vielen Monaten auf der Suche nach der Frau, die mich glücklich machen wird, bin kreuz und quer gereist. Ich, ein Mann, der seine Geschäfte in Südamerika, in Konstantinopel, in ganz Europa tätigt. Und wo finde ich die Liebe meines Herzens? Genau hier, in Chudnow, in Praga, in Kotsk, nur wenige Kilometer von meiner eigenen kleinen Heimatstadt entfernt. Ach, der liebe Gott scheint es heute Abend wirklich gut mit mir zu meinen.« Und selbst der noch so *frum* Vater der lieblichsten zukünftigen Braut – der zukünftige *schwer* von Tutsik Goldenberg, Importeur und Exporteur von Diamanten und anderen erlesenen Edelsteinen – war überaus versucht, das Gesetz des *Sabbat* zu brechen und eine der feinen Zigarren seines zukünftigen *ejdems* zu rauchen. Denn bald schon würde er ein glücklicher Mann sein, ein reicher Mann – durch Beziehungen und auch wegen des Brautpreises, den zu zahlen sich Tutsik Goldenberg großzügigerweise bereit erklärt hatte. Keine Mitgift nötig. Nein, überhaupt keine! Suchte nicht Tutsik Goldenberg schon sein ganzes Leben lang nach der perfekten Frau, und hatte er sie, seine Teure, nicht genau hier, an diesem Tisch, in diesem Heim gefunden?

So sah das Netz aus, in dem mich Tutsik Goldenberg mit seinen sauberen Fingernägeln und seinen mit Diamanten bedeckten Fingern fing. Ja, *ich* war die Tochter am Tisch an jenem besagten Aprilabend, eine Woche vor dem *Pessach*-Fest. Mit *meinem challa*-Tuch prahlte der Vater des Hauses vor seinem Ehrengast bei diesem *schabbes*-Abendessen. Es war *mein*

Haar, das mit hundert Strichen gebürstet worden war. Mein mageres Huhn, das genau richtig durchgekocht war. Mein reizender Busen, der sich hob, meine rot angemalten Lippen. Der funkelnde Goldenberg blickte weder mich noch meine Mutter auch nur ein einziges Mal an. Er verbrachte das gesamte Abendessen damit, meinem Vater geradewegs in die Augen zu sehen, mit ihm zu scherzen, ihm Geschichten über sein Leben im entfernten Argentinien zu erzählen (denn von dort stammte er, wie wir bald erfahren sollten), als ob wir, die Frauen des Hauses, unsichtbar wären und sein Essen und Trinken, dasselbe Essen und Trinken, mit dem mein Vater so prahlte, durch Zauberkraft aus dem Nichts aufgetaucht war.

In seiner Gegenwart fühlte ich mich schrecklich unbehaglich. Ich war sehr wohl daran gewöhnt, im Lichte von Vaters eher geistigen Studien gelegentlich einmal von ihm beiseitegeschoben zu werden, und auch meine Mutter benahm sich mir gegenüber recht schroff und neigte dazu, mich herumzukommandieren, aber ich war ganz und gar nicht daran gewöhnt, dass jemand so durch mich hindurchschaute, wie Tutsik Goldenberg es nun tat. In der Küche, während wir Huhn und Kartoffeln auf die Teller häuften, flüsterte Mutter mir zu: »Was für ein wunderbarer, gut aussehender junger Mann –«

»Jung?«, erwiderte ich ungläubig. »Er ist 30 Jahre alt!«

»Das ist ganz und gar nicht alt.« Mutter reichte mir einen Petersilienzweig, mit dem ich die Teller dekorieren sollte. »Wenn du geschickt vorgehst, wird er uns alle glücklich machen.«

Ich reckte meine Nase in die Höhe. Am liebsten hätte ich in Tutsik Goldenbergs Essen gespuckt. »Er ist ein alter Mann«, murmelte ich, »und ein kalter Fisch dazu.« Das war eine Redensart, die ich mir von Tamar geliehen hatte. Um meine Worte zu verdeutlichen, öffnete und schloss ich den Mund wie ein Flussbarsch.

Mutter packte mein mit Rouge herausgeputztes Gesicht grob mit einer Hand und hielt den Servierlöffel drohend über mir in die Höhe, wie einen Knüppel. »Ob kalter Fisch oder nicht, dieser *junge* Mann bietet uns eine Chance, wie man sie im Leben nur einmal bekommt. Jetzt geh und serviere ihm sein Abendessen und lächele dabei.«

Es schien ihr ganz und gar nichts auszumachen, dass Vater so offensichtlich von Tutsik Goldenberg fasziniert war, dass er nicht nur durch mich, sondern auch durch meine Mutter hindurchsah und stattdessen ausschließlich in die wachen Augen unseres Gastes blickte.

Nach diesem nicht enden wollenden, faden Essen zogen sich die Männer ins Arbeitszimmer meines Vaters zurück. Ich war erleichtert und wollte gerade zur Tür hinausschlüpfen und zu Tamars Wohnung hinuntergehen, als Vater meinen Namen rief. »Sofia!«, rief er, was ungewöhnlich war für ihn. »Komm her und bring *Reb* Goldenberg einen Weinbrand!«

Ich tat so, als hätte ich ihn nicht gehört, und ging weiter auf die Tür zu, doch Mutter tippte mir auf die Schulter und reichte mir das Silbertablett. »Geh!«, sagte sie streng.

»Aber er ist so widerlich«, flüsterte ich.

»Er ist reich«, erwiderte sie mit fester Stimme, »und sehr attraktiv.« Sie zog meine Schleife gerade und kniff mich in die Wangen, damit sie Farbe bekamen. »Lass dir eins gesagt sein: Wenn du weißt, was für uns alle gut ist, dann lächele, wenn du ihn ansiehst.«

Ich packte das Silbertablett mit beiden Händen. Die Schuhe zwickten mich beim Gehen. Die Männer hockten über einem großen Lederbuch, die gesammelten Werke von Shakespeare, übertragen ins Jiddische. Tutsik Goldenberg befingerte die Seiten, als handele es sich dabei um Geldscheine. Oh, warum nur gab ich nicht vor zu stolpern und verschüttete den Weinbrand im ganzen Zimmer?

»Aha, Sofia, liebste Tochter. Stell den Weinbrand nur ab«, wies mich Vater an, als er aufblickte.

»Und nun dreh dich um.« Das war Tutsik Goldenberg, der dies mit spöttischer Stimme zu mir sagte. »Und zeig mir, was du hast.«

Ich blickte erst meinen Vater und dann meine Mutter an. Sie stand hinter mir mit einem Teller voller Honigkuchen. Sie schauten einander hilflos an. Vater wandte sich Goldenberg zu.

»*Reb* Goldenberg, ich bin mir nicht sicher, ob wir die Bedeutung Ihrer Worte richtig verstanden haben.«

Tutsik Goldenberg setzte sich auf und klappte den Shakespeare zu. Er räusperte sich und rückte seine Ringe zurecht.

»Sie müssen verzeihen, *Reb* Teitelbaum, aber der Abend hat mich ein wenig beschwipst. Ich habe die Grenzen überschritten – aber ich finde Ihre Tochter so überaus bezaubernd! Sie macht mich ganz trunken, und ich, bitte verzeihen Sie mir vielmals, werde impertinent.«

»Aber da gibt es doch gar nichts zu verzeihen«, sagte Mutter mit einem Mal. »*Reb* Goldenberg hat es ganz gewiss als Kompliment gemeint«, fuhr sie, an Vater gewandt, fort.

Zum ersten Mal an diesem Abend schien Goldenberg meine Mutter wahrzunehmen. Er stand auf, ergriff ihre Hand und blickte ihr geradewegs in die Augen. »*Chawerte* Teitelbaum hat vollkommen recht. Es war ein Kompliment aus dem tiefsten Herzen berauschter Unbesonnenheit.« Er blickte Vater verlegen an. »Ich hoffe, *Reb* Teitelbaum wird die Herzensgüte besitzen, mir an diesem *Sabbat*-Abend zu vergeben.«

»Aber ganz gewiss wird er das«, zwitscherte Mutter.

Goldenberg ließ Mutters Hand fallen und legte einen Arm um Vaters Schultern. »*Reb* Teitelbaum, bedenken Sie die *mizwa*. Ich, ein einsamer Mann, erfolgreich im Geschäft, aber ohne einen Menschen, mit dem ich den Erfolg teilen kann, und dann, mit einem Mal, geschieht kraft Ihrer großherzigen Gastfreundschaft ein Wunder! Nein, *Reb* Teitelbaum, dies ist eine doppelte *mizwa*. Es geschah am *schabbes* – Gott wird sich Ihrer Güte entsinnen und ich mit Sicherheit auch, lassen Sie sich das gesagt sein.«

Vater zuckte mit den Schultern. Dann schlug er sich auf die Wange und lächelte. »Also, die heutige Zeit! Ich möchte nicht prüde erscheinen, *Reb* Goldenberg, aber Sie müssen Verständnis haben für die Bedenken eines Vaters –«

Tutsik Goldenberg legte eine Hand bußfertig auf sein Herz. »Was könnte heiliger sein?«, fragte er beinahe traurig. »Ich bitte Sie in aller Form um Entschuldigung, *Reb* Teitelbaum.« Unsere Blicke begegneten sich, und ich weiß nicht, ob meine Eltern es sahen, aber er blinzelte mir zu. Ganz bestimmt. Und es lief mir kalt den Rücken herunter.

Dann sprach mein Vater: »Solche Vereinbarungen sollte man wohl besser nicht an einem Freitagabend treffen, *Reb* Goldenberg, aber da die Zeiten nun einmal so sind ...«

Tutsik Goldenberg blickte meinen Vater ungläubig an. »*Reb* Teitelbaum, kann es sein, dass meine Ohren mir einen Streich spielen? Oder sollten Sie trotz meiner unglaublichen Unhöflichkeit immer noch bereit sein, mir meinen einzigen Wunsch zu erfüllen?«

Vater zuckte die Schultern und nickte mit dem Kopf.

»Es gibt also doch einen Gott!«, brach es aus Goldenberg hervor. »Einen Gott der Barmherzigkeit! Und Sie, *chawer* Yakov Teitelbaum, Sie sind sein Bote!«

Man klopfte sich immer wieder gegenseitig auf den Rücken, und es wurde noch mehr getrunken. Selbst Mutter beteiligte sich daran. Ich zog mich in die Dunkelheit des Zimmers meiner Eltern zurück und starrte aus dem Fenster. Ich konnte das Gemurmel und das Lachen der Männer hören. Dann brüllte Vater meinen Namen. »Sofia! Sofia! *Reb* Goldenberg möchte den heutigen Abend beenden und nach Hause gehen. Komm her und verabschiede dich von ihm.«

Ich rührte mich nicht. Vater hörte nicht auf zu rufen. Dann tauchte Mutter im Türrahmen auf. »Nur weil er unhöflich war, heißt das nicht, dass du dich ebenso benehmen musst. Außerdem hat er sich *entschuldigt*«, zischte sie. »Und jetzt geh und wünsch ihm eine gute Nacht und tu es mit dem nötigen Respekt.«

Ich konnte mich einfach nicht bewegen. Mutter packte mich am Arm und zerrte mich ins Esszimmer.

Goldenberg rückte wieder einmal einen seiner Diamantringe zurecht. Vater war aufgeregt, voll falscher Heiterkeit, als ich auftauchte. »Aha, da ist sie ja, *Reb* Goldenberg. Unsere sanft errötende Braut ... Sofia, wünsch deinem Verlobten eine gute Nacht. Du wirst schon bald seine Frau sein.« Dann blickte er nervös zu Tutsik Goldenberg hinüber, der von seinem Ring aufschaute und lächelte.

»Was? Verlobt? Mit ihm? Darum ging es bei der ganzen Sache also von Anfang an!« Mutter versetzte mir auf der Stelle eine Ohrfeige.

»Jetzt muss *ich* mich entschuldigen, *Reb* Goldenberg.« Vater verbeugte sich praktisch vor ihm. »Es ist der Schreck über die gute Neuigkeit, glauben Sie mir. Meine Tochter ist für gewöhnlich das willfährigste aller Mädchen –«

Goldenberg stand vom Tisch auf und blickte mich zum ersten Mal an diesem Abend richtig an; er musterte mich von oben bis unten mit einem verschlagenen Lächeln. Dann ergriff er die Hand, die ich über meine brennende Wange gelegt hatte. »Verschwenden Sie keinen weiteren Gedanken mehr daran, *Reb* Teitelbaum. Ich mag ein Mädchen mit etwas Feuer. Es überrascht mich nur, dass ein Mädchen, das so wunderschön ist wie Ihre Tochter, Ihnen nicht schon viel früher weggeschnappt wurde.« Dann küsste er meine Hand, sah dabei aber geradewegs zu meinem Vater hinüber. Ich zuckte zusammen.

Seiner Gewohnheit gemäß stand Tutsik Goldenberg von unserem Tisch auf und verschwand für mehrere Wochen. Am nächsten Tag überbrachte ein Bote eine Nachricht für meinen Vater. Unvorhergesehene geschäftliche Probleme zwangen ihn, den ersten Zug nach dem *schabbes* Richtung Odessa zu nehmen. Er hoffe, das beigefügte Geld reiche zunächst einmal als Grundlage für meine Aussteuer. Er beabsichtige, den Differenzbetrag des Brautpreises bei ihrem nächsten Treffen zu zahlen, von dem er hoffe, dass es in nicht zu ferner Zukunft liege, vielleicht eine Woche oder zwei nach dem *Pessach*-Fest. Er bedanke sich noch einmal recht herzlich für das ausgezeichnete Abendessen, er fühle sich so überaus geehrt, bald ein Mitglied der Teitelbaum-Familie zu sein, und bedauere es sehr, seinen Dank nicht persönlich aussprechen zu können, hochachtungsvoll, etc., etc., Tutsik Goldenberg.

Ich war ausgesprochen erleichtert, dass er weg war. Selbst als Mutter damit begann, mein Hochzeitskleid zu nähen, und Vater die Arrangements mit dem Rabbi traf, gab ich trotz allem die Hoffnung nicht auf, dass Tutsik Goldenberg nicht zurückkehren würde.

Tamar und ich verbrachten viele Stunden damit, über die Geschichte zu lachen (Stell dir nur vor – ich und heiraten!) und zu weinen. Denn Argentinien war auf der anderen Seite der Welt, noch weiter weg als New York und mit umgekehrten Jahreszeiten, sodass es, wenn es bei Tamar hier in Warschau schneite, bei mir sonnig und warm sein würde. »Ich möchte eines Tages heiraten«, sagte ich, »aber dieser Mann ist ein Monstrum, Tamar. Du müsstest einmal sehen, wie er mich anschaut!« Und auch die Art, wie er durch mich hindurchschaut, fügte ich in Gedanken hinzu.

»Vielleicht kommt er ja nicht zurück«, versuchte Tamar mich zu trösten. »Ich habe schon mal so was gehört. Da werden alle möglichen Versprechungen gemacht, und dann tauchen die Kerle nie wieder auf.«

»Aber er hat Vater Geld gezahlt. Ich habe es gesehen. Und Mutter hat schon angefangen, mein Hochzeitskleid zu nähen.«

»Tja, dann können wir wohl nicht mehr viel ändern«, erwiderte Tamar schulterzuckend.

Natürlich kam Tutsik Goldenberg wieder, drei *schabbes*-Abende später, am Arm meines Vaters, und die beiden schlugen einander auf den Rücken wie alte Trinkkumpane. »Bayla! Sofia! Unser Diamantenverkäufer ist wieder da, unser Schwiegersohn! Leg noch ein weiteres Gedeck auf, unser Bräutigam ist wieder da!«

Mutter drängte mich, ins Esszimmer zu gehen, um die beiden zu begrüßen. »Das hier wird keine Wiederholung der Vorstellung vom letzten Mal«, warnte sie mich. »Er ist unser Ehrengast und dein zukünftiger Ehemann.«

»Dir ist doch nur das Geld wichtig«, murrte ich.

Mutter hob erneut die Hand gegen mich, senkte sie dann aber wieder. »Nein, nein, Sofia. Du bist mir wichtig, du allein.«

Ich ging hinaus, um Vater und meinen sogenannten Verlobten zu begrüßen, vollführte sogar einen Knicks vor ihm und bot ihm, obwohl sich alles in mir dagegen sträubte, meine Hand dar. Tutsik Goldenberg versah sie mit einem kurzen, kalten Sandpapierkuss und trat dann zurück, um mich mit in die Hüften gestützten Händen zu begutachten, als sei ich ein Stück Vieh. Dieses Mal gab Vater vor, es nicht zu bemerken. »Oh, sie ist sogar noch süßer, als ich sie in Erinnerung hatte. Sie passt ganz wunderbar. *Froj* Bayla« – Goldenberg blickte Vater an, obwohl er Mutter angesprochen hatte –, »ich bin kurz vor dem Verhungern. Haben Sie vielleicht etwas zu essen, was Sie einem armen *landßman* anbieten könnten?«

Beim Abendessen redete Goldenberg meine Eltern mit *schwiger* und *schwer* an und mich als seinen zukünftigen

Schatz, doch es fiel kein einziges Wort über ein konkretes Hochzeitsdatum. Als Mutter und ich den Tisch schließlich verließen, um den Kuchen und den Weinbrand zu holen, tastete sich Vater duckmäuserisch an das Thema heran. »Mein lieber *Reb* Goldenberg –«

»*Schwer* Teitelbaum?«

»Der Sommer nähert sich mit Riesenschritten. Ich habe die glückliche Verlobung unserer reizenden Sofia mit Ihnen verkündet, und nun würde ganz Warschau natürlich zu gern wissen –«

»Ah ja, der Differenzbetrag des Brautpreises. Ich werde ihn persönlich am nächsten Sonntagmorgen vorbeibringen, *Schwer* Teitelbaum.«

»Aber nicht doch, *Reb* Goldenberg. Der Brautpreis – bah, ich mag ein armer Mann sein, aber ich bin kein schlechter Menschenkenner, und ich weiß, dass Sie zu Ihrem Wort stehen. Was ich eigentlich wissen will, was die Stadt eigentlich wissen will, ist –«

»Wann ist die Hochzeit?« Mutter setzte die Kuchenplatte mit einem dumpfen Geräusch vor Tutsik Goldenberg ab.

»Ja, nun ... die Hochzeit.« Tutsik Goldenberg rückte seine diamantenbesetzten Manschettenknöpfe zurecht und blickte Mutter mit einem ausdruckslosen Gesicht an. Er wandte sich Vater zu und sagte: »*Reb* Teitelbaum, Sie sind ein Gelehrter und ein Geschäftsmann. Sie schaffen es, mit einer leeren Brieftasche, quasi aus dem Nichts, dafür zu sorgen, dass Ihre Familie jeden *schabbes* etwas Gutes auf den Tisch bekommt – etwas Huhn, ein paar Kartoffeln, eine Zwiebel, etwas Salz dazu –«

»Tja, nun«, hob Vater an.

Goldenberg fuhr fort, als hätte er ihn nicht gehört. »Ich bin lediglich Geschäftsmann. Die Zeit, die ich mit Studien verbracht habe, war so bescheiden wie das Mahl auf diesem Tisch. Aber als ein Mann des Handels bin ich imstande, etwas Huhn und Honigkuchen in fette Gänse und köstliche Strudel zu verwandeln. Mit einem einzigen Fingerschnippen kann ich Gold und Schokolade auf Ihren Tisch bringen, selbst auf Ihren traurigen, kleinen Tisch hier mitten in Warschau. Am Sonntagmorgen, *Reb* Teitelbaum, werden Sie ein reicher Mann sein. Doch um Sie reich zu machen, muss ich Sie eines sehr großen

Vergnügens berauben. Wie Sie wissen, wurde ich vor drei Wochen wegen eines geschäftlichen Notfalls nach Odessa gerufen. Dieser Notfall macht es nun erforderlich, dass ich zu meinem Kontor in der Heimat zurückkehre, bevor der Winter anbricht. Mein Kontor befindet sich in Buenos Aires, und der Winter beginnt dort im Juni.« Tutsik Goldenberg ergriff meine Hand. Er wandte sein Gesicht in meine Richtung, doch seine Augen ruhten auf meiner Mutter. »Ich werde Ihnen den vereinbarten Brautpreis am Sonntag bezahlen, aber am Montag muss ich unsere kleine Sofia hier abholen und sie nach Argentinien mitnehmen.«

»Ohne Hochzeit?« Mutter stand der Mund offen. »Das kommt gar nicht infrage!«

Tutsik Goldenberg ließ meine Hand los und lehnte sich in seinem Stuhl zurück. »*Froj* Teitelbaum, wollen Sie mir damit sagen, dass unsere Vereinbarung hinfällig ist?«

Vater stand auf und räusperte sich leise. »*Reb* Goldenberg, ich bin sicher, dass meine Frau nichts Derartiges im Sinn hat. Aber Sie müssen bitte ihre Bedenken verstehen, die, als Sofias Vater, auch die meinen sind. Wenn Sie nicht beabsichtigen, unsere geliebte Tochter hier in Warschau zu heiraten, *Reb* Goldenberg, wo dann?«

»Auf dem Schiff natürlich, *Reb* Teitelbaum, auf dem Schiff. Es gibt einen Rabbi auf dem Schiff. Auf diese Weise wird es Hochzeit und Hochzeitsreise in einem werden. Ich bedauere nur, dass Sie nicht dort sein können, um die Braut zum Altar zu führen. Und was Sofia angeht, sie erwartet in Argentinien ein wunderbares Leben. Ich besitze eine Wohnung auf der Calle Talcahuano, um die mich die gesamte jüdische Gemeinde beneidet. Ich werde Sorge tragen, dass sie genügend Dienstboten zur Verfügung hat, und ich werde sie mit Süßigkeiten verwöhnen. Sie wird den ganzen Tag über wenig mehr zu tun haben, als wie eine Dame herumzuliegen.«

»Könnten wir es nicht so einrichten, dass unser Rabbi die Zeremonie morgen Abend hier hält?«

»Ich fürchte, das ist unmöglich, *Froj* Teitelbaum. Ich habe noch tausenderlei Dinge zu erledigen.«

»Und das sollten Sie auch, mein Lieber, das sollten Sie.« Vater nickte betrübt mit dem Kopf. »Ein Mann, der Honigkuchen in Schokolade verwandeln kann, muss sich ganz gewiss um sein eigenes Geschäft kümmern, damit es weiter so gut läuft.«

»Aber um Ihnen, meinen zukünftigen *mechutonim,* zu beweisen, dass ich ein Mann bin, der zu seinem Wort steht, lassen Sie mich Ihnen zeigen, was mir leider verboten ist, unserer lieben Sofia an diesem *Sabbat*-Abend zu überreichen.« Mit einem eleganten Schwung, der dem des Zauberers auf dem Marktplatz in nichts nachstand, griff Tutsik Goldenberg in seine Tasche und zog eine samtene Schachtel hervor. Er öffnete sie, und selbst ich war ganz geblendet von dem Diamantring, der sich darin befand. »Das hier ist das Erste, was ich Ihrer kostbaren Tochter schenken werde, sobald unser Schiff davonsegelt in unser glückliches Leben in der Neuen Welt. Eins lassen Sie sich gesagt sein, *schwer* Teitelbaum, Sie werden das hier nicht bereuen. Und was Ihre reizende Sofia angeht« – er berührte meine Wange mit einem unnachgiebigen Finger –, »so wird das Leben, wie sie es kennt, nie mehr dasselbe sein.«

Kapitel 2

Mit einem Mal ging alles in Windeseile, denn plötzlich, nach seiner langen Abwesenheit, war es mir bestimmt, Warschau mit meinem gar schrecklichen Bräutigam innerhalb von drei Tagen zu verlassen. Tutsik Goldenberg hielt Wort und lieferte die verfluchte Mitgiftsumme am Sonntag ab, auch wenn er sich mit Vater in einer jüdischen Schenke traf und das Geschäft dort vonstattenging. Vater kehrte an jenem Abend nach Hause zurück, wie er es selten tat: Er roch nach Whiskey und hatte glasige Augen. Er betrachtete Mutter und mich, die wir dort saßen und am Saum meines Hochzeitskleides nähten – das Kleid, in dem mich keiner von beiden sehen würde –, mit traurigem Blick. Vater standen die Tränen in den Augen, als er mich in die Arme schloss und so fest an sich drückte, dass ich kaum zu atmen vermochte. »Vergib mir, *neschomele*, Blut von meinem Blut, Seele von meiner Seele.« Er ließ eine Handvoll Goldmünzen auf den Tisch vor uns fallen. »Es ist für dich, mein liebster Schatz.« Bedrückt flüsterte er: »Du musst uns glauben, dass wir das alles nur für dich tun.«

Man könnte meinen – wie ich es zu jener Zeit selbst tat –, dass meine Eltern mich allein aus Habgier verkauft hätten, aber dem war nicht so. Beide hatten ihr ganzes Leben in Warschau verbracht. Sie kannten jede Geschichte von jedem *schtetl* auswendig, das von betrunkenen Kosaken und betrunkenen polnischen Bauern niedergebrannt worden war. Sie hatten sich sämtliche Vergewaltigungen von Cousinen und den Töchtern von Cousinen und den Cousinen von den Töchtern von Cousinen in Chelm und Kielce und den Orten dazwischen eingeprägt. Sie konnten herunterbeten, welche Synagogen niedergebrannt und welche Toras in jeder kleinen Stadt landauf und landab entlang der Weichsel vernichtet worden waren, wobei jede Enthauptung und Bauchaufschlitzerei, alle Exkremente auf geweihtem Boden jeweils mit einem besonderen Wehklagen gewürdigt wurden. Meine Eltern mögen gegenüber jungen Dandys wie Tutsik Goldenberg, die einen schwindelig reden, naiv gewesen sein, aber wenn es um das Leben von Juden in Polen ging – o nein, da waren sie ganz und gar keine Narren. Für sie war Tutsik Goldenberg ein wunderbarer Pfandschein, um ihrer Tochter eine sichere Reise durch das Leben zu ermöglichen. Heute könnte ich darüber lachen, Hankus, wenn es nicht so traurig wäre.

Wir wussten nicht so recht, welche Art von Kleidung wir für ein Leben in Argentinien einpacken sollten, und als Mutter Goldenberg deswegen fragte, antwortete dieser ausweichend. »Oh, *chawerte* Teitelbaum, Sie sollten sich wegen solcher Nichtigkeiten wie Garderobe keine Gedanken machen. Wenn die kleine Sofia in meinem Heim in der Calle Talcahuano ankommt, werde ich sie schon entsprechend ausstatten, wie es nun meine Aufgabe ist.« Und so packten wir eine armselige Aussteuer in einer abgewetzten Reisetasche zusammen – etwas neue Baumwollunterwäsche und eins von Mutters umgearbeiteten Kleidern. Mutter wickelte das Hochzeitskleid sorgfältig in braunes Papier und legte es in eine Pappschachtel, die sie mit einem Band verschloss. Ich hatte keine Ahnung, wofür ich es gebrauchen sollte, wo ich doch nun im Kapitänsquartier an Bord eines Schiffes heiraten würde und nicht etwa unter einer *chuppe* in einer Synagoge, wie meine Eltern es sich gewünscht hatten. Doch Mutter – Gott segne sie – bestand darauf. »Kein jüdisches Mädchen sollte ohne ein anständiges Kleid und Schleier heiraten! Schwöre mir, Sofia, dass du es an deinem Hochzeitstag tragen wirst, was auch immer passiert!«

Ich schwor es – doch es tut mir leid, dass ich es versprochen habe. An *Jom-Kippur*-Abenden weiß Gott immer, wie sehr ich es selbst nach all diesen Jahren immer noch bedauere.

Am Montagabend, als ich abreisen sollte, kam Tamar mit ihrer Mutter und ihrer Schwester vorbei, um sich von mir zu verabschieden. Tamar und ich legten die Arme umeinander. Sie strich sich das leuchtende Haar aus dem Gesicht und flüsterte: »Du musst mir über all deine Abenteuer schreiben.« Dann wich sie zurück und sagte feierlich: »Ich verbiete dir zu weinen.«

Goldenberg traf Schlag sieben in einer gemieteten *droschke* mit einem zwielichtig aussehenden Kutscher und einem scheckigen Pferd ein, das schon bessere Tage gesehen hatte. Er klopfte Vater herzlich auf den Rücken. »Nun denn, *Reb* Teitelbaum, wir sind beinahe *schwer* und *ejdem*. Es ist so gut wie offiziell!«

»Ja, *so gut wie*«, flötete Mutter, »aber offiziell ist es erst, wenn der Bund vor den Augen Gottes geschlossen ist.«

»Gewiss doch«, erwiderte Goldenberg, dessen eigene Augen, wie ich bemerkte, zu Tamar hinüberwanderten und nicht nur ihr feuerrotes Haar musterten. Er fing sich wieder und blickte in Mutters Richtung und dennoch an ihr vorbei. »Lassen Sie sich eins gesagt sein, reizende *chawerte* Teitelbaum. Nicht ein einziges Haar auf dem Kopf dieses unschuldigen Mädchens wird berührt werden, bevor wir nicht im Kapitänsquartier eins geworden sind.«

»Das hoffe ich doch sehr, *Reb* Goldenberg.«

Vater war das Ganze offensichtlich peinlich. Er räusperte sich und sagte leise: »Bayla, *Reb* Goldenberg hat bisher in jeder Hinsicht sein Wort gehalten. Ich sehe keinen Grund, ihm zu misstrauen.«

Mutter schüttelte den Kopf und blickte Hilfe suchend zu Tamars Mutter hinüber, die bedauernd mit den Schultern zuckte. Tamar und ihre Schwester verdrehten die Augen.

»*Froj* Teitelbaum, was kann ich nur tun, um Sie davon zu überzeugen, dass die Tugendhaftigkeit Ihrer allerliebsten Sofia bei mir sicher ist? Hilft es, wenn ich Ihnen versichere, dass ich zu den Menschen gehöre, die der Ansicht sind, man solle die Frucht kosten, wenn sie reif ist, und nicht einen Moment früher?« Goldenberg kniff Mutter in die Wange und zwinkerte. Mutter errötete und wandte ihren Blick ab. »Außerdem«, fuhr er fort, »wird sich meine liebenswürdige Tante Sara, die sich freundlicherweise bereit erklärt hat, den ganzen Weg bis nach Hamburg als unsere Anstandsdame zu fungieren, im Zug zu uns gesellen.« Und damit warf er einen Blick auf seine Taschenuhr. »Wie Sie wissen, wartet der Zug auf niemanden.« Er reichte dem Kutscher, den er Dov Hirsch nannte, meine

Reisetasche und die Pappschachtel mit dem Hochzeitskleid. »Und nun komm, kleine Blume, es ist Zeit zu gehen.«

»Nicht so schnell«, erwiderte Mutter, und ich hatte kurz die Hoffnung, dass sie endlich zur Besinnung gekommen sei und mich retten würde. Stattdessen hielt sie mir ein kleines Bündel hin, das in blaue Seide gewickelt war. »Wenn man mich schon um das Vergnügen bringt, dich unter der *chuppe* zu sehen, dann möchte ich dir zumindest das hier geben.«

Ich nahm das Geschenk entgegen und schlug die Seide auf. Es waren Großmutters Kerzenhalter. »Danke«, brachte ich hervor. Und dann vermochte ich mich der Tränen nicht mehr zu erwehren.

Die Männer schüttelten einander die Hände. Tamar umarmte mich, Mutter küsste mich weinend zum Abschied. Dann reichte sie Goldenberg einen Korb mit unserem Mittagessen. Als das erbärmlich aussehende Pferd endlich davontrottete, waren alle, außer Tutsik Goldenbergs Kutscher, in Tränen aufgelöst. Als ich das letzte Mal zurückwinkte, erwiderte Tamar meinen Blick nicht.

Tutsik Goldenbergs Benehmen wandelte sich vollkommen, nachdem er meiner Familie zum Abschied zugewinkt hatte. Hatte er in Gegenwart meines Vaters noch gelacht und geplaudert, so benahm er sich nun mir gegenüber mürrisch und schwieg sich aus. Und was dachte ich, die ich mit einem Mann in einer Kutsche eingesperrt war, den ich verabscheute und der kein Wort mit mir sprach und bloß immer vor sich hinstarrte, ohne mich nur ein einziges Mal anzusehen? Ich ängstigte mich und fühlte mich schrecklich im Stich gelassen. Ich war mir sicher, dass meine Eltern dies nur getan hatten, um mich zu bestrafen – aber wofür, das wusste ich beim besten Willen nicht. »Es ist zu deinem eigenen Besten«, hallte Mutters Stimme in meinem Kopf wider, doch daran glaubte ich nicht. Nicht eine einzige Sekunde lang.

Obwohl ich in eine Decke gehüllt war, empfand ich die Fahrt mit der *droschke* als bedrückend und kalt. Die Dunkelheit hatte sich über Warschau gesenkt, und selbst die Satski-Gärten mit ihren sagenhaften, erleuchteten Springbrunnen vermochten meine Stimmung nicht zu heben. Wir fuhren an

Kirchen und Statuen vorbei, doch als wir den Bahnhof erreichten und, statt zu halten, daran vorbeifuhren, verwandelte sich mein Kummer in blanke Angst, und Tutsik Goldenberg zeigte sein wahres Ich.

»*Reb* Goldenberg, ich bin ein wenig verwirrt, denn ist dies dort hinten nicht der Bahnhof?«

Er gab Hirsch, dem Kutscher, mit seinem Spazierstock einen Stoß in den Rücken. Die *droschke* wurde schneller, und Tutsik lächelte.

Als wir die Stadt verließen, überlegte ich mir, dass es wohl das Beste sei, aus der Kutsche zu springen, doch was würde dann aus meinen Kerzenleuchtern und aus meinem Hochzeitskleid? Wie sollte ich nach Hause zurückfinden? »*Reb* Goldenberg, ich bitte Sie – wie sollen wir nach Hamburg gelangen, wenn nicht mit dem Zug? Wo werden wir Ihre Tante Sara treffen?«

»Überlass das nur mir, Sofia. Ja, lass das mal die Sorge deines Bräutigams sein.« Tutsik legte die Hände im Schoß zusammen und saß ganz still da. Die *droschke* jagte durch die Dunkelheit. Ich konnte das *klack-klack* der Pferdehufe auf dem Pflaster hören, doch ich sah überhaupt nichts, während wir durch die Nacht flogen.

Ich fürchtete mich zu sehr, um zu schlafen, und sosehr ich mich auch bemühte, es gelang mir nicht, meinen Entführer zum Sprechen zu bringen. Zu guter Letzt versuchte ich es damit, dass ich ihm Essen aus meinem Korb anbot. Er winkte ab.

Schließlich erreichten wir eine andere Stadt, von der ich später erfuhr, dass es sich um Plock handelte. Inzwischen hatte ich nicht nur fürchterliche Angst, sondern war bereit, meinem Schicksal ins Auge zu sehen. Ich war mir sicher, dass dieser Mann, Goldenberg, dieser Witz von einem Verlobten, meinem Vater Hunderte von *zloty* für das Privileg gezahlt hatte, mich im Dunkel der Nacht an diesem entlegenen Ort umzubringen.

»Steig aus«, zischte er, als die *droschke* endlich vor einem kleinen Hotel haltmachte. »Hirsch«, rief er dem Kutscher zu, »hol ihre Sachen und bring sie auf ihr Zimmer! Wir treffen uns dann unten in der Bar.« Er reichte Hirsch meinen Korb. »Da ist die eine oder andere *koschere* Köstlichkeit drin, riecht ziemlich gut. Nimm dir, wenn du willst.«

»Aber das gehört mir!«, rief ich mit zittriger Stimme.

»Glaubst du etwa, darum würde ich auch nur das Geringste geben, junge Dame?«

Hirsch hängte sich den Korb über einen Arm, packte dann meine Reisetasche und schmiss sie vor sich ins Vestibül. Ich hielt mein Brautkleid und die Kerzenleuchter umklammert, als hinge mein Leben davon ab, und folgte dem Kutscher ins Innere. Hirsch packte den Portier, einen schmächtigen, alten Kerl mit großen, gelben Zähnen, an seiner Krawatte, zog ihn zu sich herüber und flüsterte ihm etwas ins Ohr. Der Portier blickte über Hirschs Schulter zu mir, schaute dann auf das Bündel *zloty* in Hirschs Hand und läutete ein Glöckchen auf der Empfangstheke. Ein Junge – kaum älter als ich – in einem grauen Anzug, einer krempenlosen Kappe, die ein wenig schief auf seinem Kopf saß, und dreckigen, weißen Handschuhen musterte mich von oben bis unten und grinste spöttisch. Er nahm meine Tasche und marschierte auf die Treppe zu. Hirsch zog ein Hühnerschenkelchen aus dem Korb, den er mir zu meiner Überraschung zurückgab. Ich drückte ihn ebenso wie meine anderen Habseligkeiten an mich, und der Page unternahm keinen Versuch, sie mir wegzunehmen.

»Nun?«, fauchte mich Hirsch an. Er war ein großer Kerl, größer als Goldenberg, in einem engen Anzug, aus dessen Ärmeln die Hemdsmanschetten offen herausbaumelten. Während Goldenberg nach der neuesten Mode gekleidet war, sah Hirsch so aus, als trage er abgelegte Kleidungsstücke. Auf seinem Kopf saß eine Melone im englischen Stil, die er sich andauernd mit einem dürren, schmierigen Daumen zurückschob.

Ich blickte ihn mit aufgerissenen Augen an. Mein Herz pochte rasend schnell. Ich hatte nicht die leiseste Ahnung, was er von mir erwartete.

»Steh nicht einfach so da rum, Herzchen! Folge dem Jungen rauf in dein Zimmer. Ich habe eine Verabredung mit deinem Zukünftigen, drum hast du den Abend heute ganz für dich allein. Wir nehmen den Frühzug um vier nach Hamburg. Also sieh zu, dass du deinen Schönheitsschlaf machst.« Er warf dem Pagen, der mich von Kopf bis Fuß beäugte, einen gefährlichen Blick zu. »Und du, mein Junge, solltest wissen, dass diese Ware voll und ganz bezahlt ist. Sollte sie also beim Transport beschädigt werden, wird dich das deinen Kopf kosten.« Hirsch vollführte eine schnelle Drehung des Handgelenks, und wie aus dem Nichts schnappte plötzlich ein übel aussehendes Rasiermesser auf. »Habe ich mich verständlich ausgedrückt?«

Der Junge hielt den Atem an und nickte.

»Dann ist ja alles klar«, sagte Hirsch und marschierte zur Tür hinaus.

Ich starrte vom Pagen zum Portier und stand wie erstarrt da.

»Folgen Sie Janusz«, seufzte der Portier. Er war so damit beschäftigt, Hirschs *zloty* zu zählen, dass er nicht einmal aufblickte.

Ich war vorher noch nie in einem Hotel gewesen, hatte lediglich von außen die prächtigen Fassaden einiger der großen Häuser in Warschau betrachtet. Von dem hier hätte man wohl nie erwartet, dass es sich um ein Hotel handelte, wenn nicht das Schild draußen gewesen wäre. Es besaß keine Säulen oder eleganten Drehtüren. Schlimmer noch, es roch hier wie in einer Scheune. Janusz, der Page, kletterte mit meiner Reisetasche sehr rasch die Stufen hinauf, nahm sogar manchmal drei auf einmal. Als wir den zweiten Stock erreicht hatten, bog er scharf nach rechts ab, ließ meine Tasche fallen und hantierte mit einem alten Eisenschlüssel herum, den er in ein widerspenstiges Schloss schob. Dann versetzte er der Tür einen Tritt, woraufhin diese sich öffnete, und komplimentierte mich hinein. Es war ein trostloses Zimmer, das nach Zigarren und nach Schnaps roch. Selbst in dem düsteren Licht, das vom Flur hereindrang, konnte ich erkennen, dass die Wände schmutzig waren. Es gab ein winziges Bett mit einer durchgelegenen Matratze, gefüllt mit Rosshaar und Heu, und einen wackeligen Holzstuhl mit einem passenden Tisch. Eine Öllampe stand unangezündet darauf. Ein dreckiges Fenster blickte ins Nichts und gab keinen Hinweis darauf, wo ich mich in dieser Nacht befand. Ich ließ meine Habseligkeiten zu Boden fallen.

»Der Nachttopf ist unter dem Bett«, erklärte der Page mit überaus sachlicher Stimme. Er warf einen Blick in einen weißen Krug, der von feinen Rissen durchzogen war, und blies in das staubige Trinkglas, das auf dem Fenstersims stand. »Das

Wasser müsste reichen, bis dein Freund zurückkommt.« Dann zündete er die Öllampe an, marschierte ohne ein weiteres Wort zur Tür hinaus und knallte sie hinter sich zu. Das Letzte, was ich von ihm hörte, war das scheuernde Geräusch des alten Schlüssels im Schloss. Ich rannte zur Tür und rüttelte am Knauf. Ich versuchte, das Fenster zu öffnen, doch es rührte sich nicht, und ich wusste ein für alle Mal, dass ich nicht das schöne Leben haben würde, das Tutsik Goldenberg meinem Vater versprochen hatte. Ich hämmerte gegen die Tür, rüttelte am Fenster und sank schließlich auf das erbärmliche Bett und weinte.

Irgendwann schlief ich ein. Als ich erwachte, fuhr ein Stich durch mein Herz, denn ich erinnerte mich daran, wo ich war und wer mich hierhergebracht hatte. Die Wände des kleinen Zimmers flackerten im Licht der Öllampe. Ich setzte mich auf, und an der Wand vor mir erblickte ich ein seltsames Gemälde. Es stellte eine junge Frau dar, die in Lumpen gehüllt, den Kopf gebeugt, durch einen Schneesturm schritt. Ihr Schal und ihr Kopftuch wurden vom Wind nach hinten geweht. Ihre Füße waren nackt, und auf dem Rücken trug sie ein Bündel Feuerholz. Der Wald machte einen so trostlosen, wenig einladenden Eindruck, dass ich nur an die Gefahren dachte, die dort auf sie lauerten. Je länger ich dieses bedauernswerte, verfrorene Mädchen betrachtete, desto mehr dachte ich, Sofia, das bist du. *Befreie mich,* flehte ich. *O Gott, bitte befreie mich!* Ich klopfte gegen das Fenster, warf mich gegen die Tür. Die Öllampe flackerte, doch es änderte sich nichts. Selbst der Gedanke an zu Hause war mir kein Trost, und der Gedanke an meinen verlorenen Schatz Tamar machte meine Tränen nur noch bitterer.

Die Stunden vergingen, während ich auf diesem Bett saß und das Gemälde anstarrte. Ich aß etwas von den Sachen, die Mutter eingepackt hatte, doch ich war nicht besonders hungrig. Dann wurde ich schließlich errettet – oder so wollte es mir zumindest scheinen, denn gerade, als ich mir sicher war, dass meine einzige Rettung darin bestand, die Lampe gegen die Wand zu werfen und das Hotel abzubrennen, vernahm ich, wie ein Schlüssel im Schloss umgedreht wurde. Die Tür öffnete sich, und eine Frau stand vor mir, die mich angrinste. Eine Frau, die mir nicht viel älter vorkam als ich selbst.

Ich sage, nicht viel älter als ich selbst, weil sie zierlich gebaut war und ihr Antlitz jugendlich, doch ich kam nicht umhin zu bemerken, dass ihren Augen ein harter Ausdruck innewohnte und sie das Kinn herausfordernd in die Höhe reckte. Sie trug ein schwarzes Wollkleid, das einer Älteren besser zu Gesicht gestanden hätte – es war viel zu matronenhaft –, und auf ihrem Kopf thronte ein flacher, schwarzer Strohhut. Hinter ihr im Flur stand der Page und gähnte schlaftrunken vor sich hin.

»Ich bin Tutsik Goldenbergs Tante Sara«, erklärte die Frau kühl auf Jiddisch. Ich verstand die Sprache, doch ihr Akzent verlieh ihren Worten den gleichen komischen singenden Tonfall, den ich schon bei Tutsik Goldenberg bemerkt hatte. »Gib dem Jungen deine Taschen und lass uns gehen, eine Kutsche wartet auf uns.«

»Wo ist *Reb* Goldenberg?« Ich rappelte mich auf, um meine Habseligkeiten zusammenzusuchen. Es überstieg meine Vorstellungskraft, wie eine solch junge Frau Goldenbergs Tante sein konnte.

»Mein Neffe hat mich gebeten, dich zu informieren, dass er noch wichtige Geschäfte hier in Plock zu tätigen hat«, sagte Tante Sara, während der Page meine Tasche den Flur entlangzerrte. »Unerwartete Geschäfte. Daher werde ich dich allein nach Hamburg begleiten. Ich werde auf dich aufpassen, als wärst du meine eigene Nichte, und mich um dich kümmern. Tutsik wird in einigen Tagen in Hamburg zu uns stoßen. Dort besteigen wir das Schiff nach Buenos Aires, und du wirst, so Gott will, eine reizende Braut werden, ganz so, wie es sich deine Mutter – Gott möge sie segnen – vorgestellt hat.«

»Sie kommen mit nach Buenos Aires?« Hatte ich es nur geträumt, oder hatte Tutsik tatsächlich davon gesprochen, dass sie in Hamburg bleiben würde?

»Warum denn nicht? Dort lebe ich.«

»Ich dachte, Sie leben in Europa, gnädige Frau.«

»Aber nur die Hälfte des Jahres.«

Das waren nun zwei seltsame Dinge. Zum einen schien diese Frau kaum alt genug, als dass sie Tutsik Goldenbergs Schwester, geschweige denn seine Tante hätte sein können; zum anderen fragte ich mich, warum ein Mensch, der den Winter über in Polen lebte, nach Südamerika ging, um dort wieder den Winter zu verbringen. Doch ich war viel zu verängstigt, um mich nach einer Erklärung zu erkundigen.

Als wir nach draußen traten, sah ich, dass eine vornehm aussehende Kutsche die *droschke* ersetzt hatte. Ich blickte zum Kutschersitz hinauf und stellte zu meiner großen Erleichterung fest, dass dieses Mal nicht Hirsch dort saß, sondern ein richtiger Kutscher. Ich war froh, endlich wieder frische Luft zu atmen. Doch diese kleine Freude hielt nicht lange an, denn sobald der Page meine Tasche oben auf die Kutsche geworfen hatte, schubste mich Tante Sara den Tritt hinauf und kletterte hinter mir in die Kutsche. Sie rückte ihren Strohhut zurecht und zog an den Fingern ihres Handschuhs. »Es macht dir doch nichts aus, wenn ich rauche, meine Liebe?«

Zu meiner grenzenlosen Überraschung zündete sich Tante Sara dort in der Kutsche eine winzige braune Zigarre an und begann, vor sich hin zu paffen. Ich hatte noch niemals zuvor eine Frau rauchen sehen, und schon gar keine Jüdin, die noch dazu angeblich die Tante meines Verlobten sein sollte. Trotz meiner Angst fand ich das ausgesprochen faszinierend: Ich konnte meinen Blick einfach nicht von ihr wenden.

»Was starrst du denn so?« Sie blickte mir dabei geradewegs in die Augen und paffte weiter an ihrer Zigarre, und obwohl ich schier außer mir war vor Angst (oder vielleicht gerade deshalb), war ich in meinem ganzen Leben noch nie so von einer Frau hingerissen gewesen. Zugegeben, bei Tamar wuchs in mir der Wunsch, sie zu küssen und geküsst zu werden. Aber bei dieser Tante Sara verspürte ich ein plötzliches Verlangen, mich bei lebendigem Leibe von ihr verspeisen zu lassen. Wenn es nach mir gegangen wäre, hätte sie diese Zigarre ewig so weiterrauchen können und dabei ihre Augen nicht einen Moment von mir nehmen dürfen.

Da wir Sara heute so kennen, wie sie eben ist, Hankus, mag dir das sehr seltsam vorkommen. Aber für mich – ein junges Mädchen von 16 Jahren, für das der Tod hinter jeder Ecke lauerte – war sie die prachtvollste Person, die ich je gesehen hatte. Sie erwiderte meinen Blick, bis die Kutsche nur wenige Minuten später anhielt – viel zu früh für meinen Geschmack.

Ein Gepäckträger öffnete die Tür, und Tante Sara warf ihre glimmende Zigarre über seinen Kopf hinweg auf die Straße. »Dann sollten wir zusehen, dass wir in den Zug kommen und uns auf den Weg nach Hamburg machen. Und wir werden uns wie anständige jüdische Damen benehmen, nicht wahr? Kein Rauchen in der Öffentlichkeit und zu niemandem ein Wort, wo wir hinfahren.« Sie legte den Kopf in den Nacken und lachte.

Um vier in der Früh herrschte kein besonders geschäftiges Treiben auf dem Bahnhof. Dennoch kam es mir so vor, als wären überall Menschen. Menschen, die hellwach waren, sich unterhielten und Zeitungen lasen. Ich war noch niemals zuvor Zug gefahren und schon gar nicht in einem Erste-Klasse-Abteil, das luxuriöser war als unsere kleine Wohnung in Warschau: Fenster mit dicken, plüschigen Samtvorhängen, die aufgezogen waren, um einen Blick auf die schöne polnische Landschaft zu gewähren, Ledersitze auf beiden Seiten, breit genug, um drei Leuten Platz zu bieten. Und hier war ich, unterwegs nach Deutschland, dann weiter zum anderen Ende der Welt, zu einem Ort, über den ich bislang nur wenig in Büchern gelesen hatte – und all das mit einer Reisebegleiterin, die wesentlich vergnüglicher zu sein versprach als mein mürrischer und distanzierter zukünftiger Ehemann.

Für einen kurzen Moment fühlte sich das Ganze nicht mehr wie Folter an, und es kam mir tatsächlich ein bisschen wie ein Abenteuer vor. In Gedanken formulierte ich schon einen Brief an Tamar.

»Jetzt hör mir mal gut zu«, sagte Tante Sara, während ich meine Schachtel und die Kerzenhalter in dem Gepäcknetz über unseren Sitzen verstaute. »Wenn du dich geschickt anstellst – nun, wer weiß, Hamburg ist eine beeindruckende Stadt. Solltest du dich den ganzen Weg bis dorthin gut benehmen, dann kann ich diesen nichtsnutzigen Neffen von mir vielleicht dazu bringen, dass er uns in eins dieser schicken Restaurants mitnimmt.«

»Selbst ein kleines Café wäre schon schrecklich aufregend«, sagte ich, denn ich hatte mein ganzes Leben am Stadtrand von Warschau verbracht und stand kurz davor, mit einem kalten

Fisch von einem Mann verheiratet zu werden. Wenn sich mir eine solche Möglichkeit bot, war es da nicht mein Recht, sie zu ergreifen, um ein wenig von der Welt zu sehen, ehe diese Tür für immer zuschlug?

Bis Posen fuhren wir allein in unserem eleganten Abteil – mein Kummer hatte ein wenig nachgelassen –, doch dann stiegen zwei gut gekleidete ältere Damen ein, die die gleichen Pelzmützen trugen und mit Schirmen ausgestattet waren. Tante Sara taxierte sie und lächelte auf diese berechnende Art, wie ich sie viele Male seitdem habe lächeln sehen. Ihr »Neffe« Tutsik hatte meine Familie während der *schabbes*-Abendessen auf die gleiche Weise angelächelt. Die beiden Damen schürzten die Lippen und nickten uns wie auf Kommando gleichzeitig zu. Ich betrachtete ihre Gesichter und stellte fest, dass sie einander eigentlich ganz und gar nicht ähnelten. Die eine, die mir direkt gegenübersaß, warf uns lediglich einige Blicke aus den Augenwinkeln zu, während die andere, die Tante Sara gegenübersaß, nur geradeaus zu schauen schien.

Die drei tauschten ein paar Höflichkeiten auf Jiddisch aus, doch ich war zu verängstigt, um irgendetwas zu sagen. Eine der Damen fragte: »Und wohin reisen Sie?«

»Nach Bremen«, antwortete Tante Sara wie aus der Pistole geschossen mit einem Lächeln, das meiner Ansicht nach schrecklich aufgesetzt wirkte. Ich wollte sie gerade fragen, was sie da um Himmels willen redete, als sie mein Bein tätschelte und mich heftig kniff.

Die Schwestern blickten einander an und lächelten. »Wir haben eine Cousine in Bremen«, eröffnete uns die Rundlichere von den beiden. Sie zog einen Stift und ein kleines Blatt Papier hervor. »Ich werde ihre Adresse für Sie aufschreiben. Besuchen Sie sie einmal, wenn Sie dort sind. Sie ist wirklich ganz reizend.«

»Wie nett von Ihnen.« Tante Sara holte ihre Geldbörse hervor und reichte mir einige *groschn*. »Such den Schaffner und trage ihm auf, deiner Tante Sara ein Glas Tee zu bringen, ja, mein Engel?« Sie zwinkerte den Schwestern zu. »Mein Hals ist ein wenig trocken.«

Wer weiß, was sie den Schwestern erzählt hat, während ich mich auf die Suche nach ihrem Tee machte. Als ich wiederkehrte, blickten mich die beiden überaus mitleidig an, strichen mir mit behandschuhten Fingern über das Kinn und gaben glucksende Geräusche von sich wie zwei fette Hennen. Ein Schaffner kam, und wir bekamen alle vier einen Tee, den wir tranken, während die beiden Schwestern uns Geschichten über Hamburg und Berlin erzählten. »Also, meine Liebe, wenn Sie Ihre Tante« – die eine Dame zwinkerte Tante Sara zu, die einen zur Ruhe mahnenden Finger an ihre Lippen legte – »dazu bringen könnten, ihre Reise nach Bremen zu verschieben und mit Ihnen nach Frankfurt am Main zu fahren, bin ich sicher, dass Sie das Abenteuer Ihres Lebens erleben werden.«

»O ja«, stimmte ihre Schwester zu, »dort gibt es so wundervolle Museen, so fabelhafte Cafés und Theater – sind Sie sicher, dass Sie Ihre Reise nicht um eine einzige Woche verschieben können?«

»Sie scheinen nicht zu verstehen, meine Damen.« Tante Sara setzte sich kerzengerade auf, und sie war nicht gerade klein. »Der Spezialist, den wir in Bremen aufsuchen werden, ist ein viel beschäftigter Mann. Wenn wir einfach weiterreisen und Urlaub in einer Stadt wie Frankfurt am Main machen würden – so schön es dort auch sein mag –, wer weiß dann schon, wann wir ihn das nächste Mal konsultieren können, und der Zustand meiner kleinen Sofia könnte sich, *gottenju,* verschlechtern.«

»Verschlechtern?«

Tante Sara legte ihre Hände über meine Ohren und schüttelte traurig den Kopf. »Vielleicht wäre es besser, an fröhlichere Dinge zu denken, meine Damen.«

Sara leerte ihr Teeglas, und wir fuhren schweigend gemeinsam weiter, bis wir an die deutsche Grenze kamen.

Der Zug wurde für eine halbe Stunde angehalten, während Schaffner und Soldaten zwischen den Wagen hin und her liefen und sich Papiere und Pässe ansahen. Ich bekam es ganz schrecklich mit der Angst zu tun, da ich weder das eine noch das andere besaß, doch zu meiner großen Überraschung zog Sara beides für uns hervor, auch wenn der deutsche Beamte mein Gesicht sehr genau betrachtete und immer wieder in meine Papiere schaute. Tante Sara wurde nach dem Grund unseres Aufenthaltes in Deutschland befragt. Wieder einmal hörte ich überrascht ihre Antwort. »Wir wohnen bei meiner Schwester in Bremen, Herr Schaffner. Meine junge Cousine hier ist Waise und ziemlich krank. Die Arme benötigt ständige Pflege.«

Wenn ich mitten in der Nacht allein bin, frage ich mich oft, wie mein Leben wohl verlaufen wäre, wenn ich mich, als wir in Berlin hielten, von Sara losgerissen hätte und ihr entschlüpft wäre, um diese beiden Schwestern zu finden, die in unserem Abteil gesessen hatten. Natürlich hätte ich mich in einer ähnlichen Situation wiederfinden können: Wer weiß denn schon, ob es sich um gütige Damen gehandelt hat oder ob sie vom gleichen Schlage wie Sara waren oder auch wie unsere alten Freundinnen Perle Goldenberg und die Rote Ruthie? Aber ich habe von Frauen gehört, die ihre Tage damit verbrachten, Mädchen wie mich vor dem Leben zu schützen, das mich erwartete, und ich frage mich, ob die beiden Schwestern nicht vielleicht solche Frauen waren. Nun, wie dem auch sei, jetzt spielt es keine Rolle mehr für mich.

In Berlin stiegen die Schwestern aus. Tante Sara brachte mir abwechselnd das Kartenspiel Binokel bei oder döste, oder ich döste, und auf diese Weise verging die Zeit, bis der Zug im Bahnhof von Hamburg einlief. Wie sich herausstellte, waren wir an unserem tatsächlichen Ziel angelangt. Sara brachte mich zu einem kleinen Hotel in der Nähe des Bahnhofs, wo ich ein Einzelzimmer erhielt. Ich fragte sie, ob es ihr Ernst gewesen sei, als sie sagte, wir könnten uns die Sehenswürdigkeiten von Hamburg ansehen.

»Das soll ich gesagt haben? Welche Sehenswürdigkeiten denn? Solche wie dich lassen die nicht in die Bars der Viertel.«

»Museen und Cafés –«

»Habe ich etwa von Cafés gesprochen? Nun ja, ich könnte mir vorstellen, dass ich das getan habe. Rühr dich nicht von der Stelle, ich werde sehen, was ich morgen tun kann.«

Am nächsten Tag stand ich albernes Huhn früh auf und zog mich an. Als Stunden später schließlich an meine Tür geklopft wurde, war es zu meiner bittersten Enttäuschung nicht Tante

Sara, sondern ein Page, der mir ein Frühstück brachte, das aus Kaffee und trockenem Toast bestand. Er verbeugte sich, als er es mir servierte, schlug dann zackig die Hacken zusammen und schloss die Tür hinter sich ab.

Ich wartete und schritt in dem kleinen Zimmer endlos auf und ab, aber niemand kam vorbei. Als um halb zwei ein Zimmermädchen mit dem Mittagessen eintrat, war ich den Tränen nahe. »Können Sie mir sagen, wo meine Tante Sara ist?«, fragte ich auf Jiddisch.

»Pardon, Fräulein?«

»Sara Goldenberg? Haben Sie sie gesehen?«

»Sara Goldenberg, Fräulein?« Der Rest ihrer Antwort erfolgte abgehackt in einem knappen Deutsch, von dem ich kein Wort verstand.

»Müssen Sie mich einschließen?«, fragte ich, als sie ging.

»Fräulein?«

»Die Tür – müssen Sie sie abschließen?«

»Gewiss!«, erwiderte sie auf Deutsch. Sie nahm das leere Geschirr mit und verschwand.

Das Abendessen spielte sich in der gleichen trostlosen Weise ab – etwas Salami auf einem harten Brötchen und ein Klecks Senf dazu, serviert von einem Pagen des Hotels. Als er ging, schloss er die Tür wieder hinter sich ab, und ich saß zunehmend verzweifelt und vollständig angekleidet auf dem Bett und weinte. Wo mochte nur Tutsik Goldenbergs Tante Sara stecken? Wo Tutsik Goldenberg? Wo waren meine Sachen, und wie kam es, dass ich hier saß, gefangen in einem Zimmer in Deutschland, in Hamburg, einer Stadt, die ich nie zuvor besucht hatte, und dass niemand da war, der mir auch nur das Vergnügen eines Atemzuges frischer Luft bereitet hätte? Und ich sollte auch noch den Mann heiraten, der für all das verantwortlich war!

Es war schon dunkel, als es wieder an der Tür klopfte. Ich war eingeschlafen und benötigte erst einen Moment, ehe mir einfiel, wo ich war. Bevor ich ganz zu Sinnen gekommen war, flog die Tür auf. Da stand mein Bräutigam, Tutsik Goldenberg, genauso herausgeputzt und funkelnd, eingeölt und parfümiert wie immer. Er tippte mit seinem Stock ungeduldig auf den Boden und blickte auf seine Uhr. Neben ihm wartete ein

Page mit einem Karren voller Gepäck, bei dem sich meine Reisetasche und meine Schachtel mit dem Hochzeitskleid befanden, und daneben stand wieder einmal Hirsch. Im Vergleich zu meinem Verlobten machte er einen leicht mitgenommenen Eindruck. Seine Melone war ziemlich staubig und saß seltsam auf seinem Kopf.

»Schnell, schnell, beeil dich!«, forderte mich Goldenberg auf. »Wir müssen ein Schiff erwischen.«

»Aber wo ist Sara?«

»Die hat wieder mal nur Unsinn im Kopf«, kicherte Hirsch. »Kommst du jetzt aus freien Stücken, oder sollen wir nachhelfen?«

»Wo ist Tante Sara? Wo sind meine Kerzenleuchter?«

Hirsch blickte Tutsik Goldenberg an und platzte lachend heraus. »Ist ja köstlich, Tutsik, eine nette Idee. Tante Sara.«

Goldenberg versetzte ihm eine Ohrfeige. Der Page trat einen Schritt zurück, und Hirsch hörte sofort auf zu lachen. »Halt lieber die Klappe, Hirsch, sonst bleibst du nächstes Mal zu Hause bei den Frauen.« Zu mir sagte er mit einer widerlich süßen Stimme: »Meine Tante Sara lässt sich entschuldigen. Sie ist heute Morgen überraschend krank geworden und konnte sich leider nicht mit dir treffen. Es tut mir leid, dass ich die Nachricht nicht früher überbringen und dir etwas von dieser reizenden Stadt zeigen konnte. Die Sache ist die, meine Liebe: Wir müssen in 20 Minuten auf dem Schiff sein. Wir segeln um ein Uhr in der Nacht los, und der Kapitän hat besondere Vorkehrungen getroffen, um uns auf See zu trauen. Du erinnerst dich vielleicht noch an meinen Kutscher und persönlichen Diener, Dov Hirsch. Er wird als unser Trauzeuge fungieren. Wenn du dich nun bitte beeilen würdest, damit wir gehen können. Draußen wartet eine Kutsche auf uns.«

»Aber kommt Tante Sara denn nicht mit nach Argentinien?«

Tutsik ergriff meinen Arm und bugsierte mich den Flur entlang. »Hat sie dir das etwa gesagt? Nun, die Pläne haben sich geändert.« Er führte mich mit festem Griff grob die Treppe hinunter. Der Page und Hirsch folgten.

»Ja, soll ich denn etwa mitten in der Nacht heiraten?«

»Aber gewiss, meine Liebe. Der Kapitän ist Jude. Praktisch ein Rabbi. Er besteht darauf, dass die Hochzeit, wenn wir die

Nacht zusammen verbringen wollen, sofort stattfinden muss. Es ist nur eine Formalität, verstehst du, damit wir uns dieselbe prächtige Kabine teilen können. Doch wenn wir nach Buenos Aires kommen, dann wirst du eine Hochzeit erleben!«

»Was du nicht sagst«, bemerkte Hirsch lachend.

»Hirsch, ich warne dich.«

»Nein, wirklich«, sagte Hirsch an mich gewandt, »eine Hochzeit in Buenos Aires, das ist das Herrlichste auf der ganzen Welt.«

Kapitel 3

Die versprochene prächtige Schiffskabine entpuppte sich als ein winziger und stickiger Raum, und sobald wir an Bord gegangen waren, wurde ich unverzüglich dorthin gebracht. Mittlerweile ließen meine Kräfte nach (die armseligen Mahlzeiten, die man mir im Hotel serviert hatte, enthielten nicht viel Nahrhaftes, und die Vorräte im Korb, den Mutter so liebevoll gepackt hatte, waren schon lange aufgebraucht), und ich hätte beinahe schon einen Schwächeanfall erlitten, als ich die Laufplanke hinaufging. Hirsch führte mich in die Kabine und verschwand. Eine halbe Ewigkeit später brachte mir ein Steward in einer sauberen, weißen Uniform auf einem Silbertablett etwas zu essen. Er trug weiße Handschuhe und hob die silbernen Hauben in die Höhe, die die Gerichte bedeckten. Dampf stieg von den Tellern empor, aber ich war zu schwach und zu müde, um zu essen, zu enttäuscht und verwirrt und obendrein schrecklich verängstigt. Wo war meine Tasche? Wo die Schachtel mit dem Hochzeitskleid, das zu tragen ich Mutter versprochen hatte? Wenn die Hochzeit sofort stattfinden sollte, musste ich es dann nicht anziehen? Und was war aus den schweren silbernen Kerzenhaltern geworden? Hatte sich Tante Sara etwa damit aus dem Staub gemacht? Wie um Himmels willen sollte ich es nur anstellen, mit dem Schiff um die halbe Welt in ein fremdes Land zu reisen – und einen Mann zu heiraten, der kein Wort mit mir wechselte –, ohne dabei zugrunde zu gehen?

Es gab allerdings keine Anzeichen dafür, dass ich Tutsik Goldenberg wirklich heiraten würde. Keine Blumen von einem liebevollen Verehrer und keine Champagnerflasche, um den Anlass gebührend zu feiern. Die Kabine war nur spärlich eingerichtet, mit einem schmalen Bett, einem kleinen Tisch, einem Wasserkrug und einem Handtuch, das man für mich bereitgelegt hatte, und dazu der Nachttopf unter dem Bett. Ein geöffneter, auf die Seite gekippter Überseekoffer diente als Schrank. Ein kleines rundes Bullauge stellte mein einziges Fenster zur Welt dar.

Ich stocherte in meinem Essen herum und deckte die Teller dann wieder mit den Hauben ab. Ich rüttelte an der Kabinentür, die natürlich verschlossen war. Ich stöberte in den Kleidern herum, die ich im Überseekoffer fand. Nichts davon gehörte mir – Unterröcke, Federboas, ausgefallene Unterwäsche, Mieder und Büstenhalter, doch mein Lieblingskleid und meine eigene Unterwäsche waren nirgendwo zu sehen. Erschöpft ließ ich mich auf das schmale Bett fallen und wälzte mich hin und her, bis ich einschlief. Ich träumte, ich sei mit dem Fußknöchel an ein rotes, verblasstes Samtsofa gekettet, vollkommen unbekleidet. Meine geliebte Tamar tanzte in einem Hochzeitskleid um mich herum, das genauso aussah wie jenes, das ich tragen sollte. Plötzlich gab es einen lauten Knall, und Tutsik Goldenberg stand zwischen uns, nackt bis auf einen Filzhut. Er wedelte wild mit einer Pistole in der Luft herum, die er mir anschließend unter die Nase hielt. »Du kannst dich heute Nacht glücklich schätzen«, erklärte er mir. Er warf die Pistole über seine Schulter und lachte.

Sonnenlicht drang durch das winzige Bullauge, als ich erwachte. Ein neues Tablett mit abgedeckten Gerichten und eine kleine Teekanne standen auf dem Tisch. Der Nachttopf, den ich in der Nacht benutzt hatte, war leer. Zu meiner großen Erleichterung standen die Schachtel mit meinem Hochzeitskleid und die Reisetasche unversehrt auf dem Überseekoffer. Die Kerzenhalter waren wohl ein für alle Mal verschwunden. Wieder versuchte ich, die Tür zu öffnen, und musste erneut feststellen, dass sie abgeschlossen war. Ich klopfte und hämmerte dagegen, aber niemand kam. Ich spürte, wie das Schiff sich bewegte. Das jagte mir große Angst ein. Wütend schleuderte ich den Krug gegen die Kabinentür. Wasser spritzte durch die Gegend. Ich setzte mich auf das Bett und weinte. Als der Steward kam, um das Frühstücksgeschirr wieder mitzunehmen, flehte ich ihn auf Jiddisch an, mir zu sagen, wo Tutsik Goldenberg war, doch er zuckte nur mit den Schultern und schien mich nicht zu verstehen. »Müssen Sie diese Tür abschließen, mein Herr?«, fragte ich ihn mit klagender Stimme.

Dies schien er nun plötzlich ohne Probleme zu verstehen, denn er antwortete in gestelztem Polnisch: »Es wurde so angeordnet, Fräulein.« Dann drehte er sich ruckartig um und verschwand.

Ich habe keine Ahnung, wie viele Tage und Nächte ich gefangen auf dem deutschen Schiff *Viktorius* dalag, während es über den Atlantischen Ozean fuhr. Der Laderaum war vollgestopft mit Gepäck und Armut leidenden Immigranten, während die Passagierliste – so erfuhr ich später von Sara – die Namen der reichsten und trefflichsten europäischen Abenteurer, Geschäftsmänner und Angehörigen der feinen Gesellschaft aufwies. Während ich in meinem Gefängnis schmachtete, drehten sie sich über mir, tanzten in Ballkleidern zu herrlicher Musik, und mein zukünftiger Angetrauter vertrieb sich in der Menge gewiss die Zeit als Taschendieb. Ich konnte beinahe die heißen Saxofonklänge und das Klavier und das Klirren der Gläser über meinem Kopf hören.

Ungefähr nach zwei, vielleicht auch nach drei Tagen bat ich den Steward, *Pan* Goldenberg zu holen. Er schlug die Hacken zusammen, entfernte sich und kehrte nur wenige Minuten später zurück, den Arm voller Zeitschriften. Höchst feierlich legte er sie vor mir auf meinem schmalen Bett ab. »Darum habe ich Sie nicht gebeten …« Ich sank in mich zusammen. »Bitte holen Sie *Pan* Goldenberg.« Meine Stimme war ein kaum hörbares Flüstern.

Der Steward verbeugte sich und nickte. »Aber so freuen Sie sich doch, Fräulein! Ich habe Ihnen dies hier gebracht.« Er vollführte mit ausgebreiteten Armen eine Geste und umfing darin die deutschen Zeitschriften mit Fotografien und Zeichnungen von Frauen in schicken Kleidern, die Zeitung, die in Jiddisch geschrieben war, und die drei Zeitschriften in Spanisch, die anscheinend nichts enthielten außer Zeichnungen von dünnen, plattbrüstigen Frauen in eleganten Pelzen oder Bilder von Frauen, die gar keine Kleider trugen. Die jiddische Zeitung war drei Wochen alt und stammte aus New York in den Vereinigten Staaten von Amerika.

»Aber wo ist *Pan* Goldenberg?«

»Er ist zurzeit unabkömmlich, mein Fräulein.« Wieder schlug er die Hacken zusammen und schritt auf die Tür zu.

»Bitte, mein Herr«, sagte ich mit tränenerstickter Stimme, »könnten Sie mir wohl einen Stift und einige Bogen Papier bringen? Und ich flehe Sie an – bitte finden Sie heraus, wann ich Herrn Tutsik Goldenberg persönlich sehen kann!«

»Sehr wohl, mein Fräulein«, erwiderte er und ließ mich allein.

Als der Steward mit meinem Abendessen zurückkehrte, brachte er ein Kästchen mit, in dem sich ein gespitzter Bleistift und fünf Blatt Briefpapier befanden. Zu meiner Überraschung entdeckte ich zudem ein Päckchen deutsche Zigaretten, eine Schachtel dünner Streichhölzer, auf der »*Viktorius*« zu lesen stand, und eine Karaffe mit goldfarbenem Whiskey nebst einem kleinen Glas. Der Steward füllte das Glas und reichte es mir.

»Was ist das?«

»Whiskey, mein Fräulein. Auf Anordnung des Herrn.«

»*Pan* Goldenberg?«

»Jawohl, mein Fräulein.« Er reichte mir das Glas. »Trinken Sie es aus, mein Fräulein. Ich darf nicht eher gehen, als bis Sie es ausgetrunken haben.«

Ich hatte schon früher einmal an Vaters Tisch an den hohen Feiertagen Schnaps getrunken, allerdings immer nur leicht am Glas genippt. »Kommt *Pan* Goldenberg bald zu mir?«

»Das weiß ich nicht, mein Fräulein. Zum Wohlsein«, erwiderte er steif. Er stand da und sah mich an und schien ein wenig aufgeregt zu sein.

»Soll ich das etwa alles auf einmal trinken?«

»Ich bitte darum, mein Fräulein.«

»Aber ich bin doch erst 16.«

Der Steward blickte mich fragend an. »Sie werden feststellen, dass es ein sehr guter Whiskey ist.«

Mein Blick wanderte von dem Glas mit dem Whiskey, der so golden schimmerte, zu dem Mann in dem kurzen, weißen Jackett und schließlich zu der winzigen Öffnung in der Wand, die mir keinen Fluchtweg bot. Der Whiskey roch süß und scharf zugleich. Ich nahm einen kleinen Schluck; er brannte auf meinen Lippen. Ich schluckte und hustete. Der Steward schüttete mir ein halbes Glas Wasser ein und reichte es mir. Ich nahm es dankbar an und trank es aus. Nach und nach begann ich, mich mit meinem Leben in diesem Käfig abzufinden. »Wie sagt man noch in französischen Romanen?«, fragte ich. »*À votre santé?*«

»*À votre santé,* mein Fräulein.«

Ich toastete ihm zu und stürzte das ganze Glas in einem Zug hinunter. Sogleich musste ich furchtbar husten, und als der Hustenanfall nachließ, fühlte ich mich wohlig warm und – zum ersten Mal seit Beginn meiner Reise – innerlich ruhig. »Richten Sie *Pan* Goldenberg meinen Dank aus. Die Hochzeitszeremonie kann jederzeit beginnen.«

Der Steward erweckte wiederum den Eindruck, als begreife er meine Worte nicht. »Fühlen Sie sich nun wohler, mein Fräulein?«

»Oh, ganz wunderbar«, entgegnete ich betrübt.

Er goss mir ein weiteres Glas ein. »Sehr schön. Dann werde ich *Pan* Goldenberg wissen lassen, dass Sie sich wohlauf befinden.«

Sobald die Tür hinter ihm ins Schloss fiel, zog ich mich bis auf die Unterhose aus, denn nun war es mir viel zu warm. Außerdem war mir schwindelig, und mir war alles gleichgültig. Ich spielte mit einer Zigarette herum, zündete sie an und hustete bei meinem ersten Zug beinahe genauso schrecklich wie kurz zuvor beim Whiskey. Aber mit jedem Zug, den ich nahm, wurde das Rauchen leichter. Ich betrachtete mich im Glas des Bullauges. So machte es Tante Sara, den Kopf ein wenig zur Seite geneigt und ein Zwinkern im Auge, während die Zigarette aus einem Mundwinkel hing. Genau so hielt sie sie, so paffte sie, und so trank sie ihren Whiskey.

Auf diese Weise vertrieb ich mir für eine Weile die Zeit. Wenn ich schon nichts anderes zu tun hatte, als in einem Zimmer eingesperrt zu sein, dann konnte ich mir auch ein paar Laster zulegen. Das, glaubte ich, hätte meine süße Tamar wohl gesagt. Ich nahm mir vor, den Steward beim nächsten Mal nach einer Schachtel Pralinen zu fragen, über die ich in Büchern gelesen hatte. Ich rauchte meine Zigarette, bis mir der Stummel beinahe die Finger verbrannte. Dann griff ich zum Briefpapier und verfasste die folgende Nachricht auf Jiddisch:

Meine lieben Eltern,
bedauerlicherweise muss ich euch mitteilen, dass die Hochzeit, die ihr für mich geplant hattet, nichts weiter als die Ausgeburt unserer jämmerlichen Fantasie war. Statt fröhlich zu feiern, bin ich eine Gefangene auf diesem Dampfer, auch wenn ich nicht weiß, aus welchem Grund ich festgehalten werde. Nachdem Reb Goldenberg sich so viel Mühe gegeben und so viel Geld bezahlt hat, um mir den Hof zu machen, hat er mich nun einfach verlassen, und ich glaube, dass sein Versprechen, mich zu heiraten, nichts weiter als ein Schwindel war. Wer weiß, warum er euch all diese zloty bezahlt hat. Ich habe allergrößte Zweifel, dass ich jemals die schöne Stadt Buenos Aires sehen werde, denn ich bin mir sicher, dass ich in dieser Kabine verschrumpeln und verrotten muss. Wenn er nicht beabsichtigt, mich zu heiraten, kann ich mir wirklich nicht vorstellen, was der »ehrenwerte« Tutsik Goldenberg mit mir zu tun gedenkt.
Oh, weh mir! Rettet mich, wenn ihr könnt!
Mit verzweifelten Grüßen verbleibe ich
eure Tochter Sofia Teitelbaum

Ich faltete den Brief drei Mal zusammen und schrieb die Adresse meiner Eltern in Polen darauf. Dann legte ich ihn auf das Tablett mit dem unberührten Abendessen, in der Absicht, den Steward zu bitten, das Schreiben bei der nächsten Gelegenheit für mich wegzuschicken. Ich zündete mir eine weitere Zigarette an, schüttete mir noch ein klein wenig Whiskey ein (für den ich sofort eine Vorliebe entwickelte) und versuchte, die spanischen Zeitschriften zu entziffern.

Über die Stunden, die folgten, kann ich nicht viel berichten. Ich schlief, ich wachte auf, trank und schlief wieder. Manchmal, wenn ich aufwachte, blätterte ich durch die Zeitung und die Zeitschriften, manchmal pinkelte ich in den Nachttopf, ein oder zwei Mal aß ich einen Happen, zwei Mal rauchte ich eine Zigarette.

Dann plötzlich, mitten in einem dieser verstohlenen Nickerchen, flog die Tür zu meiner Kabine ohne ein ankündigendes Klopfen weit auf, und ich sah mich mit einem Male von allen dreien umringt: Tante Sara, Dov Hirsch und Tutsik Goldenberg. Sie trugen alle Abendkleidung, obwohl die Aufmachung von Tutsik Goldenberg bei Weitem die ausgefallenste war. Sara wirkte fremd, und in ihren neuen Sachen hatte ich sie auf den ersten Blick gar nicht erkannt. Das altmodische, unelegante Kleid war verschwunden, und nun steckte ihre dünne Gestalt in einem blau glänzenden, mit Pailletten besetzten Futteralkleid, dessen Oberteil unglaublich tief ausgeschnitten war und das gerade an ihr herunterhing und bis knapp über ihre Knie reichte. Auf ihrem Kopf saß nun nicht mehr der flache Strohhut, stattdessen trug sie eine einzelne blaue Feder, die sich um ihr Gesicht bog. Damit sah sie aber nicht etwa weicher oder weniger streng aus. Dov Hirsch schien eine billigere Ausgabe von Tutsik Goldenberg zu sein – die Ärmel seiner Smokingjacke waren ein wenig zu kurz, die schwarze Krawatte saß eine Spur schief. Während Goldenbergs Haare gekämmt und sorgfältig eingeölt waren, hingen Hirsch die Haare ins Gesicht.

Die drei zusammen jagten mir Angst ein. Da war so ein unheimliches Glitzern in jedem Augenpaar. Ich stützte mich auf einen Ellbogen. Ein Träger von meinem Unterrock war mir über die Schulter herabgerutscht. »Soso«, sagte ich, um meine Schläfrigkeit zu überspielen, »es ist also endlich an der Zeit für die Hochzeit.«

Tante Sara lachte. »Mein Gott, Tutsik, sie ist betrunken!«

»Natürlich ist sie betrunken. Ich habe ihr eine Flasche Whiskey bringen lassen.« Tutsik Goldenberg machte sich daran, einen eleganten Gold- und Diamantring nach dem anderen von seinen Fingern zu ziehen. Er reichte sie Hirsch, ohne ein einziges Mal den Blick von meinem Gesicht zu wenden. »Und wie ich sehe, hat sich meine zukünftige Braut nicht lange bitten lassen.«

»Na ja, es ist sonst ziemlich langweilig hier.«

Tutsik wedelte mit einem Blatt Briefpapier vor meiner Nase herum. »Aber du scheinst dich doch ganz gut damit unterhalten zu haben, nette Briefchen nach Hause zu schreiben.«

»Ich weiß nicht, wovon Sie reden«, erwiderte ich. Mein Atem verfing sich in meiner Kehle.

»Glücklicherweise habe ich ein besonders gutes Verhältnis zu deinem Steward. Er hat dafür gesorgt, dass ich den Brief zu sehen bekam, bevor er morgen mit dem Postschiff weggeschickt werden konnte.« Ohne seine Haltung oder sein Benehmen in irgendeiner Weise zu ändern, hob Tutsik Goldenberg, der so überaus freundliche Händler importierter Edelsteine, den Arm und versetzte mir einen Schlag mit der flachen Hand ins Gesicht. In meinem Kopf hallte der Schlag nach. Sara wandte sich zur Seite und steckte einen Finger in den Mund. Dov Hirsch lächelte.

»Du wirst nie wieder so einen Brief wie diesen hier schreiben, hast du mich verstanden?« Er schlug abermals zu. »Unter keinen Umständen, an niemanden.« Ein dritter Schlag. »Du hast Glück, dass es für mich von Vorteil ist, dich ohne eine Schramme an unserem Ziel abzuliefern, das in der Tat Buenos Aires ist.« Er schnippte mit seinen makellosen Fingern, und Dov Hirsch ließ die Ringe in die Hand meines zukünftigen Mannes fallen. Einen nach dem anderen steckte er sie sich wieder an. »Ich hatte gehofft, so etwas vermeiden zu können, aber für den Rest der Reise wird Sara auf dich aufpassen. Ich würde lieber Hirsch hierlassen, aber dem kann man nicht trauen. Es ist eine Schande, denn wegen dir wird sie nun den besten Teil der Reise verpassen.« Er hielt meinen verhängnisvollen Brief über meinem Kopf in die Höhe und zündete ihn mit einem Streichholz an. Dann öffnete er das Bullauge und warf das brennende Papier ins Meer.

Ich sagte nichts, sah nur Sara an, dann Dov Hirsch und wandte schließlich meinen Blick ab. »Nimm dir noch einen Whiskey. Der Kapitän ist ein guter Freund von mir. Er sorgt stets dafür, dass meine Gäste und ich nur das Beste bekommen. Also gut, Hirsch und ich werden jetzt in den Speisesaal zurückgehen und unser Abendessen beenden. Sara wird die Nacht hier verbringen. Ich hoffe, dass du und ich uns nicht noch einmal unterhalten müssen, bis wir an Argentiniens wundervoller Küste angelangt sind.« Er legte seine Hand unter mein Kinn. »Hast du noch irgendeinen Wunsch, liebste Braut?«

Dir ins Gesicht zu spucken, dachte ich, sagte es aber nicht laut. Am liebsten wäre ich tot gewesen.

»Sara ist eine exzellente Binokel-Spielerin – es wird gemunkelt, sie sei eine ganz Gerissene. Vielleicht bringt sie dir den einen oder anderen Trick bei, bevor die Nacht vorüber ist.« Er berührte seine Stirn, als tippe er sich an die Hutkrempe. »*Buenas noches, Señorita.* Bis zum nächsten Mal.«

Nun waren wir allein, nicht in einer Kutsche oder einem Zugabteil, sondern hier, in einer winzigen Kabine an Bord eines Schiffes, das Kurs nach Westen hielt. Welch einen Anblick muss ich ihr geboten haben! Mein Gesicht brannte von Goldenbergs Schlägen, in meinen Augen glänzten Tränen. Ich bedeckte mich, so gut es eben ging, doch Sara blieb weiter mit ihren kalten Augen vor mir stehen, die Lippen zu einem Lächeln verzogen, das jedoch nicht davon kündete, dass sie glücklich war. Sie zog die blaue Feder aus ihrem Haar und schleuderte die Schuhe von den Füßen.

Dann setzte sie sich neben mich auf das Bett. Sie beugte sich zu mir herunter, berührte meine Wange mit demselben Finger, den sie sich in den Mund geschoben hatte, als Goldenberg mich schlug, ließ ihn über meine Lippen gleiten, unter mein Kinn, an meinen Schultern entlang und am Ausschnitt meines Unterhemds. Dann küsste mich Sara, ohne ein Wort zu verlieren, schob meine Lippen mit ihrer Zunge weit auseinander und saugte mich förmlich in sich auf.

Ich war entsetzt und hielt den Atem an, rührte keinen einzigen Muskel. Doch als sie beide Hände unter meinen Hintern schob und mich an sich zog, dabei ihr Knie zwischen meine Beine presste und meine Oberschenkel spreizte, da spürte ich irgendwo in meinem Inneren eine schreckliche Erregung. Sie hielt mich, so schien mir, eine halbe Ewigkeit auf diese Weise fest, küsste mich, zog mich an sich, drückte mich. Mein Körper stand in Flammen und wurde von Leidenschaft verzehrt.

Sie stand auf und schob die perlenbesetzten Träger ihres Kleides über ihre Schultern. Das Kleid glitt zu Boden und landete als glitzernder Hügel in Höhe ihrer Fußknöchel. Und da stand sie nun nackt vor mir, Tutsik Goldenbergs Tante-Sara-Ersatz. Sie beugte sich vor und küsste mich abermals. Ihre Brüste strichen leicht über meine eigenen hinweg. Ich wand mich, um von ihr wegzukommen, und keuchte ob der seltsamen Lust, die ich verspürte. »Bist du wirklich Tutsik Goldenbergs Tante?«, flüsterte ich.

Sie gab ein kurzes, prustendes Lachen von sich und gurrte dann: »*Momentito.*« Ich lag vollkommen still da, während sie rasch zur Kabinentür huschte und sich vergewisserte, dass sie auch abgeschlossen war. Sie kam zurück, legte sich neben mich auf das Bett und küsste mich erneut.

Ob es am Whiskey lag? An der schalen Langeweile meiner Gefangenschaft? Oder hatte sie womöglich mein heimliches Verlangen geweckt? Woher sollte ich überhaupt wissen, was ich tun musste? Irgendwie war ich mutig. Ich spürte Saras Mund auf dem meinen, ich spürte ihre Hände auf meinen Brüsten und auf meinem Hintern, und schon bald wurden meine Lippen gierig nach den ihren, und ich war fiebrig und erfüllt von einem unbekannten Gefühl, das ich nicht in Worte zu fassen vermochte. Es riss mich einfach mit sich. Sara sagte gar nichts, doch ruhig war sie gewiss nicht.

Sie wusste sehr viel besser als ich, wie man das mit dem Küssen anstellt, und war darin viel geschickter als die wunderbare Tamar. Sie wusste, wie sie mich dazu bringen konnte, meine Finger und Hände an geheime Stellen zu legen, ohne dabei ein Wort zu verlieren. Sie hielt mich an den Hüften und um die Taille fest, grub sich mit ihren Fingern und ihrem Gesicht in mich hinein und ermunterte mich, das Gleiche mit ihr zu tun. Ich war angsterfüllt und zugleich sehr wild. Ich war begierig und heiß und gefährlich. Ich hatte mich in meinem ganzen Leben noch niemals so gefühlt. War es das, was Tamar von mir gewollt hatte und ich von ihr? Es spielte jetzt keine Rolle mehr, denn nachdem ich einmal von einem solchen Festmahl gekostet hatte, würde ich mich für den Rest meines Lebens danach verzehren.

Ich weiß nicht, wie lange das so weiterging. Als wir aufhörten, blickte Sara an mir vorbei und setzte sich abrupt auf. Sie zündete sich eine Zigarette an und goss zwei Whiskey ein. Ich versuchte, sie noch einmal auf den Mund zu küssen, doch sie ließ es nicht zu. Stattdessen reichte sie mir ein Glas. »Trink das«, befahl sie mir, und ich gehorchte.

Ich stürzte den Whiskey hinunter. Wie er mir in der Kehle brannte, wie er die Rückseite meines Kopfes aufzureißen schien! Ich stellte mein Glas ab, und sie goss mir ein weiteres ein. »Du wirst keine Probleme haben, wenn wir in die Calle

Talcahuano kommen. Mach es mit Perle einfach so, wie du es mit mir gemacht hast. Dann wirst du es gut haben, bis du 20 wirst, o ja, du wirst es gut haben, das garantiere ich dir.«

Ich hatte keine Ahnung, wovon sie da redete, mochte sie aber nicht fragen. Ich blickte sie nur an, wie sie so neben mir saß. Sara, deren Augen stumpf waren, deren Kiefer immer angespannt und gleichsam gegen alles eingenommen war, und die mich dennoch allein mit ihren Händen, ihrem Mund und ihrer Zunge in eine wilde Bestie verwandelt hatte. Sara mit ihrer fahlen Haut, ihren schiefen Zähnen und den kleinen Stummelfingern, die so gar nicht zu ihrem übrigen Körper zu passen schienen. Sara, die große Schlucke Whiskey trank und das nicht etwa aus einem Glas, sondern direkt aus der Flasche. Sara, die mich noch vor wenigen Augenblicken (war es wirklich noch nicht länger her?) in den Armen gehalten hatte, der ich auf Gedeih und Verderb ausgeliefert gewesen war, die mich endlich aus diesem winzigen, verschlossenen Raum hinausgeführt hatte – wohin, an welchen Ort, in welches Land, das vermochte ich nicht zu sagen. Und nun sprach sie gar nichts, starrte nur an mir vorbei zu dem Bullauge hinüber. »Nicht schlecht, kleine Braut. Wirklich nicht schlecht.«

Ich träumte wieder einmal von meinem polnischen Zuhause, von Mutter in einem Brautkleid, von mir, nackt und lachend. Sie trug mich auf ihren Schultern eine lehmige Straße entlang, brachte mich von Haus zu Haus, klopfte an jede Tür. Niemand öffnete, bis die Metzgerfrau im Türrahmen erschien, die Hände in die Hüften gestemmt. »Ihr seid spät dran«, sagte sie und schnalzte bedauernd mit der Zunge. »Spät dran für die Hochzeit, spät dran für Tamar!«

»Zu spät für Tamar?«, erkundigte sich Mutter.

»Zu spät für Tamar?« Mir wurde bang ums Herz.

Doch da stand sie, hinter dem Metzger, das Nachbarmädchen aus meiner Kindheit, meine beste Freundin, die wunderschöne Tamar. In ihrem eigenen Hochzeitskleid. Ihr üppiges, rotes, unbändiges Haar ergoss sich über ihre Schultern. Und ein weiteres Wunder geschah. Es hatte mit Tamar zu tun – die in der Wohnung unter der unseren lebte und in meine Seele zu blicken vermochte, die in Geschichte neben mir saß und mir in Chemie über die Schulter schaute –, o süße Tamar, meine kindliche Liebe, die mir nur einen einzigen flüchtigen Kuss geschenkt hatte. Ach, Tamar, in diesem Traum – du in deinem wundervollen Brautkleid, mit diesem Haar, an dem man sich verbrennen konnte – zog ich, die ich schließlich doch noch eigenhändig von meiner Mutter übergeben worden war, dich hinter diesem Metzger hervor, schloss dich in die Arme und drückte dir endlich selbst einen Kuss auf die verführerischen Lippen.

Und in dem Moment schreckte ich in der stickigen Kabine neben Saras magerem Rücken aus dem Schlaf. Um mich herum war alles still und grau. Ich vermochte kaum zu atmen. Ich starrte in die Finsternis und begann zu weinen. Ich weinte, und ich fragte mich, ob meine Eltern mich am Ende vielleicht für ein paar *zloty* verkauft hatten, weil sie aus irgendeinem Grunde wussten, dass ich mich tief in meinem Herzen nach einer Frau sehnte.

Hankus, mein Liebling, erst durch dich habe ich diese Frau gefunden.

Kapitel 4

Ich ging nicht wie andere Passagiere von Bord dieses Schiffes, die am Kai liebevoll umfangen und von tröstlich bekannten Menschen begrüßt werden. Ich wurde in einem hölzernen Stuhl von Bord gerollt, die Laufplanke hinunter, in Decken und Schals gewickelt, mit einem alten Strohhut auf dem Kopf, wie ihn Sara getragen hatte, als ich ihr zum ersten Mal begegnet war, und in ihrer Tante-Sara-Verkleidung. Sie schob mich, doch es war nicht mehr die heiße Sara, deren kalte Küsse mich für den langen Rest unserer Reise ruhig gehalten hatten, sondern *Tante* Sara, in ebendiesem alten *Tante*-Sara-Kleid. Während sie mich schob, sprach sie in einem vogelähnlichen, beruhigenden Jiddisch auf mich ein, an das ich mich kaum richtig zu erinnern vermag, weil man mich betäubt hatte. Sie hatten mir etwas in meinen Whiskey und in mein Essen getan, und dies in Verbindung mit den Nachwirkungen von Saras langen Küssen garantierte, dass ich ihnen keinen Ärger machen würde. Wer meine Papiere vorzeigte, wer meine Habseligkeiten trug, das weiß ich nicht. Ich war weggetreten. Ich erinnere mich nur noch an das Geruckel des Stuhls auf der Laufplanke, *rumsdibums,* und daran, dass plötzlich überall Menschen waren, die in alle Richtungen gleichzeitig zu drängeln schienen. Dann das *rums, rums, rums* über die Pflastersteine auf dem Weg zu meinem neuen Zuhause.

Heute weiß ich, dass es an jenem Tag da unten an den Kais Leute gab, die nach solchen wie mir Ausschau hielten: Sie sahen sich nach jungen Frauen in Begleitung von Männern um, die wie Tutsik Goldenberg rochen, oder nach jungen Mädchen ohne Begleitung, die von auffälligen Tanten oder Onkeln begrüßt wurden, die wie Dov Hirsch aussahen und in deren Augen ein Glitzern hart wie Eis funkelte. Das waren Beobachter der Gesellschaft zum Schutz jüdischer Damen. Sie versuchten, solche wie mich vor einem Schicksal zu bewahren, wie es mir bevorstand. Aber Perle Goldenberg und ihr Bruder Tutsik waren hinter ihr freundliches Ansinnen gekommen. Sie hatten schon vor langer Zeit Vorsichtsmaßnahmen ergriffen. Als ich das Schiff verließ, bot ich längst nicht mehr den Anblick einer mit Betäubungsmitteln vollgestopften und verängstigten 16-Jährigen aus Warschau. Man hatte mich derweilen in eine andere Tante, nämlich Tante Sofia verwandelt, die klapprige alte Tante meiner Liebhaberin Sara. Ich stammte jetzt aus Lodz, und nicht aus Warschau, und war so alt, wie eine Frau eben sein kann.

Ich habe es seitdem sehr oft erleben müssen. Ich weiß, wie sie es angestellt haben. Sie schoben mich an den wachsamen Augen der Mitglieder jener besagten Gesellschaft vorbei, vorbei an diesen wohlmeinenden Frauen mit ihren Notizbüchern und den Fotografien von der Roten Ruthie und von Madame Perle. Sie schoben mich vorbei an Polizisten, denen dies sowieso gleichgültig war, bis sie aus allem heraus waren, und hoben mich dann in eine *droschke*. Sara setzte sich neben mich, und schon waren wir auf unserem Weg in die Calle Talcahuano, meinem neuen Zuhause.

Regnete es? Es war Mai, also hätte es durchaus sein können. Wahrscheinlich war es feucht und kühl, aber wer weiß das schon? Vielleicht war es auch ein wunderschöner Tag, wie er im Winter in Buenos Aires so selten vorkommt. Ja, vielleicht war der Himmel blau und klar, und nur eine feuchte Brise blies über die gepflasterten Straßen hinweg. Es spielte keine Rolle, denn nachdem man mich in mein neues Zuhause in der Calle Talcahuano verfrachtet hatte, schob man mich eine schmale Treppe hinauf und legte mich ins Bett. Dann durfte ich schlafen. Wie viele Tage, weiß ich nicht. Als ich wieder erwachte, regnete es in der Tat. Ich trug ein Satinmieder, und Sara saß neben mir auf dem Bett. Sie war wieder einmal verwandelt, trug einen offenen Kimono, unter dem sie nackt war, und ihre Lippen umspielte wieder dieses freudlose Lächeln. Sie hielt mir eine ausgehöhlte, schwarz angemalte Kalebasse mit einem Trinkhalm hin, der eine Silberspitze trug. »Trink das hier, mein Schatz.« Sie bot es mir ohne jede Wärme dar, doch der Ausdruck ihrer Augen schien ein wenig weicher als gewöhnlich. »Sieh zu, dass du munter wirst, denn bald schon wird dir unsere liebe Herrin einen Besuch abstatten.«

Ich nahm widerstrebend einen Schluck durch den Trinkhalm. Ich wusste, dass die Betäubungsmittel, die sie mir auf dem Schiff gegeben hatten, immer noch in mir waren. Doch als mir Sara über die Wange strich und mich auf den Hals küsste, da ergab ich mich ihr unwillkürlich. All das, wonach sie verlangte, alles, worum sie mich bat, wollte ich ihr geben. Also saugte ich an dem silbernen Trinkhalm und kostete dieses fremde Land Argentinien zum ersten Mal – in einem abgeschlossenen Zimmer mit Jalousiestäben vor den Fenstern und einer hohen Decke und heraufziehenden traurigen Träumen.

»So trinken sie den Tee hier in Argentinien«, sagte Sara mit ihrem ausdruckslosen Gesicht. Sie berührte mich wieder an der Wange. Ich schluckte schwer.

»Aber wo bin ich hier eigentlich?«, erkundigte ich mich in plötzlicher Panik. »Und wo ist mein Kleid?«

Sara schüttelte den Kopf und zog die Hand weg. »Du bist zu Hause, kleine Schwester, meine liebe Cousine und Nichte. Willkommen, liebstes Tantchen und liebste Liebhaberin. Madame Perle wird in wenigen Minuten hier sein, und dein Leben auf dieser Welt wird noch einmal ganz von vorn beginnen. Aber vergiss eins nicht«, flüsterte sie, »Madame Perle mag nicht aussehen wie diese sittsamen Damen, die in der *schul* bei jeder sich bietenden Gelegenheit oben auf dem Balkon sitzen, aber in Wahrheit ist sie fromm und hält sich für eine der Gerechten. Wie versucht du auch sein magst, benutze auf keinen Fall den Namen Gottes – oder auch den von Madame Perle – in lästerlicher Weise.«

Die Tür meines winzigen Zimmers schwang auf, und dort vor mir, eingerahmt in grelles Bordelllicht, stand die Königin der Calle Talcahuano, die Frau, die nun mein Schicksal in der Hand hielt: meine neue Mutter, Madame Perle.

Tutsik Goldenbergs Schwester war eine echte Schönheit. Selbst in meiner Benommenheit konnte ich das erkennen, und es fiel mir in der Tat schwer, ihre Aufmachung in diesem Moment mit dem überein zu bringen, was Sara mir vor wenigen Augenblicken gesagt hatte. Sie trug einen sagenhaften grünen Morgenmantel über einem schwarzen Korsett, Seidenstrümpfe und dazu offene Satinpantoletten. Ihr üppiges schwarzes Haar war oben auf ihrem Kopf festgesteckt, zwei schwere, goldene Kreolen baumelten von ihren Ohren herab. Ihr Gesicht war geschminkt. Ich hatte noch niemals zuvor so ein Gesicht gesehen. Ihre Lippen waren scharlachrot angemalt, die Augenlider hatte sie mit dicken schwarzen Linien nachgezogen, und ihre Wimpern waren lang und dicht. Sie trug jede Menge Schmuckreifen an jedem Arm, die bei ihren Handbewegungen ein beruhigendes Geklimper von sich gaben. Ganz im Gegensatz zu ihrem Bruder ging von dieser Frau, Perle Goldenberg, eine bemerkenswerte und atemberaubende Wärme aus. Blickte man allerdings genauer in diese schwarzen Augen, lag etwas vom Ausdruck einer Wahnsinnigen darin, den man hin und wieder auch in den Augen der Frauen auf dem Marktplatz in Warschau sehen konnte, die in einer Hand einen Fisch und in der anderen ein Gebetbuch hielten.

Sie setzte sich neben mich auf mein Bett. Sie roch nach Flieder und nach Rosen. Sie hob mein Kinn mit der Hand und gab beruhigende Laute von sich. »Wie fühlst du dich, süße Sofia? Immer noch ein wenig schwach auf den Beinen, wie?« Sie tätschelte sanft meine Wange und gurrte: »Das mit den Betäubungsmitteln tut mir so leid, mein Schatz. Es ist aber besser, dass man nicht aufgeregt ist, wenn man auf die Obrigkeit trifft. Wenn man schläft, können sie einem keine Fragen stellen, und nach einer so langen Reise ... nun, wer will da schon gern gestört werden?« Sie drückte kurz meine Hand. »Sara hat dir ja schon einige Kniffe beigebracht, wie ich hörte. Aber da wäre noch das eine oder andere, das du wissen musst, bevor wir an die Arbeit gehen können, nicht wahr? Komm morgen, wenn du ausgeschlafen hast, in meine Räumlichkeiten, dann werde ich dir alles erklären. Bist du hungrig, *neschomele?*«

Ehrlich gesagt, fühlte ich mich schwach und ausgehungert, hatte aber Angst, es einzugestehen.

»Oh, ich bin sicher, dass es sich so verhält.« Perle sorgte sich um mich wie eine Glucke. »Du musst nach der langen Schiffsreise doch gewiss kurz vor dem Verhungern sein und sehnst dich bestimmt nach einer guten polnischen Mahlzeit. Das Essen an Bord dieser Schiffe ist entsetzlich, meine Liebe. Ich lasse dir eine herrliche Mahlzeit von Marianna heraufbringen. Sie kocht gerade einen köstlichen Kohl-*borscht*. Wenn sich das herumspricht, wird die gesamte jüdische Gemeinde zum Abendessen an unsere Tür klopfen. Ja, *borscht,* Schwarzbrot und ein wenig saure Sahne. Ehe du dich's versiehst, bist du wieder auf den Beinen. Aber da wollen wir dich ja eigentlich gar nicht haben, nicht wahr?« Sie kicherte leise. Anders als bei Dov Hirschs Lachen war mir bewusst, dass ich in den Scherz einbezogen wurde und nicht etwa die Zielscheibe dafür abgab. Ich war mir nicht sicher, warum es lustig sein sollte, aber ich kicherte ebenfalls.

Sara flüsterte Perle etwas auf Spanisch zu. »Ah ja.« Madame nickte mit dem Kopf und berührte erneut mein Gesicht. »Sara sagt mir, dass du dir Sorgen wegen deiner Sachen machst – einem Koffer und einer Pappschachtel, ja?«

»Und wegen einem Paar silberner Kerzenhalter.« Zum ersten Mal seit langer Zeit sprach ich wieder, und meine Stimme zitterte.

Perle blickte mich bedauernd an. »Ich fürchte, die Kerzenhalter lassen sich nirgendwo auffinden, meine Liebe. Aber verzweifele nicht. In diesem Haus wird der *Sabbat* strikt eingehalten, und du darfst jeden Freitagabend den Segen über die Lichter sprechen, wenn du möchtest. Und was dein restliches Gepäck angeht, es befindet sich bereits hier in diesem Zimmer.« Sie schnippte mit den Fingern, und Sara legte die Schachtel mit dem Brautkleid in meinen Schoß.

»Siehst du«, verkündete Madame Perle strahlend, »wie an *Chanukka!*«

In diesem Augenblick zerbrach mein Herz dort in Buenos Aires ein für alle Mal. Lag es an dem Verlust der Kerzenleuchter oder an der Tatsache, dass mein Brautkleid nichts weiter als einen Witz darstellte? Bis zum heutigen Tag vermag ich es nicht zu sagen. Ich konnte einfach nicht anders, ich brach in Tränen aus.

»Ach, *sißkajt!*« Perle nahm mir die Schachtel weg und schob sie unter das Bett. Sie berührte meine Wange, und ich weinte nur noch lauter. »Ah!« Sie beugte sich zu mir herüber und küsste mich sanft auf die Stirn. »Ich weiß, was du durchmachst, Sofia. Seereisen versetzen mich auch immer in einen melancholischen Zustand. Wir werden dich jetzt wieder deinen Träumen überlassen«, sagte sie mit gefühlvoller Stimme. »Du musst versuchen, nicht traurig zu sein, mein Schatz.«

Falls ich in jener Nacht wirklich geträumt haben sollte, so wimmelte es in diesen Träumen von Männern mit Rasiermessern und Frauen mit Stricknadeln, die mich durch die Straßen Warschaus jagten. Ich hatte nicht viel Zeit, mich an sie zu erinnern oder über ihre Bedeutung nachzudenken, denn am nächsten Tag wurde ich von Perle herbeizitiert. Die Erinnerungen an meine Zeit mit ihr sollten mich von da an tagsüber wie auch des Nachts beschäftigen.

Sara kam mich holen. Sie hielt mir einen leichten blauen Seidenkimono hin. »Zieh das hier an. Geschenk des Hauses«, sagte sie ausdruckslos. »Du wirst jetzt erst mal ein Bad nehmen, und dann hast du eine Audienz bei Ihrer Heiligkeit, der Chefin.« Sara lächelte spöttisch, als sie dies sagte, und mir blieb das Herz stehen, aber ich folgte ihr den Flur entlang zu einem Raum mit einer großen Klauenfuß-Badewanne, die bereits mit dampfendem, parfümiertem Wasser gefüllt war. Sara nahm meinen Kimono entgegen und sah zu, wie ich widerstrebend ins Wasser stieg. »Nur zu, Sofia, betrachte es mal auf diese Weise – das ist dein ganz privates *mikwe*. Und dann lässt du dich segnen.«

Ich sank hinein und ließ das Wasser gegen mein Kinn plätschern. Nach all den Hotelzimmern und dem Leben auf dem Schiff genoss ich die Tatsache, ein Bad nehmen zu können, sehr.

Sara reichte mir einen riesigen runden Schwamm und ein Stück rosenrote Seife. »Schrubb dich gut ab und mach es dir nicht zu gemütlich. Madame wünscht dich in einer halben Stunde zu sehen.« Sie drehte sich um und ging davon.

Ich hatte noch niemals in meinem ganzen Leben ein Bad in einer solch großen, langen Wanne genommen, bei der das Wasser bereits heiß aus einem Kran kam. Ich planschte darin herum und seifte mich von oben bis unten mit diesem wundervollen blumigen Duft ein. Ich lachte und dachte: Das hier ist gar nicht so schlimm, ein solches Bad und dazu noch dieser Kimono. Dann kam Sara zurück und rubbelte mich mit einem Handtuch trocken, das so groß war wie ich, ganz so, wie es meine Mutter immer getan hatte, als ich noch ein kleines Mädchen war. Da stiegen mir die Tränen in die Augen, doch ich hielt sie zurück, denn ich wollte nicht, dass alle erfuhren, was für ein Dummkopf und was für eine kindische Närrin ich war. Wie hatten mich meine Eltern nur einfach so weggeben können?

Nachdem ich trocken und einparfümiert war, das Haar gebürstet und zurückgebunden, brachte mich Sara endlich zu Perles Zimmern am Ende des Flurs. Sie klopfte, und eine samtige Stimme sagte: »Komm nur, mein Schatz.« Sara nickte, und ich trat allein ein.

Obwohl es drei Uhr am Nachmittag war, brannten Kerzen in Perles Zimmer. Weihrauch schwelte zu einer lieblichen und geheimnisvollen Musik vor sich hin, die leise von einem Grammofon erklang. In meinem Zimmer hier in dem Haus stand ein Bett, in dem leicht zwei hätten schlafen können, aber Perle Goldenbergs Bett bot Platz für vier. Du hast dieses Bett gesehen, Hankus, du weißt, dass ich nicht übertreibe. Erinnerst du dich noch daran, dass es aus Eiche war? Und kannst du dich noch auf diese trompetenden Putten besinnen, die man in das riesige Kopfteil geschnitzt hatte? Bei meinem ersten Besuch bei Madame Perle lagen etliche Kissen an diesem Kopfteil, und jedes einzelne war mit einer Satinhülle bezogen. Auf dem Bett lag eine rosafarbene Tagesdecke, und unter dieser, gegen all die vielen Kissen gelehnt, saß eine strahlende Madame Perle.

Sie trug einen Morgenmantel, der zu den Laken passte, und ihr Haar war schwungvoll hochgesteckt. Sie las ein Buch im Kerzenlicht und trank ihren Tee durch einen Trinkhalm. Sie legte das Buch beiseite, schlug die Bettdecke zurück und sagte: »Komm her, mein Schatz, setz dich zu mir.«

Nun mag man sich fragen, was Madame Perle mir noch beibringen sollte, nachdem Sara mich an Bord der guten *Viktorius* auf dem Weg über den Ozean so gut unterrichtet hatte. Zugegeben, ich hatte dank der unterkühlten Sara bereits widerstrebend einige Wonnen meines eigenen Körpers entdeckt, ehe Perle mich in ihr riesiges Bett einlud. Aber Madame Perle klärte mich dahingehend auf, dass mein Verlangen oder mein *scheinbares* Verlangen Leidenschaft und Begierde in anderen zu wecken vermochte. Sie tat außerdem, was Sara in einer Million Jahren niemals getan hätte: Zu jedem Trick meines neuen Gewerbes hielt Madame Perle kleine Predigten und erzählte mir Märchen darüber, wie gut ich mich durch diese Taten mit Gott stellen würde.

»Ich küsse dich so.«

Sie tat es. Ein vorzüglicher Kuss, der mich in sie hineinzog, der mich auf der Stelle zum Schmelzen brachte. Selbst als ich zu protestieren versuchte, stöhnte ich. »Ah, ein Naturtalent, die kleine Sofia! In diesem Metier ist es deine Aufgabe, genau das zu tun, was du getan hast – reagieren! Sag die Wahrheit – du hast diesen Kuss gespürt, er hat dir gefallen, stimmt's? Aber vergiss eins nicht, mein Püppchen, es heißt schon in der Bibel: Geben ist seliger denn nehmen. Vergnügen ist in diesem Hause Arbeit, aber wenn du es anständig anstellst, wird es für dich auch ein Segen sein. Allein schon den Männern zuzuhören, wenn du sie in den Klauen der Ekstase hast! Zwar werden dich einige verfluchen, aber wenn du deine Arbeit gut machst, werden die meisten den Herrn da oben anrufen, dass er dich segnen und beschützen soll. Und manch einer, der so befriedigt ist, so überwältigt von der Lust, die er erfahren hat, wird dabei sogar den Namen Gottes in den Mund nehmen. Sei nicht entsetzt, wenn dies geschieht, und gib dich selbst niemals dieser Ekstase hin. Also« – sie bedachte meine Lippen mit einem zweiten ganz außergewöhnlichen Kuss – »das gefällt dir. Das spüre ich. Aber du lässt dich zu sehr gehen, entspannst dich zu sehr, da wird dir das Leben hier bald zur Hölle werden. Reagiere, wenn du magst, aber halte dein Herz im Zaum. Zeige Gefühl, ohne dabei wirklich zu empfinden. Wenn ein Mann seine Hände über dich hinweggleiten lässt, sei fügsam, aber gib dich seinen Berührungen nicht hin. Niemand kann sich meinen Liebkosungen entziehen, ich bin unwiderstehlich, ich weiß. Aber bei Männern ist das leicht, glaube mir. Du wirst schon sehen. Verlier nicht die Kontrolle, dann wirst du die Königin der Welt. Sieh doch nur mich an.

Wenn ein Mann keuchend und stoßend und pumpend auf dir liegt und nach Gott schreit und dich seinen süßesten Liebling nennt« – sie verdrehte die Augen nach oben und begann, sich auf dem Bett zu winden –, »dann ist es deine Aufgabe, dich so zu benehmen, als sei er der beste Liebhaber der Welt. Nenn ihn bei seinem Vornamen oder besser noch bei einem Kosenamen, schmilz unter ihm dahin, gib ihm das Gefühl, nur er allein gehe dir über alles – ohne dabei selbst auch nur das Geringste zu empfinden.«

Auf diesem verfluchten Schiff, der *Viktorius,* brachte Sara das *Wilde* in mir zum Vorschein, das wilde Tier. Hier in dem *schandhojs* in der Calle Talcahuano brachte Madame Perle mir bei, das *Wilde* in anderen hervorzulocken. Sie fuhr fort, mir aus ihrem reichen Erfahrungsschatz Vorträge darüber zu halten, was die Kunden verlangen würden und wie sie es verlangen würden. »Du wirst tun, was sie von dir verlangen, Sofia, denn was immer uns vertrocknete, alte Rabbiner auch sagen mögen, der Talmud schreibt vor, dass wir uns vergnügen, und Lust sollst du bereiten! Betrachte dich als eine Magd wie in früheren Zeiten.«

Madame Perle zog meine Aufmerksamkeit auf ein schimmerndes Fläschchen mit goldenem Öl. »Sie werden dich bitten, ihre kostbaren *schwonzes* einzusalben«, erklärte sie mir, während wir dort in ihrem riesigen Bett lagen, »und dir dann befehlen, sie abzulutschen. Benutz ausschließlich die Öle, die wir im *schandhojs* aufbewahren, nichts anderes. Manchmal bringen die Freier ihr eigenes Öl mit. Das ist dann häufig Gift und lässt den Mund zuschwellen. Nimm ihre Fläschchen entgegen, tu so, als würdest du sie benutzen, aber lenk sie dabei ab. Sag ihnen, was für ein heiliges Zepter ihre *schlang* ist, und tausch das Öl gegen dein eigenes aus. Falls du Probleme damit haben solltest, das Ding in deinen Mund zu stecken, erinnere dich daran, was die Tora vorschreibt. Diese besondere Form der Vergnügung mag dir anfangs zuwider sein, aber nach einer Weile wirst du dich daran gewöhnen. Sie mögen es, wenn man ihren Samen schluckt. Mein Rat in diesem Fall lautet: Gib vor, es zu tun, und spuck ihn dann auf diskrete Weise aus. Hast du jemals gesehen, wie ein Mann seinen Penis in die eigenen Hände nimmt und sich dazu bringt zu kommen? Bestimmt, denn sie tun es in den Straßen von Warschau die ganze Zeit. Es ist ein komischer, mitleiderregender Anblick. Das lässt sie nur noch grotesker erscheinen, als sie ohnehin schon sind.

Und diese armen *schlubs* vergeuden ihren Samen! Für die gibt es keine Hoffnung mehr im Himmel. Wenn du dich nur daran erinnerst, wirst du immer die Kontrolle behalten. *Farschtajßt?*«

Sie reichte mir ihren *maté*-Tee. Ich nahm einen Schluck, aber meine Kehle war wie zugeschnürt von all diesem Gerede über Ablutschen und *schwonzes*. Ich schluckte endlich; sie lächelte. Sie kniff mich in die Wange, strich mir übers Haar. »*Neschomele,* Herzchen ... ganz wie ich in deinem Alter war.«

Dann reichte mir Perle das Fläschchen mit der bernsteinfarbenen Flüssigkeit. »Gib einen Tropfen hier drauf«, sagte sie und deutete auf ihre wunderschöne, rot gefärbte Brustwarze. Ich hatte Angst, sie zu berühren. »Nimm erst einen Tropfen auf den Finger«, erklärte sie, kippte das Fläschchen mit einer schnellen Bewegung auf ihren eigenen Finger und hielt ihn mir unter die Nase. »Wunderbar, nicht?« Sie rieb das Öl auf meine Brustwarze. Ich hielt den Atem an. Es war ganz so, als stünde meine Brust mit einem Mal in Flammen, und andererseits fühlte es sich auch beinahe richtig gut an. Madame Perle kicherte und küsste mich auf den Scheitel. »Fühlt sich gut an, stimmt's?« Sie reichte mir das Fläschchen. »Und jetzt reib mich ein. Gib mir auch das Gefühl, anbetungswürdig zu sein.«

Ich tat, wie mir geheißen, und trug einen winzigen Tropfen auf die Spitze von Perles Brust auf. Sie lehnte sich zurück und seufzte tief. »Wundervoll, Sofia! Und jetzt gib etwas Öl auf deine Handflächen und reib sie, bis sie warm sind. Nur für ein paar Sekunden. Reib deine Hände ganz leicht aneinander, wenn du magst ... gut ... und jetzt verteil das Öl auf meinem Bauch und lass deine Hände ganz langsam zu meiner *peeric* hinunterwandern.« Sie deutete auf ihr Geschlecht, ohne sich dabei selbst zu berühren. »Mach schon, ich beiße nicht. Aber wenn ich's täte, wäre es bestimmt nicht schlimm – ganz im Gegenteil, glaub mir.«

Ich atmete tief durch und rieb das Öl vorsichtig über Madames weichen, runden Bauch, dann weiter hinunter, entlang der Linie ihres schwarzen und seidigen Schamhaars, das zu meiner Überraschung – und insgeheim zu meiner Freude – zu einem winzigen Zopf geflochten war, mit einem schmalen, lavendelfarbenen Band als Abschluss.

Madame flüsterte mir aus tiefer Kehle zu: »Und jetzt steck deinen Finger in mich hinein.«

Ich hielt wieder den Atem an und schob meinen Zeigefinger in ihre Vagina, die sehr feucht und warm war.

»Und jetzt«, murmelte sie ein wenig atemlos, »zieh ihn schnell wieder heraus.«

Ich zog meinen Finger heraus. Madame Perle stöhnte. Sie nahm mein Gesicht in ihre Hände. »Du bist eine sehr gelehrige Schülerin, *harzenju*. Oh, du wirst deine Sache hier bei uns sehr gut machen ... und jetzt küss mich.«

Ich räusperte mich und drehte den Kopf zu ihren Lippen. Sie wehrte mich mit der Handfläche ab. »Ich habe dir gesagt, du sollst mich küssen, und das meinte ich auch, aber nicht auf den Mund. Küss mich da unten, mein Schatz.«

In den folgenden Tagen brachte mir Madame Perle viel über die Kunst des Liebesspiels bei und all die Dinge, die damit zusammenhingen. Sie zeigte mir, wie man Zigarren raucht, und belehrte mich, welche die großen Rabbiner Polens bevorzugten. Sie erklärte mir, welche Alkoholsorten sich am besten im Winter eigneten und welche im Sommer, welche der Talmud vorschlug und welche eine Frau den ganzen Tag über in kleinen Schlucken zu sich nehmen konnte.

Geschickt demonstrierte sie mir die verschiedenen Arbeitsgeräte der Branche. Sie zeigte mir die vielfältigen Verwendungsmöglichkeiten einer Federboa, einer Seidenrobe, eines Satinbettlakens und einer Samttagesdecke und fügte zugleich die möglichen religiösen Bedeutungen jedes Einzelnen hinzu. In der Abgeschiedenheit ihres Zimmers instruierte mich Madame, wie man einen ledernen Schwanz benutzt und wie man einen Mann mit Seidenschals festbindet. Sie demonstrierte mir, wie ich ihn einem Pferd gleich reiten konnte, um ihm gleichzeitig wie ein Hund mein Hinterteil darzubieten. Sie brachte mir auch bei, welche Geräte und Stellungen die großen Gelehrten bevorzugt hatten.

Manchmal widerten mich diese Unterrichtsstunden an, und manchmal faszinierten sie mich. Sara behauptete, Madame Perle würde all die Geschichten aus dem Stegreif erfinden, aber ich war mir da nicht so sicher.

Gewisse Dinge, die ich im Laufe dieser Unterweisungen erfuhr, fand ich ausgesprochen interessant – beispielsweise wie eine Dame einen Totschläger halten muss, um das beste Resultat zu erzielen, wenn sie einen Herrn außer Gefecht setzen will; wie man auf schnellstem Weg eine Geldbörse voller *pesos* aus der Westentasche eines gut gekleideten Dandys zog und sie ohne *pesos* wieder hineinsteckte; wo die beste Stelle ist, um eine Messerklinge anzusetzen, wenn man einen lästigen Herrn dazu bringen möchte, einen in Ruhe zu lassen (»Du darfst mir glauben, Sofia, es ist nicht die Halsader«). »Wenn einer versucht, dich zu schlagen, wenn er dich mit einem Rasiermesser bedroht oder wenn er eine Pistole bei sich trägt, dann schrei sofort ganz laut, und Tutsik oder Hirsch werden kommen und sich um ihn kümmern, denn in diesem Haus ist es keinem Mann erlaubt, eine Frau zu schlagen.«

Da Perle eine gute *mora* war, versüßte sie mir meine eifrigen Leistungen mit Belohnungen und besonderen Freuden, die nur zu meinem Vergnügen bestimmt waren: Sie demonstrierte, wie unendlich geschickt sie mit ihren Händen und ihrer Zunge war; dazu gehörte auch, dass sie imstande war, ihre Finger an drei, vier oder fünf Stellen zugleich zu haben, und dass sie mich dennoch um mehr betteln ließ.

Doch für mich waren ihre Gefälligkeiten im Bett und ihre ganz eigene Interpretation des Tanuch und des Talmuds das Unwichtigste. Denn die Wände von Perle Goldenbergs Schlafzimmer waren vom Boden bis zur Decke mit Büchern bedeckt, von denen sie viele hilfreich fand, wenn sie mich in der Kunst meines neuen Metiers unterrichtete. Andere hatten überhaupt nichts mit Sex oder mit Gott zu tun; es waren einfach wundervolle Geschichten. Madame Perle gab mir jiddische Übersetzungen französischer Romane, las mir laut Verse der griechischen Dichterin Sappho vor, legte sich bäuchlings neben mich auf das Bett und blätterte mit mir Bilderbücher aus Japan und Konstantinopel durch, die Zeichnungen von Frauen mit gespreizten Beinen zeigten, und von Männern, deren Geschlecht steif war. Mal angezogen und mal nackt rangen sie miteinander in den verschiedensten Stellungen, die so kompliziert waren und so vielseitig, dass sie bald nur noch Langeweile bei mir hervorriefen. In einem ihrer Regale befand sich außerdem eine traurige Erinnerung an zu Hause, denn Tutsik Goldenberg hatte in der Tat Vaters in Leder gebundenen Shakespeare gekauft, und an meinem dritten Unterrichtstag schrak ich zusammen, als ich den Band an ihrem Bett liegen sah. Ich sagte nichts, und sie sagte nichts, sie schob das Buch lediglich unter ein Kissen und bedeutete mir: *Lass uns weitermachen.*

Wenn sie mich in dieser Anfangszeit zu sich rief, wusste ich nicht, ob ich ihre Küsse und das Gefühl ihrer Zunge auf meinen Brustwarzen und auf meinem Hintern – offensichtlich darauf angelegt, mich zu erregen – genießen oder ob ich ihr glauben sollte, dass Gott auf uns herabblickte und eine *mizwa* sah, wo ich nur abscheuliche Lust zu entdecken vermochte. Als könnte sie meine Gedanken lesen, flüsterte sie mir auf ihre besonders atemberaubende Weise zu: »Sei dankbar, Sofia, das hier ist ein gesegnetes und einmaliges Leben. Viele blicken auf uns herab, aber wie oft habe ich dir schon gesagt, dass dieses Gewerbe ein Geschenk Gottes ist! Von den frühesten Tagen des heiligen Tempels an sind die Mädchen der Freude schon immer seine Wächterinnen gewesen. Wenn du diese Verantwortung ernst nimmst, dann wird deine Arbeit hier zu einer geistigen Reise, die dich dem Himmel näher bringt. Außerdem«, fuhr Perle fort, »hat dich Tutsik vor einem viel schlimmeren Schicksal bewahrt.«

Zum ersten Mal, seit mein Martyrium begonnen hatte, musste ich beinahe lachen. Perle umfasste mein Gesicht mit ihren Händen, und sie ging dabei nicht gerade liebevoll mit mir um. »Würdest du dich etwa lieber für zwei oder drei Pfennig am Tag in einem Ausbeuterbetrieb kaputt schuften? Hier bekommst du am *schabbes* frei, zudem gutes *koscheres* Essen und wirst sehr dazu ermuntert zu beten.«

Ich wusste nicht, was ich darauf antworten sollte. Denn selbst in einem Ausbeuterbetrieb kann man am Ende des Tages gehen und durch die frische Luft nach Hause spazieren. Freilich brachte Marianna mir freitags abends eine überaus köstliche Portion Hühnchen, und eine seltsame Stille erfüllte die Wände des Bordells. Doch ich wurde auf lieblose Weise mit Pralinen und ausgefallenen Parfüms verwöhnt. Am meisten gelüstete es mich nach den Vergnügungen in Perle Goldenbergs Schlafzimmer, einmal abgesehen von ihren Büchern und ihrer Hoffnung auf Gott.

Das Haus in der Calle Talcahuano war voller Leben, aber in meinen ersten Wochen in Buenos Aires bekam ich davon nichts zu Gesicht. Ich hörte das Kommen und Gehen der Kunden; ein oder zwei Mal vernahm ich auch einen Streit oder hörte, wie Porzellan zersprang, und auch, wie jemand auf dem Klavier herumhämmerte. Aber saß ich jemals im Salon unten oder nahm eine Mahlzeit am Esszimmertisch mit den anderen ein? Nein. Mein Essen brachte Marianna, die es auch kochte, und ich nahm es mit einem Kissen im Rücken im Bett zu mir. Sara kam gelegentlich in mein Zimmer, um zu sehen, ob ich noch lebte, und das andere Mädchen, Rachel, steckte ihren Kopf durch die Tür, um einen Blick auf mich zu erhaschen. Ich hatte nur eine sehr vage Vorstellung davon, wie sie ihre Tage und Nächte verbrachten. Ich war entweder in mein Zimmer eingesperrt oder kam in den Genuss der Unterrichtsstunden von Madame Perle. Tutsik Goldenberg oder Dov Hirsch hatte ich nicht mehr zu Gesicht bekommen. Gelegentlich allerdings drang eine männliche Stimme die Treppe herauf.

All dies sollte sich ändern.

Nach drei Wochen unter Madame Perles Anleitung war ich anscheinend für das bereit, wozu mich Tutsik Goldenberg hergebracht hatte. »Heute Abend kommt ein Herr«, erklärte mir Perle eines Nachmittags, als ich aus ihrem Bett kletterte, »der ausdrücklich nach dir verlangt hat.«

Sara bereitete mich – mit ein wenig Hilfe von Rachel – für meine erste Arbeitsnacht vor. Genau wie Mutter mich an jenem ersten Abend für das Zusammentreffen mit Tutsik Goldenberg zurechtgemacht hatte, mir Rouge auf die Wangen gelegt und mir das Haar zurückgebunden hatte, so arbeiteten diese beiden, meine Schwestern in diesem schrecklichen Haus, Hand in Hand, um mich schön zu machen. Sie trugen Lippenstift und Rouge auf, zogen meine Augenlider nach und rieben mir Kohle in die Augenbrauen. Rachel steckte mein Haar zu einem lockeren Knoten oben auf meinem Kopf zusammen, und Sara zeigte mir, wie man es einem Wasserfall gleich ausschüttelte. Sie spritzten mir süßlich duftendes Parfüm hinter die Ohren und in die Kniemulden, zwischen meine Brüste und auf meinen Bauch. Sie sahen zu, wie ich mir ein Paar Seidenstrümpfe über meine rundlichen Beine streifte, und dann befestigte Sara sie mit einem Strumpfband. Schließlich reichte mir Rachel meinen Kimono und ein Paar passende Satinpantoletten. Als ich zu ihrer Zufriedenheit herausgeputzt und angemalt war, reichte Sara mir einen Spiegel. Ich brach bei meinem Anblick beinahe in Tränen aus.

»Jetzt wird nicht geweint, sonst ruinierst du noch das Makeup!«, befahl Sara mir, und das nicht gerade mit einer freundlichen Stimme. »Was soll denn das Geflenne? Du siehst atemberaubend aus.«

Das war Saras Meinung. Sie wollte, dass ich wie eine erwachsene Frau aussah, und es war eine schreckliche Verkleidung. Meiner Ansicht nach sah ich schaurig aus, wie ein Vampir oder ein totes Mädchen, das man hergerichtet hatte, um es lebendig erscheinen zu lassen. »Komm schon«, flüsterte sie, »Gott wartet.« Dann kriegte sie sich nicht mehr ein vor Lachen.

Ich fand mich an jenem Abend halb nackt in Madame Perles kühlem Salon in der Calle Talcahuano wieder, umgeben von Sara und Rachel und Tutsik Goldenberg und Dov Hirsch und drei Männern, die ich noch niemals zuvor gesehen hatte, und jeder hielt einen Weinbrand und eine Zigarre in der Hand. Ich hockte in meinem Seidenkimono und meinen Pantoletten auf der Kante eines mit Brokatstoff bezogenen Sessels. Die Männer beäugten und betatschten mich. Ich hielt den Atem an, doch als Madame hereingerauscht kam, beharrte sie darauf, dass ich nichts zu befürchten hätte.

»Niemand wird dir wehtun, du siehst wie eine Rose aus. Du bist eine Königin, eine Prinzessin, meine Liebe.«

Eine Königin, dachte ich. Ob ich wohl gekichert habe? *O ja, eine Königin, das bin ich in der Tat. Ein polnisches Mädchen in einem argentinischen Freudenhaus. Gestatten, Sofia, Königin der Verdammten.*

Ich fühlte mich weder schön noch gesegnet. Ich kam mir obszön vor. Tutsik trat auf mich zu und kniff mich in den Oberschenkel. Ich wich vor ihm zurück. »He, he!«, sagte er zu mir und zog eine Augenbraue in die Höhe. »Du solltest ein bisschen freundlicher sein, kleine Braut. Hat dir Perle das denn nicht beigebracht? Eine Frau darf wohl etwas Feuer haben, aber die Männer finden auch großen Gefallen daran, eine Glut zu löschen.«

»Scher dich zum Teufel!«, flüsterte ich.

Er hob für eine Sekunde seine Faust, sah dann aber, wie Perle zu ihm herüberstarrte, woraufhin er die Hand in die Hosentasche steckte. Er ging zu Dov Hirsch hinüber und füllte dessen Glas nach.

Die Kunden jagten mir Angst ein; hier gab es nichts Heiliges. Ich fühlte mich befingert und benutzt und dreckig, bevor der Abend überhaupt richtig begonnen hatte. Denn diese Männer, Herren und alte Einfaltspinsel vom Lande gleichermaßen, traten auf mich zu und benahmen sich, als wäre ich ihr Eigentum. Sie bliesen mir ins Ohr und kitzelten mich unter dem Kinn. Sie betatschten meine Brüste durch den Kimono und ließen ihre Finger über meine bestrumpften Oberschenkel gleiten. Die Männer, die sich nicht trauten, mich ohne Bezahlung zu berühren, berührten mich stattdessen mit ihren wässrigen Blicken.

Nur wenige Minuten später kam ein Mann hereinspaziert, und mit einem Schlag schien alles stillzustehen: Das Grammofon, die klirrenden Gläser, ja sogar die Freier verstummten. Er sah für mich aus wie ein gewöhnlicher Mann. Er war gut gekleidet, trug einen modernen Anzug, hatte ein kleines Bärtchen, und aus der Nähe betrachtet sah man, dass seine Haut pockennarbig war. Doch da Madame Perle und ihr Bruder Tutsik praktisch eine Kniebeuge vollführten, als er den Raum betrat, war mir klar, dass er ein ganz besonderer Kunde sein musste. »*Señor* Kahan« – Madame packte ihn am Arm –, »darf ich Ihren Hut nehmen? Marianna!« Marianna nahm Madame den Hut ab. »Was darf ich Ihnen anbieten, *Señor?*«

»Wodka. Pur«, erwiderte der Mann. Er war älter als mein Vater, aber nicht so alt wie die, die ich noch zu Gesicht bekommen sollte, bis meine Tage in dem verfluchten Haus vorüber sein würden.

»Und Wodka pur sollen Sie bekommen, *Señor*. Möchten Sie ihn hier serviert haben, oder soll ihn Marianna dann zu Ihnen nach oben bringen?«

»Nun, das kommt darauf an«, sagte Kahan und bewegte sich kaum merklich in meine Richtung. In diesem Moment schienen sämtliche Augen auf uns beiden zu ruhen. »Gehe ich recht in der Annahme, dass es hier jemanden gibt, der von besonderem Interesse sein könnte?«

Statt einer Antwort führte ihn Madame Perle geradewegs zu mir herüber. »Marianna, *Señor* Kahan wird seinen Wodka oben nehmen. Sofia, ich möchte dir gern *Señor* Zalman Kahan vorstellen, den Viehbaron –«

»Und Liebhaber junger Frauen«, setzte er hinzu, als er meine Hand in die seine nahm.

Ich muss wohl nicht erst betonen, dass mir speiübel wurde. Ich muss kalkweiß geworden sein, denn Madame Perle nahm mich zur Seite. »Jetzt schau nicht so beunruhigt drein, *mejdl*. Du weißt, was zu tun ist. Hast sämtliche Prüfungen bestanden. Du gefällst ihm, merkst du das denn nicht?«

Señor Zalman winkte mir diskret von der anderen Seite des Zimmers zu.

»Entspann dich einfach und lass ihn den Chef spielen. Und er wird ein behutsamer Chef sein, keine Sorge. Er findet nun einmal Gefallen daran, der erste Mann zu sein, der seinen Penis in ein Mädchen steckt. Irgendjemand muss es schließlich machen, oder? Und er zahlt uns ein paar *pesos* extra für dieses Privileg.«

Mir würden auf Anhieb verschiedene Gründe einfallen, die dagegensprächen, dachte ich. Aber es war an der Zeit, es hinter mich zu bringen. Kahan bezahlte Madame Perle eine Handvoll Gold-*pesos*. Sie zählte sie nach und reichte ihm eine Münze, die er wiederum äußerst feierlich an mich weiterreichte. Ich ließ mich von ihm an der Hand nach oben führen. Ich war den Tränen nahe. *Sofia, Königin der Toten*. O ja, genau das war ich!

Als wir in mein Zimmer kamen, hätte ich mich diesem Zalman Kahan am liebsten zu Füßen geworfen und ihm alles erzählt. Dass ich von Natur aus gar keine Prostituierte war, dass meine Eltern der aufrichtigen Überzeugung waren, ich würde heiraten, sie diese Goldenbergs jedoch hereingelegt hatten. Dass ich klug war und im Warschauer Gymnasium für Mädchen hervorragende Noten hatte. Dass ich die Sternbilder der nördlichen Hemisphäre kannte und sämtliche Hauptstädte der Welt auswendig wusste.

Doch ich hörte Madame Perles Stimme in meinem Kopf, fühlte ihre Hände auf meinen Schenkeln. Ich blickte diesen Mann an, der nur ein Mann mit Geld war und zu mir sagte: »Wir machen es, wie es mir gefällt.«

Ich musste ihm die Schuhe ausziehen und das Jackett aufknöpfen und ihm die Krawatte lockern. Dann machte er viel Theater darum, mich zu küssen. Anschließend öffnete er meinen Kimono, und ich wäre am liebsten gestorben. Er zog seinen *schwonz* heraus und sagte: »Was meinst du?«

»Ganz nett, schätze ich.«

»Das will ich wohl meinen. Leg dich aufs Bett, kleine Jungfrau, dann werde ich dir zeigen, was er Nettes anstellen kann.«

Er drückte mich aufs Bett, legte sich auf mich und drang in mich ein. Es tat weh. Er zuckte und krümmte sich, strampelte und wieherte. Ich schwöre, er wieherte wie ein Pferd. Er nannte mich *b'ßule jafe,* hübsche Jungfrau, und das schien ihn unglaublich zu erregen. Er wurde ganz wild. Er begann zu pumpen und einen Buckel zu machen, und ich fragte mich, was wohl passieren würde, wenn ich jetzt einfach verschwände und unter ihm wegschlüpfte, ob er dann wohl explodierte? Und genau in diesem Moment explodierte er in der Tat, und er lobte nicht etwa Gott, sondern schrie nur: »Hure!«

Er sackte auf mir zusammen und war sofort weggetreten. Ich hatte keine Ahnung, was ich machen sollte – mich unter ihm hervorzwängen oder einfach liegen bleiben? Denn das hatte Perle in all ihren Unterrichtsstunden nie erwähnt. Ich lag also klebrig unter ihm und betete zu Gott, dass er mich nicht geschwängert hatte. Wenn ich hier ein Kind bekäme, würde ich mich ganz bestimmt umbringen.

Schließlich konnte ich sein Gewicht nicht eine Sekunde länger ertragen und schob ihn vorsichtig zur Seite. »Wachen Sie auf, mein Herr, es ist vorbei!«

Er grunzte und setzte sich auf. Er blickte auf seinen zusammengeschrumpelten Penis, steckte ihn wieder in die Hose und knöpfte diese eilig zu. »So, meine Liebe, jetzt bist du eine Frau. Diesen Segen hast du durch mich erfahren. Deine erste Stunde der Lust.«

Ich saß da und starrte ihn an. Ich war sprachlos und traurig.

»Bedank dich bei mir, denn ich habe den Fluch der Jungfräulichkeit von dir genommen. Dafür wirst du mir ewig dankbar sein.«

»Vielen Dank, *Reb* Kahan«, sagte ich mit betont schüchterner Stimme auf Polnisch.

»Keine Ursache, *Señorita* Sofia. Und jetzt hilf mir beim Anziehen.«

Mit jeder Nummer entfernte ich mich noch ein Stückchen weiter von Warschau. Jeder Mack, jeder Johnnie, jeder Chaim und jeder Sam riss einen tieferen Spalt in meine Erinnerung. Jede Nacht, bevor ich einschlief, sprach ich laut vor mich hin: »Ich bin Sofia Teitelbaum, 16 Jahre alt, geboren in Warschau, in der Grzybowskistraße 42. Tochter von Bayla und Yakov, Tamars beste Freundin. Entführt von Tutsik Goldenberg im Mai 1913.« Aber nach und vergaß ich den Geruch unserer Küche. Das Knarren der Bodendielen von dort bis zum Arbeitszimmer. Wie sich die Porzellanteller in meiner Hand anfühlten. Den Geruch von Vaters Pfeife. Diese Atmosphäre im Haus, wenn wir alle schliefen. Mutters zusammengepresste Lippen, wenn sie mir Gute Nacht sagte. Aber am schlimmsten von allem war, dass ich aufhörte zu träumen.

Denn welche Kraft sollte ich schon aus diesen süßen Erinnerungen schöpfen angesichts dessen, was ich tagtäglich über mich ergehen lassen musste? Auch wenn es mir schon nach kurzer Zeit leichtfiel, die *poz*-Freier zu besänftigen – ganz besonders, wenn Marianna dem Kaffee einen Schuss zusetzte –, so geschah es doch immer wieder, dass die jüdischen Freier mit Rasiermessern auf uns losgingen, und einmal kam sogar ein *koscher*-Metzger aus La Plata aus Rachels Zimmer gestürzt und fuchtelte mit einer Pistole herum. Madame Perle höchstpersönlich eilte uns da zu Hilfe, legte ihre Hände um den dicken Hals des Metzgers und begann, ihn zu würgen, bis er die Pistole fallen ließ und zur Tür hinausrannte. Selbst dann schrie er noch: »Ihr Luder, ihr dreckigen Miststücke!« Die anderen Männer schüttelten sich in ihrer Dummheit erleichtert vor Lachen, doch wir Mädchen aus dem *schandhojs* kauerten uns aneinander und fragten uns, was uns wohl als Nächstes bevorstehen würde.

In jenen ersten Tagen, als ich noch zu weinen vermochte, wenn ein Freier betrunken war oder mich schlug, verwöhnte mich Madame Perle mit einer Tasse Tee. Ich weinte bitterlich, während sie mich mit Konfekt fütterte und mir besänftigend mit den Fingern übers Haar strich. Und immer dann, wenn ich gerade so weit war, aus dem Fenster zu springen – wie es ein Mädchen der Roten Ruthie getan hatte –, kam Madame zur Tür herein, küsste mich und sagte: »Jetzt werde ich dir mal zeigen, wie es sich anfühlt, wenn man richtig geliebt wird.« Sie bedeckte meinen ganzen Körper mit den gleichen wilden Zärtlichkeiten, die sie einsetzte, um gekrönte Häupter und Genies zum Erröten zu bringen. Anfangs hielt ich es für einen Akt der Liebe, doch schon bald erkannte ich, dass es sich um eine Falle handelte. Ich war jetzt Perles *neschomele,* doch vor mir war Sara ihre Geliebte gewesen, und hatte sie davor nicht Rachel zu ihrer kleinen Königin erkoren? Und es würde bestimmt irgendein anderes Mädchen nach mir kommen. In Wahrheit glich Madame Perle einem Sultan, und wir, die Huren der Calle Talcahuano, waren nicht nur ihr Brot und ihre Butter, sondern auch ihre zahlreichen Ehefrauen. Ich begann, diese traurigen Tatsachen in meinem neuen argentinischen Leben zu akzeptieren.

Kapitel 5

O ja, es war schrecklich, aber wer für Perle Goldenberg arbeitete, brachte ihr unweigerlich zugleich auch eine absonderliche Form von Respekt entgegen. Denn bevor sie zu einem zutiefst frommen Menschen geworden war, hatte niemand sie auch nur im Geringsten lächerlich gefunden. Im Gegenteil. Bei den Menschen, die sie kannten – ob hier oder in Europa –, galt Perle Goldenberg als überaus gelehrte Frau. Im Gegensatz zu ihren Interpretationen der Bibel gehörte ihr Ruf als eine Kurtisane von bemerkenswerter Intelligenz und hoher Gelehrtheit nicht zu den Dingen, die sie erfunden hatte. Ihre gewaltige Bibliothek, die du, Hankus, ja mit eigenen Augen gesehen hast, war wohlbekannt in der legendären Varsovia-Gesellschaft, und man prahlte damit ebenso gern wie mit Madame Perles mentalen und körperlichen Fähigkeiten. Gastrabbiner und die männlichen Schäfchen aus deren Herde fanden regelmäßig und zielstrebig den Weg zu den Türen der Calle Talcahuano 154.

Ich hätte mich wohl geehrt fühlen müssen, dass ich zu ihren vielen Liebhabern und Liebhaberinnen zählte und dass der Shakespeare meines Vaters neben all den anderen zahlreichen Bänden auf einem Regalbrett ihrer Bibliothek stand, wäre da nicht dieses Gefühl der Schande gewesen, das ich empfand. Denn es waren nicht nur fromme Männer oder überhaupt nur Männer, die Perle Goldenberg aufsuchten. Es ging das Gerücht, dass zu Hause, in der alten Heimat, das *goldene nafkele* (denn so nannte man Madame Perle manchmal) die Rivalin von Chopin in der Gunst um George Sand gewesen sei. Als junges Mädchen soll sie den schon alternden Rasputin verführt haben; der wiederum verführte die Romanows, die bekanntermaßen ein gar gräuliches Ende durch die Bolschewiki erfuhren – auch wenn dies ausnahmsweise einmal etwas ist, wofür ich Madame Perle wahrlich nicht verantwortlich machen kann.

Sigmund Freud sagt man nach, er sei den ganzen Weg von Wien zu Madame Perle gereist, um ihr schlicht die eine Frage zu stellen: »Was wollen Frauen eigentlich wirklich?« Und unter Varsovianern ist es allgemein bekannt, dass sowohl Emma Goldman als auch Rosa Luxemburg Perle Goldenberg aufsuchten, um sich auf theoretische wie auf praktische Art und Weise ihre Vorstellungen von der freien Liebe nahebringen zu lassen. Das war natürlich lange, bevor Madame Perle ihren zwiespältigen Frieden mit Gott geschlossen hatte.

Es ging auch das Gerücht, dass Perle Goldenberg die Mätresse eines der Rothschild-Enkelsöhne gewesen sein soll. Dieser Rothschild, schon lange nicht mehr feucht hinter den Ohren, soll zudem einen Privatzug nach Warschau geschickt haben, der Perle nach Paris brachte, wo er das gesamte Hotel George V für eine ganze Woche gemietet hatte. Als er mit ihr fertig war, schickte er sie allein nach Monte Carlo, wo sie ihren respektablen Hurenlohn – das Bargeld wie auch die Pelze, die Rubine und das Diamantendiadem – beim Glücksspiel setzte, ihre Verdienste verdreifachte, anschließend dritter Klasse nach Warschau zurückfuhr, die Pelze verkaufte und sämtliche anderen Vermögenswerte flüssigmachte. Dann buchte sie eine Überfahrt für zwei und machte sich mit ihren Gewinnen und ihrem jüngeren Bruder Tutsik – der damals gerade einmal 17 war – auf nach Buenos Aires, wohin sie auf Anraten eines weiteren Mannes – einem Gerücht zufolge soll es der Philanthrop Baron de Hirsch gewesen sein – emigrierte. Wie wir wissen, Hankus, hatte es sich der gute Baron zur Gewohnheit gemacht, ganze Schiffsladungen von Juden nach Argentinien zu schicken, damit sie dort in den Pampas ein neues Zion gründeten, zu dem auch die kleine Kolonie in Moisesville zählte. Madame Perle hatte durch ihre eigenen Verbindungen in der Warschauer Unterwelt erfahren, dass Prostitution in der Stadt der Guten Lüfte legal war, und sie fand Gefallen an der Vorstellung, sich an einem Ort aufzuhalten, wo der Sommer Winter war und der Winter nicht annähernd so schrecklich wie zu Hause. Auch wenn sie keineswegs scharf darauf war, als Pionierin über die Ebenen Zions zu ziehen, so begeisterte sie doch die Aussicht darauf, der *sojne*-Front von Buenos Aires anzugehören. Denn wenn es jemals einen Ort gab, an dem eine Frau einen anständigen Lebensunterhalt mit verwerflichen Dingen bestreiten konnte, dann war es hier.

Und so traf die nicht mehr ganz so junge Perle Goldenberg in Argentinien ein, als die 1890er-Jahre gerade ins 20. Jahrhundert übergingen. Tutsik und sie brachten nichts weiter mit als einen einzigen Schrankkoffer, eine silberne Gewürzdose, drei Messingkerzenleuchter und, wie sie immer behaupteten, nicht einmal einen Pinkeltopf. Doch jeder von ihnen trug – eingenäht in die Unterwäsche und in die Nähte ihrer Mäntel – genug *zloty,* Rubel, Pfunde und Dollars, um sich in null Komma nichts ein sehr behagliches Leben aufzubauen.

Perle kaufte zuerst die Wohnung auf der Calle Talcahuano, im jüdischen *barrio,* östlich von Once, wo die angesehenen Juden lebten. Einige Jahre lang erledigte sie die ganze Hurerei mit einer gewissen Diskretion selbst und versorgte ihren Bruder Tutsik mit allem, was sein Herz begehrte: wunderbare maßgeschneiderte Anzüge und Seidenhemden, handgefertigte Schuhe aus feinem Leder, dicke und zarte koschere Steaks. Ja, sie gab ihm wirklich alles, doch nicht das, wonach er sich am meisten sehnte, nämlich eine Fahrkarte für ein Schiff, das ihn aus dem verhassten Argentinien wegbringen würde.

Im Gegensatz zu seiner Schwester fand Tutsik Goldenberg keinen Gefallen daran, dass Winter Sommer war und Sommer Winter. Er hasste es, dass es im Winter niemals schneite, sondern lediglich so fürchterlich regnete, dass ihm selbst das feuchte Warschau wie eine Wüste vorkam. Aber am meisten verabscheute der junge Tutsik Goldenberg, dass links zu rechts wurde und rechts zu links, sobald man in dieser verrückten Stadt aus der Tür trat. Er sah sich außerstande, auch nur den Weg zum Bonbonladen des Viertels oder zur *confiteria* zu finden, ohne sich unterwegs heillos zu verlaufen, und dabei kam er sich wie ein Narr vor – das wiederum war für Tutsik Goldenberg äußerst verabscheuungswürdig.

Tutsik mochte die anderen jungen jüdischen Männer nicht, die er in Buenos Aires kennenlernte. Für ihn waren diese Burschen im Alter von 18 oder 19 Jahren mit ihren Eigenarten, die von der alten Heimat herrührten, nichts weiter als alberne kleine Muttersöhnchen. Er selbst hatte keine Mama, nur eine ältere Schwester, die Hure. Für die *porteño*-Jungen war er wiederum nicht raubeinig genug. Nein, diese Jungen, die ihr ganzes Leben in Buenos Aires verbracht hatten, glaubten, dass Tutsik Goldenberg *take* mit seiner feinen Kleidung und dem rosigen, polnischen Gesicht das Muttersöhnchen war. Er versuchte zwar, diese Kerle mit der Tatsache zu beeindrucken, dass seine Schwester eine Hure war, aber in Buenos Aires oder in Argentinien, wo beinahe jeder irgendwie mit einer Prostituierten verwandt war, bedeutete dies recht wenig und beeindruckte niemanden.

Doch die knallharten *porteño*-Jungen tolerierten es, dass Tutsik sich in ihrer Nähe herumtrieb. Sie brachten ihm bei, wie man den Kaffee auf *porteño*-Art trinkt: sehr stark, mit dampfender, heißer Milch und beinahe ebenso viel Zucker. Sie brachten ihm auch bei, wie man beim Würfelspiel betrog und wie man eine Frau von oben bis unten musterte, eine Technik, die Tutsik am Ende recht gut beherrschte, auch wenn es ihm wenig Vergnügen bereitete.

Den besten Trick, den er von einem Jungen lernte, der Zeitungen oben auf der Calle Rividavia in Once verkaufte, war vielleicht der, wie man mit einem Totschläger umging und ihn richtig gut versteckte. An diesem Zeitvertreib fand Tutsik Goldenberg ausgesprochenen Gefallen. Er genoss das Gefühl, ein solches Instrument in der Hand zu halten und dessen Kälte auf seiner Haut zu spüren. Er genoss das Gefühl zu spüren, wie ein guter Totschläger immer ein wenig nachgab, und er musste sich eingestehen – auch wenn er sich anfangs ein wenig dafür schämte –, dass es ihm ausgesprochenen Spaß machte, wenn ein solcher Totschläger auf den Kopf eines Menschen niedersauste. Dies entdeckte er, als ihn einige der Jungen nach La Boca mitnahmen und ihm beibrachten, wie man sich Matrosen vornimmt.

Man konnte sich Matrosen auch ohne Totschläger vornehmen. Wenn man sie zum Sex überredete zum Beispiel und sie dann, gerade, wenn sie ihre Hosen runtergelassen hatten, in den Schwanz biss oder ihnen ein blaues Auge verpasste. Aber diese Methode erinnerte Tutsik Goldenberg zu sehr an seine Schwester und die Art und Weise, wie sie ihr Geld verdiente.

Zudem musste er feststellen, dass ihn der Anblick eines männlichen Geschlechts zu sehr erregte. Er konnte sich eher mit der Vorstellung anfreunden, einem anderen Mann eins über den Schädel zu ziehen und dann in den Taschen seines Opfers nach Bargeld zu suchen.

Den Umgang mit Totschlägern lernte Tutsik Goldenberg von den Schlägertypen; von den vornehmen argentinischen Jungen hingegen, den Söhnen der Bürgermeister und Gouverneure, lernte er den Wert eines guten Messers zu schätzen. Während sie unten darauf warteten, dass ihre Väter oben mit Perle Goldenberg fertig wurden, damit sie selbst an die Reihe kamen, zeigten sie Tutsik, wie man mit dem Messer umging. Mit einem Totschläger musste man gewieft sein, mit einem Messer dagegen ... nun, der halbe Spaß bestand darin, es einem Menschen an die Kehle zu halten, ihn ein klein wenig anzuritzen und ihm dann zu drohen, dass man noch ein ganzes Stück weiterginge. Tutsik verbarg seine Messer gern in den Hemdsärmeln und ließ sie dann wie aus dem Nichts auftauchen. Er schnippte dabei meist mit den Fingern und hielt das geöffnete, glitzernde Messer in der Hand. Tutsik gefiel der Ausdruck im Gesicht des anderen Mannes, wenn er seine freie Hand ausstreckte und um dessen Brieftasche bat. »Gib schon her!«, befahl er ihm dann, und jeder Einzelne gehorchte ihm.

Auf diese Weise verdiente sich unser Tutsik sein eigenes Taschengeld, und obwohl sich Perle wunderte, woher er es hatte, machte sie sich nie die Mühe, ihn danach zu fragen. Sie gehörte nicht zu den Leuten, die Steine warfen, solange sie selbst im Glashaus saßen. Stattdessen arbeitete und sparte sie. Sie freundete sich mit einer anderen *nafke* an, einer Schönheit, die in ihrer Heimatstadt Riga Ruchel hieß, doch hier in Argentinien nur die Rote Ruthie gerufen wurde – nicht etwa, weil sie eine Anarchistin wie Madame Perles zuvor erwähnte andere Freundin, die Rote Rosa, gewesen wäre. Man nannte sie vielmehr so, weil ihr Haar die Farbe von Kupfer trug und ihre Wangen immer rosig rot strahlten und ihre ganze Kleidung – von den Strümpfen über das Korsett und den Kimono bis zu ihren Kleidern – immer in einem leuchtenden Scharlachrot gehalten war. Die Rote Ruthie war jetzt in Argentinien und nicht mehr im langweiligen Litauen. Bei dem Gedanken daran musste sie immer lachen – man stelle sich nur vor, wie ihre *frum Litwak*-Familie ganz in Schwarz um ihren langweiligen *schabbes*-Tisch saß, während sie in ihrem eigenen Salon in prächtiger, feuerroter Unterwäsche herumtanzte!

Die Rote Ruthie und Perle Goldenberg waren für eine Weile Geschäftspartnerinnen. Ruthie bezahlte Perle etwas Miete dafür, dass sie ihre Freier im *schandhojs* in der Calle Talcahuano empfangen durfte; das Geld, das sie verdienten, teilten sie sich halbe-halbe. Dann klopfte eines Tages Marek Fischbein an ihre Tür, und Perle Goldenberg verlor allmählich ihren Unabhängigkeitsdrang in der Stadt der Guten Lüfte, obwohl sie es zugleich auch als eine Möglichkeit betrachtete, ihren kleinen Bruder vor dem Gesindel in Buenos Aires zu retten und ihm eine Arbeit mit Zukunft zu verschaffen.

Marek Fischbein war schon damals ein *macher* in der örtlichen Vertretung der Varsovia-Gesellschaft von Buenos Aires, der Jüdischen Bruderschaft der Zuhälter und Diebe aus Osteuropa. Er war zwar nicht der große Boss, aber er kam dem schon ziemlich nahe, und besagter großer Boss hörte auf ihn. Schon damals war Fischbein ein abstoßender Mann.

All das, was Perle Goldenberg verkörperte, verkörperte Fischbein ganz und gar nicht. Madame Perle war eine vorbildliche Geschäftsfrau, sparsam und doch großzügig, wo Großzügigkeit gefragt war, während Fischbein knauserig und zugleich ein Prasser war. Einerseits kaufte er sich riesige, fürchterliche *objets d'art* aus der ganzen Welt – alte Ming-Vasen, Gemälde von Meistern wie Rembrandt und Goya, Statuetten von Bernini –, die er andererseits zerschlug oder aufschlitzte, wenn er in Rage war. Er war dafür bekannt, dass er auf diese Weise auch mit Frauen umsprang, und sowohl Ruthie als auch Perle hatten dies aus erster Hand erfahren. Mehr als einmal hatte ein junges Mädchen um fünf Uhr in der Früh an die Tür in der Calle Talcahuano 154 gehämmert – es stand in Tränen aufgelöst da, war nur noch bekleidet mit einer in Fetzen gerissenen Unterhose und hatte ein mächtiges blaues Auge. »Bitte lasst mich rein!«, bettelten die Mädchen, und Perle und die Rote Ruthie ließen sie über Nacht bleiben. Doch da Fischbein ebenso berüchtigt war für seine wirksamen und brutalen Vergeltungsmaßnahmen, setzten sie das Mädchen am nächsten Tag rasch wieder vor die Tür, ehe es sich im jüdischen *barrio* herumsprach, dass sich eins von Fischbeins Flittchen hier versteckte.

Während Perle Goldenberg und ihr Bruder Tutsik stets ordentlich und tadellos aussahen, war Fischbein die Unordentlichkeit in Person. Kein einziger Anzug, den er anhatte, passte ihm. Die Schultern rutschten von einer Seite zur anderen. Die Jacke stand offen und enthüllte ein dreckiges weißes Hemd, dessen Manschetten und Kragen so ausgefranst waren, dass keine Näherin mehr etwas daran hätte retten können; dazu trug er eine gestreifte Krawatte, die einer Landkarte gleich eine breite Auswahl von Spritzern jeder Suppe bot, die er in der letzten Woche gegessen hatte. Die Aufschläge seiner Hosen zierte ein krustiger Schmutzrand. All seine Schuhe hatten neue Absätze und einen Putzlappen nötig. Wie oft er seinen wilden Bart und die Haare auch kämmte, sie standen ihm immer in alle Richtungen vom Kopf ab. Er trug einen alten schwarzen Zylinder, der dringend wieder einmal in Fasson gebracht werden musste (falls das überhaupt noch helfen würde) und der die ganze Zeit so locker auf seinem Kopf saß, dass allein die Ohren ihn daran hinderten, tiefer zu rutschen. In Fischbeins Mundwinkel steckte in jenen Tagen, ob angezündet oder nicht, ständig eine stinkende Zigarre. Und das, obwohl man hier in Buenos Aires schlanke, süßlich schmeckende Coronas und Stumpen für einen Bruchteil dessen bekam, was sie zu Hause kosteten.

Eines Nachmittags, als Madame Perle und ihre Genossin, die Rote Ruthie, an ebendem Esszimmertisch saßen, wo du und ich uns Jahre später kennenlernen sollten, als sie einen Tee mit einer *bombilla* tranken und kichernd über das Geschäft der vorherigen Nacht schwatzten, ertönte ein beharrliches Klopfen an der Haustür. Perle schickte Marianna nach unten, sie sollte nachsehen, was es mit dem Krach auf sich hatte. Die Köchin kehrte zurück, gefolgt von Marek Fischbein, der in seinem dreckigen Hemd mit schlecht sitzendem Kragen und Jackett schwitzte und ebendiesen Zigarrenstummel im Mundwinkel hatte.

Er kam allein, machte aber deutlich, dass zwei Lakaien in einer *droschke* unten auf ihn warteten. Er biss auf das Ende seiner billigen Zigarre, die er nicht einmal beim Sprechen aus dem Mund nahm, obgleich er sich an den Hut tippte, als Marianna ihn ins Esszimmer führte. Die beiden Huren begannen zu lachen. Sie hatten einen Freier erwartet, doch Fischbein war nicht einmal eine Nummer, er war eher ein Witz. Ruthie erkannte ihn sofort, aber Perle musste erst ihre Brille aufsetzen, denn sie hatte ihn nur einmal gesehen, und das war in einer überfüllten *cantina* auf der Calle Tucumán gewesen.

Wie auch immer, Marek Fischbein stand in ihrem Esszimmer, und es fiel ihnen kein Grund ein, warum sie ihn nicht einladen sollten, sich zu ihnen zu setzen. Er leistete dieser Aufforderung Folge, wobei er seinen Stuhl auf dem gut polierten Holzboden mit viel Krach hin und her schob. Marianna ging zurück in die Küche, und die Rote Ruthie erkundigte sich, ob sie Fischbeins Hut nehmen dürfe. Er vollführte eine Bewegung, als wolle er ihn ihr reichen, zog ihn dann aber wieder zurück. »Ist ein nettes Angebot, aber ehrlich gesagt, meine Damen, wie auch das Wetter sein mag und wo ich auch gerade bin, ich trenne mich nur höchst ungern von diesem alten Zylinder. Mein Vater hat ihn getragen und sein Vater vor ihm. Er ist von Generation zu Generation weitervererbt worden, und selbst in der *schul* – denn ganz wie Sie, Perle Goldenberg, gehe ich an einem *schabbes*-Wochenende zwei Mal in die *schul:* einmal am Freitagabend, um den *schabbes* zu empfangen, und einmal am Samstag, um ihn zu verabschieden – trage ich niemals eine *jarmulke*. Nein, bloß diesen alten Zylinder. Ich lasse ihn für die hohen Feiertage immer neu formen, und in diesen wenigen Stunden, wenn er auf meinem Kopf fehlt, da werde ich fast wahnsinnig, meine lieben Damen, das dürfen Sie mir glauben. Dann bin ich wirklich zu allem fähig. Am letzten *Rosch ha-Schana* habe ich beispielsweise meinen besten Kumpel aus dem Fenster meines Büros geworfen. Schön und gut, es war nur drei Stockwerke hoch, und es hätte schlimmer sein können, aber ihn hinterher so daliegen zu sehen, mit all seinen Verbänden, das war schon schlimm – ach, es hat mir schier das Herz gebrochen! Und da es sich um etwas Geschäftliches handelt, das ich mit Ihnen bereden möchte, denke ich, es ist das Beste, wenn ich meinen Hut aufbehalte. Und jetzt – könnte ich wohl ein gutes Glas Tee bekommen? Auf Odessa-Art?«

Die Damen blickten einander an und zuckten die Schultern. Perle ging in die Küche, um es Marianna zu sagen. Fischbein rief ihr hinterher: »Und geben Sie ein bisschen Schnaps hinein!«

Perle hätte es für besser gehalten, etwas Arsen hineinzugeben. Während sie zusah, wie Marianna das Wasser kochte und den Tee zubereitete, hörte sie Fischbeins leise Stimme und Ruthies Mädchenlachen. Sie stellte das Glas auf ein Silbertablett und brachte es Fischbein. »Wie es der Zufall so will, ist uns der Schnaps ausgegangen, *Reb* Fischbein.«

»Der Schnaps ausgegangen!«, rief er und schlug sich gegen die Stirn. »Und das nennen Sie ein Freudenhaus?«

»So nennen wir es gewiss nicht«, erwiderte Perle.

»Nun, da haben wir ja schon das Problem am Wickel. Wie gut, dass ich vorbeigekommen bin. Hören Sie, Sie beide führen hier ein Geschäft. Das ist eine belegbare Tatsache, jeder entlang der Avenida Córdoba weiß das. Sie machen das recht gut und haben sich vergrößert, nicht wahr?«

»Was meinen Sie damit? Hier sind nur wir beide –«

»Aber vor zwei Jahren war es jeweils nur eine, stimmt's? Verstehen Sie, was ich sagen will? Sie mögen ja glauben, dass Sie hier ein kleines, unabhängiges Geschäft führen, aber niemand in Buenos Aires ist unabhängig, klar?« Er ließ plötzlich die Faust auf den Tisch herabsausen. Sein Teeglas erzitterte. »Eine Hand wäscht die andere. Sie kratzen meinen Rücken, und ich kratze Ihren, *farschtajßt?* Und hier in Buenos Aires, in dieser fremden Stadt, weit weg von allem, was wir kennen und verstehen, müssen wir Juden uns umeinander kümmern. Denn wir wissen nicht, wann diese Argentinier uns vielleicht einmal den Rücken zuwenden werden, um uns wieder wegzuschicken. Wir haben doch keine Ahnung, ob all diese Gauchos da draußen in der Provinz nicht irgendwann einmal durchdrehen und an Ostern zu dem Schluss kommen, dass sie ihren Jesus vermissen und deshalb sämtliche Juden in Moisesville und in anderen Kolonien auslöschen, ehe sie in die Stadt kommen, um auch unsere Häuser hier niederzubrennen.« Perle und die Rote Ruthie blickten ihn mit ausdruckslosen Gesichtern an.

»Meine Damen, Sie mögen ja glauben, dass wir hier besser dran sind und in Sicherheit, Tausende von Kilometern vom Zar und der Zarin entfernt, weit weg von all diesen *gojisch* Bauern, aber lassen Sie sich eins gesagt sein: Wo der Jude auch immer lebt, er ist nirgendwo sicher.« Fischbein ließ seine Faust erneut auf den Tisch herabsausen. Perle und die Rote Ruthie zuckten kurz zusammen. Er beugte sich zu ihnen vor, als ob er beabsichtigte, ihnen ein ungeheuerliches Geheimnis anzuvertrauen. »Und wir, die Juden, die wir die heimlichen Freuden des Lebens darbieten, wir sind am wenigsten sicher von allen.«

Fischbein zog einen schmuddeligen Zuckerwürfel aus seiner Hemdtasche, staubte ihn ab und platzierte ihn sorgfältig hinter seine untere Zahnreihe. Dann nahm er einige Schlucke heißen Tees, was ihn eine ganze Weile beschäftigte, und anschließend schmatzte er anerkennend mit den Lippen. »Also, *das* nenn ich Tee! Ich bringe es einfach nicht über mich, ihn aus dieser Kalebasse zu trinken, wie es hier Sitte ist. Tee muss man heiß und in kleinen Schlucken trinken und nicht durch irgendeinen Saughalm. Das ist was für Memmen.« Er bemerkte den *maté*-Tee, der zwischen Perle und Ruthie stand, und räusperte sich. »Also, nun schauen Sie einmal«, fuhr er geschäftsmäßig fort, »Sie mögen sich dessen vielleicht nicht bewusst sein, meine Damen, aber zu unserem Bemühen, uns als Juden hier in Argentinien zu schützen, gehört, dass wir eine Gesellschaft gegründet haben, eine Bruderschaft, um sicherzustellen, dass keiner allein bleibt. Sie wissen doch bestimmt, wovon ich rede, oder? Sie wissen, wie diese Gesellschaft heißt, nicht wahr?«

»Das ist die Varsovia-Gesellschaft, na und?«, erwiderte Perle. Die Rote Ruthie schüttelte hastig den Kopf und versuchte, Perle zu bedeuten, dass sie den Mund halten solle.

Fischbein sog etwas Tee aus seinem Schnauzbart. »Die Haltung, die Sie an den Tag legen, ist für alle Beteiligten unbefriedigend, Fräulein Goldenberg. Eine solche Einstellung ist in Ihrem Metier nicht gut, gar nicht gut. Hören Sie mir genau zu. Ich bin in den letzten fünf Jahren fünfzehn, vielleicht auch zwanzig Mal zwischen der alten Heimat und Argentinien hin- und hergereist, um frisches Blut mitzubringen. Junge Mädchen. Sie beide hier mögen im Augenblick süß und ansehnlich sein, aber in Ihrem Geschäft altert eine Frau schneller. Perle, Sie haben die 20 weit überschritten, und man sieht es Ihnen langsam an. Wenn alle anderen hier einen Stall voller junger Mädchen haben, Frischfleisch, direkt vom *koscheren* Metzgerladen in Kiew, wenn Sie verstehen, was ich meine, wer wird dann schon zu Ihnen kommen, um sich mit einem Stück zähen, alten Leders abzugeben? Ganz besonders hier in Argentinien, wo das Fleisch so billig ist.«

Perle wollte ihn gerade auf die Vorzüge eines gut abgehangenen, zarten Steaks hinweisen, doch Fischbeins lebendiger Redefluss versiegte nicht.

»Schauen Sie«, sagte er mit einer Stimme, als tue er ihnen einen großen Gefallen, »was gut ist für einen, ist gut für alle, und wir Varsovianer sind ein großzügiger Haufen. Wir geben euch Mädels ein gutes Stück vom Kuchen ab, das heißt, ihr wäret uns Männern ebenbürtig! Also, meine Damen, Sie müssen sich nur unserer Gesellschaft anschließen, einen jährlichen Mitgliedsbeitrag entrichten, falls nötig, Schutzgelder an die Polizei und den Bürgermeister zahlen, und schon gehören Sie dazu!«

»Und falls wir das nicht tun?«

»Was soll das heißen, *falls wir das nicht tun*? Sie werden es tun! Es ist ein gutes Geschäft. *Señora* Goldenberg, Sie sind weit und breit nicht nur für Ihre Schlafzimmer-Gymnastik bekannt, sondern auch für Ihren guten Geschäftssinn. Sie werden respektiert, und man kennt Sie, genau wie Ihre Partnerin hier, die Rote Ruthie. Wie es der Zufall so will, haben Ihr Vater und mein Vater, meine liebe Ruthie, zusammen Binokel gespielt, wann immer er in Riga war. Aber sollten Sie beide sich dumm aufführen und zu der Ansicht gelangen, dass Sie nicht nach unseren Regeln spielen wollen, nun, so darf ich Sie an das Feuer vor ein paar Wochen drüben in der Calle Pasteur erinnern. Eine kleine Wohnung, unterhalten von Zev Brokhes und seiner bezaubernden Frau Ettie. Nettes Geschäft, was sie da hatten, über viele Jahre aufgebaut, mit zwei wirklich sehr netten Mädchen. Ihre Wohnung befand sich zufällig auch in dem Haus in der Calle Pasteur. *Wusch*. Nichts mehr übrig. Keiner weiß, wie das Feuer ausgebrochen ist, und wissen Sie was? Er war kein Mitglied der Varsovia-Gesellschaft, also gibt es für ihn auch kein Geld der Bruderschaft, das ihm aus der Not helfen könnte. Der arme Kerl ist ruiniert.« Fischbein zündete unvermittelt ein Streichholz an und wedelte es vor Perles Gesicht hin und her, ehe er es an seine Zigarre hielt. »Jetzt haben Sie's kapiert, oder?«

»Sie haben es ja bestens ausgemalt«, entgegnete Perle mit ausdrucksloser Stimme.

»Es ist wirklich kinderleicht, uns beizutreten, meine Damen. Der Mitgliedsbeitrag wird in 52 Beträge geteilt, die wöchentlich von einem zwei Mal jährlich gewählten Funktionär der Varsovia-Gesellschaft abgeholt werden. Einmal im Monat findet ein Treffen in unserem Hauptquartier in der Avenida Córdoba statt. Dort organisieren wir gemeinsam unsere Einkaufsfahrten in die Heimat und halten uns gegenseitig auf dem Laufenden, was irgendwelche neuen Hindernisse angeht, auf die wir unterwegs möglicherweise stoßen. Wir legen Wert darauf, das Auge des Gesetzes nicht allzu sehr auf uns aufmerksam zu machen. Den Bullen hier in Buenos Aires ist es zwar ziemlich egal, wie wir unser Geld machen, aber unglücklicherweise gibt es eine Gruppe von Weltverbesserern aus England und den Vereinigten Staaten, die uns im Visier haben, und sie beobachten uns, wenn wir von den Schiffen kommen. Mir selbst hat einmal eine dieser sauertöpfisch dreinblickenden alten Jungfern eine junge Dame entrissen. Ich behauptete, ihr Onkel zu sein, doch die junge Dame brach zusammen und begann, sich die Augen auszuheulen. Bevor ich sie dazu bringen konnte, meine Geschichte zu bestätigen, platzte sie auch schon damit heraus, man habe sie ihrer Familie geraubt. Aber das hatte ich gar nicht getan. Ich hatte ihren Eltern gutes Geld gezahlt, doch es blieb nicht genug Zeit, das dieser Pfeife zu erklären. Ich ließ die beiden dort am Kai zurück und kämpfte mich durch die Menge. Ich kam zwar davon, aber diese Tugendwächterin hatte mich ziemlich genau angesehen.« Er hielt Perle die zerknitterte Ausgabe einer jiddischen Zeitung hin. Darin war eine Karikatur von Fischbein zu sehen, die diesem verblüffend ähnlich sah. »Ist gar nicht schlecht gelungen«, sagte er, »auch wenn der Bart, ehrlich gesagt, ein bisschen zu lang geraten ist. Trotzdem, die Reisen aus der Heimat mit den Mädchen als Fracht, die sind wohl für mich gelaufen, fürchte ich. Was ein weiterer Grund ist, warum wir Sie auf der Mitgliedsliste benötigen, meine Damen.«

Perle warf der Roten Ruthie einen Blick zu, die mit der Hand auf den Mund gepresst dasaß, seit Fischbein mit seinem Streichholz herumgespielt hatte. »Als Geschäftsmann haben Sie sicherlich Verständnis dafür, dass meine Partnerin und ich Ihren Vorschlag erst einmal durchsprechen müssen, *Reb* Fischbein.«

»Aber gewiss. Versteht sich doch von selbst.«

»Wir werden uns Anfang nächster Woche bei Ihnen melden.«

»Ende *dieser* Woche«, erwiderte er, erhob sich und rückte seinen Hut zurecht. »Schreckliche Sache, das mit den Brokhes.« Er schüttelte den Kopf und schnalzte mit der Zunge. »Und dabei lief ihr Geschäft doch so gut. Ich bin am Freitag um sieben Uhr in der *schul.*«

»Tatsächlich?«, entgegnete Perle, die ihn zur Tür geleitete.

»Ich wünsche einen guten Tag, die Damen.«

»Leben Sie wohl, *Señor* Fischbein.«

Madame Perle und die Rote Ruthie benötigten keine langen Gespräche, um zu dem Schluss zu kommen, dass Fischbein ein Mann war, mit dem man sich besser nicht anlegte. Wenn sie verhindern wollten, dass ihre Wohnung vernichtet wurde und sie ebenfalls, blieb ihnen keine andere Wahl, als das zu tun, was Fischbein verlangte, und der Varsovia-Gesellschaft beizutreten. Zweifelsohne wurden weder die Rote Ruthie noch Madame Perle jünger. Sie hatten den Eindruck, dass ein wenig frischer Nachschub dem Geschäft nicht abträglich sein würde. Allerdings hatte keine von ihnen Lust, die lange Reise nach Europa zu unternehmen und sich nach Mädchen umzusehen.

Also wurde das Haus von Madame Perle bald zu einem Etablissement der Varsovia-Gesellschaft, und die Ratte von Tutsik Goldenberg begann seine Karriere als internationaler Händler von Diamanten und anderen erlesenen Edelsteinen. Anfangs machte sich Tutsik als Lakai auf den Weg, um das Geschäft zu erlernen. Obwohl er gerade einmal 20 war und daher die Rolle des Lakaien durchaus angemessen war, ärgerte er sich darüber. Aber die Arbeit war gut bezahlt und erlaubte ihm, zwei Mal im Jahr sein geliebtes Polen zu besuchen. Die Jungen, die für die Varsovia-Gesellschaft hin- und herfuhren, taten dies in großem Stil. Sie trugen elegante Kleidung und reisten erster Klasse. Auf dem Weg nach Europa nahmen sie an den Glücksspielen mit den Viehbaronen teil und verdienten sich so ihre Spesen in den ersten beiden Tagen. Dank seiner *porteño*-Freunde befand sich Tutsik in der beneidenswerten Position, dass er nicht nur beim Binokel betrügen konnte, sondern auch beim Domino und beim Würfelspiel. Er verstand sich derartig gut aufs Betrügen, dass er sich nie damit brüstete. Da er sich nie damit brüstete, glaubten seine Spießgesellen in der Varsovia-Gesellschaft, dass er fair spielte, und so betrog er auch sie.

Obwohl die Reise lang und trotz des Glücksspiels unglaublich ermüdend war, so durchfuhr Tutsik doch am Ende, wenn das Schiff endlich in den Hafen einlief, immer ein kleiner Schauer, der während der ganzen langen Zugfahrt nach Polen nicht nachzulassen schien. Er schaute aus dem Fenster und erblickte alte Damen in Schürzen und großen braunen Schuhen, die zwei oder drei Kühe entlang des Flusses oder über eine Wiese trieben. Der Anblick von einigen Kosaken auf den Rücken ihrer Pferde fesselte ihn, auch wenn er wusste, dass diese putzig anzusehenden Männer irgendeinem armen jüdischen Teufel den Säbel in den Bauch jagen würden, noch bevor der Tag zu Ende war. Und wenn er dann – selbst damals schon, als er sich noch ganz unten auf der Leiter befand – mit den anderen in Krakau oder in Minsk aus dem Zug stieg und wenn er mit anderen Männern der Varsovia-Gesellschaft dann in eine Schenke spazierte und das Essen roch – die *blinze* und den *smetene,* den gekochten Kohl und die Zwiebeln –, dann war Tutsik Goldenberg der glücklichste Mann der Welt. Denn in ganz Buenos Aires konnte man keine Schüssel Kohl-*borschtsch* finden, wie er hier serviert wurde.

Im ersten Jahr war Tutsik zuständig für die notwendigen Nebensächlichkeiten und hatte die Aufgabe, die Jäger genauestens zu beobachten. Er schaute zu, wie ein Jäger sich in einer Stadt einrichtete und wie er ein Ziel anvisierte. Die Männer, denen Tutsik dieses Handwerk abguckte, benutzten die Don-

Juan-Methode. Sie verführten die Frauen selbst und brachten sie dann dazu, mit ihnen von zu Hause wegzulaufen. Sie zogen die Eltern überhaupt nicht mit hinein. Während die Don Juans damit beschäftigt waren, die jungen Frauen mit Ködern und Bestechungen dazu zu bringen, ihr Zuhause für ein Leben voller Abenteuer und Lust hinter sich zu lassen, waren Tutsik Goldenberg und die anderen Männer für den Kleinkram damit beschäftigt, falsche Papiere aufzutreiben, mehr Frauen ausfindig zu machen, Fahrkarten für den Zug und die Überfahrt auf dem Schiff zu buchen und das Gepäck zu tragen. Einige der Schwerenöter schliefen tatsächlich mit den Frauen oder gaben vor, sie heiraten zu wollen. Du weißt ja, wie es läuft: ein falscher Rabbi im Hinterzimmer irgendeiner Schenke drüben auf der Krachmala-Straße, ein billiger Ring mit unechtem Stein und dann ein Schlag ins Gesicht auf einem Schiff Richtung Westen. Andere brachten die Frauen nur dazu, sich Hals über Kopf in sie zu verlieben und zu schwören, dass sie ihnen überallhin folgen würden. Dann bestiegen sie das Schiff, und die Don Juans führten die Romanze auf der ganzen Überfahrt nach Buenos Aires fort und sparten sich den Schlag ins Gesicht für später auf. Um ehrlich zu sein, es waren einige Frauen darunter, die von Anfang an wussten, wie der Hase läuft, und dennoch mitgingen. Diesen Frauen erschien das Leben einer Hure wohl sehr viel aufregender, als eine halbe Ewigkeit erst am langweiligen Tisch ihres Vaters und später am langweiligen Tisch ihres Ehemannes festzusitzen und dann den Rest dieser Ewigkeit im Himmel als Schemel für ihren langweiligen Gatten zu verbringen.

Tutsik Goldenberg indessen gefiel die Vorstellung nicht, eine Romanze mit einer Frau zu beginnen. Er war der Ansicht, dass es besser und leichter sei, den Vater des Mädchens zu umgarnen und das Mädchen bis zur letzten Minute aus allem herauszuhalten. Und so verbrachte Tutsik Goldenberg den Anfang seiner Karriere damit, sich auf diesen langen Schiffsreisen genau auszumalen, wie er die Sache angehen würde. Denn sobald man als Mann für die Kleinigkeiten erst einmal für alle Kleinigkeiten gesorgt hatte, gab es nur noch wenig zu tun – außer den reichen Europäern auf dem Weg in die Neue Welt das Geld aus der Tasche zu ziehen und mit Grauen der Rückkehr nach Buenos Aires entgegenzusehen. Während er so nachdachte und zusah, wie das trübe Wasser auf dem Nachhauseweg unter das Schiff glitt, entwickelte Tutsik Goldenberg den Plan, der mich wie viele Frauen vor mir und nicht wenige Frauen nach mir zu einer traurigen Zukunft in der Stadt der Guten Lüfte verdammte.

Tutsik Goldenberg überzeugte die Varsovia-Gesellschaft schon bald davon, ihm die Leitung der Expeditionen nach Polen und die Jagd nach Beute zu übertragen. In den Monaten, die folgten, beschaffte er genug Frauen für die Rote Ruthie und für Perle, sodass beide in der Lage waren, in einer Art unabhängiger Partnerschaft jeweils ein separates Haus zu eröffnen: vier Frauen für die Rote Ruthie und Rachel und Sara für Perle. Dazwischen besorgte er Frauen für jüdische Bordelle in der Provinz. Er wurde reichlich dafür bezahlt, verspielte das Geld aber schon bald wieder. Schließlich verschleppte Tutsik Goldenberg noch mich in Madame Perles Haus, und mit Sara und Rachel hatte sie nun drei Pferdchen im Stall.

Als ich meinen Platz in der Calle Talcahuano erhalten hatte und eingearbeitet worden war, bediente Madame Perle selbst nur noch Freier aus sentimentaler Verbundenheit. Das heißt, sie nahm sie nur noch, wenn deren Gesicht ihr gefiel und sie außerdem in der Lage waren, aus der Gemara zu zitieren. Ihre älteste Komplizin war Marianna, ihre Köchin und Vertraute, eine Jüdin aus Toledo in Spanien, die praktisch seit dem Tag ihrer Ankunft in Argentinien bei den Goldenbergs war. Madame Perle warb Marianna aus einem koscheren Restaurant in Once ab und brachte ihr dann bei, wie man nach polnischer Art kocht. Es war schwer, in Buenos Aires an Sahne und Käse zu kommen, aber Zwiebeln und Knoblauch gab es im Überfluss, und Perle hatte ganz und gar nichts dagegen, dass Marianna ab und zu Paprika in das *zimes* tat oder die Bruststücke mit Kreuzkümmel und Ingwer würzte. Es verlieh ihr das Gefühl, als ob sie das Beste aus beiden Welten abbekam, und dieses kleine Vergnügen reichte sie an uns *nafkes* weiter.

Lange vor meiner Ankunft in Argentinien begann sich Madame Perle in ihrer Freizeit mit großer Sorgfalt den frommen Büchern in ihrer Bibliothek zu widmen. Sie war auf der Suche nach einem Sinn, nach einem unumstößlichen Handel mit Gott.

Für oberflächliche Beobachter sah es wohl so aus, als würde ich in der Calle Talcahuano aufblühen, denn Madame Perle und Marianna mästeten mich wie eine Kuh. Auch wenn ich durch den Mangel an Sonne und frischer Luft blass war, wurde ich doch *saftik* und wunderschön, so behaupteten es die Freier zumindest. Rachel, die aus Grodno stammt, war ebenfalls *saftik,* und sie machte einen beinahe glücklichen Eindruck. Das konnte man von meiner Sara nicht behaupten; sie nahm das Essen eher freudlos zu sich. Nachdem sie mich in die Calle Talcahuano gebracht hatte und für immer und ewig nach Buenos Aires zurückgekehrt war, begann sie vor unseren Augen zu verfallen – nicht nur körperlich, sondern auch geistig. Diese miesen Goldenbergs waren der Ansicht, dass sie ihnen hier, im Bordell, flach auf dem Rücken, mehr nutzte denn als Reisegefährtin in Europa. Es würde also keine weiteren Reisen mehr für sie geben. Sara, die von Natur aus dünn und groß gewachsen war, begann zu schrumpfen. Der stumpfe Ausdruck in ihren Augen vertiefte sich, und ihr Mund erstarrte immer mehr zu einem schrecklichen Lächeln.

Ob es noch andere sahen? Ich vermochte es nicht zu sagen. Ich weiß nur, dass selbst ich, die in Perles großem Bett und unter den Händen der Männer Knochenarbeit leisten musste, dass selbst ich bemerkte, wie Sara dahinschwand und sich ihr Ausdruck verhärtete, und das bewirkte bei mir ein noch größeres Gefühl der Verzweiflung und des Verlorenseins.

Ich wollte ihr meine Liebe zeigen, doch seit meiner ersten Woche in Madame Perles Bett wich Sara meinen Blicken aus und wandte sich ab, sobald ich mich ihr näherte. Ich sehnte mich sehr nach ihrer Nähe, denn auf eine schreckliche Weise war sie die Verbindung zwischen meinen beiden Leben. Ich erinnerte mich an jene langen Nächte mit Sara an Bord der *Viktorius.* Ein oder zwei Mal in diesem verfluchten Bett blickte sie mir tatsächlich in die Augen, als sie auf mir lag. Da sprach sie meinen Namen, während sie in mich eindrang. Sie lachte, als ich mich wand und stöhnte. Diese kleinen Gesten haben Spuren in meinem Herzen hinterlassen, ganz so, wie Tamar auf eine gefährlichere Weise ganz andere Spuren hinterlassen hat.

Doch wenn wir dort in der Calle Talcahuano das Bett miteinander teilten – wie wir es manchmal taten, um einer tränenreichen Nacht zu entgehen –, waren meine Geräusche und meine Überraschung nicht mehr neu für sie. Sie berührte mich an denselben Stellen, wie sie es immer tat, aber es war die Berührung eines Geistes. Sie küsste mich, aber ihre Küsse waren ausdruckslos. Ich konnte ihre Gefühlskälte verstehen, wenn sie mich auf den Wunsch irgendeines *jenzer* in ihr Bett nahm, der fürs Zuschauen bezahlte. Aber zu jeder sich bietenden Gelegenheit im Laufe eines Tages – beim Frühstück mit den anderen oder allein im Salon, wenn keine Freier da waren – versuchte ich, mich zusammenzurollen und meinen Kopf in ihren Schoß zu legen in der Hoffnung, dass sie mir über das Haar streichen würde. Ein oder zwei Mal kämmte sie es mir, doch ihre seltsamen, vereinsamten Hände verweilten nie.

Ich versuchte, ihr begreiflich zu machen, dass ich die Zeit mit Madame Perle verbrachte, weil sie mich darum ersuchte und nicht, weil ich es wünschte. Ich gab Sara zu verstehen, dass ich auf jeden Fall immer sie wählen würde, wenn ich selbst entscheiden dürfte. Doch als ich ihr dies ins Ohr flüsterte und sie zum Abschluss mit Küssen überschüttete, da wehrte sie mich mit einer knappen Handbewegung und einem traurigen Lächeln ab und verschwand in ihr Zimmer.

Anfangs fühlte ich mich allein für ihren Zustand verantwortlich. Wenn ich doch nur imstande wäre, mich Perle zu verweigern, wenn Perle doch nur aufhören würde, mir so viel Aufmerksamkeit zu schenken, und sich häufiger Sara zuwenden würde! Doch dann nahm mich ausgerechnet Rachel beiseite und klärte mich auf. »Hör zu«, sagte sie, »Sara ist immer ein wenig *zedrejt,* wenn sie einen Blick auf die große weite Welt erhascht hat und dann wieder in die Calle Talcahuano zurückkehren muss. Sobald sie wieder anfängt anzuschaffen, ist alles aus. Und jetzt, wo Tutsik sie nicht mehr nach Polen mitnehmen will, tja, mal sehen, wie lange sie noch durchhält.«

»Was meinst du damit?«, fragte ich entsetzt.

»Ich meine damit, mal sehen, ob sie sich nicht umbringt. Du bist noch nicht lange genug hier, um mit dem Gedanken zu spielen, aber ich denke schon lange darüber nach. Und für Sara ist es ein geheimer Schlüssel, den sie unter ihrer Zunge verborgen hält. Saras einzige Hoffnung ist der Gedanke daran, mit dem Ganzen hier Schluss zu machen.«

Ich blickte Rachel erschrocken an. Nach meiner Ankunft hatte ich sie anfangs für einfältig gehalten. Was hätte ich auch anderes denken sollen? Sie lachte über jeden Scherz, selbst wenn ihn der widerwärtigste Freier auf unsere Kosten machte. Sie kicherte beim Anblick von Rasiermessern, wurde mit Klingen und Schlagringen spielend fertig. Sie verlor nie die Beherrschung und lächelte die ganze Zeit. Ihre Wangen schimmerten stets rosig, und sie war fröhlich und – wie ich bis dahin geglaubt hatte – strohdumm. Rachel war 22, als ich in Buenos Aires eintraf, und bereits seit sieben Jahren bei Madame Perle. Sie war die erste von Tutsiks Eroberungen, die er auf eigene Faust gemacht hatte. Ich betrachtete sie genauer, und da sah ich zum ersten Mal eine gewisse Leere in ihrer Heiterkeit.

»Jetzt schau nicht so erschrocken drein, du kleine *jold.*« Sie versetzte mir einen Klaps aufs Hinterteil. »Solange Tutsik Goldenberg Sara mit Rauschgift versorgt, ist sie eh zu weggetreten, um irgendein Pulver zu nehmen.«

Ich sah Rachel fragend an. Ihr Blick blieb auf meine Augen geheftet. »Was ist Rauschgift?«

»Was für ein Kindskopf du doch bist! Haben sie dich etwa direkt vom Hof des Kindergartens geklaut? Ich rede von Opium – dieses eklige Zeug, das Tutsik und sie dauernd in Pfeifen rauchen. Was hast du denn gedacht, was es ist – eine ganz andere Art, Tee zu trinken?«

Darauf antwortete ich nichts.

»Es überrascht mich nur, dass sie dir noch nichts gegeben haben. Hat Perle denn noch nicht erwähnt, dass es zum geheimen Handwerkszeug der jüdischen Frauen zählt? Na egal, jedenfalls haben sie versucht, es mir anzubieten, aber ich habe abgelehnt. Und das wirst du auch tun, wenn du weißt, was gut für dich ist. Das Zeug macht dich so dumm, dass du glaubst, du wärst glücklich, während du in Wahrheit bloß weggetreten bist. Wie unsere Sara. Such dir eine andere Freundin, Püppchen!« Rachel blinzelte mir zu, wie sie den Freiern zublinzelte. Ich gestehe es nur ungern, aber ich verspürte dabei eine winzige Erregung in meiner *peeric,* obwohl ich wusste, dass das Ganze nur dazu gedacht war, mich zu quälen. Dann nahm ihre

Stimme unversehens einen weicheren Tonfall an. »Sara überdeckt ihren Kummer mit einer kühlen Maske, *neschomele*. Sei vorsichtig, sonst endest du wie sie.«

Es gab einige Männer, die in das *schandhojs* in der Calle Talcahuano kamen und keine Freier waren. Sie waren Freunde von Tutsik Goldenberg und hielten sich dort auf, um im Salon Karten zu spielen und zu rauchen. Einer, Mordechai Dorfman, der oft in der Begleitung von Dov Hirsch erschien, war ein Arzt, der uns auf Tripper untersuchte und mir zeigte, wie ich mich mit Essig waschen musste, um nicht schwanger zu werden. Sie tranken alle Tee aus Bechergläsern und Schnaps aus den Schnapsgläsern, die Perle einmal vor langer Zeit aus Polen mitgebracht hatte. Diese Männer nahmen uns selten mit ins Bett, doch sie durften uns ebenso anfassen wie alle anderen auch. Das machte mich wahnsinnig. Wenn der *mohel* aus La Plata vorbeikam, um Spaß zu haben, bekam man wenigstens noch ein Trinkgeld für all die Mühen. Doch wenn dieser Vampir Dov Hirsch vorbeischaute – ob mit oder ohne seinen Freund Dr. Dorfman –, bekamen wir nichts weiter ab als Kniffe, manchmal sogar den einen oder anderen Schlag ins Gesicht und nicht einen einzigen *peso* als Wiedergutmachung. Dorfman schien kein solcher Teufel wie Hirsch zu sein, obwohl wir später noch erfahren sollten, dass es sich anders verhielt. Er war nicht so schlau und augenscheinlich auch nicht so bösartig. Ich habe nie ein Messer in seiner Hand gesehen, außer das eine Mal, als er eine Abtreibung bei Rachel vornahm und dies mit der größten Umsicht tat.

Aber Hirsch schien ein ganz anderes Kaliber zu sein. Wenn er kam – ob allein oder mit Dorfman –, traf er genau um sieben Uhr am Abend ein. Er setzte sich neben mich, Sara oder Rachel und machte sich jedes Mal daran, seine Nägel mit einer gemein aussehenden Messerklinge zu schneiden, die zweimal so lang war wie seine Hand. Er machte sich einen Spaß daraus, damit auf unsere Lippen und unser Herz zu deuten. Einmal ließ er die Klinge unter den Steg meiner Unterhose gleiten und tat so, als wolle er ihn durchtrennen. Doch in der letzten Sekunde zog er das Messer zurück, und er und die anderen Männer um ihn herum lachten.

Ich fürchtete mich immer noch genauso vor ihm wie auf dem Schiff und hockte die ganze Zeit da und schlang die Arme um meinen Kimono. Er saß oft da und las die jiddische Zeitung, ganz langsam, ein Wort nach dem anderen, wie es schien. Ich starrte ihn an und fragte mich, wie ich wohl an dieses lange Messer gelangen und es erst in seine und dann in meine Brust stoßen könnte, um die Sache endlich hinter mich zu bringen und zu sterben.

Wenn Perle einen dieser *schnorrer* erwischte, wie sie mit Messern herumspielten oder grapschten, riet sie ihnen, ganz schnell ihre Hände von uns zu lassen, und brachte sie dazu, einige *pesetas* in eine metallene Spardose zu stecken, in der sie für wohltätige Zwecke sammelte. Doch wenn sie mit ihren eigenen Kunden beschäftigt war oder in der Synagoge betete, was immer häufiger vorkam, dann griffen Dorfman und Hirsch nach Lust und Laune zu, wie immer es ihnen beliebte, und klatschten uns auf den Allerwertesten, was bei den zahlenden Kunden als Aufforderung galt, sich auch sämtliche Freiheiten bei uns zu nehmen. Dieser Dov Hirsch und dieser Mordechai Dorfman waren schlecht für das Geschäft, doch viel schlimmer noch, sie waren schlecht für mein Herz. Und ohne Sara, mit der ich darüber lachen oder bei der ich mich beschweren konnte, fühlte ich mich verzweifelt.

Es gab ganz wundervolle Sehenswürdigkeiten in Buenos Aires. Das wusste ich, denn das hatte ich in Madame Perles Büchern gelesen. Da gab es einen Friedhof, wo die Menschen in oberirdischen Gräbern bestattet wurden. Davor standen Statuen dieser Menschen, die sehr hoheitsvoll und unergründlich wirkten. Es gab riesige Theater und Konzerthallen, einige waren von den Varsovianern errichtet worden, weil sie sich mit den einfachen Juden gut stellen wollten. In jenen Tagen gab es Tanzsäle und sagenhafte Marktplätze, die heute noch existieren. Da war der Flohmarkt in San Telmo und andere ganz herrliche Plätze. In meinen Anfangsjahren in Buenos Aires durfte ich nichts davon mit eigenen Augen sehen. Wir bekamen zu essen, und es war uns erlaubt, uns sauber zu halten. Man achtete darauf, dass wir nicht krank wurden, doch wir durften die Wohnung nicht ohne Begleitung verlassen. Und da uns meist Perle selbst begleitete, sahen wir wenig außer dem Inneren der Synagoge, wo man uns den ganzen Weg hinauf zum Frauenbalkon mied und verspottete und schweigend auf uns spuckte, sobald wir endlich angekommen waren.

Es brach Perle das Herz, doch sie brachte uns dennoch jeden Freitagabend dorthin. Kannst du dir das vorstellen: vier jüdische Huren, die in ihren besten *Sabbat*-Kleidern nach Once spazieren, vier jüdische Huren in weißen Baumwollkleidern? Ein bemerkenswerter und lächerlicher Anblick. Für wenige Augenblicke wurde Sara dort oben auf dem Frauenbalkon wieder lebendig. Wenn die anständigen jüdischen Frauen über unsere Frömmigkeit spotteten, einander in die Rippen stießen und die Augen verdrehten, dann grinste Sara höhnisch zurück und kläffte wie ein Hund, während unsere gute Madame Perle den Kopf senkte und weinte.

Das waren die Momente, in denen ich die Hoffnung hegte, dass Sara am Leben bleiben und auf dem langen Nachhauseweg meine Begleiterin sein würde. Doch sobald der Gottesdienst zu Ende war, sobald wir uns durch die ehrwürdige Menge geschoben hatten, versank die eisige Sara wieder in sich und sagte nichts, murmelte nur und runzelte die Stirn.

Wir kehrten an diesen Freitagabenden immer zum *schabbes*-Abendessen zurück, das mir beinahe gut schmeckte. Dies war die einzige Zeit in der Calle Talcahuano, in der ich fast so etwas wie Glück empfand, bis mir einfiel, dass Tutsik Goldenberg mich bei einem solchen Mahl geraubt hatte und dass mein eigener Kerzenhalter längst verschwunden war. An den Freitagabenden und an den jüdischen Feiertagen blieben die *schandhojsen* alle geschlossen. Die Rote Ruthie und ihre *kurwes* kamen zum Abendessen und anschließendem Tee zu uns. Das waren die Stunden, da wir ohne Angst unseren Weinbrand tranken und unseren Honigkuchen aßen, denn der Abend gehörte ganz allein uns Huren. Madame Perle erlaubte an diesem Abend niemandem zu rauchen, und so verschwanden Hirsch und Dorfman mit Tutsik Goldenberg sofort nach dem Essen und gingen in die *cantina,* um dort zu rauchen und zu trinken. Zur Abwechslung schikanierten und demütigten sie einmal die *gojisch* Mädchen und ließen unsere Hinterteile in Ruhe.

Ihr verdammten Goldenbergs habt mir meine Jugend gestohlen! Dank euch war ich schon mit 17 alt. Ich betrachtete Rachels ausdrucksloses Lächeln, versuchte, der abgestumpften Sara Liebe zu entlocken, und erkannte, dass es auch mir bestimmt war, hier zu sterben. Ich schwor mir, dass ich einen Weg finden würde, mich von alldem zu befreien. Ob auf dem Rücken eines Mannes oder unter ihm, ich würde zu dieser Tür hinausgelangen und frei sein.

ZWEITER TEIL
Der südamerikanische Handschellentrick (1910-1915)

Kapitel 6

In der Zwischenzeit, Hankus, geschah in einem anderen Land, nur wenige Jahre zuvor, etwas so Schreckliches, dass du dich im strömenden Regen auf einer dreckigen Straße in Richtung Krakau wiederfandest, ohne zu wissen, warum du dort warst und dort entlanggingst. Um die dreckige Hose, die zu groß war für dich, hattest du dir in der Taille einen Strick geschlungen, das Leinenhemd mit dem abgerundeten Kragen war zerrissen und der schwarze Gehrock darüber blutverschmiert und mit Schmutzflecken übersät. Deine schmalen Füße waren nackt. Auf dem Kopf trugst du eine Wollmütze, die dein Haar bedeckte. Es reichte dir einmal bis zu den Hüften hinunter; nun war es ungleichmäßig über deinen Ohren abgeschnitten.

Du liefst durch die Pfützen auf der Straße, deine Füße waren nass und eiskalt. Du hieltest etwas in deinen Händen und wusstest, dass du es niemals verlieren durftest, doch du brachtest es nicht über dich, einen Blick darauf zu werfen, um zu sehen, was es ist.

Männer auf Pferden ritten an dir vorbei, und zwei, drei Mal passierte dich auch eine Wasser aufspritzende Kutsche mit Männern und Frauen in prunkvollen Kleidern – und was sahen diese Menschen, wenn sie an dir vorüberfuhren? Sahen sie überhaupt jemanden? Irgendetwas? Einmal beugte sich ein Ochsenkarrenfahrer zu dir und fragte dich: »Möchtest du mitfahren, Kleiner?«

Du flüchtetest dich in den Wald, setztest dich auf einen Baumstumpf und weintest. Du hattest keine Ahnung, wie du hießest und was du um jeden Preis zu vergessen versuchtest. Doch ab und an hörtest du Stimmen, Männer, die schrien, und Frauen und Männer, die diese Schreie erwiderten. Du sahst Blitze von Metall und Blut. Je mehr Erinnerungen in dir hochstiegen, desto schneller liefst du.

Schließlich kamst du in Krakau an. Du schliefst an den Ufern der Weichsel. Du wandertest nach Kazimierz. Die Panik legte sich ganz allmählich.

Du fandest etwas zu essen in den Gassen hinter den jüdischen Cafés – Rindfleischknochen, angebissenes Brot und die Reste einer geschmorten Lammkeule. Du schlugst die streunenden Katzen in diesem Spiel, griffst dir, was du zu greifen vermochtest, und ranntest davon. Nachts schliefst du in Türeingängen, oder du liefst umher. Den Tag verbrachtest du im öffentlichen Park. Du betrachtetest die Weichsel, wie sie glatt und schmal gemächlich von Norden nach Süden floss. Wenn Soldaten vorbeischlenderten, hieltest du den Atem an. Wurdest unsichtbar. So lebtest du.

Die Tage vergingen, einer nach dem anderen. Du wusstest nicht, wie viel Zeit genau verstrich. Du warst ein Geist in Krakau, hieltest dein kleines Bündel fest und gingst dorthin, wohin dich deine Füße trugen.

Draußen vor einem Café, das immer bessere Abfälle hatte, je öfter du vorbeikamst, fandest du eines Abends mehr als nur einen Knochen: eine Schüssel mit Suppe, einen Löffel und ein Stück Schwarzbrot. Anfangs dachtest du: Lass es lieber stehen, das ist nicht für dich, beachte es einfach nicht. Doch ein großer, rostfarbener Hund mit einem höhnischen Grinsen auf dem jämmerlichen Gesicht steuerte darauf zu. Auch wenn der Hund riesig war – der Gedanke, dass dieser Köter eine solch wundervolle Suppe mit seiner hässlichen Zunge schlürfen könnte, machte dich wild.

»*Paßkudnjak*!«, schriest du. »Du blöder Hund! Aus dem Weg, das gehört *mir*!«

Der Hund fletschte die Zähne, du fletschtest die Zähne. Der Hund knurrte, du knurrtest auch. Doch bevor ihr einander an die Kehle gehen konntet, hörtest du eine Männerstimme sagen: »He, Motke, es hat geklappt, wir haben ihn.« Jemand packte dich an deinem Gehrock. Du versuchtest mit aller Kraft, dich aus seinem Griff zu winden. Du tratest, schriest und kratztest, aber der Mann hatte dich an beiden Armen gepackt. »Schhh, kleiner *wilde*, schh, schh, schh! Ich bin Max, ganz langsam, sch, sch, beruhige dich. Wir haben dich seit zwei Wochen beobachtet. Weder Motke noch ich werden dir etwas tun.«

Er hielt dich ganz fest, während du gegen ihn ankämpftest. Er hielt dich fest, bis du keine Kraft mehr hattest, dann legte er seine Arme um dich, und du begannst zu schluchzen, während er dich hineinbrachte.

Erst als sie dich in dem heißen, seifigen Wasser der Stahlwanne in der Küche ihrer kleinen Wohnung hinter dem Restaurant badeten, erkannten die beiden Männer Max und Motke, dass du in Wahrheit kein Junge warst. Sie waren beide groß, hochgewachsen und schwer, mit getrimmten Bärten. Max hatte einen Spitzbauch und riesige Hände. Motkes Hände hingegen waren zierlich und flink.

Vorher gingen sie mit dir durch das Café. Max setzte sich mit dir in den Armen in einen Schaukelstuhl und hielt dich fest, bis du aufhörtest zu weinen. Dann fragte er dich mit freundlicher Stimme: »*Tsi rejd ir* Jiddisch?« Als du nickend bejahtest, füllten sich seine Augen mit Tränen. Motke goss das Wasser in die Wanne. Max zog dir vorsichtig das Hemd aus. Da bemerkten sie es noch nicht, doch als sie dir die Hose herunterzogen, schlug Max die Hand vor den Mund. »*Gottenju,* Motke! Ein Mädchen!«

Motke wusch dich ganz sanft, schrubbte dir den Rücken, ohne dir wehzutun, hielt dir den Waschlappen hin, damit du dich an den intimen Stellen selbst waschen konntest, dann tupfte er dich vorsichtig trocken. Er kleidete dich in eins seiner Hemden, das dir viel zu groß war, und zog dir eine wollene Socke über jeden Fuß. Dann setzte er dich an den Tisch. »*Tochter wilde,* lass uns einmal sehen, was Max dir zu essen bereitet hat.«

Vor dir stand ein Festmahl: rote Suppe mit viel Kohl und Fleischstücken, Bratkartoffeln mit Zwiebeln, eingelegte Tomaten und dampfende Rote Bete und dazu ein großes Glas schwarzer Tee mit Zucker. Als du dieses opulente Mahl erblicktest, konntest du nur noch dein Gesicht mit den Händen bedecken und schluchzen …

Die beiden Männer brachten dich an diesem Abend dazu, dass du immer wieder ein Häppchen aßest. Sie hielten den

Löffel, während du einen Schluck von der Suppe nahmst. Sie fragten nicht nach deinem Namen. Sie bereiteten dir ein Bett aus Decken an einem warmen Platz in der Nähe des Ofens, und kurz bevor du in den Schlaf hinüberdämmertest, reichten sie dir dein Bündel. Erst als du den Stoff – ein altes Geschirrtuch – auffaltetest, begann sich dein Inneres zu entwirren, denn da lagen die Kerzenhalter deiner Mutter vor dir, die zu retten du beinahe mit deinem Leben bezahlt hättest ...

Max und Motke nahmen dich bei sich auf. Sie haben dich nie gefragt, was dir widerfahren ist. Es hatte ein Pogrom in einem Dorf flussaufwärts gegeben, bei dem angeblich alle Bewohner umgekommen waren. Doch als sie den Ausdruck in deinen Augen sahen, da kamen sie zu dem Schluss, dass vielleicht doch jemand überlebt hatte. Denn sie hatten diesen Ausdruck schon einmal gesehen – diese weit aufgerissenen Augen eines Menschen, der aus einem Ofen oder aus einem Schrank klettert oder hinter einer abgeschlossenen Kellertür hervorkommt. Oder jemanden wie dich, der sah, wie alle um ihn herum ermordet wurden, während nur du selbst verschont bliebst. Sie drängten nicht darauf, Details zu erfahren. Sie vermuteten, du könntest dich eh nicht daran erinnern.

Dein Name könne Hannah lauten, glaubtest du. Sie schätzten dich auf 13 Jahre, und du erklärtest ihnen, dass dies hinkommen könne. Du warst flachbrüstig und schlaksig – du sahst wie ein Junge aus. »Wir werden einfach sagen, dass du unser Neffe aus Lublin bist, ja? Der Sohn unserer Schwester Bronia.« Motke sah sich in der Wohnung um. »Vorerst kannst du hier am Ofen schlafen, aber wir werden dir etwas im Arbeitszimmer einrichten. Denn ein Mädchen muss seine Privatsphäre haben, selbst wenn es ein junger Mann ist.«

Jeder mit etwas Grips im Kopf wusste, dass Max und Motke keine Brüder waren. Sie schliefen im selben Bett und gaben sich einen Gutenachtkuss. Sie waren ein Paar und innig verbundene Liebende. Doch die ganze Stadt hatte sich auf ihre Geschichte eingelassen: zwei Brüder, Max und Motke aus Plock, denen das Alef Bejs Café gehörte. Und nun war ihr Neffe Hankus bei ihnen, gestern mit dem Zug angekommen. Ob dich der Rest der Stadt dabei beobachtet hat, wie du an kühlen

Frühlingsabenden von Mülleimer zu Mülleimer gekrochen bist? Oder glaubten sie wirklich, du wärest aus dem Zug gehüpft und nichts weiter als ein Gast in ihrer Mitte? Es spielte keine Rolle. Von dem Moment, als du begannst, das Geschirr im *Alef Bejs* Café abzuwaschen, glaubte man dir, dass du der warst, für den du dich ausgabst: der Neffe, der die soßenverschmierten Teller und Schüsseln vom vorderen Teil des Cafés in den hinteren trug und der sich verbeugte, wenn er den Tisch der Gäste abwischte. Wenn sie dich fragten: »*Bar Mizwa'hed?*«, nicktest du. Und damit war der Fall erledigt.

Max und Motke ließen dich als Jungen bei sich wohnen, denn bei all den Vorwänden und Erfindungskünsten, die ihr Leben erforderlich machte, war dies immer noch ein ganzes Stück einfacher, als wenn sie ein Mädchen bei sich aufgenommen hätten. Was hätte das wohl für einen Eindruck auf Außenstehende gemacht? Eine Nichte, die mit zwei unverheirateten Brüdern lebt, war nach außen nicht so gut zu vermitteln wie ein Neffe.

Das mit dem Verkleiden machte dir nichts aus. Es war dir sogar willkommen. Die Kleider und Kinderkittel, die du zu Hause tragen musstest, hatten dich immer eingeschränkt. Max und Motke waren rasch mit den anderen Vorteilen bei der Hand, die du mit deinem neuen Geschlecht erwerben würdest. »Was die Religion angeht, bist du natürlich fein raus«, erklärte Max, während er einige Rühreier mit Zwiebeln in einer großen gusseisernen Pfanne zubereitete. »Du darfst unten bei den Männern sitzen, solltest du jemals zur *schul* gehen.«

Das schien dir kein besonders guter Handel zu sein, denn du warst nie sehr gläubig. Und schon gar nicht nach allem, was mit deinen Leuten zu Hause passiert war. Dennoch gab es andere Vorteile, die dir selbst nicht in den Sinn gekommen wären. »Diese Ehestifter« – Motke nickte –, »die werden zwar immer noch hinter dir her sein – so ein netter, gut aussehender Junge, so ein guter Fang! Doch als Mädchen müsstest du jeden Abend potenzielle Ehemänner unterhalten, was nach einer Weile mächtig langweilig wird, das kannst du mir glauben! Als Mann hingegen kannst du ihnen einfach sagen, dass du bessere Dinge zu tun hast – ob das nun stimmt oder nicht –, und sie werden dich mehr oder weniger in Ruhe lassen.«

»Außerdem«, schaltete sich Max ein, »wäre da noch deine Sicherheit in der großen weiten Welt zu bedenken.«

»Ganz genau«, sagte Motke. »Es ist schon schlimm genug, ein Jude in Krakau zu sein –«

»In Polen überhaupt.« Max schüttelte betrübt den Kopf.

»In Polen überhaupt!«, fuhr Motke fort. »Aber als Frau, Gott weiß, was einem so alles zustoßen kann ...« Seine Stimme wurde leiser und verlor sich, und traurigerweise verstandest du, warum.

Du hattest ja gesehen, was diese Soldaten deiner Schwester und deiner Mutter angetan hatten. Du versuchtest, dich nicht daran zu erinnern, aber ab und zu, wenn du ein Tablett mit schmutzigem Geschirr in die Küche brachtest oder einem Gast zunicktest, der um ein Glas Wasser bat, weckte das Lachen eines Mannes am anderen Ende des Raumes die Erinnerung an das Gesicht deiner Schwester oder deiner Mutter, und du verstummtest, reistest beinahe so weit zurück, wie du in diesem schlammigen Regen gelaufen warst, verlorst jegliche Verbindung zur Gegenwart – sogar mitten in einem von Motkes zum Schreien komischen Witzen oder bei einem von Max' Zauberkunststücken. Aber selbst wenn dich die Erinnerung erfasste, während du einen Teller mit gebratener Ente vor einem Gast absetztest, der schon seit Jahren ins *Alef Bejs* kam, selbst wenn es mitten in dieser Bewegung geschah, die du vor einer Sekunde noch mit der größten Vorsicht ausgeführt hattest, fiel dir der Teller dennoch nicht zu Boden. Du ließest ihn lediglich ganz sanft vor den Gast auf den Tisch sinken und verschwandest leise. Und eine Weile später fanden Max oder Motke dich in einer Ecke des Kellers, wo du manchmal zitternd und manchmal in Tränen aufgelöst hocktest.

Du durftest immer in ihrer Nähe sein, und sie liebten dich. Sie beschafften dir Kleidung von der Wohltätigkeitsgesellschaft der Damen in der Stadt, und Motke nähte dir ein wundervolles Hemd. Du wiederum spültest das Geschirr, bedientest an den Tischen und hieltest sie sauber. Motke kochte, Max nahm Bestellungen entgegen. Du brachtest den Gästen das Essen, wenn das Café voll war. In der arbeitsfreien Zeit zeigte Motke dir seine Geheimrezepte, und Max führte dir die Zaubertricks vor, die ihm sein Vater und sein Onkel beigebracht hatten. Er zeigte dir, wie man Münzen von der ausgestreckten Handfläche verschwinden lässt. Er zeigte dir, wie man sich aus allen Arten von Knoten befreit, wie man heimlich ein Schloss knackt, sodass es so aussah, als hätte man es durch Zauberei geöffnet. Von ihm lerntest du, wie man eine Taube aus dem Ohr eines Menschen hervorzauberte und sie wieder verschwinden ließ, sobald sie auf deinem Finger saß.

Eines Tages kam rein zufällig deine wahre Begabung ans Tageslicht, und ein Traum erfüllte sich. Es war zur Mittagszeit im *Alef Bejs,* und das Café war bis auf den letzten Platz gefüllt. Nicht jüdische Geschäftsmänner aus Krakau saßen an den kleinen Tischen und schlossen ihre Händel mit jüdischen Geschäftsleuten ab. So manche Dame, die mit ihrer Tochter den Markt besuchte, hatte sich auf eine Tasse guter Hühnersuppe von Motke – Gott segne ihn – niedergelassen. Wie schnell du und Max das Essen auch hinausbrachtet, Motke lieferte immer mehr nach. Die Schlange der Leute, die auf Tische warteten, reichte bis zur Tür hinaus.

Du hattest gerade ein Tablett voller Geschirr auf eine Schulter gehoben und warst auf dem Weg nach hinten. Jossel Schimkes, der reisende Schuhmacher, war in dem Moment, als du vorübergingst, gerade dabei, seinen Freund Schmuel Sadowsky mit Fakten über das Ausmaß der Füße des Rabbis von Lwow zu beeindrucken. »Groß waren die! So große Füße habe ich in 30 Jahren nicht an einem Mann gesehen! Nicht wie wir, klitzekleine 42 oder 43! Ich rede hier von einem riesigen Fuß, der den großartigen Verstand des Mannes widerspiegelt, gigantisch waren die, sage ich dir, ungefähr so –«, und er streckte mit einer schnellen Bewegung den Arm ganz weit aus, um es zu demonstrieren. Da kamst du mit dem Tablett voller schmutzigem Geschirr vorbei. Die Spitze des riesigen und gelehrten Zehs des Rabbis brachte dich aus dem Gleichgewicht, das Tablett kam ins Rutschen, und alles darauf fiel hinunter. Die gesamte Kundschaft im *Alef Bejs* Café machte sich auf den Krach des Aufpralls gefasst.

Doch was sie stattdessen geboten bekamen, war ein Wunder. Denn dort vor ihnen standest du, der junge Hankus Lubarsky, und begannst, dich in aller Seelenruhe zu drehen und mit den schmutzigen Tassen und Untertassen, den Tellern und

Suppentassen, den silbernen Messern und Gabeln, die durch die Luft flogen, scheinbar mühelos zu jonglieren. Es war ein so atemberaubender Anblick, dass gestikulierende *kibbizers* mitten im Satz verstummten und gefräßige Esser ihre gut belegten Brote auf den Teller sinken ließen.

Max und Motke tauchten mit Handtüchern über den Armen aus der Küche auf, um zu sehen, was ihre sonst so plauderfreudige Kundschaft so plötzlich zum Verstummen gebracht hatte. Und da erblickten sie dich, ihren ganzen Stolz, und du warst gerade dabei, das gesamte Kücheninventar – abgesehen von der Spüle – über deinem Kopf herumwirbeln zu lassen. Alsdann türmtest du das Geschirr wie durch Zauberei, eins, zwei, drei, so schnell, wie du begonnen hattest, in ordentliche, überschaubare Stapel. Die Mittagsgäste im *Alef Bejs* Café brachen in Beifall aus und stampften mit den Füßen.

Jossel Schimkes packte Max an der Schulter. »Lass dir eins gesagt sein, Maxie. Der Junge wird mal groß rauskommen. Glaub mir, ich weiß, wovon ich rede.«

Du verbeugtest dich, dann brachtest du das Geschirr nach hinten in die Küche und begannst mit dem Abwasch. Aber du warst auf den Geschmack gekommen, Hankus.

Von jenem Tag an arbeitetest du nur noch freitags und sonntags mittags und alle zwei Wochen donnerstags im *Alef Bejs*. Die restliche Zeit ermunterten dich Max und Motke, Zauberkunststücke und Akrobatik zu üben – deine neue Fertigkeit. Max trainierte den Handstand und den Flickflack mit dir. Motke trieb einige Keulen für dich auf. Du übtest im Park an der Weichsel, und zuweilen nahmst du den Straßenbahnwagen den Hügel hinauf zur Altstadt. Dort jongliertest du für die *gojim,* die dir *groschn* zuwarfen und bei jedem Zaubertrick applaudierten. Du brachtest deine Entfesselungstricks mit Seil und Handschellen in der Nähe des Marktes zur Perfektion. Max schwor dir, er würde dir ein Theater besorgen, doch stattdessen überließen sie dir die Donnerstagabende im Café. Sie bauten dir eine winzige Bühne. Motke bemalte eine Reklametafel, auf der es hieß:

ECHTE JÜDISCHE ZAUBERKUNST
IM *ALEF BEJS* CAFÉ:

HANKUS LUBARSKY, ENTFESSELUNGSKÜNSTLER!
JONGLEUR UND MEISTER DER
TASCHENSPIELERTRICKS

DONNERSTAGS 20.30 UHR – AUSKUNFT IM CAFÉ

Zwei ortsansässige Musiker begleiteten dich, einer am Kornett, der andere an der Trommel. Du begannst deinen Abend mit Handständen und Flickflacks, und dann präsentiertest du Motkes *groszy*-Zaubertrick. Du brachtest eine Goldmünze zum Verschwinden. In Erinnerung an die alten Zeiten jongliertest du dann mit etwas Geschirr und anschließend mit den Keulen. Zum Abschluss dieses Programmteils jongliertest du mit einer Platte, die gefüllt war mit Max' berühmten *kischke,* die du anschließend im Publikum verteiltest. Einmal am Abend ließest du dich von einer Person herausfordern, die deine Handgelenke mit einem Schloss umschließen oder deine Hände mit einem beliebig langen Seil umwickeln durfte. Womit die Leute auch kamen oder aus welchem fernen Winkel der Erde sie auch stammten, innerhalb weniger Minuten schafftest du es, dich zu befreien. Die Menge brach in Beifall aus.

Zu deinem großen Finale am Donnerstagabend erschienen Max und Motke ohne Schürze rechts und links von dir. Sie trugen wunderschöne bestickte Westen aus dem Heiligen Land. Die Musik wurde sehr geheimnisvoll, als die brüderlichen Liebhaber ein wunderbares weinrotes Tischtuch entfalteten. Sie bedeckten dich damit, drehten dich drei Mal im Kreis, klatschten in die Hände, und das Tischtuch fiel zu Boden. Sie hoben es in die Höhe, um zu zeigen, dass du tatsächlich verschwunden warst. Die Menge hielt den Atem an, und ein Trommelwirbel erklang. Die Tür des Cafés flog auf, und du kamst Hals über Kopf hereingestürzt.

Dann war die kleine Menschenmenge in der Jozefa-Straße ganz aus dem Häuschen vor Entzücken. Sie kamen am Donnerstag darauf wieder und brachten all ihre Freunde mit. Die Donnerstagabende im *Alef Bejs* in Kazimierz, diesem Stadtviertel Krakaus, wurden für jüdische Reisende von nah und fern schon bald zu einem Begriff. Es würde mich nicht überraschen, wenn Tutsik Goldenberg dich dort zum ersten Mal gesehen hätte.

Du verdientest dir durchaus deinen Lebensunterhalt bei Max und Motke. Mit 16 brachtest du es auf zwei Vorstellungen an drei Abenden in der Woche. Sie stellten einen weiteren Kellner ein. Andere Künstler traten auf. Du befandest dich im Mittelpunkt des jüdischen Varieté-Lebens von ganz Krakau – Hankus, nichts hätte dir größere Freude bereiten können.

Je häufiger du in Max' und Motkes *Alef Bejs* Café auftratest, desto mehr polnische Nichtjuden fanden ihren Weg nach Kazimierz, um dich zu sehen. Es war die Rede von einem Agenten und von einer Tournee nach Warschau, doch eines Abends kamen zwei stramme russische Offiziere zur Tür herein. Sie setzten sich an einen Tisch, bestellten zwei Bier, klopften zum Rhythmus der *klesmer*-Musik mit den Füßen auf den Boden und klatschten und jubelten wie alle anderen auch. Besonders beeindruckt waren sie, als du dich in Luft auflöstest.

Sie gaben den Brüdern wie den Musikern großzügige Trinkgelder. Doch als der Hut für dich herumging, warfen sie nicht die kleinste Münze hinein. Am nächsten Tag kamen sie zurück und suchten dich. Motke begrüßte sie an der Tür. »Was kann ich für Sie tun, meine Herren?«

»Wir suchen den Jungen.«

»Meinen Neffen, den Zauberer?«

»Genau den. Der Zar benötigt seine Dienste in der Armee.«

Motke kratzte sich den Bart. »Es tut mir schrecklich leid, aber Hankus ist fort, nach Kielce. Er tritt dort ab Montag zwei Wochen lang auf.«

»Kommt er wieder?«

»Gewiss doch«, erwiderte Motke, »allerdings vermag ich nicht genau zu sagen, wann. Die Vorstellungen in Kielce sind der Auftakt zu einer Tournee, die ihn möglicherweise durch ganz Polen führen wird. Er reist in die großen Städte, und ich bin mir nicht sicher, wann er zurückkommen wird.«

»Wir werden nach ihm Ausschau halten.« Die Soldaten zwinkerten ihm zu und gingen zur Tür hinaus.

Die beiden Männer gerieten in Panik. Das sah der Armee des Zaren ähnlich. Etwa einmal im Monat kamen Männer auf der Suche nach jüdischen Jungen, die sie zu Kanonenfutter verarbeiten konnten, in eine Stadt. Je talentierter und je gewitzter der Junge, desto besser. Sie sahen gern zu, wie kluge jüdische Jungen in die Angriffslinien geschickt wurden. Sie kicherten über ihre blutigen Leichen, wenn sie auf dem Schlachtfeld fielen.

Sobald die Soldaten fort waren, ging Motke in die Küche, um Max zu suchen. Die beiden schlugen sich immer wieder klatschend mit den Handflächen auf die Wangen. »Furchtbar! Was für eine schreckliche Sache! Sie können unsere Hanke doch nicht in die Armee stecken ... sie ist doch ein Mädchen!« Und wieder schlugen sie sich die Hände ins Gesicht. »Und wir können niemandem erzählen, dass sie ein Mädchen ist, denn egal, für wie wundervoll und bemerkenswert wir sie auch halten mögen, alle anderen würden glauben, wir hätten sie betrogen, und das ist eine *schand* und eine Sünde.«

Die beiden Männer liefen in ihrer kleinen Küche auf und ab, dann rannte Motke die Straße hinunter, um mit seinem alten Freund, dem Zionisten Pipke Grosze, zu reden. Als er zurückkehrte, sah es so aus, als wäre die Lösung für dein Problem gefunden.

Motke holte Max im Café ab, und dann machten sich die beiden zusammen auf den Weg zu dir. Nach einem Abend harter Arbeit wachtest du gerade auf. Die beiden Männer führten sich auf, als würden sie jeden Moment in Tränen ausbrechen. Motke war nicht imstande, einen zusammenhängenden Satz hervorzubringen. Er schloss dich in die Arme und begann zu weinen. Max stand da und sah zu, dann begann auch er zu schniefen. Du blinzeltest ein, zwei Mal mit den Augen. »Soldaten«, war alles, was diese beiden wunderbaren Männer hervorbrachten, und da hobst du ebenfalls an zu schluchzen, Hankus.

Man beschloss an Ort und Stelle, dass man für dich eine Überfahrt auf dem nächsten Schiff der Flotte von Baron de Hirsch nach Argentinien buchen würde. »Es ist ein ganz wundervoller Ort«, sagte Motke, als er den Handzettel auffaltete, den ihm Pipke gegeben hatte. »JUDEN!«, stand dort zu lesen. »WERDET ZU EINEM TEIL DER GESCHICHTE! BESIEDELT DAS NEUE ZION IN DEN PAMPAS! FAHRT MIT DEM BARON DE HIRSCH UND WERDET BÜRGER DER JÜDISCHEN KOLONIE VON MOISESVILLE!« Eine Zeichnung zeigte einen Mann auf einem Pferd, der sehr schnell zu reiten schien. Hoch oben über dem Kopf hielt er ein langes Seil mit zwei Kugeln am Ende in der Hand. »Das ist ein Gaucho – ein argentinischer Cowboy«, erklärte dir Max, »aber da dies eine Abbildung für das Zion in den Pampas ist, handelt es sich um einen jüdischen Gaucho.«

»Stell dir nur einmal vor«, fuhr Motke fort, »wie es wäre, den ganzen Tag über diese weiten Ebenen zu reiten und eins dieser Seile durch die Luft wirbeln zu lassen!«

Du schautest sie mit fragenden Augen an.

»Es geht da unten nicht nur um Reiterei und ausgefallene Kleider, Hankus«, warf Max ein, »sie haben ein richtiges kleines autarkes Dorf. Einige Leute sind Bauern, einige züchten Rinder, jeder teilt mit jedem, und wenn es hart auf hart kommt, helfen sie einander. Oh, wie ich dich beneide ...«

»Ja, es ist bestimmt herrlich, Teil einer neuen Lebensweise zu sein, und das von der ersten Stunde an!«

Du dachtest an den Matsch und den Wind, an die riesige Entfernung, die auf dem Land zwischen zwei Häusern lag. Vor Krakau hattest auch du dein Zuhause in einem kleinen Dorf gehabt – und nun waren alle, die dort einmal gelebt hatten, verschwunden. »Wenn es euch so gut gefällt, warum fahrt *ihr* nicht dorthin?«

Max und Motke blickten einander an. »In der Tat, warum nicht?«, fragte Max. »Das ist eine sehr gute Frage –«

»Aber die Antwort ist gar nicht so schwierig. Wir sind zu alt«, erwiderte Motke rundweg. »Das Cowboy-Leben würde uns gefallen, aber haben wir in unserem Alter noch das Zeug dazu? Ganz gewiss nicht.«

Das leuchtete dir ein. Dann fragtest du: »Warum kann ich nicht einfach nach London gehen und dort mein Glück machen? Ich könnte ebenso gut dort ein Zauberer sein wie ein Cowboy in Argentinien, und ich möchte wirklich gern ein Zauberer sein.«

Die Liebenden kratzten sich am Bart. »Das ist wohl wahr, Hankus«, gab Motke zu. »England ist nicht so weit weg, und wie wir gehört haben, gibt es dort auch Juden. Aber in Moisesville gibt es eine ganze Kolonie von Juden. Es ist wie Palästina, bloß ohne all das religiöse Geschwafel –«

»Und der Baron de Hirsch bietet die Reise sehr billig an. Man muss bloß einen Vertrag unterzeichnen, in dem man sich verpflichtet, ein Jahr für ihn zu arbeiten, und schon geht es los nach Argentinien.«

»Da wäre noch etwas.« Motke schürzte die schmalen Lippen. »Die Sache mit deinem Geschlecht. Ich weiß nicht, warum, aber meine Eingebung sagt mir, dass dich deine Verkleidung in einem weit entfernten Land länger schützen wird als in England. Mal angenommen, du trittst in Covent Garden auf, und der Bruder deiner Mutter, Berle – falls ein solcher Mann existieren würde –, hielte sich geschäftlich in England auf, und da stehst du und jonglierst, was das Zeug hält, was sollte ihn davon abhalten, dich zu erkennen –«

»Aber eine solche Wahrscheinlichkeit ist doch sehr gering«, wandtest du ein.

»Gewiss, gewiss. Aber lass uns doch unseren Willen, Hankele. Lass uns unseren Willen, Liebes. Die Vorstellung, dass du ein jüdischer Gaucho in Argentinien bist, gefällt uns nun einmal viel besser als die Vorstellung von einem weltberühmten Zauberer in London.«

»Außerdem«, fügte Motke hinzu, »hast du in England und Amerika Konkurrenz – da gibt es Houdini. Wenn es mit dem Cowboygeschäft in Argentinien nicht klappen sollte, wie viele Entfesselungskünstler gibt es dort wohl? Und dann ist da noch dieses Gerede von einem Krieg –«

»Davon reden sie doch ständig«, erwidertest du.

»Hör zu, Hankele«, sagte Max. »Krieg hin oder her – England scheint nur deshalb verlockend, weil sie dort kein Jiddisch reden. Aber sind Juden dort wirklich willkommen? Wenn man Pipke Grosze glauben darf, sind Juden in Argentinien nicht nur willkommen, es gibt auch genug Platz. Die Juden werden dort ermutigt, in den Pampas ein Palästina zu errichten. Wir werden dich vermissen, Hanke, Schätzchen, aber diese Offiziere werden wiederkommen, und wir müssen dich schon bald fortschicken.«

Kapitel 7

So kam es, dass du, Hankus, zwei Jahre früher als ich – als in Europa gerade der Krieg ausbrach – auf einem anderen Schiff mit deinen ganz eigenen Geheimnissen in den Gefilden von Buenos Aires eintrafst. Du warst jung, und dein Seemannsgang hielt nur so lange an, bis du die Laufplanke zum Kai hinuntergeschritten warst. Als die Zollbeamten dich durchwinkten, ohne auch nur einen einzigen Blick auf deine sorgfältig unterschriebenen Papiere zu werfen, warst du schon wieder sicher auf den Beinen. Wie ein Hengstfohlen, das man zu lange in einem winzigen Pferch gehalten hat, und wie ein junger Mann, der froh ist, endlich wieder festen Boden unter den Füßen zu haben (auch wenn dir die Schiffsreise gefallen hatte und die Straßen von Buenos Aires ebenso feucht und kalt waren wie das Deck, wo du während all dieser langen Tage geschlafen hattest), schlendertest du – die junge Hannah Lubarsky, die von nun an für immer Hankus heißen sollte – die gepflasterten Straßen entlang, die aus dem Hafen von Buenos Aires hinausführten, und kamst trotz all der guten Vorsätze prompt von deinem Weg ab.

Auch wenn dir die Vorstellung widerstrebte, hattest du wirklich die Absicht, das Versprechen, das du Max und Motke gegeben hattest, zu halten. Unter allen Umständen. Du hattest den festen Vorsatz, mit den anderen Siedlern die Zugreise hinaus in die Pampas anzutreten, zur Kolonie von Moisesville, wo du als Bauer und Gaucho, als jüdischer Cowboy zum Nutzen deines Volkes leben solltest. Das stand in deinen Papieren, und deswegen war die Überfahrt für dich umsonst gewesen. Max und Motke hatten das alles arrangiert, hatten über Pipke Grosze ein Treffen mit den Vertretern des Neuen Zion in den Pampas, Abteilung Krakau, vermittelt, hatten neben dir gesessen, während du deinen Antrag ausfülltest – Hankus Lubarsky, männlich, Alter 18. Sie kauften dir hübsche und angemessene Kleidung: hohe Stiefel und eine kurze Jacke, dazu eine strapazierfähige Hose zum Reiten. Und sah es Motke nicht ähnlich, dass er dir zwei neue Hemden nähte? Eines aus bestem weißen Leinen, das andere für die tagtägliche Arbeit als Gaucho, ein Baumwollhemd mit langen Ärmeln und eine Schärpe, wie sie die gefürchteten Männer der russischen Kavallerie um die Taille trugen. Ziemlich schneidig. An dir, Hankus, müssen die Hemden atemberaubend ausgesehen haben! Dazu hattest du noch dein Zaubererkostüm, ebenfalls von Motke genäht, mit versteckten Taschen und geheimnisvollen Beuteln. Er gab dir eine extra angefertigte Tasche, in der du all deine Zaubersachen verstauen konntest: Dietriche, Handfesseln und Zauberkostüm. Denn wer konnte schon in die Zukunft sehen – vielleicht würdest du ja in den Pampas ein Zauberer werden. Die größere Herausforderung lag nach Meinung von Max und Motke allerdings für dich darin, reiten zu lernen.

Ach, Hankus, genau dies lag in deiner Absicht, als du diese Planke hinunterschrittst und an den Einwanderungsbeamten vorübergingst. Du trugst den Brief mit der genauen Wegbeschreibung zum Bahnhof von Buenos Aires in deiner Tasche, zusammen mit dem Namen des *hejmisch* Hotels ganz in der Nähe – absolut *koscher,* völlig sicher –, wo ein erschöpfter Reisender in der Neuen Welt seine seemüden Knochen ausruhen konnte, bevor er sich mit dem Zug ins Grasland aufmachte. Ach, und warst du nicht genau in dieser Richtung unterwegs, den Koffer voller neuer Kleidung unter dem einen Arm und die Tasche gefüllt mit alten Zaubersachen unter dem anderen, die neuen Stiefel an den Füßen, einen wundervollen, breitkrempigen Hut auf dem Kopf und einen kostenlosen Zugfahrschein nach Moisesville in der Tasche und dazu noch – welch Glückspilz! – die Kerzenhalter deiner Mutter? Ach ja, das Versprechen! Du hattest wirklich die besten Absichten, genau das zu tun, was Max und Motke dir ermöglicht hatten, als du auf dem Weg vom Hafen zum Bahnhof einen Platz betratst, einen prächtigen Platz, lang gestreckt und weiß, auf zwei Seiten von Palästen gesäumt. Ja, echte Paläste und einer davon in Blassrot! Im Gegensatz zu den Plätzen in Krakau war dieser Platz voller Palmen und Blumen und war nicht nur mit einem Springbrunnen ausgestattet, sondern gleich mit zweien. Und wer befand sich ausgerechnet mitten auf diesem Platz, umgeben von einer Menge verzückter Zuschauer – war das nicht eine kunterbunte Truppe von Akrobaten und Jongleuren?

Du, Hannah Lubarsky, von nun an für immer Hankus, du beobachtetest diese Akrobaten und Jongleure in ihren prächtigen Satinwesten und Pantalons, wie sie Feuer spuckten und durch Reifen sprangen, einander auf den Schultern standen und in die Arme sprangen. Du vermochtest dich kaum zu beherrschen und wärst am liebsten in ihre Mitte gelaufen, als die Bodenakrobaten ihre wilden Saltos vollführten. Selbst als die letzten Zuschauer ihre *pesos* in den durch die Reihen wandernden Hut geworfen und längst gegangen waren, saßest du, Hankus, völlig gefesselt am Rande des Springbrunnens.

Die Akrobaten begannen, ihre Gerätschaften wegzuräumen, doch du saßest immer noch da, ein breites Grinsen auf deinem hübschen Gesicht. Du hattest keine Ahnung, was über dich kam, so müde und erschöpft, wie du von der Reise warst, doch als die Männer ihre Fassreifen und Keulen wegpackten, da griffst du dir einige Keulen und begannst, damit zu jonglieren.

Anfangs standen die Männer da und starrten dich an. Dann warf ein Mann dir einen Reifen zu, den du mit in den Jonglierakt einbautest, ohne auch nur für den Bruchteil einer Sekunde aus dem Rhythmus zu kommen. Als Nächstes spieltest du die Keulen eine nach der anderen dem Mann zu, der dir den Reifen zugeworfen hatte, und dieser jonglierte sie dir wieder zu. Plötzlich standest du da mit einem völlig Fremden und fabriziertest etwas ganz Wunderbares aus fliegenden Reifen und Keulen. Allmählich bildete sich eine neue Menschenmenge, und man warf *pesos* in einen Hut, bis der Fremde, dem die Keulen und Reifen gehörten, erschöpft zurückwich und du ihm die Keulen eins, zwei, drei zuwarfst. Zum Abschluss packtest du den Fassreifen und vollführtest einen Salto in der Luft mitten hindurch. Die Menge brach in Beifallsstürme aus. Die Akrobaten waren sprachlos, doch dann begannen auch sie zu klatschen, sprangen auf und stürmten auf dich zu, um dir, dem grinsenden Hankus, auf den Rücken zu klopfen.

Als die Jonglier-Utensilien schließlich alle weggeräumt waren und du deine Habseligkeiten eingesammelt hattest, versuchten die Männer der kleinen Truppe, mit dir zu reden. Einer sagte etwas auf Spanisch, doch du konntest nur den Kopf schütteln und mit den Schultern zucken. Er versuchte es mit Italienisch, dann mit Englisch, schließlich mit Französisch. Doch du, Hankus, schütteltest immer noch den Kopf. Als einer der Jongleure schließlich in einem wenig überzeugenden Akzent fragte: »*Fun wu kumt ir?*«, da weitete sich das Grinsen auf deinem Gesicht, und du gingst auf ihn zu, umarmtest den Mann und sagtest: »*Ich kum fun Krakau.*«

»Er ist aus Polen«, erklärte der Jongleur seinen Kameraden auf Spanisch.

»*Ich kum fun Krakau*«, wiederholte der kleine Zauberer auf Jiddisch, »aber jetzt bin ich zu Haus.«

Du verbrachtest deine erste endlose Nacht in Argentinien mit diesen Jongleuren und Bodenakrobaten. Den Anfang machte ein *parrillado* auf der Avenida Corrientes, wo du zum ersten Mal Zeuge dieser argentinischen Sitte wurdest, ganze Rinder zu grillen. Gespalten und gespreizt hing ein solches Exemplar über einem offenen Feuer im Fenster eines Restaurants. Nicht für eine Sekunde geriet dein Gewissen in Not, ob du von diesem Rind – *koscher* oder nicht – essen solltest, denn auf deinem Weg über den Ozean warst du zu dem Entschluss gelangt, dass du hier in dem neuen Land, ob als Cowboy oder als Zauberer oder auch schlicht als Weltenbürger, essen würdest, was man dir anbot, ob *koscher* oder *trejf*. Außerdem hattest du dich entschieden, von nun an die Feiertage wohl zu beachten, aber nur in deinem Herzen. Warst du ein Abtrünniger? Nein. Du warst ein Jude der Neuen Welt und ein jüdischer *Mann* dazu, und es war dir aufgefallen, dass jüdische Männer selbst entschieden, wann sie zur *schul* gingen und wann sie sich hinsetzten, um Karten zu spielen.

Und da saßest du nun, wie ein richtiger jüdischer Kerl, der kurz davorstand, seine erste Bekanntschaft mit einem echten argentinischen Steak zu machen, das du in Gesellschaft von drei professionellen Bodenakrobaten (einer von ihnen war Moische, der jiddisch sprechen konnte), zwei Jongleuren und einem winzigen, dressierten Hund zu dir nehmen solltest. Alle sechs menschlichen Wesen wie auch der Hund saßen um einen Tisch herum, der mit einem weißen Tischtuch gedeckt war. Der Kellner erschien mit einer Platte voller Würstchen, Rippchen, Steaks und Koteletts, und die hungrigen Artisten langten kräftig zu, doch nicht ohne sich vorher noch einmal zu versichern, dass dies wirklich dein erster Tag in Argentinien war. Dir zu Ehren legten die Jongleure die besten Steakstücke auf deinen Teller, gut acht Zentimeter lang und knapp drei Zentimeter dick, außen schwarz verkohlt, doch wenn man ein Messer hindurchgleiten ließ, waren sie innen saftig und rot. So hungrig die Artisten auch waren, sie verharrten und sahen dir mit angehaltenem Atem zu, als du den ersten Bissen von der meistgeschätzten kulinarischen Köstlichkeit ihres Landes nahmst.

Du kautest und kautest und kautest. Zugegeben, Hankus, du hattest gerade eine 14-tägige Reise hinter dir, bei der deine Mahlzeiten aus getrockneter Salami, Brot und eingelegtem Gemüse bestanden hatten, zur Abwechselung (dank Max und Motke) etwas Kohlsuppe (kalt aus dem Glas), Käse und einem Dutzend Äpfel (»Einen für jeden Reisetag!«, hatte Max gesagt). Diese Verpflegung musstest du strecken und sparsam damit umgehen. Eine Reise über den Ozean in ein neues Leben macht nun mal sehr hungrig, und so kann man wohl mit Fug und Recht behaupten, dass du mit einem Bärenhunger in der Neuen Welt ankamst. Dieses *trejf* Steak, so saftig und rot, genau dort im Fenster gebraten, wo jeder, der die Avenida Corrientes entlangspazierte, es sehen konnte, war in der Tat mit nichts zu vergleichen, was du jemals zuvor in deinem Leben gegessen hattest.

Die anderen tranken Wein, und auch wenn du keinen Wein trankst, Hankus, mein Liebling, fühltest du dich trunken. Als jene Fleischplatte leer war, riefen die Jongleure nach einer weiteren, und dieses Mal sahen sie dir mit ausgesprochenem Vergnügen zu, wie du gegrillte Würstchen und Lammkoteletts, noch mehr Steak und gebackene Kartoffeln aßest. Als du fertig warst, applaudierten sie.

Erst als die dritte Platte leer und der Kaffee getrunken und die Rechnung von den Artisten mit den Tageseinnahmen beglichen war, wandte man sich der Frage nach einer Unterkunft für deine erste Nacht in Buenos Aires zu. Mithilfe von Zeichensprache und Mimik, erhobenen Stimmen und Moisches schrecklichem Jiddisch wurde deutlich, dass die Artisten dich bei sich übernachten lassen wollten. »Aber warum?«, erkundigtest du dich auf Jiddisch. »Ihr kennt mich doch gar nicht.«

»Wir kennen dich, wir kennen dich«, erwiderte Moische. »Komm nur, kleiner Bruder, komm mit in unsere Luxuswohnung.«

Du verbrachtest jene Nacht in der Wohnung der Jongleure in San Telmo, mit all deinen Kleidern auf dem Leib, die Arme ganz fest um dein Gepäck geschlungen, wie du es all die Nächte auf dem Schiff getan hattest. Die Männer versuchten, dich dazu zu überreden, ein Bad zu nehmen. Sie gingen sogar so weit, die Wanne mit heißem Wasser zu füllen und dir riesige Handtücher zu bringen. Doch die Wanne befand sich mitten in der Wohnung, und es gab keine Privatsphäre. Die Männer wuschen sich sogar gegenseitig und schütteten sich mit einem großen Steinkrug warmes Seifenwasser über die Köpfe. Sie benutzten dasselbe Wasser immer wieder und boten es dann dir an.

Obwohl du mit einer zwei Wochen alten salzigen Schmutzschicht bedeckt warst und diese Männer dir zu essen und einen Schlafplatz auf ihrem Boden gegeben hatten, konntest du es einfach nicht riskieren, dich vor ihnen auszuziehen. An Deck von Baron de Hirschs Schiff hattest du eine Reihe von Entschlüssen gefasst, während das Grau auf allen Seiten an dir vorüberpeitschte. Ein Entschluss besagte, dass du niemals irgendjemandem, sei es nun einem Fremden oder einem gutem Bekannten, die Wahrheit über dein Geschlecht offenbaren würdest. Hier in der Stadt der Guten Lüfte würdest du immer ein Mann sein.

Am nächsten Morgen (der für die *porteño*-Akrobaten nicht vor Mittag begann) demonstriertest du einige deiner Zauberkunststücke. Ganz so, wie Max es dir beigebracht hatte, befreitest du dich von Handschellen und allen möglichen Sorten von Fesseln, und es muss dazu gesagt werden, dass diese Männer, die so viel darüber wussten, wie man durch die Luft springt und auf den Händen landet, ganz verblüfft waren von deiner Fingerfertigkeit. Mit jeder Münze, die verschwand, mit jedem bunten Schal, der sich scheinbar in Luft auflöste und wieder auftauchte, keuchten die fünf Männer auf und klatschten. Als das Jonglieren wieder begann, hattest du sie für dich gewonnen, denn du konntest so gut mit der Truppe mithalten, dass sich außer der Badewanne und den schweren Möbelstücken alles in der Wohnung in der Luft befand. Als du fertig warst, hoben dich die fünf auf ihre Schultern und trugen dich wie einen Kriegshelden durch die Straßen von San Telmo.

Nachdem du ihnen an diesem Abend sehr deutlich gemacht hattest, dass du nicht für den Rest deiner Tage auf ihrem Fußboden wohnen konntest, suchten dir die Akrobaten ein möbliertes Zimmer einige Türen entfernt von ihrer eigenen Wohnung in der Calle Chacabuco. Die Miete war nicht gerade billig und das Zimmer klein, doch am Ende des Flurs gab es eine riesige Badewanne in einem Raum, der sich abschließen ließ. Sie kamen überein, dass dies allein die Kosten wert sei. Sie wickelten das Geschäft für dich auf Spanisch ab und bestanden darauf, die Mietzahlung für die erste Woche zu übernehmen.

Sobald die Akrobaten gegangen waren – wie du mir erzähltest, war das gegen drei Uhr in der Früh –, fülltest du die Wanne mit dem heißesten Wasser, das du dem Kran zu entlocken vermochtest, schlossest dich in dem winzigen Zimmer ein und ließest dich ins Wasser sinken. Du bliebst eine ganze Weile liegen, ehe du dich abschrubbtest, und ließest dich dann noch einmal gemütlich zurücksinken. Mehrere Lagen Salz und Dreck lösten sich, und als du dich ein zweites Mal abschrubbtest, kam noch immer mehr herunter. Du leertest die Wanne und fülltest sie erneut, dann ließest du dich abermals ins Wasser sinken und tauchtest unter. Du hieltest den Atem an und zähltest, während du so dalagst und zur Decke hinaufblicktest. Als du bis 300 gekommen warst, hieltest du es nicht länger aus und tauchtest mit einem delfinähnlichen Platschen auf.

Nun fühltest du dich wie neugeboren und sauber, und du warst in Argentinien. Du würdest kein Gaucho sein, sondern endlich ein richtiger Artist.

Kapitel 8

Im jüdischen *barrio* ging das Gerücht, Hankus, dass Tutsik Goldenberg und seine Spießgesellen dich in den Straßen von Buenos Aires entdeckt hatten, als du wie ein Wilder mit Moische und seinen Freunden auf der Plaza de Mayo jongliertest. Du hattest dieses Gerücht in die Welt gesetzt, und es war falsch.

In deiner Anfangszeit in Buenos Aires tratst du mit Moisches Truppe auf. Man ging großzügig mit den gesammelten Einnahmen um, und du, Hankus, erhieltst immer deinen gerechten Anteil. Doch die Realitäten eines Lebens als Entfesselungskünstler holten dich bald ein. Dein winziges Zimmer in der Calle Chacabuco kostete Geld. Mit einem schlechten Gewissen verhökertest du den Zugfahrschein für die freie Fahrt nach Moisesville, um dir einen Monat Akrobatenleben zu erkaufen. Du zogst in Erwägung, deine Lederstiefel zu veräußern, doch als es so weit war, brachtest du es einfach nicht übers Herz. Dann war da noch diese Jacke in dem Herrenbekleidungsgeschäft in der Calle Maipú, die du unbedingt haben musstest – eine flotte, leichte Leinenjacke, perfekt für den Frühling in Buenos Aires, der im September kam und somit unmittelbar bevorstand. Die Jacke war großartig und saß wie angegossen, sodass du dir niemals Sorgen darüber machen musstest, wie viel deiner schmalen Statur zu sehen war. Du konntest einfach nicht anders, du musstest sie haben, und da diese Jacke beinahe ebenso viel kostete wie dein Zugfahrschein nach Moisesville, musstest du dir Arbeit suchen, bevor die Miete für den nächsten Monat fällig war.

Und so kam es, dass die entscheidende Szene sich in einem piekfeinen *koscheren parrillado* auf der Calle LaValle abspielte. Dieser Vorfall sollte mir am Ende das Leben retten und unser beider Schicksal verändern. Du hattest dich dort hinaufgearbeitet und verwandeltest anfangs blutverschmiertes

Geschirr wieselflink in nur wenigen Sekunden in der Küchenspüle in blitzblankes. Dann warfst du Gläser und volle Champagnerflaschen auf eine Weise in die Luft, dass sich die Gläser mitten im Flug wie von allein füllten, ehe sie sanft vor den entzückten Gästen landeten. Schließlich und endlich durftest du ganze abendliche Menüs mit großartiger Hingabe servieren (dazu gehörten umherfliegendes Geschirr und funkelndes Silberbesteck; des Weiteren Platten mit brennenden Steaks darauf, wobei die Flammen mit einem einzigen Fingerschnippen erstarben und ein exquisites, blutiges Steak enthüllt wurde, das sich mit einem Buttermesser schneiden ließ; und zum Nachtisch erschien mit einem weiteren Fingerschnippen wie aus dem Nichts eine dampfende Tasse Kaffee sowie ein perfekt gebräunter, überwältigender Flan, den man nur schwerlich anderswo auf drei Kontinenten zu kosten vermochte).

So bemerkenswert warst du, Hankus Lubarsky (besser bekannt unter dem Namen »der waghalsige Kellner«), dass bald ebenso viele Gäste wegen dir in die Casa de Yale Levine kamen wie wegen der riesigen Rümpfe feinsten Rindfleischs, die im Fenster über brennenden Kohlen zur Schau gestellt waren. Es war durchaus nicht ungewöhnlich, dass ein Stammgast in der Casa de Yale eine geschlagene Stunde wartete, weil er unbedingt mit seinen Gästen von dir bedient werden wollte. Für die anderen hungrigen Menschen, die sich finanziell nicht so gut standen, war der bloße Anblick des Spektakels, das sich ihnen bot, wenn du anderen das Essen in einem Wirbelwind aus klapperndem Geschirr und funkelndem Besteck serviertest, Vergnügen genug.

Es war die Art von Restaurant, das sich Tutsik Goldenberg – selbst mit seinem Anteil am Gewinn aus der Calle Talcahuano – kaum zu leisten vermochte und in das seine Schwester Perle, die es sich sehr wohl hätte leisten können, keinen Fuß gesetzt hätte. Es sind berechtigte Zweifel anzumelden, ob Tutsik Goldenberg in seiner Aufmachung überhaupt weit durch die Eingangstür hätte treten dürfen, wenn dies nicht der Abend vor dem *Rosch-ha-Schana*-Fest gewesen und Yale Levine selbst nicht so sehr mit den Vorbereitungen für die elftägige Schließung des Restaurants beschäftigt gewesen wäre. Denn was als todschick für einen jüdischen Zuhälter galt, war für die tüchtigeren und reichen Juden von Buenos Aires *déclassé*. Yale Levine selbst hätte Tutsik Goldenberg mitsamt seinem grün karierten Jackett und der gelben Hose innerhalb von einer Sekunde wieder auf die Straße befördert, ungeachtet der Tatsache, dass alles sorgfältig gebügelt war.

Doch Yale Levine befand sich im Hinterzimmer seines noblen Restaurants und zählte das Bargeld und notierte Bestellungen für den Tag nach *Jom-Kippur*. Der junge *maître d'hôtel,* der seine Nase in die Luft gereckt trug, aber nicht erfahren genug war, sie dort oben zu halten, ließ sich davon überzeugen, den beiden einen Tisch in einer Ecke zu geben, die dunkel genug war, dass keiner der wichtigen Gäste sie richtig sehen konnte. Niemand weiß, ob er sich beeindrucken ließ, weil Goldenberg ihm einen Gold-*peso* zusteckte, sobald er durch die Tür trat, oder weil sich sein Begleiter Dov Hirsch plötzlich mit einem scharfen Messer die Nägel zu säubern begann.

Als endlich ein Kellner auf die beiden aufmerksam wurde, baten ihn die zwei Raubeine nur um ein Zündholz, eine Tasse Kaffee und ein *agua minerale, sin gaz*. »Aber *Señores,* dies ist keine *confiteria,* dies ist ein *parrillado* –«

»Dessen bin ich mir bewusst«, erwiderte Goldenberg. Das Glitzern von Dov Hirschs Stilett überzeugte den Kellner, dass dies wirklich alles war, was die Herren zu bestellen gedachten.

Als er mit ihren Getränken zurückkam, beugte sich Tutsik Goldenberg zu ihm vor. »Wann beginnt die Vorstellung?«

»*Señor?*«

»Der jonglierende Kellner.«

»Er gibt keine Vorstellung, *Señor,* er ist ein ganz normaler Angestellter. Er bedient an den Tischen dort hinten in der Mitte des Raumes.«

»An den gut beleuchteten mit den feinen Pinkeln in ihren Fracks?«

Der Kellner räusperte sich und reckte sein Kinn. »Genau die, *Señor*.«

»Also kann ich hier sitzen und meinen Kaffee trinken und ihn bei seiner Arbeit beobachten?«

»Davon gehe ich aus, *Señor,* allerdings gibt es ein Verzehrminimum von zehn *pesos*.«

Goldenberg zog einen Zehn-*peso*-Schein aus seiner Brusttasche und reichte ihn dem Kellner.

»*Gracias, Señor*. Wenn Sie noch irgendeinen Wunsch haben sollten –«

»Ja, den habe ich. Bringen Sie meinem Freund hier ein Lammkotelett und mir noch eine Tasse Kaffee. Und wenn der jonglierende Kellner kommt, um die feinen Pinkel zu bedienen, kommen Sie wieder hierher zurück.«

Tutsik Goldenberg hatte einen Tipp wegen dieses jonglierenden Kellners bekommen, und *peso*-Zeichen tanzten vor seinen Augen. Er sah endlich eine Möglichkeit, aus dem Freudenhaus herauszukommen. Nicht etwa, dass er etwas dagegen gehabt hätte, Tag für Tag von hübschen Mädchen in Unterwäsche umgeben zu sein oder sich wie ein hohes Tier aufzuführen und all seinen Freunden großzügig den Schnaps und den Weinbrand seiner Schwester anzubieten. Aber genau das war eben der Punkt. Es war der Laden seiner Schwester, seine Schwester bezahlte die Rechnungen, und seine Schwester bekam das Geld. Er war nichts weiter als der Bruder der Puffmutter, der Einkäufer und, wenn es hoch herging, der Rausschmeißer. Das machte ihm Spaß, denn ehrlich gesagt, liebte er nichts mehr als das Gefühl, wenn seine Faust gegen eine schwabbelige Wange stieß. Er fand Gefallen daran, einen Kerl mit den Schultern gegen eine Wand zu schubsen und ihm das Knie in den Unterleib zu rammen oder auch eine Frau gegen eine Wand zu schleudern. Doch er wünschte sich nichts sehnlicher, als der Boss zu sein.

Deshalb umgab er sich auch gern mit Kerlen wie Dov Hirsch. Es gefiel ihm, mit den Fingern zu schnippen, damit Dov Hirsch den Leuten an seiner Stelle Angst einjagte. Er selbst trug nie eine Waffe bei sich. Zwar bewahrte Tutsik Goldenberg ein dünnes Klappmesser in seiner Hosentasche auf, welches sich auf sanften Daumendruck hin öffnete, aber das diente im Allgemeinen nur dazu, um Eindruck zu schinden. Im Laufe der Zeit und mit fortschreitendem Alter fand er Gefallen daran, die Wucht des direkten Hautkontakts zu spüren: den dumpfen Aufschlag, das Klatschen, das Reißen von Muskeln, das Splittern von Knochen. Man hätte es nie für möglich gehalten, wenn man ihn so anschaute, denn im Vergleich zu Dov

Hirsch und Dr. Mordechai Dorfman, seinen *aides de camp,* sah Tutsik Goldenberg wie ein echter Herr aus – ja, ebenso im Vergleich zu Marek Fischbein, diesem Trottel, der es geschafft hatte, sich zu einem der größten Macker unter den jüdischen Zuhältern in Buenos Aires hinaufzuarbeiten und dem Goldenberg noch so manchen beim Glücksspiel verlorenen *peso* schuldete.

Doch ich wusste, was für ein gewalttätiger Mensch er war. Gewiss würde Tutsik Goldenberg niemals den Saum eines Anzugs mit einer dicken Pistole oder einem Schlagring ruinieren, doch er war ein »Herzensbrecher« im wahrsten Sinne des Wortes. Das wusste ich von den Schlägen, die ich auf der Schiffsreise hierher von seiner Hand erlitten hatte, und ich erlebte es tagtäglich immer wieder. Nur wenige Monate, bevor du, Hankus, das erste Mal auftauchtest, zerschnitt Tutsik Goldenberg das Gesicht meiner eiskalten Sara.

Es geschah an einem Samstagabend. Der Salon war voller Freier und Karten spielender Männer, als plötzlich aus dem Esszimmer ein schreckliches Geschrei ertönte. »Gib es mir, du Schlampe!«, schrie Goldenberg. Wir verstummten alle und blickten ins Esszimmer hinüber.

»Es gehört mir, ich habe es mir verdient!« Sara hielt irgendetwas in ihrer fest zusammengeballten Faust, die sie an ihre Brust drückte.

»Du magst es dir verdient haben, aber ich bekomme die Hälfte ab!«, schrie Tutsik Goldenberg.

»Das ist das letzte bisschen Opium im Haus« – Saras Stimme klang nun schrill –, »und du weißt, dass es mir gehört!«

Bevor sich einer von uns rühren konnte, um ihn aufzuhalten, zog Tutsik Goldenberg sein gemein aussehendes Messer und ging vor unser aller Augen auf Saras Gesicht los. Als es Madame Perle endlich gelang, ihren Bruder von ihr wegzuzerren, sah die arme Sara aus, als ob ein tollwütiger Tiger sie überfallen hätte. Mordechai Dorfman gab sein Bestes, doch er war betrunken, und sie schrie die ganze Zeit. Danach war das Gesicht von meiner Sara nicht mehr dasselbe. Und das Gleiche galt für ihr Herz.

Die Tatsache, dass Tutsik mit einem Messer auf das Gesicht eines Mädchens losging, das ihm sein Einkommen sicherte, zeigte ihm, dass nach zehn Jahren treuer Dienste die Zeit gekommen war, sich in einer anderen Branche nach Arbeit umzusehen. Hinzu kam, dass er in der letzten Zeit begonnen hatte, Polen mit den langen Wintern und all dem flachen Land zu hassen. Die malerischen Kühe, die er immer so gern dabei beobachtet hatte, wie sie entlang der Weichsel auf und ab trotteten, kamen ihm wie Nilpferde vor. Es wurde ihm unerträglich, den Vätern all dieser Mädchen zu schmeicheln und all diese polnischen Bauernmahlzeiten an ärmlichen jüdischen Tischen zu verspeisen. Dazu diese ganze Trinkerei mit denselben Vätern in den Hinterzimmern von Gasthäusern sowie die Süßholzraspelei mit den Müttern bei wässrigem, schwarzem Tee und Plätzchen, die so hart waren, dass man sich sämtliche Zähne daran ausbeißen konnte ...

Doch am meisten hasste Tutsik Goldenberg die Zaubernummer selbst: Die lange *droschke*-Fahrt aus der Einöde zum Zug, die Zugfahrt von Polen nach Hamburg oder nach Nizza und die endlose Schiffsreise nach Hause – wenn man diese verrückte Stadt überhaupt als Zuhause bezeichnen konnte. Den reichen Juden mochten all diese Reisen kreuz und quer über das Wasser ja Spaß machen, aber für Juden wie ihn waren sie eher eine Seekrankheit. Auch wenn er solche Überfahrten inzwischen nur noch einmal im Jahr unternahm statt zwei oder drei Mal wie früher, fing er wirklich an, sie zu verabscheuen. Selbst mit den gut ausgestatteten Dampfern benötigte man Wochen. Er strebte nach einer Arbeit, bei der man sich kein Bein ausriss und die ihn nach New York bringen würde. Da warteten die unbegrenzten Möglichkeiten: in *Nueva York* mit seiner Freiheitsstatue. Genau das wollte Goldenberg – eine leichte Arbeit, bei der er hin und wieder vielleicht einmal eine Frau schlagen oder einen Mann aus dem Fenster werfen musste, der halb so groß war wie er, ohne dass er gleich andauernd mit so etwas beschäftigt war. Und das Ganze in einem Land, wo die Menschen sich in Englisch, einer zivilisierten Sprache, verständigten und ihren Tee aus Tassen tranken.

Tutsik hatte auch schon eine genaue Vorstellung, welche berufliche Laufbahn er einschlagen wollte. Einer unserer Stammkunden im *schandhojs,* ein kleiner Kerl mit schicken, dreiteiligen Anzügen und einem bleistiftschmalen Schnäuzer, der an beiden Seiten in die Höhe gezwirbelt war, ein Mann namens Epstien, der Jiddisch mit einem französischen Akzent sprach, war ein Agent. Er hatte Schauspieler und Sänger unter Vertrag, und wenn man ihm glauben durfte, benötigte Buenos Aires dringend frisches Blut auf seinen Bühnen. Damit würde man garantiert Erfolg haben. Wenn man es richtig anstellte und wenn Tutsik Goldenberg die richtigen Leute fand, um sie unter Vertrag zu nehmen, würden ihm in den Vereinigten Staaten alle Türen offen stehen. Angeblich hätten die jüdischen Theaterleute praktisch einen direkten Draht von New York nach Buenos Aires. So viel stand fest.

Epstien selbst konnte im Moment keine neuen Leute mehr unter Vertrag nehmen. Falls Goldenberg jedoch den Juden von Buenos Aires einen guten Dienst erweisen wolle, so solle er einige hervorragende Jongleure oder Zauberer auftreiben, dazu zwei, drei Bauchtänzerinnen und Schwertschlucker. Das sei durchaus ein besserer Dienst, als eine neue, prunkvolle *schul* zu bauen (wie es seine Schwester und ihre Varsovia-Gesellschaft getan hatten – und man sehe sich nur an, wie wenig Dank ihr das einbrachte) oder ein neues Theater wie das Theater des Gebrochenen Herzens, ebenfalls aus Mitteln der Varsovia-Gesellschaft errichtet. Epstien schlug vor, es sollten nicht unbedingt Zirkusnummern sein, aber etwas in der Art – mit viel Gestöber und Drumherum, damit es etwas hermachte. »Wenn ich so frei sein dürfte, einen Vorschlag zu machen«, sagte Epstien (und ich erinnere mich daran, weil ich selbst Zeugin der Unterhaltung wurde, während ich mich auf dem verblassenden Sofa rekelte und darum betete, dass die Stadt von einer Seuche befallen war und keine Freier kommen würden), »es gibt da einen Jungen, einen jungen Mann, besser gesagt, der augenblicklich in der Casa de Yale Levine drüben auf der Calle LaValle sämtliches Kücheninventar nebst den exquisiten Mahlzeiten in der Luft herumwirbeln lässt. Vielleicht könnte man den Jungen dazu bewegen, die Sache dort aufzugeben und das Geschirr stattdessen auf einer Bühne zu jonglieren«, fuhr der Franzose fort und rieb dabei Daumen und Zeigefinger langsam gegeneinander.

So kam es also, dass sich Tutsik Goldenberg am letzten Abend des jüdischen Jahres in der Casa de Yale Levine befand und *un corto* trank. Sein Kumpel Dov Hirsch leckte währenddessen den Saft des Lammfleischs von seinen schlanken Fingern. Da kam plötzlich ein Wirbelwind durch die Küchenschwingtür gesaust. Goldenberg vermochte nichts weiter auszumachen als eine verschwommene, rot-schwarze Gestalt. Du, Hankus Lubarsky, wirbeltest auf den runden Tisch in der Mitte des Raumes zu und hieltest dabei ein großes Tablett mit abgedeckten Gerichten über deinen Kopf. Kurz darauf flogen Teller und Bestecke durch die Luft, während vor sich hinbrutzelnde, köstlich gegrillte Steaks, Koteletts und Rippchen, ein halbes Hähnchen und drei *ensaladas mistas,* die du an Ort und Stelle am Tisch anmachtest und durchrührtest, sich wie durch Zauberhand vor den Gästen am Tisch niederließen. Schon bald stand vor jedem elegant gekleideten Gast ein wundervolles Abendessen. Du, der *mozo,* standest still, aber gerade nur lange genug, damit alle deine sorgfältig gebügelte schwarze Hose, dein strahlend weißes Hemd, die schwarze Fliege, die rote *mozo*-Jacke und das saubere weiße Leinentuch, das ordentlich über deinem linken Arm lag, bewundern konnten. Dann verschwandest du auch schon wieder so schnell, wie du gekommen warst. Mit einem lauten »Hey!« vollführtest du einen rückwärts gesprungenen Salto in die Küche, und die wattierten Schwingtüren schlossen sich hinter dir.

Das ganze Restaurant war schier aus dem Häuschen vor Begeisterung, und als du mit einem Salto wieder herauskamst – dieses Mal mit einer Weinkaraffe und sechs Gläsern in der Hand –, da sprangen sämtliche Gäste auf, stampften mit den Füßen und klatschten. Du verharrtest lediglich lange genug, um dich zu verbeugen. Dann fülltest du ruhig den Wein in die Gläser, schlugst die Hacken zusammen und wirbeltest wieder in die Küche zurück.

»Einfach umwerfend!«, sagte Dov Hirsch, der aufgesprungen war und einen Heidenlärm veranstaltete. »Zugabe!«, schrie er. »Zugabe!«

»Sei nicht albern. Das hier ist ein Restaurant, kein Varieté«, murmelte Tutsik. »Er kommt erst zurück, wenn es Zeit ist, die Rechnung zu bezahlen. Setz dich hin, du machst dich ja zum Narren!« Er schnippte mit den Fingern, um ihren Kellner auf sich aufmerksam zu machen, der im Vergleich zu dem *mozo,* der an den Mitteltischen bediente, kümmerlich wirkte. »Bringen Sie diese Nachricht bitte dem Jungen, den wir gerade gesehen haben.«

»Wenn Sie ein Rendezvous vereinbaren wollen, er hat erst um drei Uhr früh frei.«

»Sehr witzig, junger Mann. Überbringen Sie ihm einfach die Nachricht. Und mir bringen Sie einen weiteren *corto* und für meinen Freund noch ein Kotelett.«

Der Kellner schlug die Hacken zusammen und verbeugte sich, wie es alle gewöhnlichen Kellner in Buenos Aires tun. Dann nahm er Goldenbergs Nachricht mit in die Küche. Eine Minute später kamst du, der Akrobatenkellner, mit dem bestellten *corto* aus der Küche spaziert und setztest ihn vor Goldenberg ab. »Hankus Lubarsky, zu Ihren Diensten, *Señor*.«

»Mein Name ist Tutsik Goldenberg, und das hier ist mein Kompagnon, Dov Hirsch. Bitte nehmen Sie Platz.«

Du schautest über deine Schulter zum Tisch in der Mitte. Die Männer kauten noch immer an ihren Steaks, und die Damen plauderten ausgelassen über ihren Salaten. Du ließest dich auf dem leeren Stuhl an Tutsik Goldenbergs Tisch nieder. Im selben Moment erschien der andere Kellner mit dem Lammkotelett. »Möchtest du, dass er es in die Luft wirft, bevor du es isst?«, erkundigte sich Goldenberg bei Hirsch. Doch bevor dieser antworten konnte, knallte der Kellner den Teller ohne viel Federlesens vor die Schurken hin und verschwand.

»Sind Sie Jude?«, fragte Goldenberg, während er dich eindringlich musterte.

Du nicktest.

»Wie lange leben Sie schon hier?«

»Ein paar Monate. Ich sollte eigentlich in die jüdischen Kolonien in der Provinz reisen, aber ich habe es irgendwie nie bis dahin geschafft.«

»Dieser Kulisse da draußen konnte ich auch noch nie viel abgewinnen. Zu viele Rinder für meinen Geschmack.«

»Du hast sie lieber auf dem Teller liegen, was, Tutsik?« Dov Hirsch schlug Goldenberg lachend auf den Rücken.

Goldenberg ignorierte Hirsch ostentativ. »Haben Sie Pläne für die Feiertage?« Tutsik blickte an dir vorbei zu den feinen Pinkeln in ihren Smokings.

»Für eine Weile die Füße hochlegen und dann an meinen Zauberkunststücken arbeiten.«

»Was für Zauberkunststücke?«, fragte Hirsch.

Du nahmst einen Löffel in die Hand und schnipptest mit den Fingern. Der Löffel war verschwunden.

»Sieh nur, wie klug er das anstellt, Hirsch.« Tutsik zündete sich eine Zigarre an und bot sie dir an. Du lehntest dankend ab. »Ein kluges Köpfchen. Aber ein kluger jüdischer Junge allein in einem fremden Land an dem heiligsten aller Tage im Jahr, das ist eine echte *schande*. Man braucht doch eine anständige Mahlzeit am *Rosch ha-Schana*. Einen guten Teller *tscholent,* etwas *mazzekneidlach*-Suppe, Honigkuchen und Schnaps.«

Du blicktest prüfend zu deinen Tischen hinüber. Die Männer in den Smokings begannen, unruhig zu werden und sich umzublicken. »Entschuldigen Sie mich bitte.« Du erhobst dich.

»Gewiss doch«, sagte Goldenberg. »Aber junger Mann –«

Du drehtest dich um und blicktest ihm geradewegs in die Augen. »*Señor?*«

»Wären Sie wohl so freundlich und würden sich mit *Pan* Hirsch und mir morgen Abend vor dem Abendgottesdienst vor der Synagoge der Diebe treffen? Ich garantiere Ihnen ein Essen, nach dem Sie sich die Finger lecken werden.«

Du nicktest. »Ich bin allerdings nicht gerade versessen auf Frömmigkeit.«

»Genauso wenig wie wir. Wir treffen uns vor der *schul* mit einem Medizinerfreund und spielen Binokel in der *confiteria* unten an der Straße, bis der *schofar* erklingt, dann gehen wir zu meiner Schwester und füllen uns den Magen.«

Die Männer in den Smokings am Tisch in der Mitte winkten dir nun verhalten zu. »Ich werde darüber nachdenken.«

»Bei der Sache ist mehr als ein gutes Abendessen für Sie drin.« Goldenberg rieb Daumen und Zeigefinger gegeneinander. »Ich rede von einer guten Gelegenheit. Ich habe Verbindungen. Zum Theater des Gebrochenen Herzens.«

Du zogst die Augenbrauen in die Höhe. »Ich werde dies in meine Überlegungen einbeziehen.«

»Vor der Synagoge der Diebe um Viertel nach sechs«, wiederholte Goldenberg. »Sie wissen, wo das ist?«

»Oben in Once«, erwidertest du.

»Genau.« Tutsik schnippte die Finger, um seinen eigenen Kellner auf sich aufmerksam zu machen. »*Mozo, la cuenta, por favor.*«

»Gewiss, *Señor*. Waren Sie zufrieden?«

»Durchaus«, sagte Goldenberg und reichte dem Kellner einen Geldschein, der kaum die Rechnung deckte. Der Kellner blickte Goldenberg erwartungsvoll an, als dieser sich gegen den wohlgeformten Zylinder auf seinem Kopf tippte. »Der Rest ist für dich, *mozo*.«

Kurz vor Schluss, als die Kellner ihre Rechnungen addierten und ihr Trinkgeld zählten, tippte der Ober, der am Tisch von Tutsik Goldenberg und Dov Hirsch bedient hatte, mit seinem Finger auf deine Schulter. »Hankus, du hast dich mit diesen Kerlen an Tisch sechs angefreundet. Ich an deiner Stelle würde mich vor denen in Acht nehmen, das sind Zuhälter, glaube ich. Der schmierige Typ in der gelben Hose leitet ein Bordell auf der Calle Talcahuano, und der andere ist entweder sein Liebhaber oder sein Schläger – er hat mir ohne jeden Grund sein Messer gezeigt. Ich wäre sehr vorsichtig bei den beiden, sehr vorsichtig.«

»Danke für den Rat, Hamer, aber ich mache mir keine allzu großen Sorgen. Sie wollen sich mit mir vor der *schul* treffen.«

»Jaja, so fängt es immer an. Auf die religiöse Tour. Aber eh du dich's versiehst, hast du ihnen deine Seele verkauft.«

Du nicktest Hamer zu. »Frohes neues Jahr!«, sagtest du und machtest dich auf den Nachhauseweg.

Die Vorstellung, dass Tutsik Goldenberg und sein Freund Zuhälter waren, interessierte dich nicht halb so viel wie die Worte, mit denen sich der aufgetakelte Kerl verabschiedet hatte. *Verbindungen zum Theater des Gebrochenen Herzens.*

Du standest am nächsten Morgen spät auf und verbrachtest den Nachmittag damit, deine Abendgarderobe zusammenzustellen. Du trankst einen Kaffee in der *confiteria* unten im Haus in der Calle Chacabuco, in dem du ein Zimmer gemietet hattest, gingst wieder zurück und absolviertest eine Stunde lang Fingerfertigkeitsübungen. Dann badetest du und machtest dich daran, dich langsam und sorgfältig zu kleiden wie zum ersten Stelldichein mit einer überaus anziehenden potenziellen Geliebten: schwarze Seidenhose, makelloses weißes Hemd, goldene Manschettenknöpfe und Samtweste. Du zogst die Lederstiefel über, die wegzugeben du nicht übers Herz brachtest, und setztest deinen breitkrempigen schwarzen Filzhut auf. Dazu trugst du einen schwarzen Spazierstock mit einer Messingspitze. Obgleich es noch ein wenig kühl war, trugst du deine neue Leinenjacke.

Du stecktest einen Stapel gezinkter Karten in deine Westentasche, rücktest deinen Hut ein wenig zurecht und gingst los, um das Schicksal herauszufordern. Das führte letztendlich dazu, dass ich vor meinem Schicksal gerettet wurde.

Hankus Lubarsky traf zu der verabredeten Zeit um Schlag Viertel nach sechs am *erev Rosch ha-Schana* vor der Synagoge der Diebe ein. Die meisten Gemeindemitglieder betraten gerade erst das Gotteshaus. Männer rauchten ihre letzte Zigarette für die nächsten 48 Stunden, um das jüdische Neujahr mit reinen Körpern und offenen Herzen willkommen zu heißen. Frauen in Feiertagskleidung bereiteten sich darauf vor, die Treppen hinaufzusteigen und auf dem Balkon Platz zu nehmen. Dort waren sie hinter einem dicken Samtvorhang verborgen, damit ihre Gebete die Männer unten nicht von ihren ernsthafteren Aufgaben abhielten. Du erkanntest die Männer aus dem Restaurant. Der Kerl, der am meisten redete und sich Tutsik Goldenberg nannte, war vorzüglich gekleidet, er trug einen sorgfältig gebügelten marineblauen Anzug, Halbgamaschen an den Füßen und eine Melone auf dem Kopf. Dieses Mal hatte er zwei Spießgesellen bei sich: den Typen namens Dov Hirsch, der am Abend zuvor schon mit ihm unterwegs gewesen war, und einen anderen Mann, der stämmiger als die beiden anderen war und dir irgendwie benebelt vorkam. Ich kannte diesen Mann als Dr. Mordechai Dorfman, doch du warst ihm vorher noch nie begegnet.

Du musst eine gute Figur abgegeben haben, als du um die Ecke der Avenida Rivadavia bogst, um die drei Männer zu treffen. Bei deinem Anblick wurde Tutsik Goldenberg ganz leicht ums Herz. »Seht nur, da ist er! Ich habe euch ja gesagt, dass er kommen wird!«

Hirsch schnippte seine Zigarette auf das Straßenpflaster, und der andere Mann rückte seine Krawatte zurecht. »Mordechai Dorfman«, sagte er und streckte seine fette Hand aus.

»Hankus Lubarsky«, erwidertest du. »Also, meine Herren. Was soll's sein? Ein Kartenspiel oder eine kleine Verabredung mit unserem Herrn?«

»Karten, denke ich«, erwiderte Goldenberg und tätschelte dir nicht gerade sanft den Rücken, »und ein paar Schnäpse. Und dann ein Abendessen, bei dem Sie sich nach der Heimat sehnen werden, mein Junge.«

Die Männer gingen in eine winzige, völlig unjüdische Bar direkt um die Ecke, die düster und voller Zigarettenqualm war. Der Barkeeper begrüßte Tutsik Goldenberg mit Namen und bedeutete den Männern, an einem Tisch im hinteren Teil Platz zu nehmen. Goldenberg öffnete ein Kartenspiel und hielt dir die Karten hin.

Du mischtest sie einmal, dann noch einmal und reichtest den Stapel wieder Tutsik, der die Karten austeilte. Das Spiel begann. Zuerst verlorst du eine Hand nach der anderen, doch dann bezwangst du die Männer nach und nach. Du benötigtest nicht einmal deine gezinkten Karten. Deine Art, die Karten zu mischen und auszuteilen, interessierte die Männer am Tisch und auch die anderen in der Bar, denn dein Geschick im Umgang mit Karten war ebenso großartig wie das beim Bedienen im Restaurant. Die Männer hörten auf zu spielen und beobachteten dich mit offenen Mündern und beifälligem Grinsen bei der Arbeit. Um fünf Minuten vor neun, als du deinen Neujahrsverdienst kassiertest, bat der Mann namens Dr. Dorfman alle in der Bar, ruhig zu sein. Dann lauschten die vier Männer, weil der *schofar* der Synagoge ertönte. Alle suchten ihre Karten, die Hüte und die Zigarren zusammen. Goldenberg legte einen Gold-*peso* auf den Tisch, und deine vier *compadres* reihten sich in die Menge der frommen Juden auf dem Nachhauseweg ein. Einige Leute gingen in Häuser wie das, in dem ich lebte, andere in gewöhnliche Häuser und Wohnungen, um *kreplach* und gekochtes Huhn, Bruststückchen und Fisch zu essen.

»Sie leben nun schon einige Monate hier in Buenos Aires und sind noch nicht ein einziges Mal im Haus meiner Schwester gewesen?«, erkundigte sich Tutsik Goldenberg ungläubig.

»Warum sollte ich?«

»Alle jungen Männer finden früher oder später den Weg in die Calle Talcahuano 154, Lubarsky. Denn das Fleisch dort ist streng *koscher*.«

»Und appetitlich noch dazu!«, platzte Dov Hirsch lachend heraus.

Dr. Dorfman schritt weiter stumm vor sich hin.

»Wir werden uns eine gute Mahlzeit gönnen und uns amüsieren, aber ich muss Sie warnen. Meine Schwester ist seit Kurzem so etwas wie eine religiöse Fanatikerin, und keiner der jungen Damen ist es erlaubt, heute Abend zu arbeiten. Also bleibt Ihnen – wir haben Sie übrigens durch Zufall in der *schul* getroffen – wohl für heute nur, die Mädchen kennenzulernen. Vielleicht können Sie sogar einen Blick auf diesen Pavian Marek Fischbein werfen – möge er und all die *pesos,* die ich ihm schulde, in kochendes Öl fallen –, dem wir alle unglücklicherweise auf die eine oder andere Art verpflichtet sind. Denn ich glaube, dass meine Schwester ihn und seine Freunde eingeladen hat, damit sie uns später am Abend bei Kaffee und *tejglech* Gesellschaft leisten. Darf ich Sie in der Zwischenzeit an meinen Vorschlag erinnern, junger Mann?«

Du klimpertest mit deinen Binokel-Gewinnen in der Hosentasche herum. »Helfen Sie meiner Erinnerung auf die Sprünge, *Señor* Goldenberg – Sie wollten mich dazu überreden, als Lustknabe zu arbeiten?«

Die anderen brachen in Lachen aus, nur Goldenberg nicht. »Ganz und gar nicht, mein Junge. Ihr Talent wäre in dem Bordell in der Calle Talcahuano verschwendet. Nein, mein *jingele,* wie ich bereits erwähnte, habe ich Verbindungen zum Theater des Gebrochenen Herzens. Vielleicht könnte ich dort Vorstellungen für Sie arrangieren, wenn Sie erlauben. Ihnen die Gelegenheit geben, auf der Bühne mit Geschirr zu jonglieren, statt nur für die eingebildeten Juden in der Casa de Yale Levine.«

Du sahst Tutsik Goldenberg an und bemühtest dich, die Hoffnung, die in dir aufkeimte, zu verbergen, denn es verging nicht ein einziger Tag, an dem du dich nicht nach einer solchen Chance sehntest. »Aber gewiss bin ich interessiert, *Señor* Goldenberg, und nicht nur am Jonglieren. Wie Sie heute Abend mit eigenen Augen gesehen haben, vermag ich eine Pik-

Acht in exakt fünf Sekunden in eine Herz-Zehn zu verwandeln. Ja, ich vermag durch bloßes Händeklatschen ganze Hochzeitstorten zum Verschwinden zu bringen. Und ich befreie mich in Sekundenschnelle aus jedweder Sorte von Handfesseln.«

»All das ist Ihre Zukunft, mein lieber Junge. Sie benötigen nur noch einen anständigen Agenten.«

»Und wo soll ich einen herbekommen?«

Daraufhin brachen Hirsch und Dorfman in schallendes Lachen aus. Goldenberg stimmte immer noch nicht mit ein. »Nun, ich werde Ihr Agent sein, Lubarsky. Sie werden eine feste Vorstellung im Theater des Gebrochenen Herzens erhalten, oder mein Name lautet nicht länger Tutsik Goldenberg!«

»Du?«, sagte Dr. Dorfman laut. »Den Zuhälter für Frauen abzugeben, ist eine Sache, Goldenberg, aber den Zuhälter für einen Zauberer zu markieren, eine ganz andere.«

»Genau, wie willst du den hier denn dazu bringen, dich auf dem Schiff zu heiraten?«, fragte Dov Hirsch verächtlich.

Tutsik Goldenberg ergriff deinen Arm und führte dich von seinen Spießgesellen weg. »Sie müssen meinen Freunden verzeihen. Das jüdische Neujahr ist ihnen zu Kopf gestiegen. All dieses Gerede von möglicher Erlösung ... Denken Sie doch einfach darüber nach, ja? Im Gegenzug für Ihr Vertrauen und einen überaus kleinen prozentualen Anteil am Gewinn bin ich willens, Sie mit allem zu versorgen – seien es finanzielle Mittel, Reklame oder gar eine hübsche Assistentin. Es ist alles nur zu Ihrem Besten, mein Junge.«

»Aber Sie kennen mich doch nicht einmal! Sie haben keine Ahnung, ob ich wirklich das kann, was ich zu können behaupte. Und selbst wenn ich es könnte, was macht Sie so sicher, dass Juden kommen werden, um mich in einem Varsovia-Theater anzusehen?«

Tutsik legte seine Hand auf deine Wange. Für einen Augenblick dachtest du schon, er würde dich küssen. »Hören Sie zu, Hankus – Ich darf Sie doch Hankus nennen? –, Sie können genau das, was Sie zu können behaupten. Und das müssen Sie auch, denn ich werde die Leute dazu bringen, in Ihre Vorstellung zu kommen. Weil ich es keine Sekunde länger mehr aushalte, den Lakaien meiner Schwester und ihrer dreckigen

Frauen abzugeben. Keine Sekunde mehr. Sie werden mich da rausholen. Sie sind mein Schlüssel in die Freiheit. Verstehen Sie mich?«

Du blicktest Tutsik Goldenberg geradewegs in das leicht gerötete, verzweifelte Gesicht. »Nun«, sagtest du, »ich werde es ganz gewiss in Erwägung ziehen.«

Goldenberg packte dich an der Schulter deiner neuen Leinenjacke. »Ich flehe Sie an, junger Mann! Ziehen Sie es nicht nur in Erwägung, akzeptieren Sie es!« Du glaubtest, eine kleine Träne in seinen Knopfaugen funkeln zu sehen. »Akzeptieren Sie es, mein lieber Junge!«

Mordechai Dorfman und Dov Hirsch waren bereits in eine schmale Straße eingebogen und warteten nun vor einem gepflegten Backsteingebäude, hinter dessen geschlossenen Jalousien im ersten Stock helle Lichter brannten. Tutsik Goldenberg schob sich an ihnen vorbei, zog einen Schlüssel aus der Tasche und drehte ihn im Türschloss. Er wandte sich genau in dem Augenblick zu dir um, als die Tür aufschwang. »Ich bitte Sie, Hankus Lubarsky. Das ist *die* Gelegenheit für Sie, im neuen Jahr ein Leben zu retten.«

Kapitel 9

In den knapp drei Jahren seit meiner Ankunft in der Calle Talcahuano bis zu dem Moment, als du zum ersten Mal durch die Tür tratst, hatte sich alles verändert. Tutsik Goldenberg war nicht das einzige Mitglied unserer *schandhojs mischpoche,* das sich von diesem sündigen Leben verabschieden wollte. Während ich mich mehr und mehr nach der Freiheit sehnte, die zerkratzte und jämmerlich anzusehende Sara immer weiter zerfiel und aus Rachels fröhlichem Lachen ein immer zynischeres wurde, war Madame Perle immer mehr von gesteigerter religiöser Inbrunst erfüllt.

Am Anfang war es weniger rechtschaffener Eifer als vielmehr die Sehnsucht nach Anerkennung durch die gewöhnlichen Juden von Buenos Aires. Was spielte es zum Beispiel für eine Rolle, wenn die größten Artisten und Intellektuellen ihrer Zeit sie als Konkubine erwählten und mit ihr das Gespräch suchten, wenn ihr Nachbar unten an der Straße sie anspuckte?

Schon damals in Polen hatte sich Perle nichts sehnlicher gewünscht als die Zuneigung ihrer Nachbarn. Dort hatte sie versagt, doch ihre Reise in das weit entfernte Argentinien sollte in jeder Hinsicht ein Neuanfang in ihrem Leben sein. Entgegen aller Vernunft hoffte Madame Perle, dass ihr ein ehrerbietiges Leben in einem neuen und weit entfernten Land, wo die Jahreszeiten umgekehrt waren, zumindest ein Nicken und ein »Guten *schabbes*« an einem Freitagabend auf dem Weg zur *schul* einbringen würde. Mit jedem Tag legte sie sich eine noch stärkere Einhaltung religiöser Gebote auf. Und uns gleichermaßen.

Perle sorgte dafür, dass die Speisekammer in der Calle Talcahuano streng *koscher* blieb; weder wir *nafkes* noch unsere Kunden durften die Fleischgerichte mit der Milch mischen. Madame Perle verbot uns, an den Freitagabenden zu arbeiten, und zwang uns alle, mit ihr den Gottesdienst in der neuen *schul* zu besuchen, die die Varsovia-Gesellschaft gebaut hatte. Die Synagoge befand sich auf der Calle Paso und war nur unter dem Namen *schul der Diebe* bekannt und wurde entsprechend wenig respektiert.

Lange bevor ich die triste Küste von Buenos Aires erreichte, hatte Madame Perle in der Tat persönlich die Bruderschaft der Zuhälter und Diebe, welche der varsovianischen Bruderschaft angehörten, überredet, die atemberaubende Synagoge überhaupt zu bauen. Sie hatte ihren Einfluss als überragende Geschäftsfrau benutzt, um Fischbein und andere Zuhälter, die die Reihen der Varsovia-Gesellschaft bei den monatlichen Treffen füllten, davon zu überzeugen, dass ein so herrliches Gotteshaus eine hervorragende Geste des guten Willens sei. »Was würde sich besser eignen, um diesen eher konventionellen Juden und selbst den frommen jüdischen Siedlern zu beweisen, dass wir, die Zuhälter und Puffmütter der jüdischen Gemeinde von Buenos Aires, ein Haufen schwer arbeitender *mentschn* genau wie sie selbst sind?«

»Oh, bitte, bitte!« Fischbein winkte bei diesem Vorschlag abwehrend mit seiner fetten Zigarre und kratzte sich an dem widerspenstigen Haar unter seinem Kinn. »Wir haben diesen Juden zwei neue Theater und einen Friedhof gebaut, aber sie hassen uns immer noch. Wenn sie jetzt noch nicht wissen, wie schwer wir arbeiten, dann sollen sie sich doch zum Teufel scheren!« Er goss sich ein Glas Wodka ein und kippte es geräuschvoll hinunter.

Andere Varsovianer nickten und stimmten Fischbein murmelnd zu, aber Perle Goldenberg ließ nicht locker. »Dann eben nicht nur schwer arbeitende *mentschn,* sondern gute, fromme Mitbürger, die gleichermaßen die Hoffnung haben, mindestens einen Fuß in die Himmelstür zu setzen und ein anständiges und durchaus traditionsgemäßes Leben zu führen. Ich spende gern als Erste 100 Gold-*pesos* für die Errichtung dieser wundervollen neuen *schul.*«

All die anderen Bordellwirtinnen hielten dies für eine ausgezeichnete Idee. »Was kann es schon schaden?«, fragte die Rote Ruthie sachlich. »Ich hätte nichts gegen eine neue *schul* einzuwenden, vielleicht mit etwas mehr Platz oben auf dem Frauenbalkon, damit man dort zumindest richtig atmen kann. Ganz besonders an den hohen Feiertagen, wenn all unsere Mädchen auch da sind, könnte man tot umfallen, weil man keine Luft bekommt. Ich bin auch mit 100 Gold-*pesos* dabei.«

Nachdem die Frauen der Roten Ruthie in Bezug auf den Frauenbalkon zugestimmt hatten, entbrannte eine lange Diskussion über die Tatsache, dass ein geräumigerer Balkon für die Frauen gut und schön sei – aber wer würde ihn schon zu Gesicht bekommen außer einem Haufen Frauen? Die Männer, die nicht hinter ihren Schwestern und Frauen zurückstehen wollten, sicherten schließlich ihre eigenen *pesos* zu, damit man Bänke aus feinstem Ebenholz und bester Eiche bauen konnte und die Heilige Arche mit feinster, direkt aus dem Heiligen Land importierter Seide drapieren konnte. Zudem sollten die *bima*-Stühle mit dickem, blauem Samt überzogen werden, und man sollte vor allem von jedem Platz aus einen atemberaubenden Blick auf die westliche Mauer haben. Am Ende des Abends war es beschlossene Sache, dass die varsovianische Synagoge die größte, prächtigste *schul* werden würde, die sich mit Geld – geistlichen oder weltlichen Ursprungs – kaufen ließ.

Dies erfüllte Perle mit einer immensen Befriedigung. Aufgrund ihrer guten Absicht und ihres Weitblicks würde nun Tausende Kilometer von den abscheulichen Straßen und Gassen Warschaus entfernt dem Gott unserer Väter eine ganz besondere Huldigung dargebracht werden, die einen ganzen Wohnblock im jüdischen Buenos Aires ausfüllen würde. Durch diese außergewöhnliche Tat wollte sich Perle Goldenberg endlich von den alten Geistern Polens befreien. Sie war nicht nur imstande, die Gesetze und Prinzipien der *Talmud Tora* zu verstehen, sondern wollte auch nach ihnen leben und sie in vollen Zügen genießen. Madame Perle hoffte entgegen aller Vernunft, dass sie sich mit dieser überragenden *mizwa* hier in der neuen Heimat ihrer alten und sündigen Haut einem mottenzerfressenen Pelzmantel gleich entledigen könne, um frei und erneuert in den heilenden Brisen der Stadt der Guten Lüfte vor Gott zu stehen.

Doch Madame Perle Goldenberg war ein solches Glück nicht beschieden.

Die Juden, die den ganzen Weg von Europa nach Buenos Aires reisten, um ein neues Leben innerhalb der Grenzen der vorgeschriebenen Regeln zu beginnen, zeigten Madame Perle und ihren *nafkes* die kalte Schulter und zuckten angewidert mit den Schultern beim Anblick der wundervollen Synagoge der Diebe, welche die schönste und modernste Synagoge in ganz Argentinien war und dazu noch in einer Rekordzeit errichtet wurde.

Die einfachen Männer von Once erachteten es als angemessen, wenn sie in den glänzenden Eichenbänken vor- und zurückschaukelten und vor dem prächtigen Schrein und den glitzernden Toras in tiefer Versunkenheit beteten. Die einfachen jüdischen Frauen waren zufrieden, wenn sie hinter dem elegant bestickten Vorhang auf dem Frauenbalkon saßen und tratschten oder beteten, wie es ihnen gerade angemessen schien, denn bisher hatten sie noch niemals in irgendeiner europäischen Synagoge oder in einer argentinischen so viel Platz gehabt, um ihre Beine auszustrecken und tief durchzuatmen. Es ließ sich zudem nicht verleugnen, dass die Varsovia-Gesellschaft wirklich alle Hebel in Bewegung gesetzt hatte, um einen Kantor mit einer unvergleichlichen Stimme zu finden. Diese Stimme verkörperte für die Betenden eine Botschaft vom Himmel und von Polen gleichermaßen. Diese Stimme ließ die Juden von Argentinien vergessen, dass sie im Exil in einem riesigen Land am unteren Ende der Welt lebten – auch wenn es nur für wenige Stunden an einem Freitagabend war.

Viele gute jüdische Mitbürger von Buenos Aires, dem Jerusalem nahe den Pampas, nutzten die Großzügigkeit der Varsovia-Gesellschaft und nahmen an einem *schabbes*-Abend oder einem *Rosch-ha-Schana*-Feiertag teil. Das bedeutete allerdings nicht unbedingt, dass sie irgendetwas für die Mitglieder dieser Bruderschaft übriggehabt hätten, die sie im Allgemeinen als »dieses Pack von miesen *jenzers*« bezeichneten oder mit »diese *chassers*«, diese Gauner, titulierten.

Madame Perle Goldenberg wurde trotz all ihrer guten Absichten für ihre *ze'doke* nicht mehr und nicht weniger Respekt entgegengebracht als einem Fischbein, einer Roten Ruthie oder irgendeinem anderen Zuhälter der Varsovianer. Die immigrierten Ladenbesitzer warfen ihr auf der Calle Talcahuano die gleichen Blicke zu wie auf der Ulica Grzybowski: Ob großzügig oder nicht, sie war nichts weiter als eine Hure mit einer unrettbaren Hurenseele.

Na gut, dachte sie sich. Sollen sie mich doch ruhig so sehen. Doch sie würde nicht zulassen, dass sich die schlechte Meinung, die die Leute von ihr hatten, zwischen dieses Leben und das Himmelstor drängen konnte.

Mit der Zeit wurde sie immer besessener von den Lehren des Talmuds und der Tora, der Gemara und aller Rabbiner Europas und darüber hinaus. Sie legte großen Wert darauf, dass wir Huren uns an den heiligsten Stätten blicken ließen – denn hatten wir nicht das Recht dazu? Wurden nicht die Konkubinen und die Prostituierten einst als die frommsten aller Frauen und als Beschützerinnen des Heiligen Tempels erachtet? Hasste uns das gemeine Volk nicht nur deshalb, weil wir deren Schande herausstellten?

Als du zum ersten Mal am Arm von Tutsik Goldenberg in der Calle Talcahuano erschienst, Hankus, da waren wir, die Besitztümer von Perle Goldenberg, gerade von unseren Pflichten als Juden an einem *Rosch-ha-Schana*-Festtag zurückgekehrt. Wir hatten gerade unsere Sünden in den Rio de la Plata geworfen, hatten gebetet und die *taschlich*-Zeremonie durchgeführt.

Was für einen Anblick wir boten: vier Huren von Kopf bis Fuß in Weiß gekleidet – Unterwäsche, Strümpfe, Schuhe und schließlich (und völlig entgegen dem, was *frum jiddische porteños* an einem so hohen Festtag im Allgemeinen trugen) locker sitzende weiße Kleider. Wir schritten in einer Reihe gemeinsam mit der Roten Ruthie und ihren Mädchen die Avenida Paraguay entlang und gingen über die Zugschienen zum Rio de la Plata. Dort angekommen, führten wir gemeinsam unsere Sünden den trüben Fluten zwischen der Küste von Buenos Aires und Montevideo zu, wo weitere Juden ihre eigenen Sünden hineinwarfen, die meist nicht so provokant wie die unsrigen waren.

Wir warfen unsere winzigen Kiesel in das ruhige Wasser: Sara mit ihrem ausdruckslosen Gesicht – das nun dank Tutsik Goldenberg mit Narben übersät war – und den immer stumpfer werdenden Augen murmelte hasserfüllt etwas aus den

Mundwinkeln heraus; Rachel, das Gesicht der Sonne zugewandt, lächelte und warf ihre Sünden mit der festen Überzeugung, dass es etwas nutzen würde, wie Wildblumenblüten in den Fluss; Perle schließlich benahm sich ganz ernst und würdevoll, als wäre sie der Oberrabbiner von Argentinien höchstpersönlich. Die eher unternehmungslustige Rote Ruthie und ihre Mädchen standen mit hochgezogenen Röcken bis zu den Knien im Hafenbecken und warfen all ihre Hurensünden lachend in die Wasser der Zeit. Zu welchem Zweck, fragte ich mich, warum denn nur? Ich stand da, als gehörte ich nicht zu den anderen, ließ Steine ins Wasser fallen, betrachtete die kleinen Wellen, die sie auslösten, und fragte mich, was mir diese Steinchen schon Gutes tun könnten, welche Rettung ich nach all dieser Zeit erwarten dürfte. Mit jedem Kiesel, den ich hineinfallen ließ, flüsterte ich Gott nur zu: »Befreie mich, befreie mich, befreie mich!«

Die anderen Juden gaben darauf acht, einige Schritte Abstand von uns zu halten, allerdings nicht so weit, dass sie keinen anständigen Blick auf uns erhascht hätten. Unsere Taschentücher wurden im Wind genauso in die Höhe geweht wie unsere Röcke, aber Madame Perle war wild entschlossen, uns von unseren weltlichen Sünden zu befreien. Ja, sie wollte sichergehen, dass wir ins Buch des Lebens eingeschrieben waren, damit sie ein weiteres Jahr Gewinn aus unseren ansonsten verdammten Seelen schlagen konnte.

Die Rote Ruthie erzählte uns von dem Witz, der unter den frommen Frauen von Once kursierte. Darin hieß es, dass wir Huren aus der Calle Talcahuano uns zum *taschlich* auch gleich ganz ins Wasser werfen und uns die Brotstückchen und die Kiesel sparen konnten. Die Rote Ruthie war außer sich. »Die machen uns doch zu dem, was wir sind! Wenn diese *frum* Frauen ihre Ehemänner richtig behandeln würden, müssten sie nicht ins *barrio* kommen und sich mit solchen wie uns abgeben!«

Ich stimmte der Roten Ruthie nicht zu, behielt meine Meinung aber für mich. Aus meiner kurzen Erfahrung wusste ich, dass die Männer sich bei uns nicht nur über ihre Ehefrauen beschwerten, sondern auch über ihre Mätressen. Sie beschwerten sich bei mir über Sara, bei Sara wiederum über Rachel und bei Rachel über Madame Perle. Bei Perle beschwerten sie sich über die Rote Ruthie und über ihre sämtlichen Huren.

Die Männer, die zu uns kamen, liebten Frauen nicht, weder Ehefrauen, Geliebte noch Huren. Aber ihre Ehefrauen hatten recht. Vielleicht hätten wir uns ganz in den Fluss werfen und unsere Körper reinigen sollen, die in der Tat eine wahre Quelle für viel sündigen Abschaum waren. Diese Männer vollführten tagtäglich *taschlich* auf unseren Hinterteilen.

Nach meiner dritten *taschlich*-Zeremonie in Buenos Aires gingen wir gemeinsam mit der Roten Ruthie und ihren Huren in die Calle Talcahuano in unsere Wohnung zurück. Wir sollten dort nicht arbeiten, sondern uns ausruhen oder, wenn es nach Perle gegangen wäre, bis zum Abendessen meditieren. Madame Perle selbst zog sich um und machte sich in einem wunderschön gearbeiteten schwarzen Leinenkleid mit einer schwarzen Haube und einem Schleier schnurstracks zur *schul* auf, um am *ma'ariw*-Gottesdienst teilzunehmen. Uns anderen stand es frei, sie zu begleiten; zu ihrer Verteidigung muss allerdings gesagt werden, dass sie es nicht zur Bedingung machte. Wir lehnten allesamt dankend ab, denn unser Bedarf an Religion war mit dem Ausflug ans Flussufer bereits gedeckt. Ich selbst sah keinen Sinn darin, meinen Frieden mit Gott zu machen, während ich hinter einem Vorhang verborgen saß – wie prächtig und samten er auch sein mochte.

Marianna bereitete das Abendessen zu: *tscholent* auf spanische Art mit *fava*-Bohnen und Gerste, saftigen Rosinen und köstlichsten argentinischen *flanken* von unserem eigenen *koscheren* Metzger. Der *tscholent* köchelte schon seit dem Morgengrauen in dem Tonofen vor sich hin, den Rachel als Teil ihrer imaginären Aussteuer von Odessa mitgebracht hatte.

Wir, die wir hier wohnten, faulenzten in unseren Zimmern und warteten auf das Abendessen. Ich holte mir aus Perles Boudoir-Bibliothek den englischen Roman *Jane Eyre* in jiddischer Übersetzung und legte mich damit, lediglich mit meiner Unterwäsche bekleidet, auf mein Bett, bis die Sonne unterging. Auch wenn es aufgrund des hohen Festtages verboten war, schrieb Rachel Briefe. Sara, die von einem seltenen Anfall von Gemeinschaftsgefühl befallen war, saß an meinem Schlafzimmerfenster und starrte traurig hinaus, während die Rote Ruthie und ihre drei Huren unten Tee tranken und Karten spielten.

Im Haus duftete es dank Mariannas Kochkünsten ganz himmlisch.

Nach dem Gottesdienst traf Madame Perle vor den Männern zu Hause ein. Sie sah aus wie eine Frau, die von Gott verwandelt worden war. Sie ging direkt in ihr Zimmer und schloss die Tür. In einem ungewöhnlichen Moment von Verspieltheit legte Sara ihr Ohr an die Wand und einen Finger auf die Lippen. »Was macht sie denn?«, flüsterte ich. »Lass mich mithören!« Und auch ich legte mein Ohr an die Wand.

»Sie weint«, flüsterte Sara.

In der Tat. Zwischen Schluchzern hörte ich sie beten. »Weh mir, lieber Gott«, erklang es inbrünstig, »erlöse mich von all meinen Sünden!«

Eine halbe Stunde später waren wir alle – außer Madame Perle – fertig angezogen und versammelten uns im Salon. Dann trafen die Männer ein. Dov Hirsch und Mordechai Dorfman lachten ständig und schlugen sich gegenseitig auf den Rücken. Selbst Tutsik Goldenberg schien in Festtagsstimmung zu sein. Er redete auf einen jungen Mann ein, den keiner von uns kannte. Er war im Vergleich zu den anderen Männern erstaunlich gut gekleidet und bot einen atemberaubenden Anblick. Diesem *bacán* waren Polen und die Pampas auf den Leib geschrieben: ein großer Filzhut, die wunderschöne Jacke, der Spazierstock und die Stiefel aus feinem, schwarzem Leder. Marianna nahm die Hüte wie auch den Stock des neuen Herrn entgegen. Dann standest du vor uns in deinem weißen Seidenhemd und der weinroten Samtweste. Deine schwarzen Locken fielen dir in die Stirn. Ja, Hankus, du standest vor mir – und ungewöhnlich warst du in deiner Schönheit. Doch ich erkannte dich noch nicht.

»Ah, die Damen! Sie müssen unbedingt unsere Damen kennenlernen!«, erklärte dir Tutsik Goldenberg mit zu viel Herzlichkeit in der Stimme. Er deutete auf uns, die wir träge auf den Salonstühlen saßen. »Die entzückende Sara (die dir einen musternden Blick zuwarf und dann wegschaute), unser Fräulein Rachel (die wohl lächelte, aber nur sehr kurz) und unsere gar köstliche *chuleta cordero, Señorita* Sofia.« Ob Tutsik wohl einen Knicks von mir erwartete? Ich tat nichts dergleichen. Ich war noch nicht einmal so höflich, zu dir, dem wunderbaren Fremden, aufzublicken. Noch ein *koscherer* Freier, dachte ich, noch ein Mann, der mich wie eine Kuh behandeln wird.

»Und wir?« Die Rote Ruthie knallte ihre Karten auf den Tisch. »Wir wohnen nicht hier, junger Mann. Mir gehört ein anderes Haus auf der Tucumán. Sie sind dort jederzeit genauso willkommen wie hier, *Señor* ...? Verrate uns seinen Namen, Tutsik, er ist so ein hübscher Kerl!«

»Wie unhöflich von mir, natürlich ...« Tutsik Goldenberg zog seine Weste herunter und räusperte sich. »Rote Ruthie, meine hübschen Damen, darf ich Ihnen *Señor* Hankus Lubarsky vorstellen? Ein Jude aus unserem Polen, den wir durch Zufall in der Vorhalle der *schul* der Diebe getroffen haben.«

Die Rote Ruthie streckte eine mit Edelsteinen geschmückte Hand aus. Der neue Herr blickte ihr dramatisch tief in die Augen und küsste ihre Hand ganz formvollendet.

»O Gott!«, seufzte die Rote Ruthie und blinzelte angesichts deiner Freundlichkeit. Ich hatte noch nie zuvor gesehen, dass sie vom Charme eines Mannes derart entwaffnet war.

Goldenberg schien sehr zufrieden mit sich, dass er einen solch gepflegten und hinreißenden jungen Mann wie dich, Hankus Lubarsky, in unsere Mitte gebracht hatte, der einen so angenehmen Anblick bot und so gute Manieren besaß. Du verbeugtest dich mit viel Schwung vor uns Huren, gingst von Ruthies Frauen zu Rachel hinüber, dann zu Sara und schließlich zu mir. Du ergriffst die Hand jeder Einzelnen und hobst sie auf entzückende Weise an deine zarten Lippen. Dann zogst du mit einem Mal ein blaues Seidentaschentuch aus der Westentasche, rolltest es zu einem kleinen Ball, riebst diesen zwischen deinen Handflächen, hauchtest einmal darauf, schnipptest mit zwei Fingern und brachtest mit einer schwungvollen Verbeugung drei Taschentücher in Rot, Blau und Schwarz zum Vorschein. Wäre ich eine anständige junge Dame gewesen, wie ich es hätte sein sollen, und keine abgestumpfte Dirne, so hätte ich wohl gekichert wie alle aus der Truppe der Roten Ruthie und unsere Rachel. Außer Tutsik (der bei diesem Zauberkunststück stolz dastand, als hätte er es selbst ausgeführt) standen die Männer verblüfft mit offenem Mund da. Doch Sara ließ einen Finger über die Spuren gleiten, die das Messer auf ihrem Gesicht hinterlassen hatte, und starrte unseren Zauberer ausdruckslos an. Dann schritt sie auf die Treppe zu. Ich selbst nickte, so höflich ich es eben vermochte, und versuchte herauszufinden, woran es lag, dass sich mein Blick immer tiefer in deine Augen senkte und mich dein Mund immer stärker anzog. Ist doch nur irgendein Freier, sagte ich mir wieder, um die heimliche Hoffnung, die so ungestüm mein Herz zu erfüllen begann, zum Schweigen zu bringen.

Rachel und die Rote Ruthie waren begeistert und baten dich, den kleinen Zauberer, um einen weiteren Trick. Du zogst eine *peseta* aus Rachels Ohr (mein Onkel hatte dies jeden Samstagabend bei uns Nichten gemacht) und ließest sie dann wieder verschwinden. Ich unterdrückte ein Gähnen.

Dann schnipptest du mit deinen Zauberfingern, und mit einem Mal lag ein Gold-*peso* auf deiner Handfläche, Lubarsky. Ein weiteres Schnippen, und der *peso* wurde zu einem goldenen Ei. Beim nächsten Schnippen tauchte wie aus dem Nichts eine weiße Taube auf, die eine winzige rosafarbene Rose in ihrem Schnabel hielt. Nun hatte es mich gepackt. Es war dir gelungen, mich in diese sagenhafte Welt hineinzuziehen, die du, strahlender Fremder, schufst. Es war eine Art Märchen, denn ich hatte ein paar von diesen Kunststücken vorher schon einmal gesehen, aber niemals auf so überwältigende Weise und im eigenen Salon dargeboten. Und ganz gewiss waren sie nicht dargebracht von einem so gut aussehenden Prachtexemplar wie dir.

Bevor es uns *nafkes* gelang, wieder zu Atem zu kommen – den wir beim Anblick des goldenen Eis, der Taube und deiner Rosen angehalten hatten –, und bevor wir unsere Hände dazu bringen konnten, dir, Hankus Lubarsky, klatschend unsere Begeisterung kundzutun, knallte oben auf dem Treppenabsatz eine Tür zu, und Madame Perle erschien in ihrem seriösen schwarzen Kleid und tippte mit einem Stock wie eine Lehrerin gegen das Geländer. Ihre Stimme war kalt und freudlos. Man mochte kaum glauben, dass dies dieselbe majestätische Verführerin war, die mich mit all ihrer Macht in mein *schandhojs*-

Leben eingeführt hatte. »Selbst für Huren klingt ihr wie ein Haufen wilder Tiere! Heute ist *Rosch ha-Schana,* einer der heiligsten Abende des Jahres. Ihr benehmt euch, als wärt ihr im Zirkus!«

»So verkehrt ist das gar nicht«, erwiderte die Rote Ruthie, den Arm um unseren Gast gelegt. »Das hier ist ein Freund deines Bruders, ein sehr talentierter Junge.« Ruthie küsste ihn auf die Wange. »Und glatt rasiert dazu. Er unterhält uns nur bis zum Abendessen, das wir schon vor einer Stunde hätten zu uns nehmen können, wenn dich deine Gebete im stillen Kämmerlein nicht so mit Beschlag belegt hätten.«

Perle stieg langsam die Treppe herunter. »Es ist der Geburtstag der Welt, und ich bin gezwungen, ihn unter Sündern zu begehen«, murmelte sie.

»Dann kannst du ihn ja umso mehr genießen!«, sagte die Rote Ruthie und lachte schallend. Die anderen Frauen kicherten. Die Männer murmelten sich untereinander leise etwas zu, nur unser Ehrengast Lubarsky blieb stumm.

Perle läutete eine winzige Glocke. Als Marianna die Esszimmertüren auseinanderzog, wurde deutlich, dass sie ihre ganz eigene Zaubervorstellung gab. Vor uns erblickten wir einen Tisch, der einer Königsfamilie zu Ehren gereicht hätte. Er war mit Perles bestem Geschirr gedeckt – schneeweiß mit feinem Goldrand –, das sie direkt in Warschau bestellt hatte und das unter großen Kosten nach Buenos Aires verschifft worden war. Dazu die hohen, mundgeblasenen Kelchgläser aus Mexiko und als Unterlage eine elegante, in Mendoza gearbeitete Decke mit Spitze. In der Mitte des Tisches standen die entzündeten Kerzen für den heiligen Tag. Sie steckten in alten Messingständern aus Palästina, die ein abtrünniger Jude vor langer Zeit Madame Perle zugeschickt hatte. Dieser war so angetan gewesen von ihrer Sinnlichkeit, dass er sich umgehend nach Jerusalem geflüchtet hatte, um Buße zu tun. Zwischen den beiden Kerzen befand sich in einer Vase aus geschliffenem Glas ein gar herrliches Blumenbouquet aus Gardenien und Schwertlilien. Darum herum standen süße Weine, goldene Soßen, dampfendes grünes Gemüse, frisch gebackenes *challa*-Brot und an jedem Ende des Tisches köstliche Mengen von *tscholent,* den Marianna mit Hingabe in Rachels Topf zubereitet hatte.

Also nahmen wir alle Platz. Perle am Kopf des Tisches wie die Königin von Israel, die Übrigen gaben ihre Odalisken und Sklaven ab – außer dir, dem faszinierenden Hankus Lubarsky, der ihr direkt gegenübersaß mit der Roten Ruthie zur Linken und Tutsik Goldenberg zur Rechten. Ach, du gut aussehender Zauberer mit dem bemerkenswerten Mund und den strahlenden Augen, von meinem Platz an Perles rechter Seite blickte ich dich an und betrachtete dich über ein Meer von köstlichen Gerichten hinweg. Welch eine Freude ich verspürte, selbst hier, in der Calle Talcahuano!

Perle schlug mit dem Löffel an ihr Weinglas, bis wir alle schwiegen, und beugte dann den Kopf, obwohl keiner ihrem Beispiel folgte. »*Baruch atta adonai, elohenu melech ha olam, bore pri ha gafen.*« Sie wartete eine Sekunde und blickte dann auf, um uns alle anzusehen. »Nun?«

»*Omejn*«, brummten wir.

»Trinkt!«, befahl sie. Dov Hirsch gab ein kleines Lachen von sich – die Männer hatten ganz offenbar früher am Abend schon dem Schnaps zugesprochen –, doch wir nippten alle an unserem Wein. Nur Tutsik Goldenberg kippte seinen Wein in einem Zug herunter und winkte Marianna an den Tisch, um sich nachschenken zu lassen.

»Noch nicht!«, rief Perle. Sie bedachte Marianna mit einem wütenden Blick, woraufhin diese kopfschüttelnd vom Tisch zurückwich. Madame senkte ihren Kopf wieder und bedeckte die Augen. »*Baruch atta adonai, elohenu melech ha olam, ha motzi lechem min ha aretz.*« Sie blickte wiederum auf, um uns anzusehen.

»*Omejn*«, erwiderten wir.

»Nun gut«, sagte Perle. Sie brach ein Stück von der *challa* ab und reichte sie an Rachel weiter, die sich etwas davon nahm und sie an Mordechai weiterreichte; der wiederum brach sich ebenfalls eine Handvoll ab und so weiter, bis ich an der Reihe war und den Rest des süßen Weißbrots an Perle zurückreichte.

Lubarsky, du lehntest dich zu Ruthie hinüber und flüstertest laut: »Warum segnet sie nicht die Kerzen?«

»Das ist doch Frauenarbeit«, flüsterte die Rote Ruthie zurück. »Und der größte Kummer unserer kleinen Perle ist, dass sie nicht als Mann geboren wurde. Ist doch so, oder, Perle?«, erkundigte sich die Rote Ruthie in normaler Lautstärke.

»Wie wahr, wie wahr«, erwiderte Perle, nahm sich ein großes Stück Fleisch und begann, es zu verzehren, ehe sich sonst jemand überhaupt etwas zu essen genommen hatte.

»Hier geht es ganz zwanglos zu«, sagte Tutsik Goldenberg, ohne sich zu entschuldigen, und legte sich die doppelte Menge von Perles Portion auf den Teller. »Nur zu, essen Sie!« Er deutete auf die Platte mit dem Fleisch, die vor dir stand. »Gut *jontev* euch allen!«

»Ja, gut *jontev*!«, stimmte die Rote Ruthie mit ein, die dir in die Wange kniff, als sie dir Scheibe für Scheibe von dem wundervollen *flanken* auf deinen Teller legte, den Teller unseres neuen Gastes. »Gut *jontev* und ein frohes neues Jahr!«

Kapitel 10

So kam es, dass du dich am Abend des *Rosch ha-Schana* in einem Bordell auf der Calle Talcahuano befandest, Hankus. Du durftest das beste Abendessen genießen, seit du deine geliebten Max und Motkele zurückgelassen hattest. Die Tatsache, dass du einen gesegneten Appetit hattest, entging der Roten Ruthie nicht. Sie klatschte bei jedem Bissen, den du nahmst, hocherfreut in die Hände. Auch Tutsik Goldenberg bemerkte es und rief Marianna immer wieder herbei, damit sie seinem Gast mit den geröteten Wangen noch lange, nachdem die Damen des Hauses ihre leer gegessenen Teller von sich geschoben hatten, mehr *kreplach,* mehr Bohnen und noch ein Glas Wein reichte. Selbst Madame Perle stützte ihr sorgfältig geschminktes Gesicht auf ihre geballte Faust und sah fasziniert zu, wie du nacheinander etliche Fleischscheiben sowie Kartoffeln und Gemüse verspeistest. »Er hat einen Appetit von biblischen Ausmaßen, Tutsik. Wo hast du ihn doch gleich gefunden?«

»In Wahrheit habe ich Ihren großzügigen Bruder und seine Freunde gefunden«, sagtest du und hobst eine Hand, um Marianna davon abzuhalten, dir noch irgendetwas auf den Teller zu legen. »Es war ganz einfach Schicksal. Ich stolperte ohne einen einzigen Freund in der Stadt der Guten Lüfte die wenigen Stufen von der Synagoge auf die Calle Paso hinunter, als er mir seine Handfläche hinstreckte und sagte: ›Warten Sie, mein Junge! So leisten Sie doch mir und meinen Freunden hier im Haus meiner Schwester Gesellschaft!‹«

»Und hat er Ihnen auch erzählt, was dies für ein Haus ist?«

»Die Adresse und die Einrichtung haben es verraten, *Señora* Rote Ruthie.«

»Etwa nicht die Damen selbst?«, schoss die Rote Ruthie mit einem Lachen in der Stimme zurück.

Du öffnetest deine Zaubererhände. »Was soll ich darauf antworten, *Señora?* Allerdings möchte ich hinzufügen, dass mir noch niemals zuvor ein solch fromm aussehender Haufen von *nafkes* unter die Augen gekommen ist.«

In Wahrheit waren dir noch niemals irgendwelche gläubigen *nafkes* unter die Augen gekommen, doch dein Wagemut überspielte diese Tatsache auf ganz charmante Weise.

Alle außer Madame Perle lachten.

Nach einer Weile räumte Marianna den Tisch ab. Gerade als der Tee aufgesetzt worden war, läutete es an der Tür. Herein stolperte kein anderer als Marek Fischbein mit zwei seiner Lakaien, Scholem Big Sam Horowitz und dem Rechtsanwalt Moritz Schatz, Fischbeins Schwager. Wenn man die drei so anschaute, hätte man weder vermutet, dass sie beim Geschäft der jüdischen Zuhälterei in Buenos Aires ganz oben mitmischten, noch, dass gerade einer der heiligsten Tage des jüdischen Jahres begangen wurde. Fischbein im Besonderen sah so aus wie immer. Das dichte braune Haar stand nach allen Seiten unter seinem ramponierten (wenn auch etwas saubereren) Zylinder hervor, und das breite Gesicht war schlecht rasiert. Das dreckige Hemd stand unter der Krawatte oben am Kragen offen, und die offenen Manschetten schauten unter dem zerlumpten Anzugjackett an den Ärmeln hervor. Seine Schuhe waren abgewetzt und die Absätze schief gelaufen. Wäre da nicht die Samt-Pelerine um seine Schultern gewesen und hätte nicht das unangezündete Ende einer handgerollten kubanischen Zigarre zwischen seinen Lippen gesteckt (ja, Fischbeins Geschmack in Zigarren hatte sich mit der Zeit gebessert), hätte man wohl nie vermutet, dass es sich bei ihm um einen der drei Männer in fünf argentinischen Provinzen handelte, der mehr Geld und Macht hatte und mehr Furcht verbreitete als die nordamerikanischen Bankiers J. P. Morgan und J. D. Rockefeller zusammen.

Tutsik Goldenberg sprang sofort auf und vollführte praktisch eine Verbeugung. »*Reb* Fischbein, Freunde von *Reb* Fischbein, willkommen, willkommen in unserem bescheidenen Heim. Marianna –« Goldenberg deutete in die Richtung der neu eingetroffenen Gäste, und die Haushälterin nahm Fischbeins Pelerine und seine Handschuhe. Nach all diesen Jahren wusste sie, dass sie ihn besser nicht um seinen Hut bat. »Wir wollten uns gerade für einen Tee und einen Weinbrand zur Feier des Tages in den Salon begeben, *Reb* Fischbein. Vielleicht möchten Sie uns Gesellschaft leisten und eine kleine Zigarre dabei rauchen –«

»Eine Zigarre rauchen an diesem heiligen Tag hier in diesem *frum hajsl* der erhabenen Madame Perle, *Reb* Goldenberg? Das würde mir nicht im Traum einfallen!« Fischbein reichte Schatz den Stummel seiner extravaganten Zigarre; dieser zog eine silberne Hülse hervor und brachte die Überreste darin unter. »Für einen anderen Tag«, erklärte Fischbein und zeigte den Versammelten ein beinahe strahlendes Lächeln. »Es ist eine sehr gute Zigarre, und ich will darauf achten, sie in Ehren zu halten, wie alle meine anderen Vergnügungen.« Daraufhin tippte er sich, Madame Perle zugewandt, an den Hut. »Und wo wir gerade davon sprechen, ein herzliches *Schana Tova* wünsche ich Ihnen, Madame Perle. Mögen Sie für wenigstens ein Jahr im Buch des Lebens eingeschrieben bleiben!«

Perle warf Fischbein einen kühlen Blick zu und deutete einen klitzekleinen Knicks an. »Und Ihnen auch, *Reb* Fischbein, und Ihrem Schwager Moritz ...«

Moritz trat unruhig von einem Fuß auf den anderen und flüsterte heiser: »*Schana Tova* ...«

»... und Ihnen, *Reb* Horowitz.«

Scholem Big Sam Horowitz nickte mit dem Kopf, blickte Madame Perle dabei aber nicht an. »*Schana.*«

Perle Goldenberg erhob sich und legte eine Hand auf ihren Busen. »Und nun, liebe Freunde, werde ich mich zurückziehen. Marianna, bitte sieh zu, dass es unseren Gästen an nichts mangelt. Ich werde meinen Tee und lediglich ein einziges *tejglech* oben in meinem Zimmer zu mir nehmen. Im Morgengrauen stehe ich auf, um den Frühgottesdienst in der *schul* zu besuchen. Daher möchte ich alle Anwesenden bitten, die Lautstärke der Feierlichkeiten in einem vernünftigen Rahmen zu halten. Rote Ruthie, Dov Hirsch, Doktor Dorfman – gute Nacht.«

Wir alle sahen von unserem Platz im Esszimmer-Torbogen aus zu, wie Madame Perle die Treppe hinaufstieg. Sobald sie oben am Absatz verschwunden und ihre Zimmertür zugefallen war, reckte Fischbein einen Daumen in Moritz' Richtung, und der zog nicht nur die silberne Röhre mit dem Zigarrenstummel hervor, sondern dazu noch sechs brandneue Zigarren.

Fischbein verteilte sie unter den Männern wie ein Vater, der gerade sein erstes Kind bekommen hat. Als du an der Reihe warst, Lubarsky, gab er dir einen *schockle* unters Kinn. »Und wer ist dieser kleine Dandy? Könnte es sein, dass Sie der Kellner sind, der mich letzte Woche erst auf so wunderbare Weise in diesem *parrillado* auf der LaValle bedient hat?«

»Genau der«, sagte Tutsik Goldenberg, bevor du überhaupt ein Wort herausgebracht hattest. Er hielt ein brennendes Zündholz an Fischbeins Zigarre und wandte sich dann seiner eigenen zu.

Fischbein blickte dich durch eine graue Rauchwolke mit zusammengekniffenen Augen an. »Wissen Sie, ich überlege ernsthaft, selbst ein *parrillado* zu eröffnen, um diesem Yale Levine Konkurrenz zu machen. Was muss ich tun, um Sie von dort wegzulocken?«

Wieder schaltete sich Goldenberg ein. »An einem so ehrfurchtsvollen Abend reden Sie übers Geschäft, *Reb* Fischbein? Er mag an alltäglichen Abenden ein Kellner sein, aber heute Abend ist er ein Gebetsbruder. Wir haben uns erst vor ein paar Stunden in der *schul* der Diebe kennengelernt.«

»In der *schul* der Diebe? Ist das wahr?« Fischbeins glasiger Blick wanderte zu deinen leuchtenden Augen.

»*Sí, Señor*«, sagtest du.

»Wie überaus interessant« – Fischbein wandte seine Aufmerksamkeit wieder Goldenberg zu –, »denn mein Schwager Moritz, mein Freund Horowitz und ich haben auch heute Abend in der *schul* der Diebe gebetet. Ich habe nach Ihnen Ausschau gehalten, *Tutskele,* Sie aber nicht gesehen.«

»Wir waren dort, *Reb* Fischbein, aber nicht auf unseren angestammten Plätzen. Wir standen ziemlich weit hinten, damit wir niemanden stören würden, wenn Gott uns dazu bewegen sollte, hinauszugehen und eine zu rauchen.«

»Interessant«, sagte Fischbein wieder und paffte leicht an seiner Zigarre, die, wie Goldenberg nach einigen Zügen bemerkte, in der Tat eine sehr feine Marke war. »Interessant deshalb, weil auch wir ziemlich weit hinten in der *schul* standen, da wir glaubten, Sie könnten genau dort sein.«

In dem Moment tauchte die viel beschäftigte Marianna mit einem Kessel voller starkem Tee auf, den sie zum Büfett trug und mit großer Vorsicht in Madame Perles geliebten und teuren Samowar goss. Zucker und Zitrone standen in silbernen Serviergefäßen neben dem Samowar ebenso wie Tassen und Unterteller, die zu dem Geschirr vom Abendessen passten. Daneben befand sich eine große Schüssel, die bis zum Rand mit harten und klebrigen *tejglech* gefüllt war, und eine rechteckige Platte, auf der Mariannas berühmter Honigkuchen in Scheiben geschnitten lag.

Wir Damen nahmen unseren Tee und die Süßigkeiten wie Dorfman und Hirsch auch mit in den Salon hinüber und machten es uns auf verschiedenen Sofas und Sesseln bequem. Ohne all die Freier, die hier für gewöhnlich herumlungerten, war es gar nicht so unangenehm.

»Vielleicht beliebt es unserem jungen Gast ja, uns noch mit einigen Zauberkunststückchen zu erfreuen?« Goldenbergs Augen richteten sich hoffnungsvoll auf dich.

»Ich fürchte, ich habe meine verblüffendsten Kunststücke schon vor dem Abendessen aufgebraucht. Aber wenn Sie Kartenzauberei mögen, da hätte ich noch ... ein Ass im Ärmel.«

Die Rote Ruthie lachte herzlich. »Ein junger Mann mit Sinn für Humor, wann ist uns zum letzten Mal einer wie der hier untergekommen?«

»Kartenkunststücke! Das ist eine hervorragende Idee!« Tutsik Goldenberg machte sich zu der mit Weinbrand gefüllten Karaffe auf, die ganz weit links auf dem Büfett stand, und goss sich eine Teetasse voll ein. Er wollte gerade den anderen in den Salon folgen, als Scholem Big Sam die Hand auf seine Schulter legte und ihn davon abhielt.

»Ich glaube, wir befanden uns gerade mitten in einer Diskussion«, sagte Fischbein mit einem Lächeln in der Stimme.

Goldenberg betrachtete die drei Männer und nahm einen winzigen Schluck von seinem Weinbrand. »Ja, es ist wirklich schade, dass wir uns heute Abend verpasst haben, aber nun sind Sie ja hier.«

»Genau«, bestätigte Fischbein, »hier sind wir und statten Ihnen einen Besuch am Neujahrstag ab. Moritz, welches Jahr haben wir?«

»5676, Marek.«

»5676. Ist es nicht wunderbar, wie weit wir Juden dem Durchschnittskatholiken voraus sind? Die hängen immer noch am Beginn des 20. Jahrhunderts fest, aber wir, wir nähern uns bereits dem Ende des 57.« Fischbein rückte mit seinem Gesicht sehr nah an Goldenbergs heran. »Kaum zu glauben, was?«

»Ja, wirklich, kaum zu glauben«, erwiderte Goldenberg und räusperte sich. »Wenn Sie nun so freundlich wären, *Reb* Fischbein, der Junge ist ein solches Talent, wir sollten wirklich nicht ein einziges seiner Zauberkunststücke verpassen.«

Mit einem Mal hatten Moritz und Scholem Big Sam die Arme um Goldenberg geschlungen und nahmen dem Rest der Gesellschaft die Sicht auf das, was vor sich ging. Sie drängten ihn wieder zum Büfett zurück, wo Fischbein mit seinem Gesicht noch näher an Goldenbergs heranrückte.

»Hast du eine Ahnung, Tutsik, warum ich heute nach dir Ausschau gehalten habe? Warum ich es auf mich genommen habe, meine Frau und meine arme, von Heimweh geplagte Mutter zurückzulassen, um in die Calle Talcahuano zu kommen und *tejglech* mit einem wie dir zu essen?« Das mit dem Heimweh war eine Lüge, denn Fischbeins Mutter war so behaglich in ihrer kleinen Villa am Rio Tigre knapp außerhalb der Stadtgrenzen eingerichtet, dass sie es sich zur Gewohnheit gemacht hatte, zu jeder nur erdenklichen Gelegenheit während einer Unterhaltung nicht nur die alte Heimat und Russland zu verfluchen, sondern ganz Europa dazu.

Goldenberg nahm einen Riesenschluck Weinbrand und einen Zug von seiner Zigarre. »Nein, Marek, ich habe wirklich keine Ahnung.«

Im Bruchteil einer Sekunde legte Fischbein seine ganze Hand um Goldenbergs dünnen Hals und presste ihn gegen die Wand. »Da wäre nur diese kleine, unwichtige Angelegenheit einer gewissen Spielschuld.«

Goldenberg röchelte. Sein Gesicht wurde rot. Hatte er nicht gerade auf dem Nachhauseweg von der *schul* noch über diese Spielschuld nachgedacht? Er hatte sie sich aufgehalst, als ihn Big Sam beim Schummeln erwischte. Eine von der schlimmsten Sorte also. Er schaute auf der Suche nach Hilfe über Fischbeins Schulter in den Salon hinüber, aber dort erblickte er nur seine versammelten Gäste und Angestellten, die fasziniert zusahen, wie der kleine Zauberer offenbar sämtliche roten Karten aus seinem Spiel zum Verschwinden brachte – das glaubte Goldenberg zumindest, von dieser nicht gerade sehr geeigneten Stelle aus zu sehen. »Eine Spielschuld, ja«, presste er schließlich hervor, »über eine Summe von 500 Gold-*pesos.*«

Fischbein öffnete seine Hand, und Tutsik taumelte vorwärts. »Wie ich sehe, haben Sie es also doch noch nicht ganz vergessen, mein Freund.«

»Vergessen? Aber natürlich nicht! Ich schulde Ihnen 500 Gold-*pesos, Reb* Fischbein, und die werde ich Ihnen auch bestimmt zurückzahlen. Am vereinbarten Datum.«

»Das da lautet?«, fragte Fischbein.

»Nun, Ende des Jahres.«

Fischbein streckte die Hände über den Kopf und ließ sie dann an den Seiten hinabsinken. Er packte Tutsik Goldenberg an seinen gut geschneiderten Aufschlägen. »Und welcher Tag ist heute?«

»Nun, der 23. September.«

»Und was ist so Besonderes am 23. September 1914?«

Goldenberg blickte Fischbein verständnislos an. Er dachte nach und dachte nach, aber es wollte ihm nichts einfallen. »So wie ich es sehe, *Reb* Fischbein, habe ich noch 29 Tage, um meine Schulden zu zahlen.«

Moritz und Scholem Big Sam falteten die Hände. Fischbein selbst lief dunkelrot an und brüllte – ohne dabei die Stimme zu heben – in Tutsiks Ohr: »*Schlemil!* Idiot! *Paßkudnjak!* Was ist der Sinn dieses ganzen Essens heute Abend?«

»Es ist *Rosch ha-Schana,* Neujahrs–«

»Richtig!«, brüllte Fischbein mit lauter Stimme. »Es ist Neujahr! Das Ende des jüdischen Jahres! ALSO, WO SIND MEINE 500 GOLD-*PESOS?*«

Das Salongeplapper verstummte kurz, und man hörte ein Knurren und ein Kichern, ehe sich alle wieder den Karten zuwandten.

»Ach so«, sagte Tutsik Goldenberg und schüttelte den Kopf, um das Klingeln in seinen Ohren zum Verstummen zu bringen. »Ach so, jetzt begreife ich. Es liegt ein Missverständnis hinsichtlich der Zeit vor. Ja, nun wird mir alles klar. Ich denke, ich habe bis zum ersten Januar Zeit, Ihnen Ihr Geld zu zahlen, und Sie glauben, es sei heute Abend fällig. Kein Wunder, dass Sie erregt sind, *Reb* Fischbein! Da kann ich Ihnen nun wirklich keinen Vorwurf machen. Allerdings gibt es da ein kleines Problem« – Goldenberg hielt einen Daumen und einen Zeigefinger vor Fischbeins Nase zusammen – »ein winzig kleines nur. Tatsache ist, dass ich Ihnen die 500 Gold-*pesos* ohne jeden Zweifel am Abend des 31. geben werde – das weiß ich mit absoluter Sicherheit, aufgrund eines Geschäftsabschlusses, den ich just heute Abend getätigt habe. Tatsache ist aber auch, dass ich Ihnen heute Abend nicht einmal einen Bruchteil des Geldes geben kann.«

»Keine Gold-*pesos* am heutigen Abend, wie? Und was ist mit Perle?«

Bei der Erwähnung seiner Schwester verwandelte sich Tutsik Goldenbergs Benehmen vollkommen. Er rückte sein zerdrücktes Jackett zurecht und staubte sich mit den Händen ab, als würde dies automatisch seine Würde wiederherstellen. »*Reb* Fischbein«, sagte er mit einer vor unterdrückter Wut zitternden Stimme, »ich bin mir sicher, dass irgendwo hier in diesem Haus mindestens 100 Gold-*pesos* versteckt liegen. Aber diese Gold-*pesos* gehören Perle, und falls Sie diese zu besitzen wünschen, so fürchte ich, müssen Sie sie selbst danach fragen.«

Fischbein schien die Veränderung in Tutsik Goldenbergs Verhalten nicht aufzufallen. Er trat näher auf ihn zu und legte einen dreckigen Finger direkt auf Goldenbergs Herz. »Sieh zu, dass du das Geld von ihr bekommst!«

Goldenberg wischte Fischbeins Finger mit der Rückseite seiner makellos manikürten Hand zur Seite. Er richtete seine Krawatte und sein Haar. Mit hocherhobenem Kopf, die Hacken zusammengepresst und ohne jede Furcht in der Stimme sagte er: »Bei allem Respekt, *Reb* Fischbein, ich bin ein Mann, der zu seinem Wort steht. Ich habe mich in meinem ganzen Leben noch nie vor einer Spielschuld gedrückt, obwohl ich, wenn ich dies hinzufügen darf, schon öfter die Gelegenheit dazu gehabt hätte. Sie glauben doch nicht etwa, dass ich wegen ein paar Hundert mickriger *pesos* das Risiko eingehen würde, es mir mit Ihnen zu verderben, zumal Sie solche Macht in dieser Stadt haben. Und dann auch noch zu glauben, dass ich ausgerechnet meine Schwester um Hilfe bitten würde, ist noch absurder. Sie sollen Ihre 500 Gold-*pesos* bekommen, verlassen Sie sich darauf. Heute in zehn Tagen, am Abend des *Jom-Kippur,* sobald es *koscher* ist, dass das Geld von einer Hand in die andere wechselt, werden Sie es bekommen.«

Fischbein trat mit geballter Faust einen Schritt vor. Goldenberg rührte sich nicht. Moritz legte eine Hand auf Fischbeins Schulter, und Scholem Big Sam deutete mit dem Kopf zum Salon hinüber, wo wir Frauen gebannt verfolgten, wie unser Zauberer seine Handgelenke aus einer Vielzahl verknoteter Taschentücher und Gürtel befreite. Goldenbergs Männer, Hirsch und Dorfman, begannen allerdings, sich die Hälse in Richtung des Esszimmers zu verrenken. Fischbein rieb seine Hände gegeneinander, zog seine dreckigen Manschetten nach unten und richtete seinen Zylinder. »Also gut. 500 Gold-*pesos* bis zum Abend des *Jom-Kippur*. Plus zehn Prozent Zinsen pro Tag wegen verspäteter Zahlung, somit kommen wir auf« – er schnippte mit den Fingern, und Big Sam flüsterte ihm etwas ins Ohr – »500 weitere Gold-*pesos*. Das macht eine Endsumme von 1000 Gold-*pesos,* die Sie mir in meine Geschäftsräume auf der Calle Maipú bringen werden, sobald der letzte Klang des *schofar* ertönt. Abgemacht?«

Es kostete Goldenberg unendliche Kraft, nicht die Beherrschung zu verlieren und angesichts der Strafzahlung in Tränen auszubrechen, doch er fuhr sich nur mit einem Finger über die Augenbraue und sagte: »Abgemacht.«

»Wissen Sie, es ist eine Schande, dass Sie und Ihre Schwester Ihr Vermögen nicht teilen. Ich hätte mich durchaus ein paar Wochen mit dieser Sofia zufriedengegeben.« Fischbein blinzelte Goldenberg zu, der nur unverbindlich mit dem Kopf nickte.

»Ich würde Ihnen nur zu gern entgegenkommen, *Reb* Fischbein, aber ich fürchte, es steht mir nicht zu, über die Ware in diesem Haus zu verfügen.«

»Ein Jammer!«, sagte Fischbein. »Wirklich ein Jammer!« Er kniff Goldenberg in die Wange und steckte zwei Stücke Honigkuchen auf einmal in den Mund.

Goldenberg zog ein weiteres Mal sein Jackett in die Länge. »Werden Sie uns nun Gesellschaft leisten und sich den Rest von *Reb* Lubarskys kleiner Zaubervorstellung ansehen?«

»Das würde ich wirklich gern«, erwiderte Fischbein, »aber es ist schon spät. Meine Mutter, die Ärmste, muss schon ganz krank vor Sorge sein.«

»Ich werde läuten, damit Marianna Ihnen Ihre Sachen bringt.«

»Tun Sie das.« Fischbein lächelte. Es war ein warmes Lächeln, aber seine Zähne blitzten hindurch. »Und dann gehen Sie zu Ihren Freunden. Meine Kollegen und ich finden allein hinaus.«

Ich habe dir ja bereits erzählt, dass an deinem ersten Abend in unserem Freudenhaus etwas in deinen Zaubereraugen und in den Zügen um deinen freigebigen Mund lag, das mich während des ganzen Abendessens gefangen hielt. Doch obwohl diese Augen brannten und diese Lippen lockten, muss ich hinzufügen, dass besonders deine Hände meine Neugierde weckten. Du hattest erfolgreich jede einzelne Karte erraten, die wir aus dem Stapel zogen, hattest Haushaltsgegenstände jeglicher Größe nur mithilfe eines großen Seidenschals unsichtbar gemacht und wieder herbeigezaubert (wobei das Beeindruckendste dabei Madame Perles wertvolles Grammofon war), vermochtest jeden nur erdenklichen Knoten, den wir um deine geschickten Handgelenke banden, innerhalb kürzester Zeit zu öffnen – sogar den der Roten Ruthie, die im ganzen Rotlichtbezirk für ihre Fähigkeit, Knoten zu binden, berühmt war – und hattest dich auch aus einem Paar echter russischer Armeehandschellen befreit, die Mordechai Dorfman seit seiner unehrenhaften Entlassung vor 17 Jahren ständig mit sich herumschleppte. Seitdem gingen mir deine Hände nicht mehr aus dem Sinn.

Ich selbst band keinen Knoten und zog auch keine Karte. Nein, warte, ich zog wohl eine, ein Ass, nicht wahr? Ein Herz-Ass noch dazu, woraufhin alle zu kichern begannen. Aber eigentlich saß ich in sicherer Entfernung auf dem verblichenen Samtsofa und sah zu, wie du alle weit länger als eine Stunde in deinen Bann schlugst. Dabei wurdest du überhaupt nicht müde oder gelangweilt und lenktest immer wieder von neugierigen Fragen über die Zaubertricks ab, indem du ein noch faszinierenderes Kunststück darbotest.

Tutsik Goldenberg gesellte sich nicht zu uns. Als du uns dein ganzes Repertoire an Zaubertricks gezeigt hattest und wie wir alle nach einer Tasse Tee verlangtest, machte ich mich auf die Suche nach ihm.

»Hallo, Tutsik!«, rief ich von der Esszimmertür aus. Nach all der Zeit duzte ich ihn. »Dein Gast wird bald nach Hut und Stock verlangen.«

»Was hast du gesagt?«

»Lubarsky wird bald gehen wollen. Da du alle seine Zauberkunststücke verpasst hast, wäre es nett von dir, ihm wenigstens bei einer Tasse Tee Gesellschaft zu leisten.«

»Ich habe meinen Tee schon gehabt«, knurrte Goldenberg. »Meinen Tee und meinen Kuchen dazu.«

»*Du* hast den Jungen doch zum Abendessen eingeladen! Dann solltest du doch wenigstens zwei Minuten Zeit für ihn haben, bevor er nach Hause geht.«

»Na, du bist ja ein wahrer Ausbund an Höflichkeit. Siehst du nicht, dass ich beschäftigt bin?«

»Ich sehe, dass du besoffen auf deinem Arsch sitzt und das auch noch im Sessel deiner Schwester.«

»Ja, besoffen im Sessel meiner Schwester. Du meinst wohl eher auf ihrem Thron, wie? Königin Perle Goldenberg die Erste, und ich bin der Hofnarr.« Er rappelte sich aus dem Sessel auf und taumelte auf mich zu. »Hast du 1000 *pesos,* die du mir leihen könntest, *neschomele?* Bloß für einen Monat oder zwei, bis ich wieder auf die Füße gekommen bin?«

Ich wich vor ihm zurück, und er wäre beinahe nach vorn gekippt. »Ich? Ich habe kein eigenes Geld. Dafür haben du und deine großzügige Schwester gesorgt. Wenn ich im Warschauer Gefängnis gelandet wäre, hätte ich inzwischen mehr Geld für all meine Mühen bekommen.«

»Bloß 1000 Gold-*pesos.* Ist das etwa zu viel verlangt für einen Mann, der dein Leben verändert hat?« Er sackte wieder in Perles Sessel und versuchte, den letzten Tropfen Weinbrand aus der Karaffe zu lutschen. Als sich dieses Unterfangen als fruchtlos entpuppte, warf er sie über die Schulter. Sie zersplitterte an der Wand. Ich wollte mich davonmachen, aber genau in diesem Augenblick tauchten Dorfman und Hirsch im Türrahmen auf und starrten ihn albern grinsend an.

»He, he, alter Junge«, sagte Mordechai lachend, »hast du eine Flasche leer gemacht?«

»Leer, ja«, stieß Goldenberg hervor. »Leer und kaputt, genau wie mein Leben in diesem dämlichen Land!«

»Tja, dein neuer Freund will gehen, und er würde dir gern auf Wiedersehen sagen«, stellte Dov Hirsch fest.

»Sag ihm, er soll sich zum Teufel scheren!«

Dorfman ging zum Büfett hinüber und suchte sich ein perfekt gerundetes *tejglech* aus. »Das wäre für zukünftige Geschäfte sicherlich nicht besonders förderlich. Hast du schon vergessen, dass du ihn mit Aussichten auf Arbeit geködert hast?«

»Das war, bevor *ganev* Fischbein dahergekommen ist und mich ruiniert hat.«

»Was, hat man dich schon wieder einmal ruiniert, Tutsik?«, fragte ich, obwohl ich wusste, dass ich es besser lassen sollte. »Und ich dachte, es wäre deine Schwester Perle, die dich zugrunde gerichtet hat.«

»Oh, das wünschst du dir wohl«, sagte Goldenberg höhnisch, »du wünschst dir wohl, dass Perle mich zugrunde gerichtet hat. Scher dich hier raus, du liederliche, nutzlose Schlampe! Ein Mann kann ja gar nicht richtig denken, wenn er von Frauen wie dir umgeben ist!«

»Du hast mich doch selbst hierhergebracht, du dummes Schwein!«

»Ich hätte dich unterwegs ins Meer werfen sollen!« Er hob die Faust, doch Mordechai Dorfman fing sie mit seiner Hand ab.

»Zieh Leine und sag Lubarsky, dass Tutsik indisponiert ist. Er soll später in der Woche noch mal vorbeikommen«, zischte Hirsch.

»Wo? In seinem Privatkontor?«

»Klugscheißer! Sag ihm, er soll irgendwann diese Woche auf ein Binokel-Spiel vorbeikommen, dann wird sich Tutsik mit ihm über seinen Vorschlag unterhalten – er wird schon wissen, was du meinst.«

»Wollt ihr den etwa auch zum Zuhälter machen?«, murmelte ich.

»Du Schlampe!«, schrie Goldenberg. »Hure! Ich werde dem Miststück den Hals brechen!«

Und so fiel es mir zu, dich, Lubarsky, unseren Gast, in jener ersten Nacht des jüdischen Jahres in Buenos Aires zur Tür zu geleiten. Ich fand deinen Hut und deinen Stock unter den anderen an der Garderobe und stand wartend damit bereit. Du machtest inzwischen deine Runde, gabst der Roten Ruthie und all den anderen einen Handkuss und tatest die ganze Zeit über so, als hätten wir *dir* durch unser Zusehen einen Gefallen getan. Dabei hattest du doch unsere Gedanken für eine Stunde von unserem Leben abgelenkt. »Und wo ist *Señor* Goldenberg?«

»Indisponiert«, sagte ich rundweg von meinem Posten neben der Garderobe aus.

»Verstehe«, erwidertest du. Ich vermochte nicht auszumachen, ob du enttäuscht warst oder nicht. Du griffst nach deinem Hut und setztest ihn mit einem eleganten Schwung keck auf den Kopf.

»Er bittet Sie, in der nächsten Woche auf eine Partie Binokel vorbeizuschauen. Perle wird dann immer noch oben in ihrem Zimmer um unser aller Erlösung beten, während Tutsik gewiss schon wieder seine Geschäfte erledigt.«

»Ja, wir wollten eigentlich heute über ein Geschäft reden, aber *Pan* Fischbeins Besuch ist uns offenbar dabei in die Quere gekommen.«

»Ehrlich gesagt, würde ich an Ihrer Stelle heute nicht mehr versuchen, mit ihm zu reden. Er könnte Ihnen sonst leicht eine verpassen. Den Krach, den Sie vor ein paar Minuten gehört haben, das war er, als er sich über die üblichen Tatsachen des Lebens beklagte.«

»Verstehe.« Du schenktest mir ein warmes Lächeln, ergriffst meine Hand und versuchtest erneut, mir tief in die Augen zu blicken, während du mir einen Handkuss gabst.

Und da wurde es mir klar. Nicht etwa deine Augen oder deine Lippen verrieten es mir, sondern deine Hände. Ich begriff, warum ein Mann wie du überhaupt kein Mann war und kein

Interesse an uns Huren als Huren hatte, sondern nur als Schwestern. Und vielleicht auch als Liebhaberinnen. Mir wurde klar, warum mich deine Augen und dein Mund derartig anzogen: Sie zielten nicht darauf ab, mich zu blenden, damit ich mich ergab – sie sollten mich davon abhalten, dich und deine Hände eingehender zu betrachten.

Es war unmöglich, deine Hände anzuschauen, ohne ihr Geheimnis zu erfahren: Hankus Lubarsky, du warst kein Wunderknabe aus Krakau, auch wenn du ein wirklich bemerkenswerter Zauberer warst. Nein, Hankus Lubarsky, deine Hände waren die Hände einer Frau. Anders konnte es nicht sein. Sie waren nicht nur klein, sondern flink und geschickt. Und du warst sehr gut darin, sämtliche Blicke von ihnen abzulenken. Deine Hände waren zwar schön, aber deine seltsamen Augen waren faszinierender. Diese Augen konnten einen Menschen in ihren Bann ziehen und ihn wieder freigeben, sie konnten ihn veranlassen, hineinzusehen und den Blick wieder abzuwenden. Du wolltest es so, denn hätte jemand zu genau hingeschaut, wäre die Wahrheit ans Licht gekommen.

So hätte man glauben sollen. Doch ich zweifelte keinen Moment daran, dass die Männer des Hauses keine Ahnung hatten. Tutsik Goldenberg betrachtete lediglich die Rundungen einer Frau und die Länge ihres Haares, und Dov Hirsch sah sich an, was Tutsik sich gerade ansah. Mordechai Dorfman wäre es vielleicht aufgefallen, schließlich war er Arzt, aber er war zugleich ein Trinker und hatte heute Abend wie ein kleiner Junge dagesessen und *gekweld,* während du deine Zauberkunststückchen vorgeführt hattest, oder er hatte schlampige Knoten um deine Handgelenke gebunden und dabei mehr auf den Knoten selbst als auf die Handgelenke darunter geachtet. Und was die Rote Ruthie und ihre Mädchen anging, wer wusste schon, was die bemerkten? All ihre Sinne waren vom Alkohol und den Feiertagen und am heutigen Abend zudem vom Opiumrauch getrübt. Auch Madame Perle war nichts aufgefallen, da war ich mir sicher, denn ihre Gedanken galten allein ihrem Besuch im Himmel, und sie registrierte lediglich, was Gott ihr zuflüsterte. Aber Rachel und Sara wussten es gewiss auch, mein Liebling.

Ich kam zu dem Schluss, dass es am besten sei, bei deiner List mitzuspielen. Ich würde dich als Mann betrachten und auch als solchen in diesem Haus willkommen heißen. Aber nicht etwa wie jeden dahergelaufenen Freier, ich würde dich mit mehr Respekt behandeln, als ich irgendeinem von ihnen erwies, dich in meine Nähe locken und dein Vertrauen gewinnen. Ich würde so tun, als hätte ich keine Ahnung von dem wahren Geheimnis dieser großartigen Hände, bis der richtige Moment gekommen war.

Du solltest meine Rettung sein. Ich wollte es so.

Kapitel 11

Die Verzweiflung ließ Tutsik auf originellere Gedanken kommen, als sie ihm gewöhnlich durch den Kopf gingen. Fünf Minuten, nachdem Marek Fischbein das Haus am Abend des *Rosch ha-Schana* verlassen hatte, wurde Tutsik klar, dass es schier unmöglich für ihn sein würde, 1000 *pesos* aufzutreiben – ob in Gold oder Papier. Unter keinen Umständen, nicht einmal unter Androhung seines Todes durch einen der zahlreichen abwechslungsreichen Unfälle, die Fischbein und seine Jungs so gern inszenierten – Tod durch eine *droschke,* Tod durch Hausbrand, Tod durch Sturz von der Kaimauer in La Boca (Tutsik kannte sie alle) –, nicht einmal unter Androhung all dieser Todesarten würde er so tief sinken und seine Schwester Perle um das Geld bitten, das er Fischbein schuldete.

Er betrank sich sinnlos, bis er den Zustand des Vollrausches erreicht hatte, in dem ich ihn dann vorfand. Nachdem du gegangen warst, Hankus, trugen Dorfman und Hirsch ihn in sein Zimmer hinauf, wo er zu einem sabbernden Häufchen auf dem Bett zusammensackte. Als es Morgen wurde, erwachte er allerdings voller Tatendrang. Genauso wie Gott zehn Tage der Buße zwischen dem Neujahrstag und dem Großen Versöhnungstag gewährt hat, um den Menschen die Gelegenheit zu geben, ihre Sünden uneingeschränkt zu bereuen, so hat er zehn Tage gewährt, in denen ein Mann sich von einem *schlimasl* in einen Gewinner verwandeln kann. Und heute war Tutsik Goldenbergs großer Tag.

Er sprang aus dem Bett, ging schnurstracks ins Badezimmer und legte sich dort eine halbe Stunde in die Wanne. Er rasierte und parfümierte sich und zog seine gelbe Hose und das karierte Jackett an. Er wählte eine schmale, grüne Fliege und kramte seinen Strohhut hervor, um dem Ganzen einen Hauch von Unbeschwertheit zu verleihen. Diese Aufmachung, die er bis auf den Hut an dem Abend getragen hatte, als er dich entdeckte, nannte er seine Agenten-Aufmachung. Er legte sie sehr sorgfältig an, zupfte sämtliche Fussel ab und strich all die Falten glatt. Er kämmte sich das Haar zurück und drückte es mit Haarwasser fest. Dann untersuchte er die Schultern seines Jacketts auf irgendwelche Spuren von Schuppen, griff nach dem Strohhut und sprang die Treppe hinunter. Sogar ich war von der Leichtigkeit seines Schritts überrascht.

Doch noch überraschender als diese Sorglosigkeit war die Art und Weise, wie er an diesem Morgen mit uns Frauen sprach. Da saßen wir nun, nippten an unserem starken südamerikanischen Kaffee, aßen unsere klebrigen, süßen Brötchen und warteten darauf, dass sich die Sturmwolken in Form eines Goldenberg zusammenbrauen und sich Tutsiks schlechte Laune über uns entladen würde. Und da kam er mit einem breiten Lächeln auf seinem gut aussehenden Gesicht daher. »Meine Damen«, begrüßte er uns, und zum ersten Mal seit drei Jahren vernahm ich keinen Ekel in seiner Stimme.

»Wo ist denn dein Kater geblieben, Tutsik?« Ich vermochte einfach nicht zu widerstehen.

»Wie war das?«, fragte Perle. Bis zu diesem Augenblick war sie in ein dickes, alt aussehendes Buch vertieft gewesen, das vollständig in Aramäisch geschrieben war. Ich wunderte mich, dass sie sich anscheinend gar nicht darum kümmerte, ob sie Kaffee darüber verkleckerte.

Tutsik warf mir einen wütenden Blick zu. Die alte Gehässigkeit kehrte in sein Gesicht zurück, wich aber genauso schnell wieder, wie sie gekommen war. »Sofia, ich habe keine Ahnung, wovon du redest.« Er lächelte ostentativ und bedeutete Marianna, ihm seinen Kaffee einzuschenken. »Vielen Dank«, sagte er zu ihr. Sie blickte ihn an, als wollte sie jeden Moment in Ohnmacht fallen. Tutsik nahm einen großen Schluck und schmatzte mit den Lippen. »Einfach perfekt, Marianna. Ein großartiger Kaffee. Man stelle sich nur einmal vor, dass ich den ganzen weiten Weg in dieses gottverlassene Land zurücklegen musste, um ihn zu finden.« Er zog seine Taschenuhr hervor. »Du lieber Himmel, wie die Zeit vergeht! Ich muss los.« Und bevor seine Schwester auch nur eine einzige Frage stellen konnte, hatte Tutsik Goldenberg schon seinen Strohhut auf dem Kopf, war zur Tür hinaus und die Stufen hinunter.

Den Weg von der Calle Talcahuano zur Calle Maipú legte er beinahe pfeifend zurück. »Gerettet! Ich bin gerettet!«, sang er. »Endlich gerettet!«

Ich selbst bin nie dort gewesen, doch du hast mir erzählt, Hankus, dass Marek Fischbeins Privatkontor über zwei düstere Treppen zu erreichen war. Am Absatz oben saß immer ein Schläger in einem anständig gebügelten Anzug und mit Panamahut auf einem Stuhl vor der Eingangstür. An diesem Tag spielte der Schläger auf dem Treppenabsatz Messerwerfen mit einer gemein aussehenden Klinge. »Kann ich helfen?«, fragte er, ohne aufzublicken, als Tutsik Goldenberg vor ihm stand und seine Fliege zurechtrückte. Der Schläger warf das Messer. Es blieb genau zwischen Tutsik Goldenbergs Füßen zitternd im Boden stecken.

»Ich möchte mit Fischbein sprechen«, sagte Goldenberg und bemühte sich, das plötzliche Schwächegefühl, das ihn überkam, zu überspielen. Seine Finger krochen zu seiner Gesäßtasche, und er vergewisserte sich, dass sich sein eigenes kleines Messer dort befand.

Der Mann griff hinunter und zog seine Klinge aus dem Boden. Er hielt sie nicht mehr als einen guten Zentimeter von Goldenberg entfernt und wanderte damit der Länge nach seinen Körper hinauf.

Goldenberg widerstand dem Verlangen, rückwärts die Treppe hinunterzustolpern. »Es geht um eine finanzielle Angelegenheit«, brachte er hervor.

»Aha«, erwiderte der Schläger. Er warf sein Messer in die Luft, fing es am Griff auf und deutete mit der Klingenspitze auf Goldenberg. »*Ver*leihen oder leihen?«

Tutsik richtete sich auf und rückte seinen Hut zurecht. »Eine Schuld begleichen.«

»Braver Junge.« Der Schläger lehnte sich auf seinem Stuhl zurück und klopfte, ohne sich umzudrehen, mit dem Griff seines Messers gegen die Tür. »Name?«

»T. Goldenberg.«

Der Mann fuhr unter seinen fest verschlossenen Lippen mit der Zunge über die Zähne und nickte. Die Tür öffnete sich nur einen Spalt. Fischbeins Schwager Moritz steckte seinen Kopf hindurch. »Was ist?«

»T. Goldenberg für Fischbein. Schuldbegleichung.«

»Tatsächlich? Und dabei hat er gestern Abend doch noch wegen ein paar läppischer *pesos* in seinen Weinbrand geheult. Na schön, will mal sehen, ob Mr Fischbein Zeit hat.« Die Tür wurde zugeknallt. Tutsik wippte draußen auf dem Treppenabsatz auf seinen Zehenspitzen auf und ab und versuchte, blanke Verachtung zu verströmen. Moritz Schatz war das perfekte Beispiel dafür, warum ein Mensch niemals für einen Verwandten arbeiten sollte. Er war von Hause aus Rechtsanwalt und war hier gezwungen, den Empfangschef zu spielen. Goldenberg war freudig erregt, dass er Fischbein einen echten Plan präsentieren konnte. Eine echte Investitionsmöglichkeit. Eine Partnerschaft. Seine Tage, in denen er für Perle die Schnorrer aus der Calle Talcahuano rausschmeißen musste, waren gezählt.

Goldenberg wippte noch eine Minute. Dann noch eine. Schließlich hörte er auf zu wippen und stand still. Nachdem einige Minuten verstrichen waren, begann er, auf und ab zu laufen. Der Schläger vor der Tür hatte in der Zwischenzeit sein Messer eingesteckt und las irgendeine Zeitschrift, in der freizügige Damen abgebildet waren. »Willste?« Er hielt Tutsik das Heft hin, aber der zuckte bloß abwehrend mit den Schultern.

»Nein danke, ich muss mir das den ganzen Tag in echt ansehen.«

»Das ist hart«, sagte der Mann.

»Warum dauert das so lange?«

»Marek Fischbein ist ein sehr beschäftigter Mann«, erwiderte der Schläger. Er blätterte eine Seite um und gab einen leisen Pfiff von sich. »Ist ziemlich ungewöhnlich, hier ohne Termin aufzutauchen.«

»Ich bin auch ein sehr beschäftigter Mann.«

Der Schläger blickte von seiner Zeitschrift auf und blinzelte ihm zu. »Sind wir das nicht alle? Setz dich lieber hin.«

Als Tutsik sich suchend nach einem Stuhl umblickte, deutete der Mann mit dem Kinn auf die oberste Stufe. Tutsik lief noch einige Male auf und ab, blickte dann auf seine Uhr und setzte sich schließlich auf die Treppe. Innerhalb weniger Sekunden, nachdem er sich dort niedergelassen hatte, öffnete sich die Tür wieder einen Spaltbreit, und Moritz streckte seinen Kopf hindurch. »*Pan* Fischbein wird Sie jetzt empfangen.«

Goldenberg sprang auf und staubte sich ab. Er schob sich den Strohhut ein wenig weiter in den Nacken und folgte Moritz. Der Schläger an der Tür beugte sich pfeifend über seine Zeitschrift und schüttelte den Kopf.

Das Kontor war so, wie man es von einem solchen Mann wie Marek Fischbein erwarten konnte: eine schummerige Zimmerflucht mit hohen Decken und ohne natürliches Licht, wiewohl es Jalousien gab, die Fischbein allerdings offenbar nie öffnete. Auf jeder erdenklichen freien Fläche standen Aschenbecher, und jeder dieser Aschenbecher quoll über mit Zigarrenstummeln. Überall lagen Papierstapel herum oder standen leere und volle Flaschen, die jede nur vorstellbare Art von alkoholischem Getränk enthielten oder enthalten hatten. Hauptbücher und halb aufgegessene Butterbrote und schmutzige Kaffeetassen waren zu sehen. Die ganzen Räume waren dreckig und zugleich seltsam ordentlich. Man konnte sich des unheimlichen Eindrucks nicht erwehren, dass Marek Fischbein seine Hände jederzeit genau auf das Blatt Papier zu legen vermochte, das er suchte, um es einem in den Hals zu stopfen.

Tutsik Goldenberg blieb für eine Sekunde im Eingang stehen, damit sich seine Augen an die Dunkelheit gewöhnen konnten. In einer Ecke, in der Nähe eines sorgfältig verdunkelten Fensters, stand ein Schreibtisch; dahinter saß Fischbein selbst. Tutsik vermochte nur seine Silhouette um die brennende Glut seiner Zigarre auszumachen. An einem weiteren Schreibtisch saß Scholem Big Sam Horowitz unter einer hellen Tischleuchte und rechnete einige Zahlen zusammen. Er blickte auf, als Tutsik sich räusperte, fuhr aber gleich darauf wieder mit seiner Arbeit fort. Moritz flüsterte Fischbein etwas ins Ohr.

»Ah, der Tutsik! Tutsik Goldenberg, *Scholem Alejchem,* wie unsere Brüder im Gelobten Land zu sagen pflegen.«

»*Alejchem Schalom*«, erwiderte Goldenberg kurz angebunden.

»Moritz sagt mir, dass Sie gekommen sind, um zu bezahlen. Das ist gut, denn ich hatte mir schon Sorgen um Sie gemacht. 500 *pesos* in zehn Tagen aufzutreiben, ist eine Sache. 1000 *pesos* eine ganz andere. Ich hätte Sie so kurz vor *Jom-Kippur* wirklich nur ungern umgelegt. Nehmen Sie Platz.«

Goldenberg machte es sich in dem harten Stuhl mit der geraden Lehne gegenüber von Fischbeins Schreibtisch so bequem wie eben möglich. Eine Minute lang saßen sie schweigend da.

»Ich möchte in keiner Weise penetrant erscheinen«, sagte Fischbein schließlich. »Aber wie Sie sehen können, bin ich ein beschäftigter Mann.«

Goldenberg nickte.

»Also, wo ist mein Geld?«

»Ich sagte, ich sei gekommen, um meine Schuld zu begleichen, *Pan* Fischbein. Ich habe nicht gesagt, dass ich das mit Bargeld tun werde.«

Fischbein starrte Tutsik durch die finstere, stickige Luft an. Er wandte seinen Blick Moritz zu, der unterwürfig an seiner Seite stand. »Höre ich richtig? Hat er gesagt, er ist gekommen, um seine Schuld zu zahlen, aber er will es ohne Geld tun?«

»Das hat er gesagt, Marek.«

Fischbein blies die Wangen auf und nickte mit dem Kopf. Sein Zylinder wackelte ein wenig hin und her. »Besitzen Sie Anleihen aus Palästina?«

»Nein, keine Anleihen«, erwiderte Goldenberg ruhig.

»Der Mann ist offensichtlich verrückt«, sagte Moritz.

»Halt die Klappe!« Fischbeins Stimme war leise und sehr kontrolliert. »Wenn du kein Bargeld hast, mein Junge, und keine Anleihen, wie willst du mir dann mein Geld zurückzahlen, hm?«

Selbst Scholem Big Sam blickte von seiner Arbeit auf und sah zu Goldenberg hinüber.

Tutsik nahm sich eine Zigarre aus der Schachtel auf Marek Fischbeins Schreibtisch. Er langte über einen mächtigen Papierstapel hinweg und griff nach einem Streichholz, das er mit seinem Daumennagel entzündete. Moritz beobachtete Fischbein aus dem Augenwinkel heraus. Fischbein kaute auf seiner Zigarre.

»Ich habe einen Plan, *Reb* Fischbein. Ich besitze Eigentum und habe einen Plan. Und das Eigentum in Form einer Investition ist, wie Sie sehen werden, eine ganz hervorragende, überaus clevere Anlage.« Er zog einmal an der entwendeten Zigarre, lehnte sich dann auf seinem Stuhl zurück und blies Rauchringe in die Luft. »Und ich würde behaupten, dass Ihre Hälfte dieser Investition genau 550 *pesos* wert sein könnte. Soll ich fortfahren?«

Es wurden keine Papiere unterzeichnet und alles nur per Handschlag vereinbart, wie unter Ehrenmännern üblich. Tutsik bot die Hälfte deines Hinterns, um seine Schulden bei Marek Fischbein zu begleichen (ein Hintern, der ihm gar nicht gehörte), und Marek Fischbein akzeptierte. In dem Augenblick gehörtest du in ihren Zuhälter-Hirnen ihnen, wenn auch nur für kurze Zeit.

Du selbst hattest keine Ahnung, dass eine solche Abmachung getroffen wurde. In ebendiesem Moment beschäftigtest du dich mit der Frage, ob dieser Goldenberg es wirklich ernst damit meinte, dir zu helfen, oder nicht. Es wäre ein Glück für dich gewesen, denn du besaßest nicht die Mittel, dafür zu sorgen, so berühmt zu werden wie Harry Houdini.

Du saßest in deinem Zimmer in der Calle Chacabuco, hattest deinen eigenen starken Kaffee vor dir stehen und blicktest zum Fenster hinaus auf die Straße unten, während deine Gedanken zu dem Abend zuvor wanderten. Dein erster Abend in einem Bordell. Er war recht angenehm verlaufen, aber es gefiel dir gar nicht, über die Tatsache nachzudenken, dass es ein *schandhojs* war, denn das erinnerte dich daran, dass du eine Frau warst wie wir anderen und dass auch du ganz leicht hättest dort in einem Seidenkimono ohne Unterwäsche herumlaufen können. Du zogst die sentimentale Version vor: Die verdrießliche, aber unglaublich erotische Madame Perle und die zotige Rote Ruthie ließest du beide als Tanten durchgehen, und die dämlichen Gauner verwandeltest du in deiner Vorstellung mit Leichtigkeit in die Onkel, die du nie besessen hattest. Aber wenn die Mädchen der Roten Ruthie und Sara, Rachel und ich keine Huren waren, was waren wir dann? Gewiss nicht deine Cousinen aus Zamosc!

Nein, nein, Hankele. Sara, Rachel und ich waren unbestreitbar *bisteca* und *chuleta cordero* auf Perle Goldenbergs *koscherem* Tisch – wir waren die *sojnes,* die *putas,* die Flittchen, die *zazkeles.*

Du dachtest für einen kurzen Moment an den Ausdruck in meinen Augen, als ich dir eine gute Nacht wünschte. Du fragtest dich, ob ich vielleicht erraten hatte, dass du eine Frau wie ich warst, und ob ich dich nicht vielleicht an deinen flinken Fingern, dem glatten Kinn erkannt hatte. Aber du verscheuchtest diese Gedanken schnell wieder aus deinem Kopf, denn du wusstest besser als jedermann sonst, dass du keine Frau wie ich warst.

Wo ich rund war um den Busen und den Hintern, da waren deine Hüften schmal und die Brust flach, Hankus. Du trugst die Ärmel deiner Jacken und Mäntel lang (um besser all die Schlösser, die Streichhölzer, die weißen Tauben und Rosen, deine verräterischen Finger verstecken zu können). Ich durfte überhaupt kein Hemd tragen. Um den Hals hattest du entweder eine von einer Schnalle gehaltene Schnur wie die Gauchos oder eine Seidenkrawatte wie die *bacáns,* die bei uns verkehrten. Mein Hals war aufgrund meiner beruflichen Verpflichtung vollkommen entblößt.

Aber nicht nur das – dich hatte noch nie jemand ins Gesicht geschlagen. Die Männer, denen du in deinem alltäglichen Leben in Buenos Aires begegnetest, behandelten dich respektvoll: Sie blickten dir in die Augen, sie redeten mit dir, als hättest du in deinem hübschen Schädel auch noch einen Verstand, und niemals hob ein Mann, der dir am Kartentisch gegenübersaß, eine Faust gegen dich oder schleuderte dich halb durch den Raum, gleichgültig, wie arg du ihn auch beim Binokel oder beim Poker besiegt hattest.

Während du so aus dem Fenster auf die Calle Chacabuco hinaussahst, deinen Kaffee trankst und über deine Zukunft nachdachtest, kam dir in den Sinn, dass diese Schläger, Dov Hirsch und Dr. Mordechai Dorfman, dich mageren Zauberer an deinen ordentlich geschneiderten Aufschlägen packen und dir deinen freigebigen Mund zu Brei schlagen würden, sollten sie jemals dein Geheimnis herausfinden. Und sollte Tutsik Goldenberg, der einen solchen Gefallen daran fand, die Frauen seiner Schwester gegen Wände zu schleudern, herausbekommen, dass sein *goldene jingele,* der Zauberer Lubarsky, eine Frau in Männerkleidung war, ließe sich kaum sagen, auf welchen Teil deines Körpers er mit seinen bloßen und berechnenden Händen zuerst losgehen würde.

Ich wünschte es dir nicht, obwohl ich, die ich meine Tage und Nächte auf dem Rücken und auf allen vieren verbrachte, um die Taschen von Madame Perle Goldenberg zu füllen, dich aufrichtig beneidete. Denn du warst eine Frau, die nicht behindert wurde von Seidenstrümpfen und Strumpfhaltern und die scheinbar frei war, um bei Tag oder Nacht über die gepflasterten Straßen der Stadt zu spazieren.

Doch nun hatten Fischbein und Goldenberg ohne dein Wissen Geld auf deinen Hintern gesetzt. Du tatest mir leid, als ich davon hörte, doch ich hatte nicht vor, dich zu verraten. Auch wenn ich mir nicht zu schade dafür war, genau damit zu drohen, um aus der Calle Talcahuano hinauszukommen.

DRITTER TEIL
In der Mitte durchgesägt
(1915-1916)

Kapitel 12

Endlich, nach beinahe drei Jahren, in denen meine Tugend in jeder nur erdenklichen Weise kompromittiert worden war, kam Bewegung in das Bordell in der Calle Talcahuano, und meine Freiheit rückte in greifbare Nähe. Obgleich draußen vor den *schandhojs*-Mauern die Welt Geschichte schrieb – in Russland gärte die Revolution, in England und Amerika kämpften Frauen um das Wahlrecht, und ein Krieg brach aus, der ganze Nationen vernichten sollte –, so war es doch nicht diese Geschichte dort draußen, die mein Schicksal bestimmte, sondern die Laune und die verqueren Absichten der verfluchten Goldenbergs. Dieses Mal, mein Liebling, lag dein Schicksal ebenfalls in ihren Händen, denn dein Leben war mit den ihren verwoben.

Wenn mich mein Gedächtnis nicht täuscht, begannen sich die Dinge nach dem jüdischen *Simchat-Tora*-Fest zu ändern. Wir Huren hatten unser *Jom-Kippur*-Fasten durchlitten und uns Madame Perles Wünschen gefügt und eine Woche lang *Sukkot*-Mahlzeiten in einem kleinen Verschlag unten im Hof zu uns genommen (nicht ohne den Spott unserer nicht ganz so frommen Nachbarn ertragen zu müssen). Du warst der Ehrengast bei jedem Feiertagsschmaus, Hankus.

Es war nicht klar, ob du deine Arbeit in der Casa de Yale Levine fortführen würdest, denn du verbrachtest mehr und mehr Zeit im *schandhojs,* und wenn du einmal einen Abend nicht dort warst, sprach Tutsik Goldenberg ständig davon, dass er dich in deiner Wohnung in der Calle Chacabuco abholen werde, um dich von deinen Übungen wegzulotsen. Zwischen euch beiden herrschte eine verschwörerische Stimmung. Bei diesen Essen blinzeltet ihr einander ständig zu, und es wurde viel gekichert. Rachel fragte sich schon laut, ob ihr zwei vielleicht ein Paar geworden wäret. Das Herz wurde mir schrecklich schwer.

Und dann: *voilà!* Aus *Sukkot* wurde *Simchat Tora,* dann war die Tora zu Ende und begann erneut. Madame Perle scheuchte uns alle auf den Balkon der *schul* der Diebe, damit wir unsere Köpfe durch den Vorhang stecken und zusehen konnten, wie die Männer unten Toras in die Luft warfen und mit ihnen tanzten, als wären sie ihre Liebchen, oder sie auf den Schultern trugen wie Säuglinge.

Du, Hankus, du warst dort unten bei den Männern. Und wie begeistert die Menge war, als du diese Toras durch die Luft wirbeln ließest! Ach, es war besser, als bei irgendeinem Steak-Jonglierakt beim Abendessen zuzusehen! Kein Jude in ganz Buenos Aires wird jemals diesen elektrisierenden Moment vergessen, als du auf deinen Händen standest und die wunderschönste aller Schriftrollen an ihren Ebenholzgriffen auf den Ballen deiner umgekehrten Füße balanciertest.

Ich bewunderte dich und war dabei doch auch wütend und todunglücklich zugleich. Zugegeben, ich konnte diese Tora nicht besonders gut leiden, und dennoch sehnte ich mich danach, sie zu berühren. Und es waren nicht bloß meine Hurenhände, die mich davon abhielten. In den Augen Gottes machte mich die Tatsache, dass ich eine Frau war, untauglich, auch nur einen einzigen mit einem Kuss versehenen Finger auf den Satin-Einband zu legen. Und da war ich nun, oben auf dem Balkon, und dieser verdammte Samtvorhang hielt mich zurück, und da warst du, dort unten im Erdgeschoss der Synagoge – für jedes ungeschulte Auge warst du ein junger Mann –, und du berührtest die heilige Tora nicht nur, sondern spieltest sogar mit ihr.

Als wir zum Abendessen ins Bordell zurückkehrten, vermochte ich dich über die *blinze* und die Sahne gar nicht anzusehen, so wütend war ich. Denn du weiltest unter uns und warst doch keine von uns. Nun, du warst wohl eine von uns, aber dein Geheimnis war noch nicht gelüftet worden.

Ein neues Mädchen saß zu dieser Zeit an unserem Tisch, ein junges Ding namens Magda, das Dr. Mordechai Dorfman durch Briefe an ihre Armut leidende Mutter – seine Cousine dritten Grades Hindele aus Lodz – zu uns gelockt hatte. Du versuchtest, sie wie uns alle das ganze Abendessen über mit deinem Charme zu bezirzen, und die kleine Magda, die bis zu diesem Moment ihre Zeit nur mit Weinen verbracht hatte, erlag deinem Charme und kicherte über deine albernen wackelnden Ohren und deinen tanzenden Bizeps. Doch ich ließ mich nicht von dir einwickeln. Ich verspeiste die süße, sahnige Mahlzeit und legte mich dann oben in mein Bett.

Ich behielt dich im Blick, während die Monate verstrichen. Tut mir leid, das sagen zu müssen, aber ich verspürte nichts weiter als Verachtung, während du dich mit immer größerem Vertrauen unter uns bewegtest. Jede Nacht geselltest du dich zu den anderen Männern des Hauses, um an den Karten- und Würfelspielen teilzunehmen. Mindestens ein Mal in der Woche jongliertest du mit Madame Perles feinem Porzellan und ihren Grammofonplatten. Du begeistertest alle mit deiner Kühnheit und ließest nicht ein einziges Mal einen Teller fallen oder gabst preis, wer du wirklich warst. Wenn man dir eine Frage über deine Vergangenheit stellte, lenktest du höflich ab. Wenn man dir eine Frage über deine Zukunft stellte, zucktest du nur mit den Schultern.

O ja, du warst Tutsik Goldenbergs *goldene jingele*. Du genossest deine Männlichkeit, die dich beschützte. Als das *Pessach*-Fest näher rückte, verbrachte ich Tag und Nacht – sei es unter den Freiern oder auf ihnen – mit Träumereien darüber, wie ich mein Wissen über dich am besten nutzen könnte, um meine Freiheit wiederzuerlangen. Denn je vertrauter du mit den Freiern umgingst, desto nützlicher würdest du mir auf lange Sicht sein. Wenn wir erst unsere Freudenhaus-*seder* feierten, wärest du derjenige, der sich entspannt zurücklehnte, während wir Huren aufrecht auf unseren Holzstühlen säßen. Ach, Hankus, es bricht mir das Herz, wenn ich nun darüber nachdenke, wie viel Verachtung ich damals für dich hegte.

Aber ich war eine Konkubine, keine Prophetin. Ich sah die Dinge nicht so, wie sie sich in Wahrheit entwickeln sollten.

Ich habe ja bereits erwähnt, dass sich Madame Perle seit meiner Ankunft im Bordell immer mehr einem gottesfürchtigen Leben zuwandte. Ich hege keinen Zweifel daran, dass unsere Perle, wenn es bei uns Juden Nonnen gäbe, zu dieser Zeit bereits den Weg ins nächste Kloster gefunden hätte. Vielleicht war die Calle Talcahuano ja ein solcher Ort.

Ich habe davon gesprochen, wie sie beim Frühstück dicke Wälzer las und dass sie es sich zur Gewohnheit machte, in ihrem Zimmer zu beten, während wir Karten spielten oder arbeiteten. Vor jedem heiligen Feiertag schloss sie sich wochenlang ein. Als die kleine Magda über unsere Schwelle trat, wollte sie zu unser aller Überraschung nichts mit ihr zu tun haben. Die Initiation wurde Rachel übertragen, und damit hatte sich die Sache.

In den Monaten zwischen *Simchat Tora* und *Pessach* kamen nach und nach kleine, schwere Päckchen in unserer Wohnung an, die Absender von jüdischen Buchhandlungen in London, New York, Paris und Berlin trugen. Briefe aus weit entfernten Orten wie Bukarest, Budapest und Minsk trafen für Madame Perle ein.

Zwei Wochen vor Passah begannen fremde Männer, die keiner von uns jemals zuvor gesehen hatte, Madame Perle zu besuchen. Es waren gläubige Juden, so viel ist sicher, doch abgesehen von ihren breitkrempigen Hüten und *pejes* trugen sie moderne Kleidung wie Tutsik Goldenberg und Dov Hirsch. Manchmal kamen diese Männer mit leeren Händen, aber meistens trugen sie große Päckchen bei sich, die in braunes Papier geschlagen und mit Bindfaden umwickelt waren. Von diesen Männern erhielten wir niemals Münzen. Sie wurden von Marianna umgehend in Madame Perles Boudoir geführt, wo sie Einlass fanden und so manches Mal stundenlang verblieben. Wenn Sara oder ich ein Ohr an Madames Schlafzimmertür legten, vernahmen wir statt Stöhnen und Keuchen geflüsterte Unterhaltungen und Gesang. »Jetzt ist sie völlig durchgedreht!«, erklärte Sara, was aus ihrem Mund eine ziemlich gewagte Aussage darstellte.

Man mochte mit gutem Grund zu der Annahme gelangen, dass Perle Goldenberg den Verstand verloren hatte. Sie nahm das Frühstück mit uns ein, ließ sich von Marianna aber nichts weiter als eine Schüssel mit gekochter Grütze ohne Milch oder Sahne servieren. Sie ersetzte ihren Frühstückskaffee durch starken schwarzen Tee. Das Mittag- und Abendessen aß sie auch mit uns, nahm aber weder Fleisch noch Fisch oder Geflügel, Eier oder Butter, Käse oder Sahne zu sich. Doch noch seltsamer war, dass sie es Marianna überließ, das Geld einzusammeln und die Münzen zu verteilen.

Als wir also wieder einmal bei besagtem Frühstück zusammensaßen, am Tag vor dem *Pessach-desayuno,* befand sich Madame Perle in einem langärmeligen schwarzen Kleid mit hohem schwarzen Kragen unter uns. Der Saum ihres Kleides schleifte über den Boden, und sie trug dicke Wollsocken über ihren wohlgeformten Beinen. Ich fragte mich, was wohl mit diesem glänzenden grünen Kimono geschehen sein mochte und ob sie unter dieser strengen Kleidung noch immer ihr schwarzes Korsett trug.

Wir genossen unser übliches Frühstücksmahl aus Kaffee und süßen Brötchen, bevor wir nur noch trockene *mazze* zu uns nehmen würden. Tutsik saß mit der Zeitung vor dem Gesicht da. Perle nahm ihren Platz ein und gab Marianna ein Zeichen, woraufhin diese ihr sofort eine Schüssel mit Grütze brachte. Perle blickte sich betont langsam am Tisch um und sagte dann an Tutsik gewandt: »Was, ist dieser *schnorrer* Lubarsky etwa nicht hier? Aber nein, natürlich, der kommt ja immer nur zu den teuren Mahlzeiten, nie zu den billigen und kleineren.«

»Wie ich sehe, ist die Dame des Hauses heute besonders gut aufgelegt.« Tutsik Goldenberg blickte nur kurz von seiner Zeitung auf und machte sich daran, eine Ecke seines Brötchens in die winzige Kaffeetasse zu tunken. Wir alle, auch Magda, die Neue, hielten den Atem an. »Verrate mir eins, Perle, hat der junge Mann irgendetwas getan, außer uns, wie in einer guten *mischpoche* üblich, Gesellschaft zu leisten?«

»Er isst, aber er nimmt nie die Dienste eines der Mädchen in Anspruch.« Perle nahm einen Löffel *kascha* und kaute entschlossen. Marianna goss Madame eine zweite Tasse Tee aus ihrer besonderen silbernen Kanne ein.

»Hat er jemals auch nur Hand an die Waren gelegt? Nein«, fragte Tutsik und beantwortete seine Frage gleich selbst, wobei er den Kopf immer noch hinter der Zeitung verborgen hielt. »Hat er jemals ein Glas zerbrochen oder einen Stuhl oder einen Tisch zertrümmert?«

»Er schlägt sich hier den Bauch voll, ohne etwas im Gegenzug dafür zurückzugeben.« Madame Perle nahm einen weiteren Löffel Grütze und kaute.

»Er ist ein Mitglied der Familie. Ich bringe ihn her, damit er uns beim Abendessen Gesellschaft leistet. Morgen Abend wird er uns die Ehre erweisen, die *fir Kasches* zu sprechen. Hast du etwa irgendwelche Einwände?«

»Wenn es sich um einen besonderen Feiertag handelt, dann nicht, aber es geht ja jetzt schon seit *Rosch ha-Schana* so. Er ist jeden Abend hier. Wir haben jetzt beinahe *Pessach*. Was will er eigentlich?«

Tutsik Goldenberg ließ seine Zeitung fallen und schnippte mit den Fingern nach Marianna, die ihm mehr Kaffee brachte. Sie schenkte ihm ein und bot uns anderen schweigend an, unsere Tassen ebenfalls neu zu füllen. Ich nickte und dankte ihr. Magda tat es mir gleich. Rachel und Sara winkten dankend ab.

»Du hast ein großes Geschäft, Perle, aber du bist engstirnig.« Tutsik Goldenberg schlürfte geräuschvoll seinen Kaffee. »Da leistet uns ein junger Mann nun seit Monaten jeden Abend an unserem Tisch Gesellschaft, und du kannst an nichts anderes denken als: *Er bezahlt nicht für sein Essen.*« Er nahm einen weiteren Schluck Kaffee und schmatzte. »Langfristig gesehen wird dieser Junge *pesos* für uns machen und nicht umgekehrt.«

Perle wischte sich mit der Ecke ihrer Serviette ein Buchweizenkorn von der Lippe.

»Und noch eins«, fuhr Tutsik Goldenberg weiter fort, »es sieht einer Frau ähnlich, so falsch zu denken. Statt sich zu fragen, was Hankus Lubarsky von mir will, solltest du dich lieber fragen, was ich, Tutsik Goldenberg, von Hankus Lubarsky will!«

Rachel, die neben mir saß, tippte mit ihrem Messer nervös auf dem Teller herum. Ich fragte mich, wovon Tutsik da wohl redete. Hatte er etwa dein Geheimnis entdeckt? Gab es eine neue Nachfrage nach Frauen, die sich als Männer ausgaben?

»Was solltest du schon von ihm wollen, Tutsik, es sei denn, du hättest deine sexuellen Vorlieben geändert – was mich nicht überraschen würde.« Perle legte ihren trockenen Löffel neben dem Teller nieder.

»Aber gewiss.« Goldenberg begann zu lachen, schlug dann mit der Faust auf den Tisch. »Deshalb kann ich ja auch meine Finger nicht von diesen hässlichen dummen Weibern lassen.«

Magda begann sofort zu weinen, aber Rachel unterbrach ihn. »*Tss, tss*«, schalt sie ihn, »Sofia hätte nur noch ein Jahr bis zum Abschluss des Mädchengymnasiums in Warschau gehabt.« Aus irgendeinem Grund begannen wir daraufhin alle zu lachen – sogar Magda.

Goldenberg schlug mit der flachen Hand auf den Tisch. Kaffee spritzte aus seiner Tasse. »Haltet die Klappe! Alle, wie ihr da seid. Ich habe jede Einzelne von euch überlistet, vergesst das niemals –«

»Aber nicht Magda, das hat Dorfman erledigt«, warf Sara ein.

»Du hast meinen Vater überlistet, nicht mich«, fügte ich kühl hinzu.

»Halt deine verdammte Klappe, Sofia, sonst stopfe ich sie dir!«

Daraufhin hielt ich den Mund, denn ich wusste, dass Tutsik seine Drohung wahr machen würde. Die kleinen Schnitte um Saras Augen waren Beweis genug, wozu er fähig war, wenn ihn der Teufel ritt, und es gab niemanden, der ihn hätte aufhalten können. Ich nahm mir ein längliches süßes Brötchen, brach es in der Mitte durch und starrte Goldenberg an, während ich ein Stück abbiss.

Tutsik Goldenberg zog eine Zigarre hervor und zündete sie sich dort am Frühstückstisch an. Eine Wolke aus stickigem grauem Rauch breitete sich direkt über unseren Köpfen aus. »Wie es der Zufall so will, besitzt Hankus Lubarsky seine ganz eigenen Talente, die nichts mit *schtupn* oder *geschtupt* werden zu tun haben.«

»Und interessierst du dich dafür?« Ich konnte einfach nicht widerstehen.

Madame Perle warf mir einen strafenden Blick zu, fuhr aber umgehend damit fort, ihren Bruder zu geißeln. »Schön, er beherrscht also ein paar Taschenspieler-Kunststückchen, na und? Welchen Wert haben Hankus Lubarskys Talente schon für dich, Tutsik?«

Tutsik Goldenberg blickte seiner Schwester geradewegs in die Augen. »Das wüsstest du wohl gern?«

»Ja, ehrlich gesagt, schon.« Perle schenkte ihrem Bruder ein sittsames Lächeln.

Nur mir gelang es, ernst zu bleiben, während Tutsik seine Schwester wütend anstarrte. »Treib du nur deine kleinen Spielchen!« Tutsiks Gesicht war knallrot, die Augen traten hervor. »Und lach nur über meine Versuche, mir etwas aufzubauen und auf eigenen Füßen zu stehen. Aber wenn Hankus Lubarsky das erste Mal auf der Bühne im Theater des Gebrochenen Herzens steht und der Laden brechend voll ist und die Juden die Oberränge füllen und klatschend und trampelnd in den Gängen stehen, und wenn dann die Einnahmen gezählt werden und ich in zwei Stunden mehr verdient habe, als ihr *sojnes* zusammengenommen in einer Woche auf euren Rücken oder in jeder anderen Stellung jemals hereinbringen werdet, dann werden wir ja sehen, wer als Letzter lacht! Ich bin jetzt ein Agent. Ich bin der Verwalter einer so heißen Zugnummer, dass sie euch noch dieses idiotische Lachen aus den Kehlen brennen wird! Und wenn ich Lubarsky in diesem Hause, das zum Teil rechtmäßig mir gehört, wie einen Gast behandeln will und wenn er sich entschließt, seine Hände bei sich zu behalten, dann hat euch das nichts anzugehen! Keine von euch, ihr strohdummen Huren!«

Perle selbst lachte nicht. »Soll das etwa heißen, dass du vorhast, ein Vermögen mit ein paar einfältigen Salonkunststückchen zu machen?«

»Salonkunststückchen? Einfältig?« Tutsik war überaus empört und sein Gesicht krebsrot. »Dieser Junge gibt sich nicht mit Salonkunststückchen ab. Ihr hier, ihr Frauen, ihr vollführt Salonkunststückchen! Was mein Lubarsky macht, ist Kunst, echte Kunst! Der Mann ist *Zauberer. Jongleur. Entfesselungskünstler*. Ihr habt es doch mit euren eigenen Augen hier und in der Synagoge gesehen. Der Junge ist ein *Genie!*«

»In der Tat«, erwiderte Perle ausdruckslos. »Wir haben es also mit einem jungen Mann zu tun, der sich aus einem Paar Seidenstrümpfe der Roten Ruthie herauswinden kann, die zart um seine Handgelenke geschlungen sind. Der in der Lage ist, seine mageren, kleinen Finger aus Mordechai Dorfmans alten Armee-Handschellen herauszuziehen.« Perle stand am Tisch und stützte sich mit ihren zu Fäusten geballten Händen fest darauf ab. »Das würde ich selbst mit geschlossenen Augen zustande bringen.«

»Haben Sie ja schon«, kicherte Rachel.
»Und ob!«, fügte Sara hinzu.
Tutsik warf seine Serviette auf den Tisch. »Warum verschwende ich bloß meine Zeit damit, dummen Frauen ein großes Genie zu erklären? Was ihr hier in diesem Haus zu sehen bekommen habt, das war nur die Spitze eines riesigen Eisbergs, ein bloßer Hauch von dem, wozu der Junge tatsächlich imstande ist! Ich liege nicht den ganzen Tag im Dunkeln bequem auf meinem Rücken und feile mir die Nägel. Ich gehe in die Welt hinaus. Ich sehe Dinge. Ich tue Dinge. Und eins habe ich in den letzten Monaten jeden verdammten Tag getan: Ich habe meinen Freund Hankus Lubarsky in seinem kleinen Zimmer hinten in der Calle Chacabuco besucht. Dieses Zimmer gleicht einem Museum, einem Zauberladen, wie man ihn nur auf den wichtigsten Durchgangsstraßen Warschaus findet. An den Wänden hängen Hüte, Tücher, Schlösser und Handschellen, wie sie niemand jemals in dieses Haus bringen würde, denn kein jüdischer Freier weiß, wie man aus einem Paar Handschellen wie diesen herauskommt. Einige davon wurden von völlig Fremden nur zu dem Zweck speziell für den Jungen angefertigt, um ihn aufs Glatteis zu führen. Aber niemand konnte ihn bislang ins Stolpern bringen, und es wird auch nie jemandem gelingen. Und warum? Weil es nicht ein einziges Paar Handschellen auf diesem ganzen Planeten gibt, aus denen sich Hankus Lubarsky nicht befreien könnte! Und auch keine Zwangsjacke, kein verschlossenes Zimmer und keine Fußfessel mit Gewicht! Was ihr hier in diesem Haus gesehen habt, das war Kinderkram!« Tutsik beugte sich über den Tisch, und seine Augen wurden kugelrund, seine Stimme ehrfurchtsvoll. »Aber ich habe die echten Kunststücke mit eigenen Augen gesehen. Der Junge ist ein Genie. Ein wirkliches Genie. Und er wird genau das für mich tun, was ihr Frauen nie geschafft habt – er wird mich reich machen. Habt ihr schon mal von dem amerikanischen Zauberer Harry Houdini gehört? Mein Hankus Lubarsky ist besser als Houdini!« Tutsik war so von sich eingenommen, dass er nicht einmal bemerkte, dass er vor Frauen prahlte. »Hankus Lubarsky ist besser als Houdini, denn im Gegensatz zu Houdini gehört Hankus Lubarsky *mir!*«

»Man braucht Geld, um einen Mann wie Lubarsky zu besitzen, Tutsik. Und soweit ich weiß, hast du keins.«

»Dann weißt du gar nichts, Perle. Vielleicht hatte ich all diese Monate schon einen Hintermann. Einen sehr gut betuchten Hintermann.«

»Das war nicht zufällig ein Hintermann, dem du ohnehin schon eine Menge Geld schuldest?« Perle nippte an ihrem Tee und starrte ihrem Bruder geradewegs in die Augen.

Tutsik hatte sich in seinem Eifer erhoben, stand aber nun sehr aufrecht und sehr ruhig da, während er dem Blick seiner Schwester begegnete. »Perle, du hast deine Angelegenheiten, um die du dich kümmerst, und ich habe endlich meine eigenen. Ich habe einen Weg gefunden, den Respekt der Männer der Varsovia-Gesellschaft zu erringen, und das ohne deinen Einfluss, ohne deine Einmischung.«

»Hast du dich bei dieser Sache mit Marek Fischbein eingelassen? Denn wenn es so ist, wirst du nicht eine einzige *peseta* in die Finger bekommen.«

»Tausende von *pesetas* werde ich in die Finger bekommen! Millionen! Denn wir reden hier nicht über Kuppelei, wir reden nicht über ein schäbiges Häufchen Geld von ein paar *schlub*-Grünschnäbeln aus den Pampas, die 100 Jahre lang keine Frau mehr zu Gesicht bekommen haben. Fischbein steuert die Hälfte des Geldes bei, um Hankus Lubarsky auf die Bühne zu bringen, denn er weiß, dass er dreimal so viel zurückbekommen wird. Er kann sich die 550 Gold-*pesos,* die ich ihm schulde, dann vom Rand abschöpfen, denn darunter wird nur noch der fette Gewinn kommen, Perle, und der gehört endlich einmal mir!«

»O ja«, sagte Perle, die nun völlig versunken zu sein schien in etwas, das unter ihrem Fingernagel steckte, »und wenn du dich mit Leuten vom Kaliber eines Fischbein abgibst, dann wird dir dieser fette Gewinn ganz gewiss auf deine Krawatte spritzen.«

Tutsik zog die makellose, teure Krawatte zurecht und setzte sich mit gefalteten Händen wieder hin, ohne dass sich ein Muskel in seinem Gesicht rührte. »Hast du, liebste Schwester, denn eine bessere Idee, wie ich sonst diesen Mühlstein der Abhängigkeit, den du mir selbst um den Hals gelegt hast, loswerden könnte?«

»Es gäbe da vielleicht eine Möglichkeit.« In Perle Goldenbergs Augen zeigte sich mit einem Mal ein böses Funkeln.

»Außer Mord?«

»Oh, Mord kommt nicht infrage, aber es geht vielleicht alles schneller, als du glaubst.«

»Nun, wenn es nicht um Mord geht, dann sollte es wirklich schon sehr bald sein, denn ich halte es keine Sekunde länger aus, dir verpflichtet zu sein!«

Wir rutschten auf unseren Stühlen herum. Es war uns allen klar, dass die Unterhaltung uns schon bald wieder einmal in die Gassen des jüdischen Warschau führen würde, wo sich die junge Perle für das Wohl ihres armen verwaisten Bruders Tutsik das erste Mal der Fleischeslust geopfert hatte – und nun schaue sich mal einer an, welchen Dank sie dafür erhielt: Sie musste sich beschimpfen lassen und Morddrohungen anhören, ja nicht mal einen monatlichen Mietscheck bekam sie!

Rachel blickte sich um, auf der Suche nach einer höflichen Möglichkeit zu verschwinden. Sara machte sich nicht viel aus Förmlichkeiten. Sie trank ihren Kaffee aus und schob ihren Stuhl vom Tisch zurück. Ich zog mir meinen Schal fest um die Schultern und stand ebenfalls auf. Bloß Magda blieb schüchtern sitzen, ohne sich zu rühren.

»Sofia, wohin gehst du?«, wollte Perle Goldenberg von mir wissen und machte sich mit einem Elfenbeinzahnstocher an einem Zahn zu schaffen.

»In mein Zimmer, Madame, einen kleinen Schönheitsschlaf halten. Das heißt, wenn es der Lärm erlaubt.«

»Ha«, murmelte Tutsik, der seine Nase wieder demonstrativ in seine Zeitung gesteckt hatte, »da kannst du aber lange schlafen!«

»Zumindest benötige ich keine Ewigkeit«, gab ich über die Schulter in seine Richtung zurück.

»Sieh zu, dass du in einer halben Stunde in meine Räumlichkeiten kommst«, sagte Madame Perle mit einer Stimme, aus der immer noch die kühle Verzweiflung sprach, mit der sie Tutsik begegnet war.

»Ich, Madame?«

»Ja, du, Sofia. In einer halben Stunde.«

»Aber Sie haben doch seit Monaten nicht mehr nach meiner Gesellschaft verlangt.«

»Wir sehen uns in 30 Minuten in meinem Zimmer.« Und an Tutsik gewandt, sagte sie geheimnisvoll, doch so, dass es alle hören konnten: »Du wirst Marek Fischbein nicht mehr benötigen, um dich von einer wie mir zu befreien.«

Im Nachhinein muss man sagen, dass die eigentliche Tat schon Monate vor diesem Frühstück geschehen war. Perle und Fischbein hatten ihre hinterhältigen Köpfe gewiss schon wenige Stunden, nachdem dieser große Tollpatsch vorgegeben hatte, Tutsik Goldenbergs Pläne für eine Partnerschaft zu akzeptieren, zusammengesteckt. Habgierig, wie Fischbein nun einmal war, wollte er nicht nur ein Stück von diesem kleinen Kuchen des Magiers Hankus Lubarsky, sondern er wollte ihn ganz. Und Madame Perle, die nie eine Gelegenheit ausließ, die Dinge nach ihren Wünschen zu regeln, wollte ihrem Bruder Tutsik ihre ganz eigene Version des Spiels »Ich sehe was, was du nicht siehst« präsentieren.

Ich kann mir gut vorstellen, wie die beiden Verschwörer dabei vorgegangen sind.

Zuerst wurde Madame Perle Goldenberg eine Nachricht von einem von Fischbeins Spießgesellen überbracht: »*Treffen wir uns auf einen Kaffee um Viertel nach zwei heute Nachmittag im Café Victoria*«, stand da in Fischbeins furchtbarer Handschrift zu lesen. Fischbein fuhr mit der *droschke* zu dem *gojisch* Café; Perle legte den Weg von der Calle Talcahuano in ihrem schwarzen Kleid zu Fuß zurück. Sie trafen sich an einem Nischentisch im hinteren Teil des Etablissements, ein gutes Stück entfernt vom Tageslicht. Es war Fischbeins bevorzugter Laden für äußerst geheime Geschäfte: nicht jüdisch, mahagonifarben, tief und düster. Die Möglichkeit, dass seine Machenschaften entdeckt wurden, waren gering, wenn er sie hier abschloss, obwohl es manchmal Spione gab.

An jenem Tag gab es keine Spione. Um Viertel nach zwei am Nachmittag – nun ja, nach jüdisch-argentinischer Zeit um drei Uhr – schlüpfte Perle Goldenberg, streng in Schwarz gekleidet, aber immer noch attraktiv, in Marek Fischbeins anderes Kontor. Er saß bereits in der Nische und wartete auf sie. »Ah,

Perlie« – er nippte an seinem *café con leche* –, »schön, dass du die Zeit gefunden hast. Wir haben viel zu bereden.«

»Tatsächlich, Marek?«, erwiderte Perle ohne jede Wärme in der Stimme.

Fischbein kaute an seiner dicken Zigarre. Ein Kellner erschien und nickte Madame Perle zu. »*Señora?*«

»*Solamente té.*«

Der Kellner schlug die Hacken zusammen und blickte Fischbein an. »*Señor?*«

»Käsekuchen«, sagte Fischbein laut auf Jiddisch. Der Kellner nickte und verschwand. »Ich hoffe, er weiß, was ich meine«, sagte Fischbein.

Perle erwiderte nichts darauf.

Sie saßen eine Minute lang schweigend da, bis der Kellner mit dem Kuchen und Perles Tee zurückkam. Fischbein nahm eine große Gabel voll. »Oh, das ist ganz wunderbarer Kuchen. Bist du dir sicher, dass du nicht ein Stück möchtest? Nein? Ich würde dir eins bestellen, wenn du –« Bevor Perle etwas einwenden konnte, schrie Fischbein auch schon »*Mozo!*« und bestellte in seinem schrecklichen Spanisch ein Stück Kuchen für Perle. Der Kellner schlug wieder seine Hacken zusammen und verschwand erneut. Fischbein blinzelte Perle zu. »Wenn du es nicht isst, nehm ich es. Ich komme gern hierher. Hier ist es so britisch. So vornehm. Ich denke darüber nach, einen Laden wie diesen drüben in unserem Viertel zu eröffnen. Würde diesen Juden was Klasse geben.« Der Kellner kam mit einem zweiten Stück Kuchen zurück und stellte es vor Perle ab.

»*Más café, Señor?*«

»Was sagste?«, fragte Fischbein.

»Er möchte wissen, ob du noch mehr Kaffee willst.«

»Siehst du, da bekommt man eine Sache von ihnen, und schon versuchen sie, dir was anderes anzudrehen. Nein, *Señor, no más café!*«

Der Kellner verbeugte sich ausgesprochen höflich und ging. Fischbein trank von seinem Kaffee, aß seinen Kuchen und kaute an seiner Zigarre. Perle stocherte mit der Gabel in ihrem Kuchen herum und schob ihn dann weg. »Du hast mich also hierhergebeten, weil du meinen Rat wegen eines englischen Cafés hören willst?«

Fischbein schluckte den Bodensatz seines Kaffees und knallte die winzige Tasse auf den Tisch. »Nein, ich habe ein besseres Angebot. Du weißt doch, dass dein Bruder, dieser Tunichtgut, mit über 500 Gold-*pesos* bei mir in der Kreide steht, oder? Er ist ein fürchterlicher Kartenspieler. Wenn du ihm was Gutes tun willst, dann verbrenn all seine Kartenspiele, er ruiniert sich damit sein Leben.«

Perle griff sofort nach ihrer Geldbörse. »Das überrascht mich, Marek. Tutsik war mal ein sehr gewiefter –«

»Genau, mit der Betonung auf ›war‹. Mein Schwager Moritz hat ihn auf frischer Tat ertappt und das Ausgeben selbst übernommen. Von da an ging's mit deinem Bruderherz bergab.«

Perle blickte Fischbein an. »Wie viel schuldet er dir genau? Ich werde dir das Geld sofort geben.«

Fischbein winkte ihre Börse mit seiner Zigarre beiseite. »Ich will kein Geld von dir, Perlie. Ich möchte dir vielmehr einen Haufen davon geben.«

Perle, die völlig überrumpelt war, schluckte ein Stück Kuchen hinunter, obwohl sie aus religiösen Gründen allen Süßigkeiten entsagt hatte. »Ich verstehe nicht ganz, was du meinst.«

»Dein Bruder und ich haben eine Abmachung wegen diesem Zauberer, Lubarsky. Ich bin der stille Teilhaber, und Tutsik behauptet, sein Agent zu sein. Aber sehen wir den Tatsachen mal ins Auge. Tutsik mag ja wissen, wie er ein Mädchen von Minsk nach Buenos Aires bekommt, aber wenn es darum geht, den großen Reibach mit einem *kunzn-macher fum* Krakau zu machen, glaube ich nicht, dass er das Zeug dazu hat, wenn du verstehst, was ich meine.«

Perle tupfte sich anmutig die Lippen mit der Leinenserviette ab. »Nein, *Pan* Fischbein, ich bin mir ganz und gar nicht sicher, ob ich verstehe, was Sie meinen.«

Fischbein blickte sich um. »Wo steckt der Kellner? Ich dürste nach Kaffee. *Mozo!*« Der Kellner eilte auf den Tisch zu und verbeugte sich. »*Schwarze kawe*«, verlangte Fischbein. Der Kellner nickte und verschwand. »Die sind so würdevoll hier«, seufzte Fischbein. »Hör gut zu« – er ließ seine Handfläche auf den Tisch klatschen –, »ich will Lubarsky ganz haben. Dein Bruder hält das für keine gute Idee. Er will der große *macher* sein, will unbedingt selbst was auf die Beine stellen. Aber das halte *ich* für keine gute Idee. Man muss den Tatsachen ins Auge sehen, dein Bruder Tutsik ist ein *fantasior* – er spinnt sich die Dinge in seinem Kopf zurecht. Frisch von der Leber weg: Der wird es nie zu was bringen.« Der Kellner traf mit dem Kaffee ein. »Perle, wir kennen uns jetzt schon eine ganze Weile. Ich habe dir einige Türen geöffnet, aber habe ich jemals was dafür verlangt?«

Perle hätte am liebsten gelacht, tat es aber nicht.

»Tu mir nur diesen einen Gefallen.«

Perle blickte Marek Fischbein, den Rabauken und ihren Boss, forschend an. Da saß er ihr nun gegenüber in seinem dreckigen Hemd und mit der dreckigen Krawatte, das Jackett zu klein, der Zylinder mit Schimmelflecken versehen. Diese Drecksau von einem Mannsbild war einer der mächtigsten Männer in der argentinischen Unterwelt. Er ließ erwachsene Männer regelmäßig nur deshalb umbringen, weil sie ihn schief ansahen oder die falsche Karte beim Binokel spielten. Er schlug Frauen zusammen, ohne einen weiteren Gedanken daran zu verschwenden. Nun starrte er Madame Perle Goldenberg, die man unschwer als eine der mächtigsten Frauen in Buenos Aires bezeichnen konnte, geradewegs in die Augen.

»Hör mir zu«, sagte Fischbein, »ich möchte den Anteil deines Bruders an dem Entfesselungskünstler kaufen, aber ich halte es für das Beste, ihn bei der Sache ganz außen vor zu lassen. Lass ihn in dem Glauben, dass er der Agent ist. Dann hat er was zu tun, und du hast ihn ein paar Stunden am Tag vom Hals. Lass ihn ruhig derjenige sein, der das kleine *jingele* ermutigt und antreibt, seine fabelhaften Kunststückchen zu zeigen, und der die Vereinbarungen mit dem Theater trifft. Aber nachdem ich dir diese 550 Gold-*pesos* gegeben habe, gehört Hankus Lubarskys Zauberer-*toches* mir allein.«

Aus der Art und Weise, wie Fischbein seine Zigarre im Mund hielt, war klar, dass er mit einer verbalen Auseinandersetzung rechnete. Er erwartete, dass Perle ihm sagen würde, er solle sich doch mit Tutsik auseinandersetzen, wenn ihm so viel daran gelegen war. In Gedanken ging Fischbein rasch seinen Katalog möglicher Drohungen durch, in der Hoffnung, genau die richtige zu erwischen, um Perle zu bewegen, auf seine Bedingungen einzugehen. Aber es waren gar keine Drohungen nötig, denn, wie ich schon sagte, Perle verfolgte ihren eigenen Plan. Fischbeins Angebot passte ihr ganz wunderbar. Sie schob den Kuchenteller beiseite und erwiderte seinen Blick. »Mach 600 Gold-*pesos* daraus, und ich bin dabei.«

Fischbein kaute noch eine Sekunde länger auf seiner Zigarre herum, ehe er zu lachen begann. »Gewitzt, überaus gewitzt, Perlie. 600 sollen es sein.«

»Schön«, erwiderte Madame Perle, »dann gehört der kleine Zauberer dir.«

Also nahm das Schicksal bereits Monate vor jenem verregneten Morgen seinen Lauf, als mich Perle Goldenberg in ihr Zimmer rief. Tutsiks Schicksal, dein Schicksal, Hankus, und – wie ich erfahren sollte – auch das von Sara, Rachel, Magda und mein eigenes dazu.

Es war seltsam, nun zu Perle zu gehen. So viel Zeit war verstrichen, seit sie mich das letzte Mal zu sich gebeten hatte! Und zu meiner Schande muss ich gestehen, dass ich die Zeit mit ihr vermisste. Denn in jenen langen zurückliegenden Tagen hatte ich mich, wie ich bereits andeutete, Perle Goldenbergs begabten Händen und ihrer Zunge bereitwillig – wenn auch nicht ohne Bedauern – gänzlich hingegeben. Doch je mehr sich Perle dem geistigen Leben zuwandte, desto weiter entfernte sie sich von uns – von mir. Es war nicht nur der Sex, den sie vorenthielt. Es war auch all die Wärme – ob echt oder gespielt –, mit der sie mich in jenen frühen Tagen in der Calle Talcahuano überschüttet hatte. All das war nun fort – Gott gewidmet, wie ich annahm. Doch wie weit sie dabei ging und welche Formen es angenommen hatte, das erfuhr ich erst, als ich an jenem letzten Morgen vor *Pessach* in ihr Zimmer trat.

Ich muss gestehen, dass ich ein wenig schockiert war über den Anblick, der sich mir bot. Dort saß Madame Perle auf einem Holzstuhl, bekleidet mit ebenjenem strengen schwarzen Kleid, das wie ein *tallis* aussah, und mit einer *jarmulke* auf dem Kopf. Vor ihr auf dem Schreibtisch türmte sich ein wildes Durcheinander von Notizbüchern und hebräischen Büchern, einige aufgeschlagen übereinandergelegt, andere mit dem Rücken nach oben abgelegt, wobei das eine oder andere am Rand des Schreibtisches herabzufallen drohte. Auf Perles Nase thronte eine Brille. So saß sie da, über ihre Notizbücher gebeugt, und schrieb eine Seite aus einem der dicksten dieser Bücher mit einer Stahlfeder ab. Sie glich eher einer Schriftgelehrten denn einer Puffmutter.

Sie blickte auf und wurde für eine Sekunde wieder zur alten Perle. Die Stimme war erfüllt von diesem verführerischen Schnurren. Jegliche Spuren ihrer Auseinandersetzung mit Tutsik waren verschwunden. »Sofia, meine Liebe, komm nur herein, herein mit dir!« Perle schrieb langsam ein letztes Wort und legte dann die Feder beiseite. Sie nahm ihre Brille von der Nase und deutete zum Bett. »Setz dich, mein Engel, hier neben mich.«

Da ich glaubte, sie wolle mich, öffnete ich meinen Kimono.

»Sofia, bitte! Solchen Launen gebe ich mich nicht mehr hin. Ich habe dich heute hierhergerufen, um mit dir über die Zukunft zu reden. Über deine und meine.«

Ich hätte beinahe gelacht. Welche Zukunft konnte sie schon meinen? Für solche wie mich gab es keine Zukunft in diesem Haus, und wenn es mir nicht gelingen würde, jemanden wie dich, Hankus, dazu zu bringen, mich zu befreien, gab es für mich auch keine Zukunft außerhalb dieses Hauses.

Perle reichte mir ihren *maté*. Obwohl ich argentinischen Tee nicht besonders mochte, zog ich aus Höflichkeit an ihrer *bombilla*. Ich wollte ihr den Tee zurückgeben, doch sie sagte: »Nein, nein, mein Liebling, behalt ihn nur für eine Weile. Das gemeinsame Trinken des Tees ist eine so drollige Sitte hier! Sie gehört zu den wenigen Dingen, die ich wirklich vermissen werde, wenn ich aus diesem gottverlassenen Land verschwunden bin, auch wenn ich dort, wo ich hingehe, meinen Tee, ehrlich gesagt, aus feinen Porzellantassen trinken werde.«

»Sie gehen fort, Madame?« Mir stockte der Atem.

Sie schien es nicht zu bemerken. »Ja, Sofia. Ja, in der Tat.« Madame Perle tippte auf ihre Notizbücher. »Wenn Frauen in ein gewisses Alter kommen, verändert sich ihre innere Chemie, wie du weißt. Einige werden angespannt und wütend, andere ergreifen die Gelegenheit, neue Wege zu gehen. Ich zum Beisiel habe mich entschlossen, meinen Lebensunterhalt nicht länger damit zu verdienen, Männern die Säfte auszusaugen.

Dieses Leben möchte ich aufgeben. Stattdessen werde ich einen feinen Herrn heiraten und im Leben nach dem Tod seinen Schemel im Himmel abgeben.«

»Sie, Madame Perle? Sie würden den Schemel eines Mannes im Himmel abgeben wollen?« Ich konnte mir ein Lachen gerade noch verkneifen, denn der Ausdruck auf ihrem Gesicht sagte mir, wie ernst es ihr damit war.

»So unwahrscheinlich es auch erscheinen mag, mein Kind, ich arbeite daran.« Sie tippte erneut auf ihre Notizbücher. »Denn du musst wissen, dass ich verlobt bin.«

»Nein!« Es war aus meinem Mund heraus, ehe ich es hinunterschlucken konnte. Doch meine Zweifel schienen Madame Perle nicht zu stören.

»Ja, Sofia. Mein Verlobter ist niemand anderes als der bekannte Gelehrte und Wunderrabbiner Eleazar ben Yahud ben Yaakov von Chelmno. Seine Anhänger tragen 15 Fuchsschwänze an ihren *strejmels* und einen winzigen Smaragd an ihren Bartspitzen.«

Ich dachte unwillkürlich an die Verzierung in Madame Perles Schamhaar und fragte mich, ob alle weiblichen Anhänger des *Rebbe* Eleazar ihr Haar dort unten auf diese Weise trugen.

»In zwei Wochen schon wird mich der *rebbe* in einer eleganten Kutsche von hier abholen«, fuhr Perle fort. »Wir werden zunächst nach Rosario reisen, wo wir seinen Bruder treffen, und dann zu dessen Enklave in La Plata. Von dort fahren wir mit dem Schiff zurück nach Europa und nehmen seinen Privatzug nach Chelmno, wo wir heiraten werden.« Perle seufzte so tief, dass ich schon befürchtete, sie würde ohnmächtig werden. Sie nahm mir den *maté* aus der Hand und gönnte sich einen kräftigen Schluck. »Und was für eine Hochzeit das werden wird, liebste Sofia! Ich wünschte, dass du und alle *nafkes* es sehen könnten, denn es wird unsagbar schön und würdevoll vonstattengehen.

Man wird *Rebbe* Eleazar auf einem goldenen Stuhl in die Synagoge tragen und mich auf einem silbernen. Wir sind durch ein sauberes weißes Tuch getrennt. Durch dieses Tuch hindurch sprechen wir dann unsere Gelöbnisse. Danach heben *Rebbe* Eleazars Anhänger beide Stühle hoch über ihre Köpfe, und man trägt uns aus der Synagoge hinaus wie das Königspaar von Ägypten. Die Juden von Chelmno essen und tanzen und singen tagelang. Keiner schläft, bis mich die Frauen der Gemeinde endlich wegtragen, in gereinigtem Wasser baden, mich mit heiligen Ölen salben, in geweihtes, weißes Leinen einhüllen und zu unserem Hochzeitsbett bringen.

Dort angekommen, vereinigt sich das Wissen meines geliebten Eleazar von der geistigen Ekstase und das meine um die Ekstase der körperlichen Gefilde zu dem, was die Yogis tantrische Liebe nennen. Merk dir meine Worte, liebste Sofia. In jener Nacht wirst du den Zauber unserer Vereinigung bis hier in Buenos Aires spüren. Ja, an diesem Tag wird in gewisser Weise Geschichte gemacht werden.«

Ich blickte Madame Perle an, deren Gesichtsausdruck sich bei den Gedanken an den bevorstehenden sinnlichen Zauber völlig veränderte. Ich fragte mich, wie es wohl sein konnte, dass eine Frau mit ihren Bedürfnissen mit einem Mann von Rosario nach La Plata und dann über den ganzen Ozean reisen und sich die ganze Zeit bis nach der Hochzeit für ihn aufsparen wollte.

Ich dachte auch an die Hölle, die Madame Perle und ihr Bruder mir bereitet hatten, und an das Geld, das sie durch mich, Sara und Rachel und nun auch durch Magda erlangt hatten. Ich versuchte, dies mit dem Bild von Madame Perles letzter Ruhe als Schemel irgendeines frommen Mannes im Himmel überein zu bringen. In gewisser Weise schien es ein passendes Ende für sie zu sein.

»Stell dir doch nur einmal vor, Sofia, nach all den Jahren, die ich nun schon Gott anrufe und ihn anflehe, mich zu retten und anzunehmen, hat er endlich seine Arme ausgebreitet. Ich werde diese trostlose Calle Talcahuano für immer verlassen.« Mit einem Mal setzte sie ihre Brille wieder auf die Nase und tippte mit der Stahlfeder auf den Schreibtisch. Jegliche Ahnung einer künftigen Ekstase wich von ihr, und ihre Stimme trug einen geschäftlichen Ton. »Mein Bruder Tutsik wird das *schandhojs* übernehmen und die Verantwortung für eure erbärmlichen Leben tragen.«

Ich zog meinen Kimono enger um mich, griff nach einer Zigarre und zündete sie an. Mit großer Willenskraft versuchte ich, ein ausdrucksloses Gesicht aufzusetzen, es gelang mir jedoch nicht zu verhindern, dass meine Stimme zitterte. »Was ist mit Tutsiks großen Plänen für Hankus Lubarsky?«

»Das ist schon vor Monaten geregelt worden. Sein stiller Partner ist bereits seit den Hohen Heiligen Tagen hundertprozentiger Besitzer dieses *pischerke* Zauberers.«

Mir fiel die Kinnlade hinunter.

»Natürlich habe ich es bisher noch nicht übers Herz gebracht, es Tutsik zu sagen. Er betrachtet all meine Geschenke als Schlag ins Gesicht, und wie du aus seiner Vorstellung heute Morgen ersehen konntest, ist er ausgesprochen schlecht gelaunt. Außerdem hat Fischbein meinem Bruder nur allzu gern die Drecksarbeit überlassen. Warte nur ab! Wenn die Zeit gekommen ist, wird er Tutsiks Leistung nicht im Geringsten anerkennen.«

Dinge, die ich nicht auszusprechen wagte, schnürten mir die Kehle zu. Ich sah unser Hurenleben vor mir aufblitzen.

»Da ihr Mädchen überhaupt keinen Respekt vor meinem Bruder habt – was ich euch nicht einmal verdenken kann –, möchte ich, dass du den anderen die Situation erklärst. Du bist mein Liebling, und auch wenn Rachel ein wenig ausgeglichener ist, so denke ich doch, dass die anderen dich mehr respektieren. Du besitzt eine gewisse Bildung und sie nicht. Eigentlich wollte ich dir das Geschäft übergeben, aber ich bin mir sicher, dass dich Tutsik deswegen umbringen würde. Die Bibliothek – außer meinen heiligen Büchern – wirst natürlich du bekommen. Du kannst damit machen, was du willst. Verkauf sie, wenn du magst. Aber ich denke, wenn du die Bücher behältst, wirst du einen viel besseren Lohn erhalten.«

Ich betrachtete Madame Perle forschend, deren Blick schon wieder zu ihren geöffneten Notizbüchern wanderte. »Verstehe ich Sie richtig, Madame? Sie heiraten einen Wunder-Rabbiner aus Chelmno. Ihr Bruder Tutsik, der nichts weiter mit diesem Bordell zu tun haben will, wird es trotzdem erben. Er hat keine andere Wahl, als es zu nehmen, denn Sie haben seine einzige Chance, aus diesem Geschäft auszusteigen, an einen unerträglichen Schurken verkauft. Und nun ist es meine Aufgabe, den anderen zu erklären, dass ein tollwütiger Hund die völlige Kontrolle über unser aller Leben haben wird –«

»Genau.«

»Warum schließen Sie den Laden nicht und lassen uns unserer Wege ziehen, wenn Sie gehen?«

»Um meinen Bruder einem Geier wie Marek Fischbein zum Fraß vorzuwerfen? Undenkbar. In unserer Familie hat man schon immer zusammengehalten, und ich kann ihn nicht einfach so ohne einen *peso* zurücklassen. Und mit diesem *schandhojs* hat er wenigstens etwas, worauf er immer zurückgreifen kann.«

»Madame Perle«, sagte ich und erhob mich, »Sie könnten ihm genauso gut eine Pistole in die Hand drücken und ihn auffordern, uns zu erschießen.«

Madame Perle hatte ihre Brille inzwischen auf der Nase zurechtgerückt und sich wieder vollkommen ihren Notizbüchern zugewandt. »Tja, nun, meine Liebe, du bist inzwischen gut genug im Bilde, um ihm so etwas geschickt auszureden. Wenn du mich nun bitte entschuldigen würdest, ich muss mich wieder meinen Studien widmen.«

Diesmal legte ich ausnahmsweise einmal die Hände um Perles Gesicht und zog es von den Büchern weg. »Wenn du erst einmal weg bist, Perle, wird er uns, ohne zu zögern, zu einem blutigen Klumpen zusammenschlagen.«

Sie zog meine Hand von ihrer Wange. »Dummes Zeug, *neschomele!* Außer diesem unglückseligen Vorfall mit Sara ist er doch immer klug genug gewesen, die Ware nicht zu beschädigen.« Sie wandte sich wieder von mir ab, ergriff die Feder und begann zu schreiben. »Schließ die Tür hinter dir«, sagte sie.

Sie blickte nicht auf, als ich hinaustrat.

Kapitel 13

So kam es also, dass man mich zur Botin auserkoren hatte. Ich hatte traurige Nachrichten für alle zu überbringen – nicht nur für uns Huren, sondern auch für dich, Hankus, und am schlimmsten waren sie vielleicht für Tutsik Goldenberg. Ich wusste nicht, wann genau Madame Perle beabsichtigte, ihrem Bruder zu sagen, dass du ihm nicht länger gehörtest und er mit seiner Prahlerei über dich Schluss machen musste. Ich wusste auch nicht, wann sie ihm von ihren Heiratsplänen berichten wollte. Vielleicht wartete sie ab, bis ich es Rachel erzählt hatte; sie wiederum würde es Magda sagen und danach Sara, die inzwischen so weggetreten war, dass man sich darauf verlassen konnte, dass kein anderer etwas aus ihrem Mund vernahm. Vielleicht baute Perle auch darauf, dass der Klatsch die Tatsachen zu ihrem Bruder trug und sie ihm die Wahrheit erst gar nicht erzählen musste.

Du kennst gewiss den Brauch in manchen alten Kulturen, den Überbringer schlechter Nachrichten zu ermorden. Keine Frage: Wenn Rachel oder Sara noch genug Leben in sich gehabt hätten, um meine Neuigkeiten aufzunehmen, so wäre ich schon seit vielen Jahren tot. Doch als ich jeder von ihnen in der Abgeschlossenheit ihrer Zimmer davon erzählte, da schien es, als hätte ich gar keine Neuigkeiten zu überbringen. Wie sich herausstellte, waren es nämlich gar keine Neuigkeiten für Rachel. Und bis zum heutigen Tag weiß ich nicht, ob Sara mich überhaupt gehört hat.

Ich klopfte leise an ihre Tür, die nach innen aufschwang. Sara saß auf ihrem Bett und stopfte Opium in die Pfeife, die vor ihr auf einem Silbertablett lag. Die Luft im Zimmer war bereits schlecht und stickig. Es hat keinen Sinn, dachte ich mir und wandte mich wieder um.

»Bleib doch eine Weile, kleine Nichte …« Ich war vollkommen verblüfft. Sara hatte mich seit Monaten nicht mehr so genannt, und ehrlich gesagt war ich mir gar nicht mehr sicher, ob sie überhaupt noch wusste, wer ich war. Doch sie klopfte neben sich auf das Bett und sagte meinen Namen. »Setz dich hierher, Sofia. Es ist schon so lange her.«

Das, was von meinem Herzen noch übrig war, zerbrach. Ich tat, wie mir geheißen, und als ich neben ihr saß, da sackte das Bett nur ein klein wenig tiefer unter unser beider Gewicht. Saras Augen waren verhangen; die Droge verlieh ihrem Gesicht ein weicheres und verträumtes Aussehen. Sie legte ihre Arme um mich und gab mir einen höchst ungewöhnlichen Kuss auf den Mund. Er schmeckte rauchig und süß. Ich schmolz sofort dahin. Doch zu meiner Bestürzung wich sie zurück und entzündete aufs Neue ihre Pfeife. Sie füllte den Mund mit Rauch und beugte sich vor, um mich wieder zu küssen. Ich schob sie weg. Sara fing an zu lachen, und eine Wolke von Opiumdünsten entfloh ihrem Mund. Sie sah aus wie ein Drachen. »Was ist schon dabei, sich ab und an ein kleines Vergnügen zu gönnen, Sofia? Hör auf deine *Tante*. Habe ich dir nicht die besten Arten, sich zu lieben, beigebracht?«

Es war verlockend, das muss ich zugeben. Ganz besonders jetzt, wo ich wusste, dass uns Tutsik Goldenberg ohnehin innerhalb weniger Wochen umbringen würde – wenn nicht mit seinen wutentbrannten Fäusten, dann durch böswillige Vernachlässigung. Aber ich erinnerte mich an Rachels Warnung vor dem Zeug, die mir in all den Jahren gute Dienste geleistet hatte. Ich hob meine Hand und lehnte ab.

»Na schön« – Sara sog wieder an ihrer Pfeife –, »wenn du mich nicht küssen willst und wenn du nicht rauchen willst, warum bist du dann gekommen?« Ein kleines Lächeln umspielte ihre trockenen Lippen.

Ich war versucht, die ganze Sache zu vergessen, bis sie weniger benebelt war, aber Sara hatte nicht mehr so häufig klare Momente. Ich ergriff ihre Hand genau in dem Augenblick, als sie rücklings auf das Bett sank, gerade als sich ihre schweren Lider schlossen. »Hör mir zu«, flüsterte ich. »Madame Perle geht für immer weg. Wir sitzen mit Tutsik da, wenn wir uns nichts einfallen lassen.«

»Perle geht? Was für ein Glückspilz …«, murmelte sie schläfrig. Ihr Lächeln wirkte unter diesen Umständen grotesk.

»Ja, sie heiratet einen Rabbiner aus Chelmno.«

»Schön für sie«, sagte Sara und lächelte still. Sie glitt immer weiter von mir fort. Ich konnte sie nicht zurückholen. Am liebsten hätte ich sie geohrfeigt, um sie wach zu rütteln, aber ich wusste, dass es sinnlos war. Ich ließ sie allein und ging über den Flur.

Ich fand Rachel in ihrer Unterwäsche dasitzend vor. Sie war damit beschäftigt, ein Loch in ihren Seidenstrümpfen auszubessern.

»Hör mal für einen Moment zu«, begann ich mit Tränen in den Augen, »wir stecken schrecklich in der Klemme. Perle geht weg und lässt uns in den Händen ihres wahnsinnigen Bruders zurück.«

»Ja, ich weiß«, erwiderte Rachel, ohne aufzublicken. »Sie heiratet diesen Versand-Rabbiner aus Chelmno.«

»Aber woher weißt du das? Ich dachte, ich wäre die Einzige, die sich die Dinge aus Perles Privatleben anhören muss.«

»Ich weiß alles. Ich bin eine Hellseherin!«

Ich blickte sie ausdruckslos an. »Du hast eine Kristallkugel hier, Rachel?« Ich war erleichtert, dass ich ihr die Neuigkeiten nicht beibringen musste, aber auch wütend auf Perle, die so getan hatte, als wäre dies meine Aufgabe.

Rachel blickte von ihrer Näharbeit auf und blinzelte mir zu. »In gewisser Weise, kleine Sofia. Perle und die Rote Ruthie haben sich vor ein paar Tagen direkt unter meinem Fenster unterhalten. Ich weiß alles. Außer, wie ich hier drin überleben soll.«

»Wir werden hier rauskommen«, sagte ich. »Lass uns aus dem Fenster springen und fliehen.«

Rachel legte den Strumpf zur Seite und nahm einen Schluck von ihrem *maté*. »Du scheinst gewisse Tatsachen unseres Lebens nicht ganz zu begreifen, Sofia, was mich überrascht, denn schließlich machen wir beide das hier doch schon eine ganze Reihe von Jahren. Du kannst wohl aus dem Fenster springen, und wenn du Glück hast, schaffst du es sogar, ohne dir die Beine zu brechen. Aber ob Tutsik Goldenberg dieses Bordell nun haben will oder nicht, er wird dich auf jeden Fall finden, und wenn er dich findet, dann schätze ich mal, dass er sich erst gar nicht die Mühe machen wird, dich umzubringen, er wird dich auf direktem Weg nach La Boca schaffen und dich dort in einen Puff stecken.«

Die Vorstellung von einem solchen Puff in La Boca rüttelte mich auf, denn dies war das schlimmste Schicksal, das eine Frau wie ich erleiden konnte. Die Bordelle dort unten waren nichts weiter als mit Stroh ausgelegte Ställe, in denen vielleicht noch ein Tisch und ein Stuhl oder auch ein Nachttopf standen. Im Grunde waren es Gefängniszellen. Winzig waren sie, und man wurde von draußen eingeschlossen. Die Männer, die zu den Frauen dort gingen, waren der absolute Abschaum, die billigsten Scheißkerle oder die ärmsten Schlucker. Sie kamen rein, vögelten eine und verschwanden wieder. Die Frauen aßen, was die Zuhälter ihnen brachten. Im Winter war es dort kalt und feucht. Wenn eine der Huren dort Glück hatte, starb sie. Ob man sie dann bestattete oder sie einfach in den Rio de La Plata warf, hing davon ab, wie viele Freunde sie draußen besaß oder wie sentimental ihr Zuhälter war. Einige Mädchen – arme, unglückliche Seelen – wurden direkt dorthin geschafft, wenn sie in Buenos Aires ankamen, doch die meisten jüdischen Mädchen sahen das Innere dieser Bordelle erst, wenn sie das Ende ihrer Karriere erreicht hatten.

Dazu wollte ich es erst gar nicht kommen lassen – ich wollte diesem verfluchten Abstieg entfliehen, solange ich noch einen Lebenswillen besaß. Ich wollte meine Freiheit, sobald sich die Möglichkeit bot. Die Teile waren alle da, ich benötigte nur noch die entsprechenden Bedingungen, um sie zusammenzufügen. Du standest im Mittelpunkt meines Plans, Hankus. Nun, da ich wusste, dass die anderen nur auf ihrem Hintern hocken und genau dort bleiben würden, wo sie waren, und ich ganz offensichtlich auf mich allein gestellt und niemandem verpflichtet war, wartete ich ungeduldig auf den richtigen Zeitpunkt.

Und dann erhielt ich den Schlüssel wie durch Zauberei.

Es war ungewöhnlich ruhig in Madame Perles *koscherem* Freudenhaus. Die Fensterläden waren noch geschlossen, nur ein blasser Schimmer Sonnenlicht drang durch die Jalousien. Die Katzen auf der Straße hatten aufgehört zu schreien, die Papageien im Hof gaben Geräusche mit ihren Schnäbeln und Krallen von sich, und alle Frauen schliefen tief und fest. Alle bis auf zwei, die eng umschlungen dalagen. Ich, Sofia Teitelbaum, ein Leckerbissen auf der Speisekarte der Calle Talcahuano 154, die kostbarste *nafke* des Monats, die die meisten *pesos* pro Minute verdiente, eine Giftnudel und Hure, die sich am ehesten wehrte, wenn man ihr einen Schlag in den Magen oder ins Gesicht versetzte. Da war ich nun mit dir, dem Entfesselungskünstler Hankus Lubarsky, der in diesen verzweifelten Armen kein Mann mehr war.

Ich habe viele Male gesagt, dass ich plante, dich zu erpressen. Ich war schließlich eine Dirne mit einigen Jahren Erfahrung und eine gute Beobachterin, die eine einmalige Gelegenheit erkannte, wenn jemand betrunken vor ihr auf den Boden fiel. Hol mich hier raus, plante ich in einem solchen Moment zu sagen, nimm mich mit, wenn du das nächste Mal gehst. Und wenn du mich gefragt hättest, warum du, eine Frau in der Kleidung eines Mannes, imstande sein solltest, mehr für mich zu tun als ich, eine Frau in der Aufmachung einer liederlichen Schlampe, hätte ich dich angefleht, mich zu kaufen, mich für einen Wochenverdienst an den Zaubervorstellungen einzutauschen und mich mit deinem scharfen Verstand zu retten. Denn was ich über dich wusste, war ungeheuerlich. Sobald Tutsik Goldenberg und seine Schlägertypen Wind davon bekommen hätten, dass ihr Wunderkind Hankus Lubarsky eine verkleidete Frau war, wärest du nicht besser dran gewesen als ich – und man hätte dich sogar noch mehr verachtet. Auch du hättest erfahren, wie es sich anfühlt, wenn eine Faust das Auge trifft und einem eine harte *schlang* in den *toches* gestoßen wird. Eins, zwei, drei, peng, und die Arschlöcher spuckten einen dafür auch noch an.

Bevor Madame Perle mir ihre fürchterlichen Neuigkeiten eröffnet hatte, verbrachte ich meine Nachmittage damit, Pläne zu schmieden. Nun, da ich die Gewissheit hatte, dass meine Tage gezählt waren, dachte ich wie eine Besessene darüber nach, wie ich dich ködern und dich hereinlegen könnte, damit du mir dein wahres Selbst zeigtest; wie ich dich dazu verführen könnte, dein Hemd für mich zu öffnen, damit du meiner Gnade ausgeliefert wärst.

Zwei Wochen nach dem *Pessach*-Fest, ja, beinahe auf den Tag genau drei Jahre, nachdem ich das erste Mal einen Fuß auf den schlüpfrigen Boden von Buenos Aires gesetzt hatte, fiel mir eines Abends wie durch Zauberei eine solche Gelegenheit in den Schoß.

Perle Goldenberg hatte Buenos Aires wegen einer geheimnisvollen Geschäftsreise verlassen. Ich wusste allerdings genau, wo sie war, denn nachdem sie mir erst einmal einige ihrer persönlichen Angelegenheiten anvertraut hatte, vertraute sie mir nun alle an. Ich befand mich in der schrecklichen Position, Madame Perles beste Freundin und ihre neue, heimliche Vertraute zu sein. Sie unterhielt sich wohl immer noch mit Ruthie und Marianna, als wären sie ihre engsten Freundinnen, aber ich war diejenige, die alles wusste. Dies belastete mich ungemein, doch ich fand es auch aufregend, als ob mich die alte Perle wieder daheim willkommen geheißen hätte. Sie verlangte nun einmal am Tag meine Anwesenheit in ihrem Bibliotheks-Boudoir. Auf diese Weise lernte ich sämtliche Details – die schmutzigen wie auch alle anderen – über ihre bevorstehende Abreise kennen. »Sofia, meine Liebste«, neckte sie mich, ohne dabei ein einziges Mal von ihren Büchern aufzublicken, »ich werde nach Mendoza reisen. Kannst du dir vorstellen, warum?«

Ich starrte sie an und wartete darauf, dass ihr Blick dem meinen begegnen würde. Als dies nicht geschah, antwortete ich: »Ich habe keine Ahnung.«

»Nun, in Mendoza wird die feinste Spitze von ganz Argentinien gefertigt. Die reinste Spitze und die schönste dazu. Und in Mendoza gibt es zudem die wunderbarsten Damenschneider. Generäle und Gouverneure reisen aus den entlegensten Winkeln dieses riesigen Landes dorthin, um die sagenhaftesten Roben und Hochzeitskleider für ihre Frauen und Töchter anfertigen zu lassen. Morgen werde ich mit der Roten Ruthie den Zug besteigen, und dann fahren wir nach Mendoza. Wenn ich in einer Woche zurückkehre – denn so lange werde ich mindestens benötigen –, werde ich ein ganz besonderes Brautkleid mein Eigen nennen, weiß und ausgestellt und herrlich, wie es sich für die zukünftige Frau eines Rabbiners geziemt. Ich werde es mit Freuden an dich weitergeben, wenn alles vorüber ist.«

»Aber Madame, Sie vergessen, dass ich bereits ein Brautkleid besitze.«

»Ach ja«, erwiderte Perle ohne jedes Gefühl in der Stimme. »Jetzt weiß ich wieder. Du hast es in einer Schachtel mitgebracht.«

Dies rief in mir eine große Bitterkeit hervor, denn die Sache mit dem hübschen Brautkleid, das zu tragen ich nie die Gelegenheit hatte, war der grausamste aller Streiche, die mir die Goldenbergs gespielt hatten. Soweit ich wusste, war Madame in mein Zimmer geschlichen, während ich unten einen Herrn unterhielt, und hatte ebendieses Brautkleid anprobiert und als unzureichend für ihre eigenen Zwecke verworfen. Möglicherweise hatte sie beabsichtigt, es zu stehlen und es den Flohmarkthändlern in San Telmo anzubieten. Schlimmer noch, sie hätte es vielleicht sogar einem anderen Varsovianer offeriert, um es als Köder für eine andere junge Frau meiner Größe zu benutzen.

Und nun stand genau diese Madame Perle Goldenberg, die doppelt so alt war wie ich, kurz davor durchzubrennen und zu heiraten. Natürlich hatte sie keinerlei Verwendung für mein kümmerliches, selbst genähtes Kleid. Für sie war das beste Brautkleid aus der besten Spitze gerade gut genug. Und was für eine Ironie, dass ihre Einkaufsreise mir das Tor in die Freiheit öffnen würde!

Als Prüfung für die Zukunft überließ Madame Perle ihrem Bruder die Aufsicht über das Haus in der Calle Talcahuano und machte sich auf zu ihrer geheimnisvollen Besorgung. Obwohl er immer noch nicht über die zukünftigen Besitzverhältnisse im Bilde war, benahm sich Tutsik Goldenberg genau so, wie wir es erwartet hatten.

Als Bruder der Chefin war er schon unausstehlich, aber als Chef des Bordells benahm er sich schlicht und ergreifend unmöglich. Er kommandierte uns herum, als wären wir nicht nur *nafkes,* sondern zudem auch Hausmädchen – aber wir waren ja auch nicht bloß *nafkes,* sondern *seine nafkes*. Er glaubte, uns zu allem zwingen zu können, was ihm gerade in den Sinn kam. Mehr als jemals zuvor sehnte ich mich danach, ihn umzubringen.

Tutsik Goldenberg und seine Jungs liebten dich, Hankus. Sie liebten dich nicht nur als mögliche Einkommensquelle, sondern wie einen kleinen Bruder und Sohn. Sie hatten alle Mitleid mit dir.

»Armer kleiner Mann!« Eines Nachmittags wurde Mordechai Dorfman beim Kaffee ganz weinerlich zumute. »20 Jahre und immer noch Jungfrau!«

»Wir sollten ihm wirklich mal zeigen, wie man richtig Spaß hat!«, sagte Dov Hirsch und schlug Dr. Dorfman klatschend auf den Rücken.

»Er arbeitet so eifrig an seinen Zaubertricks. Tag und Nacht.« Tutsik Goldenberg steckte sich eine schlanke Zigarre in seinen gierigen Mund. »Er hat jetzt einen neuen Trick, bei dem man ihn auf jede erdenkliche Weise fesseln darf – sogar mit einem Seil, das man mitbringen kann. Man fesselt seine Hände und seine Füße, und in zwei Minuten ist er wieder frei. Man kann ihn dabei sogar an den Füßen aufhängen, dann benötigt er vielleicht fünf Minuten, aber Tatsache ist doch, dieser Junge ist ein Genie. Wenn seine Zauberschau im Gebrochenen Herzen anläuft –«

»Falls sie jemals anläuft«, warf Rachel ein.

Goldenberg ignorierte sie ostentativ. »Er wird der Star im Buenos Aires der Juden werden und dann, merkt euch meine Worte, von ganz Südamerika, ganz Nordamerika und schließlich dem Rest der Welt. Aber er muss lernen, sich zu entspannen.«

»Wir sollten ihm wirklich eine Frau besorgen«, seufzte Mordechai Dorfman und bedeutete Marianna, ihm eine weitere Tasse einzuschenken.

»Nun«, sagte Dov Hirsch und kniff mich in den Hintern, »dies hier ist gewiss der beste Ort, um eine zu finden.«

»Das haben wir doch schon versucht«, jammerte Dorfman. »Ich habe ihm sogar schon angeboten, ihm eine zu spendieren, aber er zeigt nicht das geringste Interesse.«

»Wenn du mich fragst, ist er *fejgele*«, schaltete sich Hirsch ein. »Seht euch doch nur diese kleinen Handgelenke an.«

Tutsik Goldenberg schlug mit der Faust auf den Tisch, und die Augen traten ihm aus dem Kopf. »Hankus Lubarsky ist kein warmer Bruder! Er ist ein anständiger, talentierter Junge, der die Sitten der Alten Welt zu schätzen weiß, und es ist unsere Aufgabe als die Älteren der Gemeinde, ihn zu lehren, Spaß zu haben.« Er verdrehte meinen Arm und zog mich auf seinen Schoß. Sein Blick wanderte über meine nackten Brüste. Am liebsten hätte ich ihm ins Gesicht gespuckt. »Ich denke, Sofia sollte es ihm beibringen. Sie hat noch ein bisschen Saft in sich. Ich werde darauf bestehen. Ein Geschenk des Hauses. Er ist zu höflich, um es abzulehnen.« Er schob mich von seinem Schoß hinunter und stand auf.

»Du willst, dass ich diesem arroganten *poz* etwas beibringe?«

Ich wollte nicht zu eifrig erscheinen, denn sonst hätten sie die Aufgabe vielleicht einer anderen übertragen.

»Du machst das, und es wird dir gefallen.« Goldenberg setzte die Melone auf seinen Kopf und schritt auf die Tür zu.

»Wo gehst du denn hin?«, erkundigte sich Mordechai Dorfman, der damit beschäftigt war, ein neues Kartenspiel zu mischen. »Ich bin bereit, dir beim Binokel eine Chance zu bieten, dein Geld zurückzugewinnen!«

»Fangt schon mal ohne mich an«, erwiderte Goldenberg bestimmt. »Ich nehme ein Taxi zur Calle Chacabuco, um Lubarsky zu holen. Wir werden ihm eine *Bar Mizwa* bereiten, die er so schnell nicht vergisst.«

Und das taten sie. Dorfman befahl Marianna, ein Abendessen aus Klopsen und Kohl zuzubereiten, und verschwand in die *cantina* an der Ecke, um einen Liter Wein und zwei Liter Champagner zu kaufen. Dov Hirsch zerrte die arme narbenübersäte Sara aus ihrem Zimmer und beorderte sie nach unten, damit sie auf dem ramponierten Klavier spielte. »Etwas jiddischer Tango«, beharrte er, »wir wollen eine gute Atmosphäre.«

»Eine gute, erotische Atmosphäre«, fügte Dorfman hinzu. »Der Junge muss in Bezug auf Frauen endlich zur Besinnung kommen.«

Zwei frühe Kunden trafen ein, bevor Tutsik Goldenberg mit dir zurückkehrte. Sie wollten mit Rachel und Sara tanzen, und mich wollten sie mit nach oben nehmen. Der Erste vögelte mich angezogen, der Zweite redete über den Krieg in Europa.

Ich war mit den beiden in weniger als einer Stunde fertig. Ich nahm ihre Münzen und ging nach unten.

Als ich den Salon betrat, war die Verführung von Hankus Lubarsky bereits in vollem Gange. Du saßest an einem Tisch in der Küche, hattest eine Leinenserviette um den Hals gebunden, und vor dir stand ein übervoller Teller mit einem von Mariannas spanisch-jüdischen Gerichten. Goldenberg saß wie gewöhnlich beinahe auf deinem Schoß.

»Marianna, mehr Wein! Dieser Junge hier hat so hart an seinen ausgefallenen Zauberkunststücken gearbeitet, er braucht was Anständiges zu trinken.«

»Nein danke, für mich nichts mehr«, sagtest du und hobst dein Glas. »Sieh doch nur, ich habe kaum von dem hier getrunken –«

»Trink aus«, befahl Tutsik, »es geht alles aufs Haus. Mein lieber Junge, es ist mitten im Winter, die trostloseste Zeit des Jahres. Nur zu, trink aus, genieß es!« Dann gab er Hirsch ein Zeichen, der deinen Kopf zurückzog, woraufhin dir Dorfman den Wein in die Kehle goss. Du hustetest und begannst, dich zu ereifern, doch die Männer des Hauses lachten nur.

»*Pischerke!*«, rief Goldenberg. »Er kann mit sieben brennenden Fackeln jonglieren, aber er weiß immer noch nicht, wie man richtig trinkt!«

Irgendwie gelang es dir, dein Abendessen hinunterzubekommen. Bei jedem Gang drohten dir Tutsik Goldenberg und Hirsch damit, dir noch mehr Wein in die Kehle zu gießen, bis du ihren Schikanen nachgabst und ihn selbst trankst.

Nach dem Abendessen reichte Marianna einen Kaffee nach spanischer Art, in den Mordechai Dorfman ein wenig Schnaps goss. »Untersteh dich, ihn abzulehnen!«, erklärte ein inzwischen ziemlich betrunkener Tutsik Goldenberg. »Ich bin dein Gastgeber, der Vater, den du nie hattest!«

Du nahmst den Kaffee mit Schuss.

»*L'chaim*«, sagtest du mit schwacher Stimme.

»*L'chaim*«, antworteten die Männer. Dann nahm Dov Hirsch Mordechai Dorfman in die Arme, und die beiden hoben an, einen Tango zu tanzen – zuerst miteinander, dann nacheinander mit dir, Lubarsky, wobei du dich wandest, als sie dich in meine Arme bugsieren wollten.

Du wichst erschrocken zurück, doch die Männer schubsten dich wieder in meine Richtung. »Ganz ruhig, *Tate*«, flüsterte ich dir ins Ohr. »Ich weiß alles.« Ach, Lubarsky, wie ängstlich du mir in die Augen blicktest! »Keine Sorge«, flüsterte ich, »dein Geheimnis ist bei mir sicher.«

Die Männer öffneten Champagnerflaschen und schütteten einander den Inhalt über die Köpfe und in die Hosen. Als du angesichts der schäumenden Flasche dankend abwinktest, packte dich Tutsik Goldenberg an deiner Krawatte und nuschelte undeutlich: »Wehr dich nicht, *jingele,* ist alles für dich!«

Goldenbergs Kumpane tanzten miteinander, sie tanzten mit uns Huren und stiegen auf die Tische. Marianna flehte sie an, wieder herunterzukommen, denn die Tische könnten entzweibrechen, und was um Gottes willen würde Madame Perle nur bei ihrer Rückkehr sagen? Da packten die Männer sie, zogen sie in die Arme und tanzten auch mit ihr im Salon herum.

Um halb eins morgens argentinischer Zeit lagst du sturzbesoffen auf dem Gesicht, Hankus. »Marianna«, befahl Goldenberg, »schaff mehr Kaffee ran!« Dov Hirsch und Mordechai Dorfman zerrten dich in die Höhe. Jeder zog sich einen deiner Arme über die Schulter, und so schleppten sie dich die Treppe hinauf. Marianna trat gerade mit einem Tablett ein, als dich die beiden Männer auf mein Bett fallen ließen. Die beiden standen mit heraushängenden Zungen da.

»Worauf wartet ihr *schmucks?*«, knurrte ich.

»Er ist außer Gefecht gesetzt«, sagte Dorfman. »Wir müssen ihn wiederbeleben.«

»Darum werde ich mich schon kümmern«, erwiderte ich. »Das gehört mit zu meiner Arbeit. Und ich werde euch *schlubs* morgen früh genau Bericht erstatten.« Anschließend nahm ich sie bei den Händen und führte sie aus meinem Zimmer. Als sie verschwunden waren, schloss ich die Tür von innen ab.

Ich schüttete mir eine Tasse Kaffee ein und trank davon, während ich dich im Schlaf beobachtete. Wie du so besinnungslos dalagst, den Kragen geöffnet, die Krawatte schief, sahst du ausgesprochen feminin aus. Das Licht meiner Lampe fiel sanft auf deine weiße entblößte Kehle. Ich hätte am liebsten sofort mein Gesicht darin vergraben. Ich nahm meinen

Kaffee und setzte mich neben dich auf das Bett. »Hallo, du! Lubarsky«, flüsterte ich, »nimm einen Schluck hiervon. Tu's für mich.« Du richtetest dich für einen Moment auf, öffnetest die Augen und fielst dann wieder zurück aufs Bett.

Ich setzte die Tasse ab und zog dir deine wundervollen Männerstiefel und deine Socken aus, half dir aus dem Jackett und zerrte deine Hose herunter. Ich zog dir dein gut geschneidertes Hemd aus und wickelte die Bandage ab, die deine hübschen Brüste flach hielt.

Oh, Hankus, du warst eine so wunderschöne Frau! In diesem Augenblick verspürte ich ein großes Verlangen nach dir, aber nicht so, wie ich nach Perle oder auch nach Sara verlangte. Nein, mein Liebling, ich sehnte mich nach dir, wie ich mich vor so langer Zeit nach meiner süßen Tamar gesehnt hatte. Ich wollte mich in deinen Körper hineingraben, Hankus Lubarsky, ob schlafend und schnarchend oder wach und voller Zauber. Ich breitete eine Decke über dich und küsste dich zart auf die Stirn. Ich sehnte mich ebenso sehr danach, in dich zu gelangen, wie ich mich danach sehnte, frei zu sein.

Eine Stunde verstrich. Zwei Stunden. Ich lag neben dir, meine süße, schlafende Zauberin. Ich strich mit meinen Fingern durch dein dunkles Haar, ließ meine Lippen über deine starken Arme gleiten und hielt deine herrlichen Finger in meinen eigenen. Plötzlich hämmerte Goldenberg an die Tür. Du fuhrst erschrocken in die Höhe. »Bleib unter der Decke. Ich sehe schon zu, dass ich ihn loswerde«, flüsterte ich.

Ich zog meinen Kimono fest um mich und öffnete die Tür einen Spaltbreit. Hirsch und Dorfman standen sabbernd hinter Goldenberg.

»Also *nu*«, lallte Tutsik Goldenberg, »du hast ihn schon die ganze Nacht hier. Was ist los?«

»Gib ihm eine Chance. Der Junge macht das zum ersten Mal, schon vergessen? Ich versuche, es ihm langsam beizubringen, nicht so, wie ihr *chassers* es mich gelehrt habt.«

»Er ist also von der sensiblen Sorte, na und?« Dov Hirsch versuchte, sich an mir vorbei ins Zimmer zu drängen.

»Sensibel und schüchtern«, sagte ich und schob Hirsch zurück.

»Solange du ihm nur zeigst, wie man sich richtig vergnügt«, sagte Tutsik Goldenberg, »denn nach heute Nacht muss er wie jeder andere zahlen.«

»Aber sicher«, erklärte ich. »Und jetzt seht zu, dass ihr wegkommt, damit ich weitermachen kann!«

Sie brummten alle drei, als ich ihnen die Tür vor der Nase zuschlug. Als ich sie erneut öffnete, stießen sie sich gegenseitig die Ellbogen in die Seiten, um den besten Platz zum Lauschen zu ergattern. »Was ist mit euch los? Kann ein Mädchen hier nicht einmal etwas Privatsphäre haben?« Dann schlug ich die Tür mit einem Knall zu, drehte den Schlüssel herum und ließ ihn im Schloss stecken.

Du setztest dich im Bett auf, Lubarsky, und hieltest dir den Kopf. Deine Finger tasteten nach deinem Jackett, ein wundervolles schwarzes Samtding, das warm genug war für unsere argentinischen Winter. Du fischtest ein Zigarettenetui aus einer Tasche. »Möchtest du auch eine?«, fragtest du, ohne mich anzusehen. Ach, in diesem Moment war dir so jämmerlich zumute!

»Der Kaffee ist kalt. Ich könnte nach Marianna läuten, falls du heißen haben möchtest.«

»Ich hasse Mariannas Kaffee. Ich hasse Kaffee überhaupt.« Du tatest einen langen Zug an deiner Zigarette. »Das hier ist eine Katastrophe«, murmeltest du auf Polnisch, und mein Herz schmolz dahin. »Eine wahre Katastrophe.«

»Was redest du von Katastrophen? Ich weiß also jetzt, dass du eine Frau bist, na und? Das wusste ich vom ersten Augenblick an, als ich dich sah.«

Du blicktest mich völlig entsetzt an.

»Falls Rachel und Sara es auch wissen, so sind sie sehr diskret. Niemand hat darüber gesprochen – jedenfalls nicht mit mir. Und mach dir keine Sorgen wegen dieser schwachsinnigen Kerle. Du bist ihr *golden jingele,* Lubarsky, der Sohn, den sie in Polen zurückgelassen und niemals kennengelernt haben.«

Du bliesest einen Rauchschwall in die Luft und blicktest auf deine herrlichen Brüste hinab. »Tja, nun … so viel dazu.«

Nun war der Zeitpunkt gekommen, da ich dir mit Enthüllung hätte drohen sollen, um die Verwirklichung meines Plans zu erreichen, Hankus. *Hol mich hier raus,* hätte ich dir so gern in diese zarten Ohren geflüstert. *Kauf mich den Goldenbergs ab. Sag Tutsik, du hättest mich gern zum Geschenk.* Doch als du deine Zigarette glimmend an der Kante des Marmortisches neben meinem Bett liegen ließest, war ich mit Stummheit geschlagen. Der Kummer in deinen braunen Augen und die zarte Rundung deiner üppigen Lippen berührten mich auf eine Weise, dass ich mich nur noch über dich und dein ach so schönes Gesicht zu beugen vermochte, meine Zauberin, um dich mit der ganzen Leidenschaft meines Herzens zu küssen.

Am Ende brachten wir diese Trottel um ihr trostloses Vergnügen, Hankus. Wir liebten uns bis in die frühen Morgenstunden, und als wir voneinander ließen, da lagen sie alle in einem betrunkenen Haufen übereinander unten im Salon des Bordells.

In dieser Nacht standen wir nicht schnell in Flammen, wie ich es mit Sara oder sogar mit Perle erlebt hatte, noch war es die Art von kalkuliertem Liebesspiel, wie ich es mit Freiern machte. Du warst eine stille Liebhaberin. Ich glaube, du hattest noch niemals zuvor einen Menschen, sei es nun Mann oder Frau, geküsst, und so lag es allein in meinen Händen, dich zu berühren und zu halten und all die Wunden wegzulecken und wegzuküssen, die dich schweigen ließen. Du verweigertest dich mir nicht. Deine Lippen kamen den meinen entgegen, und du öffnetest dich mir, so wie ich mich Sara geöffnet hatte und wie ich mich Tamar geöffnet hätte. Doch im Gegensatz zu meinen zahlreichen ersten Malen öffnetest du dich bewusst. Du wusstest, wer ich war, und du murmeltest meinen Namen zwischen den Küssen. Ich begann, die Hoffnung zu hegen, dass du mich nach all den Tagen und Nächten, die du hierhergekommen warst, auf eine Weise erkanntest, wie ich dich erkannt hatte. Ich hoffte, dass du in mir vielleicht nicht nur eine *nafke* der Calle Talcahuano in Madame Perles Stall sahst, sondern mein wahres Ich erblicktest. Ich war verblüfft, dass du tatsächlich meinen Namen kanntest und ihn behalten hattest und mich im Bett Sofia nanntest. O Hankus, mein Liebling, du erkanntest mich, du erkanntest mich wirklich!

Es fing mit diesen Küssen an, die auf eine höchst ungewöhnliche Weise durch mich hindurchströmten, beginnend mit den Lippen als ihrer Quelle, ähnlich der Weichsel, die langsam von Chelmno nach Warschau fließt und von Ger nach Krakau. Ach, was für wundervolle Küsse waren das! Wenn wir nur sie gehabt hätten, Hankus, so hätten sie genügt. Doch dann berührte ich mit meinen abgestumpften Händen deine Schulterblätter und erspürte, wie süß und zutiefst traurig sie waren. Ich legte mein Ohr auf dein Herz, und auch dort war so viel Kummer. Unversehens lagen wir einander in den Armen und schluchzten. Erst danach konnte ich mein Werk vollenden, steckte meine Finger in dich und lauschte mit meinen Ohren und meinem Mund den Geschichten, die du mit dem Teil von dir erzähltest, der unleugbar weiblich war.

Ach, Hankus, mein Liebling, je öfter ich dich küsste und in den Armen hielt, desto mehr fühlte ich in meinem Inneren. Als ich genau hinsah, entdeckte ich, dass auch du still vor dich hin weintest.

»Was ist?«, flüsterte ich. »Was ist los, mein Liebling?« In diesem Augenblick warst du nicht mehr der Schlüssel zu meiner Freiheit – du warst in der Tat mein Liebling. Ach, wie süß und wunderbar waren doch diese Küsse! »Was bereitet dir einen solchen Schmerz, meine Schöne? Was quält dich so?«

»*Eje, nischt do gedacht!*«, riefst du. »Du sollst nicht wissen, was mich quält – und auch niemand sonst.«

»Aber ich möchte es«, murmelte ich, »ich möchte all deine traurigen Geheimnisse kennen. Wirklich. Wir sind jetzt ein Liebespaar, und ich kenne die tiefsten aller Geheimnisse.«

Du legtest eine Hand auf deine Brust und die andere auf deine Möse. »Aber wie kommt es, dass du mich siehst?«, fragtest du. »Wie kann das sein? Denn ich bin unsichtbar und geschützt. Ich weiß, dass es sich so verhält.«

Und dann erzähltest du mir deine Geschichte. Mit einem Mal war die Kluft zwischen uns verschwunden und damit auch all die Intrigen von meiner Seite, all die Wetten, die ich mit mir abgeschlossen, all die Versprechen, die ich mir gegeben hatte, um dich zu erpressen, und all die armseligen Abmachungen mit unredlichen Kräften.

Kapitel 14

Hankus, mein Liebling! Wie herrlich deine Küsse waren, wie neu und wunderbar! Sie waren aber auch verflucht, denn als wir uns küssten, da kehrte deine Erinnerung zurück.

War es der Geschmack von Blut auf unseren Lippen? Unsere gemeinsame Erinnerung an traurige Herzen und rollende Köpfe? An durchbohrte Bäuche und aufgeschlitzte Kehlen? So viele Jahre hattest du alles vergessen, bis auf das Bündel, das du – wie ich – in deinen Händen getragen hattest. Jahrelang vernahmst du nur ganz schwach die Schreie deiner Schwester und deiner Mutter, ein Vogelzwitschern irgendwo tief in deinem Kopf, das dich, wie in Krakau, in die hintersten Ecken des Vergessens trieb. Und dann deine Großmutter, die kleinste Frau auf Erden, du hattest sie verloren bis zu dem Zeitpunkt, als sich mein Herz dem deinen so unvermittelt öffnete! Denn was man ihr angetan hatte, hatten Kosaken getan, und es war so viel besser zu vergessen ... Du hattest vergessen – bis wir uns küssten, bis unsere zärtlichen Hände einander beruhigend über die untröstlichen Augenbrauen strichen. Wie kann es nur sein, mein Liebling, dass die Zärtlichkeit unserer Berührungen jene mörderische Nacht wieder heraufbeschwor? Diesen blutigen *erev Pessach* von vor vielen Jahren? Komm näher zu mir, mein Liebling. Ich werde es nun für dich erzählen, genau wie du es mir berichtet hast, obwohl es uns beiden das Herz bricht.

Anfangs schien es wie jedes andere *Pessach*-Fest zu sein, das du in deinen 13 langen Jahren miterlebt hattest. Deine Großmama Tsirel, diese liebe alte Dame, *olea haschalom,* so winzig und rüstig, stand im Morgengrauen auf und fing das letzte dürre Huhn mit bloßen Händen, brachte es dann zum *schochet,* der es schlachtete und segnete. Sie trug den Vogel nach Hause und warf ihn in einen Kessel mit kochendem Wasser. Sie rupfte die Federn aus und wusch das Tier. Dann legte sie es zusammen mit Mohrrüben und Zwiebeln in einen Tontopf, den sie in ihren Ziegelofen stellte, wo es den ganzen Tag bis zum Sonnenuntergang vor sich hinköcheln würde. Das kleine schlafende Huhn auf einem Bett von Wurzeln, wie friedlich und verheißungsvoll das schien. Wie es eure kleine Kate mit wundervollen Düften erfüllte! Wie wenig dies alles am Ende zählen sollte …

Deine geliebte Schwester Hinde – möge ihr Andenken immer gewahrt werden – polierte die Kerzenhalter und die wenigen Stücke des ganz besonderen Passah-Silbers deiner Mutter. Deine Aufgabe war es, den Boden aus festgestampfter Erde zu fegen, bis er glatt und eben war. Dann wuscht ihr beiden Mädchen gemeinsam die Wände und Fenster ab, bis euer Heim, das an den meisten Tagen so düster war, strahlte. Deine Mutter – möge sie in Frieden ruhen – hatte die ganze Woche über die *mazzes* gebeugt dagestanden, hatte sie ausgerollt und eingestochen, sie gehalten wie die Seiten eines heiligen Buches und sie mit allergrößter Vorsicht in das leinene *mazze*-Tuch gleiten lassen, das sie selbst als Mädchen bestickt hatte.

Gemeinsam zerteiltet ihr noch mehr Zwiebeln, Mohrrüben und Kartoffeln und gabt sie zu den Innereien von Großmama Tsirels Huhn, damit es eine goldfarbene Suppe ergab. Du schältest Kartoffeln, kochtest sie und zerstampftest sie zusammen mit gebratenen Zwiebeln und Schmalz, rolltest sie zu Bällchen und brietest auch diese.

Irgendwie war es deinem Vater – Gott hab ihn selig – auf seiner letzten Reise nach Krakau gelungen, einen Apfel und eine Handvoll Nusskerne zu ergattern. Deine Mutter legte sie auf das Fenstersims, und ihr Kinder hattet eine ganze Woche voller Verlangen darauf gestarrt. Dieser runde rote Apfel (der in Wahrheit mit Flecken übersät und mehr braun als rot war) und die Walnusssplitter. Jawohl, kleine Stückchen und Splitter. Heute nun endlich brachte deine Mutter sie mit einer Holzschüssel und einem Hackbeil an den Tisch. Zu eurem Entzücken zerhackte sie alles – den Apfel und die Nüsse – und fügte noch einen Spritzer Wein und etwas Honig hinzu. Dies war euer *charojßes,* der Mörtel des heiligen Tempels unseres Volkes, zerstört und wieder aufgebaut durch die *seder*-Feier, unser Feiertags-Festmahl.

Es war weit nach Mittag, als deine Mutter die mit Spitzen versehene Passah-Tischdecke ausbreitete, die sie als Teil ihrer Aussteuer von ihrer Großmutter geerbt hatte. Ihr Mädchen decktet den Tisch mit dem angeschlagenen Passah-Porzellan und dem besonderen Kelch für den Propheten Elias. Großmutter Tsirel brachte ihre getöpferte *seder*-Platte, die ihrer Mutter gehört hatte und davor deren Mutter. Dann legtet ihr alle die heiligen Nahrungsmittel darauf, die stets ein *Pessach*-Fest ausmachen: Salzwasser für die Tränen unseres Volkes, gebratene Eier und Hachse, bittere Kräuter der Erde und süßliche grüne Kräuter des Frühlings. In die Mitte des Tisches stellte deine Mutter die Kerzenleuchter ihrer Großmutter und steckte die beiden geweihten Kerzen hinein, um den Feiertag willkommen zu heißen, wenn die Sonne schließlich unterging.

Dein Vater – möge seine Seele in Frieden ruhen – kam an jenem Tag früh von den Feldern. Er zog seine dreckigen Arbeitskleider aus und ging ins Badehaus, um sich zu waschen. Als er zurückkam, trug er eine Hose, die statt einem halben Dutzend Löchern nur zwei hatte, und ein Hemd, das sich bis zum Hals zuknöpfen ließ. Sein *zizit* hing ihm über die Hose herunter. Mit seinem sauberen Haar, das er sich glatt zurückgekämmt hatte, sah er gut aus und war bereit für die Feiertage. Er gab deiner Mutter zum Abschied einen Kuss und ging mit den anderen Männern des Dorfes in die Synagoge, um zu beten.

Inzwischen war die Sonne beinahe ganz untergegangen. Man konnte die Aufregung, die über dem ganzen Dorf lag, spüren. Du bereitetest dich darauf vor, den Frühling in deinem winzigen Winkel der Welt zu begrüßen. Du trugst immer noch deine Alltagskleider – einen dreckigen Kittel, ein altes Hemd deines Vaters, deine großen, schwarzen Socken und Schuhe.

»*Wilde!*«, schalt dich deine Großmama. »Dein Vater wird, ehe du dich's versiehst, wieder zu Hause sein, und du siehst aus wie ein wildes Tier!« Sie war nicht glücklich darüber, dass du dir immer erst in der letzten Minute deine steife Festtagskleidung überzogst – ein weißes Kleid, das dir über der Brust und um den *toches* zu eng war, Knöpfe, die hinten bis in den Nacken hinauf geschlossen wurden und dich zu ersticken drohten. Armes Hankele, du vermochtest dich in deinen feinen Sachen kaum zu bewegen. Und arme *Bobbe* Tsirel, sie hasste die Alltagskleider, die du trugst. Am Ende allerdings waren es ebendiese Kleider, die dir das Leben retteten. Hätten sie doch nur das Gleiche für sie tun können.

»Lass Hannah nur in Ruhe, Mama«, mischte sich deine Mutter ein. »Es ist gut, dass sie noch so aussieht, als hätte sie die Katze hereingeschleppt. Hannele, mein Liebling (denn so nannte sie dich damals), dein Vater war in solcher Eile, sich in einen anständigen Mann zu verwandeln und zur *schul* zu kommen, dass er vergessen hat, uns Wasser zu holen. Geh nur hinunter zum Fluss und bring uns zwei Eimer voll. Sonst wirst du nichts zu trinken haben.«

Deine Großmutter schüttelte den Kopf und schnalzte mit der Zunge. »Beeil dich, lauf nur, die Sonne ist beinahe untergegangen!«

Doch du wusstest, dass du dir Zeit lassen konntest. Zwar sah Gott es als Sünde an, wenn Erwachsene an den Festtagen nach Sonnenuntergang noch arbeiteten. Du warst immerhin schon 13 Jahre alt, aber du warst ein Mädchen. Gott war nicht darauf aus, dich zu bestrafen, dachtest du dir, obwohl du dich später gefragt hast, ob dies wirklich der Wahrheit entsprach. Es gab ja zu viele Männer und Jungen, die er im Auge halten musste, und das nicht nur in deinem eigenen kleinen Dorf, sondern auf der ganzen Welt. Du gingst an diesem *erev Pessach* froh gestimmt zum Fluss hinunter, denn auf diese Weise konntest du das Anlegen der Festtagskleidung, in der du immer viel mädchenhafter wirktest, als du dich fühltest, noch um eine weitere halbe Stunde aufschieben.

Du schlepptest die leeren Holzeimer zum Fluss hinunter, ließest sie nacheinander ins Wasser sinken und zogst sie dann bis zum Rand gefüllt wieder heraus. Du befestigtest sie an dem Joch, das du wie ein Ochse um den Hals trugst. Bevor du die gefüllten Eimer, deine letzte Last vor zwei Ruhetagen, nach Hause trugst, blicktest du über den Fluss. Die Sonne war beinahe fort. Eine angenehme Brise strich dir durchs Haar, weich und feucht, kühl auf dem Gesicht, doch bereits mit einer Vorahnung auf die warmen Tage versehen, die bald kommen sollten. Denn an *Pessach* begrüßt man in Polen den Frühling. Und welch eine Freude du verspürtest, so mit den Eimern voller

Wasser am Fluss zu stehen. Ja, du allein, um den Frühling willkommen zu heißen.

Du gingst ein wenig gebeugt unter dem Gewicht, als du mit schweren Schritten den Weg zurück zur Kate einschlugst, doch du warst stark und damals noch von dir überzeugt. Bald schon waren die Eimer im Gleichgewicht und beinahe leicht. Du kamst mit einem tiefen Frieden im Herzen über die kleine Erhebung zur Hauptstraße deines Dorfes. Welch ein Glück du doch hattest, hier zu sein, an einem solchen Abend – dem wunderbarsten Abend des jüdischen Jahres –, welch ein Glück, lebendig zu sein!

Und dann, mit einem Male, vernahmst du Pferdehufe. Danach zerspringendes Glas und Schreie. Du blicktest auf und sahst – ja, was eigentlich? Überall weiße, herabfallende Federn und durch diese Federn große Männer auf Pferden, die in alle Richtungen stürmten, auf Polnisch schrien und Namen riefen.

Du standest dort am Rande der Straße mit dem Gewicht deiner Wassereimer auf den Schultern und sahst mit offenem Mund zu, während Blut spritzte, Feuer loderte, Männer und Frauen schrien und fluchten. Über all diese Stimmen hinweg vernahmst du die lauten Schreie deiner Mutter, die deinen Namen und Hindes Namen rief. Du wolltest zu ihr laufen, doch deine großen Füße rührten sich nicht.

Sie zogen blitzende Säbel und Schrotflinten. Sie stürmten mit brennenden Fackeln auf die Synagoge zu, während die Männer des Dorfes wie erstarrt in ihren Gebetsschals dastanden oder Steine warfen. Dies half wenig, um die donnernde Welle aus Pferdefleisch und Feuer aufzuhalten. Innerhalb von Minuten stand die Synagoge in Flammen, und überall in ihrer Nähe hielten Männer und Frauen ihre Bäuche umklammert, hielten sich ihre Seiten. Kehlen wurden aufgeschlitzt, Blut und *kischke* ergossen sich auf die Straße, Kinder rannten panisch im Kreis, als ob auch sie, gleich der Synagoge und eurem Haus, in Flammen stünden.

Du warst weiterhin wie erstarrt. Unsichtbar. Und dort, nicht mehr als einen halben Meter entfernt, so nah, dass du sie hättest berühren können, war deine Großmutter Tsirel und hielt den schlaffen Körper deiner geliebten Schwester Hinde in den Armen. Und war das nicht ein Kosake, der drohend über ihr aufragte, die Hände, Pranken gleich, in die Hüften gestemmt, und sich schier totzulachen schien? Großmama Tsirel reckte sich zu ihrer ganzen Größe auf, womit sie halb so groß war wie er. Sie bot ihm deine Schwester wie eine Opfergabe dar. »Mörder!«, stieß deine Großmutter auf Polnisch hervor. »Müsst ihr kommen und uns zum Vergnügen in Stücke reißen? Habt ihr denn keine Vorstellung davon, was gut und böse ist in der Welt? Uns wie Schweine abzuschlachten, wäre an jedem anderen Tag schon schrecklich genug, aber ausgerechnet am *Pessach!* Kindsmörder!«, schrie sie. »Kannibale!«

Der Kosake (ich hoffe, er hat ein Dutzend Rasierklingen verschluckt) beugte sich vor, als wolle er deine überaus geliebte *Bobbe* Tsirel unter dem Kinn kitzeln. Aber was tat er stattdessen? Er hob eine Mistgabel und rammte sie deiner Großmutter, ohne auch nur einen einzigen Moment zu zögern, in den Bauch. Ja, er rammte ihr die Mistgabel in den Bauch, durchbohrte sie und hob sie mit einer Hand in die Luft, während die liebe *Bobbe* Tsirel, die liebste aller Großmütter, zappelte und schrie (dieses Mal auf Jiddisch): »Mörder! *Chasser!* Mögest du in deiner katholischen Hölle verrotten! Verrotten!«

Der Kosake warf sie dann mit der Mistgabel an die Stelle, wo dein Vater stand und brüllte: »Bestien! Ihr Bestien!«

Deine Mutter schrie: »Wo sind meine Kinder? Fort! Fort! Fort sind sie!« Und die ganze Zeit über verfluchte deine arme Großmutter, die bereits so gut wie tot war, mit ihren letzten jüdischen Atemzügen dieses erbärmliche Ungeheuer.

Plötzlich schrie ein anderer Soldat deinen Eltern zu: »Gehört die hier euch?« Er hob die Leiche deiner Schwester Hinde mit beiden Händen in die Luft, und ohne darüber nachzudenken, dass sie bereits tot war, schleuderte er sie gegen eine Steinmauer. Dann richtete er seine Pistole auf deine Mutter und schoss ihr genau in dem Moment ins Herz, als seine Spießgesellen zu Pferde sich daranmachten, deinen Vater und Gott weiß wie viele andere in Grund und Boden zu trampeln.

Und was tatest du? Nichts, rein gar nichts. Du standest einfach so da, wie du es mir geschildert hast, mit deinem Ochsenjoch, das dir gegen den Hals drückte, und sahst zu, während der Rauch in die Luft stieg und die Kosaken, die bisher noch nicht wieder aufgestiegen waren, auf die Rücken ihrer Pferde kletterten und davongaloppierten. Du standest da, bis du es nicht mehr aushalten konntest. Dann ließest du die Eimer fallen, und das Wasser lief in alle Richtungen und vermischte sich auf diesen traurigen, dreckigen Straßen mit dem Blut.

Nicht alle waren sofort tot. Einige lagen blutend und fluchend ausgestreckt zwischen den Ruinen des Dorfes da. Andere in Stücke geschnitten auf dem tauenden Boden. Du zogst die Mistgabel aus dem Bauch deiner Großmutter. Sie blutete und packte deine Hand. Sie versuchte, dir etwas zu sagen, vermochte aber nicht zu sprechen, und dann verdrehte sie die Augen und starb.

Wie konnte es nur geschehen, dass dich die Soldaten nicht sahen, während sie all die anderen Dorfbewohner mit Säbeln aufschlitzten und sich dabei vor Lachen die Seiten hielten? Da war kein freundlicher Soldat, der dich rettete, kein Mann, der dir ein Messer an die Kehle hielt, dich vergewaltigte und dich im Glauben, du seiest tot, liegen ließ. Das Wunder lag darin, dass du mitten unter ihnen standest, ohne dass dich jemand bemerkte. Du sahst wie all die anderen Mädchen aus, die davonliefen und um sich traten und in die Gesichter der abscheulichen Männer spuckten, der einzige Unterschied waren deine lehmverkrusteten Schuhe und die Wassereimer über deinen Schultern. Du warst Jüdin wie deine Nachbarn. Dennoch bliebst du verschont, während um dich herum die Hölle tobte. Und als es vorbei war, da warst du nicht nur die einzige Überlebende deiner Familie, sondern die einzige Überlebende deines kleinen *schtetl*.

Du fandest deine schlimm zugerichtete Hinde zwischen den Ruinen und trugst sie zu der Stelle, wo deine Großmutter lag. Dann brachtest du deine Mutter, die ihr totes Herz umklammert hielt, ebenso dorthin wie deinen Vater, dessen blutige Leiche in Schande erstarrt dalag. Du nahmst jeweils eine ihrer Hände in deine eigenen und zerrtest sie zu Hinde und Tsirel, ehe du alle nacheinander zum Fluss hinuntertrugst. Dann setztest du dich neben sie und weintest.

Du gingst zurück und suchtest in den Trümmern deines kleinen Dorfes nach einem Spaten. In der Asche der schwelenden Synagoge fandest du ein verkohltes Gebetbuch. Du brachtest beides mit zurück zum Fluss. Mit dem Spaten grubst du vier flache Gräber und bettetest deine Familie zur ewigen Ruhe. Du bedecktest sie mit lehmiger Erde, hobst das Gebetbuch auf und fandest das *kaddisch*-Gebet. In einem anderen Dorf und mit einem anderen Vater hättest du ein Gebet erfinden müssen. Aber dein Vater – möge er in Frieden ruhen – hatte dich die hebräischen Gebete gelehrt, weil du die Älteste von zwei Töchtern warst und jemand für ihn beten musste, wenn er gegangen war. Wie konnte er wissen, dass sein Leben einmal so enden würde? Nicht als alter Mann, der im Bett stirbt, mit seiner Frau und den beiden Töchtern an seiner Seite, sondern in der Blüte seines Lebens, am ersten Abend des *Pessach*-Festes von Ungeheuern niedergemetzelt. Wehe ihm, wehe dir!

Mit dem zerfallenden Gebetbuch in Händen, das immer noch warm war vom Feuer der Kosaken, standest du da und sprachst das Gebet für deine Familie. *Jisgadal vejiskadasch schmej rabe* … Viermal sprachst du es und schaukeltest über jedem der Gräber vor und zurück, während der Rauch über dich hinwegblies und ein voller Mond in dieser Passah-Nacht emporstieg.

In jener Nacht schliefst du auf den lehmigen Gräbern deiner Familie. Du erwachtest bei Sonnenaufgang und erinnertest dich an ihre Schreie und an deinen Schmerz. Hier war deine Familie, die du beerdigt hattest, aber was war mit den anderen? Wie sah deine Pflicht ihnen gegenüber aus? Du warst wie betäubt, und deine Arme und Beine waren schwach, doch du machtest dich auf, deine schreckliche Hinterlassenschaft zu begutachten. Hier lag der Kopf von Schmuel, dem *jeschiwe*-Meister, die linke Hand von Simcha, seiner Frau. Dort lagen die verrenkten Körper eurer Freunde Tova und Rosa und der Leib ihres Bruders, dem ernsten Chaim. Alle waren sie tot, alle hielten sie einen Teil ihres Körpers umklammert und lagen in ihrem eigenen Blut.

Du warst 13 Jahre alt, Hankus, mein Liebling! Was blieb dir anderes zu tun, als dich um deine eigene Familie zu kümmern und für die anderen zu beten?

Selbst in der kühlen Morgenluft roch es in deinem kleinen Dorf nach Rauch und Blut. Du krochst in die Trümmer eures Hauses. Es herrschte ein heilloses Durcheinander, überall lagen blutige Federbetten und Überreste des zerfetzten *Haggadot*. Doch dort, bei einer der Pritschen, lag das, wonach du suchtest – zusammengeknüllte Kleidungsstücke deines Vaters. Rasch zogst du deine dreckigen Sachen aus und legtest die Kleidung deines Vaters an. Seine Hose schleifte über den Boden, die Ärmel seines Hemds fielen über deine Hände herab, und alles stank nach Rauch. Du rolltest die Ärmel und die Hosenbeine auf, zogst die Taille ganz eng und bandest ein Stück Schnur darum. Dann zerrtest du den schwarzen Arbeitsrock deines Vaters aus dem Schutt. In der Tasche steckten eine alte Mütze und ein Paar Handschuhe. Du zogst alles an. An den Gestank hattest du dich traurigerweise inzwischen gewöhnt.

Du krochst wieder aus den Trümmern hervor, doch als du zu der Stelle kamst, an der früher einmal die Tür gewesen war, erblicktest du die Kerzenhalter deiner Mutter. Du hieltest sie an dein Gesicht gepresst und weintest. Oh, welch trauriges Vermächtnis! Welch Kummer für eine Frau! Du wickeltest sie in den Schal deines Vaters ein und stopftest dir das Bündel unters Hemd. Dann stecktest du dir ein rostiges Küchenmesser in die Tasche, das auf dem Tisch inmitten der zerbrochenen Teller lag. Du verabschiedetest dich von der Ruine, die einmal dein Heim gewesen war, und gingst hinunter zum Fluss, wo du deine Familie begraben hattest. Du setztest dich neben sie, stelltest die Kerzenhalter auf das Grab deiner Mutter und nahmst das Messer aus der Tasche. Die Toten waren deine Zeugen, als du dir dein Haar abschnittest.

Nachdem das getan war, hobst du die Kerzenleuchter auf, schmiegtest dich tief in den Rock deines Vaters und machtest dich in südlicher Richtung gen Krakau auf, wo allein Gott wusste, wie es dir ergehen würde.

Diese Geschichte erzähltest du mir in unserer ersten Liebesnacht. Erinnerst du dich noch daran, wie das erste Sonnenlicht in mein winziges Bordellzimmer sickerte? Ich legte meine Finger auf deine Lippen und berührte dein Haar und deine Augen. Du wandtest den Blick von mir ab, denn selbst eine so kleine, freundliche Geste wie die meine brach dir schier das Herz. Du seufztest tief, ganz so wie ich – Seufzer der alten Heimat. Dann begannst du zu schluchzen, wie du seit deiner ersten Nacht bei Max und Motke nicht mehr geschluchzt hattest. Ich stimmte mit ein und hielt dich fest, während du hin- und herschaukeltest und zittertest, aber nicht ein einziges Wehklagen kam über deine Lippen. Nein, wir klagten nicht, denn diese schrecklichen Männer, unsere Gönner, lagen wohl unten ohnmächtig in ihrem Champagner-Erbrochenen, aber wir wussten nicht, wie lange noch.

Ich hielt dich in den Armen, Hankus, und gab dir noch einige Küsse, aber dann zog ich dich aus dem Bett, wickelte dir deine Bandage um die Brüste, zog dir dein elegantes Hemd über den Kopf, half dir dabei, deine Hose zu schließen, deine Stiefel überzuziehen und dein langes schwarzes Haar zurückzukämmen. Dann führte ich dich zum Fenster, Hankus, und du sprangst nicht etwa, nein, du flogst.

Kapitel 15

Als Madame Perle Goldenberg drei Tage später aus Mendoza zurückkehrte, brachte sie mehr als nur ein bezauberndes Hochzeitskleid mit. Oh, das Kleid war ganz außergewöhnlich, ohne Zweifel: winzige Perlen, die in einer Reihe an beiden Armen entlangliefen, transparente Spitze über dem Mieder, sodass gerade genug zu sehen war, ohne es unanständig erscheinen zu lassen, hübsche Stulpenhandschuhe aus Spitze und eine Schleppe so lang wie eine Bordell-Treppe. Und was den Schleier angeht, so etwas hatte es wohl noch nie zuvor gegeben. Er stellte eine Kombination dar aus traditionellem spanischen Stil (das ganze Ding wurde mit einem hohen Elfenbeinkamm am Kopf befestigt) und einem für Osteuropa typischen Bestandteil jeder Hochzeitszeremonie (er bedeckte Madames Gesicht vollkommen, ließ aber eine Ahnung von ihren strahlenden, schönen Augen durchscheinen). Doch das wirklich Unerhörte an dem Kleid war die Farbe: Es war weiß.

»Ich sehe einen spöttischen Ausdruck in euren Augen«, schalt sie uns, als sie uns *nafkes* am Abend ihrer Rückkehr das Kleid vorführte. »Als zukünftige Braut eines überaus gläubigen Mannes habe ich ein Recht darauf, Weiß zu tragen. So steht es in der Gemara geschrieben. Die genaue Seite vermag ich nicht mehr zu nennen, aber ich weiß, dass es sich so verhält.«

»So hat sie es doch schon ihr ganzes Leben gewollt«, murmelte Sara, aber Madame Perle überhörte es geflissentlich.

Wir anderen, ja selbst ich, bewunderten die wunderschöne Spitze und die winzigen Perlen mit dem schimmernden Glanz. Wir flatterten aufgeregt um Perle Goldenberg herum, bis ihr Bruder Tutsik mit dir an seiner Seite hereinmarschiert kam. Du nicktest mir höflich zu und gingst dann weiter. Wir hatten uns in meinem Zimmer darauf verständigt, dass gespielte Gleichgültigkeit der schnellste Weg zum Beisammensein wäre. Ich beobachtete deinen amüsierten Gesichtsausdruck angesichts Madame Perles unerhörter Aufmachung, doch dann bemerkte ich Tutsik und sah mich nach einem sicheren Versteck um.

»Was haben wir denn hier? Was soll das?«, rief er ungläubig. »Was um Himmels willen tust du in diesem Kleid? Ist das ein neuer Dreh, um mehr Geld aus den Kunden herauszubekommen? Trägst du das für sie im Bett? Es ist eine bekannte Tatsache, Hankus, dass selbst Juden nicht über eine solche Art der Perversion erhaben sind.«

Darauf erwidertest du nichts, zucktest lediglich mit den Schultern und lächeltest. Ich versuchte, dir in die Augen zu schauen, doch dein Blick wich mir aus.

Perle reagierte entrüstet auf Tutsiks Bemerkung. »Glaubst du wirklich, dass ich in einer solchen Aufmachung so etwas tun würde?«, stieß sie hervor. »Das hier ist nicht für irgendeinen Freier, damit er einen Ständer bekommt. Das hier werde ich bei meiner Hochzeit tragen.«

Tutsik nahm seinen Hut ab, zog die Jacke aus und setzte sich auf einen Stuhl. »Hochzeit?«, sagte er und lachte schallend. »Wer um alles in der Welt sollte dich denn heiraten wollen?« Er knuffte dich in den Arm. »Wer sollte die heiraten wollen?«

»Viele Männer, nehme ich an«, erwidertest du und legtest ebenfalls Hut und Jacke ab. »Meinem Verständnis nach ist das hier ein solides Geschäft. Madame Perle dürfte einen ausgezeichneten Fang abgeben.«

»Ist nur die Frage, was genau man sich bei ihr einfängt!«, lachte Tutsik. Er hörte gar nicht mehr auf zu lachen, und das war ebenso sehr sein Untergang wie der unsrige. Mit seinem Gelächter gab er seiner Schwester Perle die perfekte Gelegenheit, die Katze aus dem Sack zu lassen. So konnte sie ihrem arroganten Bruder Tutsik alles auf einmal an den Kopf werfen, all das, was er hören wollte, und auch das, was er nicht hören wollte.

»Oh, du Schwachkopf!«, schnauzte Perle ihn an. »Du Narr! Ich heirate einen Mann, der dich wie den Einfaltspinsel aussehen lässt, der du bist. In kaum mehr als einer Woche wird der großartigste Lehrer ganz Europas hier eintreffen, um mich aus diesem Höllenloch zu holen, und durch seine Liebe und seine Hingabe werde ich die Erlösung finden!«

»Was für eine Vorstellungskraft!«, platzte der männliche Goldenberg heraus. »Was für eine unglaubliche Fähigkeit zur Selbsttäuschung du doch hast, Perle! Hat sie etwa zu tief in unser Opium geschaut, Sara? Oder vielleicht liest du zu viele Bücher! Meine Schwester hält sich für einen Gelehrten, Hankus. Wusstest du das?«

Du saßest auf dem Klavierstuhl und schobst nervös deinen Spazierstock zwischen den Knien hin und her. »Ich bin mir bewusst, dass Perle hin und wieder ein gutes Buch zu schätzen weiß.« Du nicktest Perle zu.

»Oh, verschone uns!«, stieß Sara hervor, und mir lief es kalt den Rücken hinunter.

Tutsik ging zur Anrichte und goss sich einen Schnaps ein. »Was um Himmels willen verleitet dich zu der Annahme, dass irgendein Mann, der auch nur das kleinste Fünkchen Anstand im Leib hat und dazu noch ein *Rabbi* ist« – dieses Wort stieß er mit hasserfüllter Stimme aus –, »auch nur einen einzigen Gedanken daran verschwenden würde, dich zu heiraten?«

Daraufhin zog Madame Perle ihre Stulpenhandschuhe hoch und hielt den Mittelfinger ihrer linken Hand in die Höhe. Und zum ersten Mal erblickten wir den Diamanten, den Beweis, der sie zu ihrer heimlichen Besorgung nach Mendoza hatte fahren lassen, ein Diamant, der die gesamte Länge ihres Fingers bis zum Knöchel einnahm. Wie prächtig er funkelte! Selbst Sara schnappte nach Luft, als sie ihn sah.

»Soso«, kicherte Tutsik Goldenberg. »Sieh mal einer an.« Er nahm in seinem Lieblingssessel Platz und wurde mit einem Mal sehr ernst. »Und ist dieser glückliche Rabbi einer von unseren bescheidenen argentinischen Juden? Einer der vielen Männer, die am Samstagabend hier hereingestolpert kommen, um sich ihrer himmlischen Frustrationen zu entledigen?«

»Natürlich nicht.« In Perles Stimme lag ein aufrichtiger Stolz. »Er ist aus der alten Heimat, und wir werden gemeinsam dorthin zurückreisen und unsere Hochzeit feiern.«

Tutsik dachte für einen Moment nach. Er nahm einen großen Schluck von seinem Schnaps und strich sich die Weste glatt. Er blickte uns *nafkes* der Reihe nach an, und jede Einzelne von uns wandte den Blick ab. »Und wer soll sich für dich um den Laden hier kümmern, Perle? Wen hast du dafür vorgesehen?«

Perle blickte ihrem Bruder geradewegs in die Augen. »Vielleicht habe ich ja dich im Sinn, Tutsik.«

»O nein, ohne mich«, erwiderte er, wuchtete sich aus dem Sessel in die Höhe und ging ins Esszimmer hinüber. »Wo bleibt das Abendessen, Marianna? Ich bin am Verhungern!«

Eine unbehagliche Stille entstand. Ohne mich eines Blickes zu würdigen, folgtest du ihm, Hankus.

Perle legte ihren Schleier ab, und wir *nafkes* falteten ihre Schleppe. Sie zog ihre Handschuhe aus und schlüpfte aus ihrem herrlichen Kleid. Als sie mit den Fingern schnippte, reichte ihr die junge Magda einen Morgenmantel. Marianna hatte inzwischen eine Platte mit Steaks auf den Esszimmertisch gestellt. Du saßest bereits mit ordentlich gefalteten Händen da. Aber bevor wir Madame Perles Hochzeitsausstattung sicher verstaut hatten, kaute Tutsik Goldenberg schon sein Essen.

»Ich bitte dich, noch einmal über mein Angebot nachzudenken, Tutsik«, sagte Perle, als sie ihm gegenüber Platz genommen hatte.

»Nein, nicht nötig«, entgegnete er und nahm einen enormen Bissen von seinem Steak. »Als Agent dieses jungen Mannes hier muss ich mich um meinen eigenen Besitz und meine eigenen Geschäftsangelegenheiten kümmern.« Er strahlte dich an wie ein stolzer Vater. Du allerdings rutschtest unruhig auf deinem Stuhl hin und her. »Die Premiere unserer Zauberschau im Theater des Gebrochenen Herzens ist für Ende Juli vorgesehen«, fuhr Tutsik fort. »Das Datum steht schon fest! Und Hankus hat Tag und Nacht an seinen Zauberkunststücken gearbeitet, nicht wahr, mein Junge?«

Du legtest ein Steak mitten auf deinen Teller, und ich sah, wie du dir ein klein wenig die Krawatte lockertest. »Ja, Tag und Nacht, Tag und Nacht.«

»Vom Dunkel der Nacht bis zum ersten Sonnenlicht, die Arbeit eines *Zauberers* hört niemals auf, stimmt's, Hankus?«, sagte Rachel mit ausdrucksloser Stimme.

»Genau«, erwidertest du und griffst nach dem Salz.

Perle hob die Hand, woraufhin Marianna ihr gehorsam die Schüssel mit der Grütze brachte. »Mein einfältiger Bruder«, brachte Perle das Thema wieder auf ihr eigenes Geschäft zurück, »die Zeit ist gekommen, dir endlich die Wahrheit über deine Investition in Hankus Lubarsky und deinen heimlichen Partner zu sagen.«

Du hattest unterdessen überaus konzentriert weitergegessen, doch nun beobachtete ich, wie eine Gabel mit einem Stück Steak auf dem Weg zu deinem Mund auf halber Strecke wie erstarrt in der Luft hängen blieb. War es möglich, dass du die Wahrheit darüber, wer wirklich deinen Hintern besaß, die ganze Zeit über gekannt hattest? Wir, die wir um den Tisch versammelt waren, hielten den Atem an.

»Hankus weiß, wer seine Rechnungen zahlt, Perle. Ich habe keinen heimlichen Partner, bloß einen stillen.« Tutsik legte dir eine schwere Hand auf die Schulter. Du sacktest ein klein wenig unter dem Gewicht zusammen. »Wir alle hier sind deine ach so kluge Geschäftemacherei leid, Perle. Zieh nur los und heirate deinen Rabbi«, sagte Tutsik verächtlich. »Wenn du irgendwann wiederkommst, wird dieser Laden hier ein einziges Chaos sein, aber Hankus Lubarsky und ich, wir werden einander reich gemacht haben.«

»Er kann dich gar nicht reich machen, Tutsik.« Madame Perle starrte ihren Bruder an. Du rutschtest wieder einmal auf deinem Stuhl hin und her, Hankus, schienst aber nicht im Geringsten überrascht zu sein. »Erkläre ihm, warum nicht, Sofia.«

Ein Pfeil schien sich in meinen Körper zu bohren. »Ich?«

»Ja, du, mein Liebling.« Perles Augen waren ausdruckslos, und dennoch funkelten sie. »Sag es ihm.«

»Es gibt keinen Grund für Sofia, irgendetwas zu erklären, Madame Perle.« Deine Stimme erschallte laut und klar über den Esstisch. »Mein lieber Tutsik, Marek Fischbein ist derjenige, der allein ein Anrecht auf mich hat, denn er ist der alleinige Besitzer. Ich weiß es schon seit einer ganzen Weile.«

Tutsik Goldenbergs Gabel fiel mit einer solchen Wucht, dass es ein Wunder war, dass Madame Perles elegantes, importiertes Geschirr nicht zerbrach. »Mir ist ja schon einiges an Frechheit untergekommen, aber das schlägt ja nun dem Fass den Boden aus!«, sagte er, schob seinen Stuhl mit einem Ruck vom Tisch zurück und ließ die Überbleibsel seines Lieblingsgerichts – dickes Steak, butterweich und beinahe noch roh – zurück. Er ragte zitternd vor uns auf und rang die Hände, als müsse er sich bezähmen, um Perle nicht auf der Stelle zu erwürgen. »Du hast meinen Anteil an Hankus Lubarsky an Fischbein verkauft?« Er ließ seine Faust auf den Tisch herabsausen. Sämtliches Geschirr hüpfte in die Höhe. »Du hattest nicht das Recht, Hankus zu verkaufen! Nicht das Recht!« Wieder sauste die Faust herab. »Das ist einfach unglaublich«, murmelte er, »einfach unglaublich!«

Du räuspertest dich und sagtest: »Mein lieber Goldenberg – niemand hatte überhaupt je das Recht, mich zu verkaufen.«

Sara und Rachel brachen in schallendes Gelächter aus, während sich Magda verwirrt umschaute und ich kurz davorstand, aus dem Fenster zu springen und mich unter das nächstbeste Taxi zu werfen.

Madame Perle ignorierte uns alle. Sie zupfte sich unsichtbare Flusen von ihrem Seidenmorgenrock und blickte ihren Bruder wütend an. »Ich war der Auffassung, dass ich dir damit einen Gefallen tun würde, Tutsik.« Sie rückte ihren sagenhaften Ring zurecht. »Niemand, der bei klarem Verstand ist, lässt sich auf ein Geschäft mit Fischbein ein, es sei denn, er hat genug Geld, um ihn zu blenden, oder er hat eine Pistole an der Stirn.«

»Aber das ist doch schon Monate her! Wer hat dir das denn überhaupt erzählt?« Goldenberg fuhr herum und sah mich an. Ich griff nach meinem Steakmesser und hielt es vor meinen Körper. »Du!«, schrie er. »Du hast meine Trunkenheit für deine erpresserischen Zwecke ausgenutzt! Ich hätte wissen müssen, dass du nicht imstande bist, meine Geheimnisse zu bewahren. Und *du!*« Tutsik Goldenberg hechtete mit einem mörderischen Glitzern in den Augen auf dich zu, Hankus. Rachel und Sara packten ihn an den Schultern, woraufhin er in seinen Stuhl zurückfiel. »Mein geliebtes *jingele! Du* hast mich betrogen!«

»O nein, niemand hat dich betrogen, Tutsik.« Perle stand da, die Knöchel auf den Tisch gepresst. »Glaubst du etwa, Marek Fischbein hätte dem Jungen nicht gedroht, ihn umzubringen, wenn er sein Geheimnis verriet? Und belästige ich diese Mädchen etwa mit unseren belanglosen kleinen Familienproblemen? Fischbein ist selbst zu mir gekommen und hat mir angeboten, deinen Anteil an Lubarsky zu kaufen, um deine Schulden zu bezahlen. Ich habe natürlich zugestimmt, weil ich es nicht gern sehe, dass du dich zum Narren machst.«

Tutsik starrte seine Schwester wütend an, sagte aber nichts.

»Ja, begreifst du denn immer noch nicht, wie dieser *nischgutnik* arbeitet? Du hättest die ganze Arbeit erledigt, um Lubarsky auf die Bühne zu bringen, und hättest all das Geld, das du von Fischbein geborgt hast, dazu verwendet. Wenn es dann daran gegangen wäre, die Gewinne zu verteilen, und du die Hand für deinen Anteil ausgestreckt hättest, hätte er dir nur einen Haufen Scheiße hineingelegt. Damit wärest du dagestanden: *bupkes*.«

»Ja« – Goldenbergs Zeigefinger berührte beinahe Madame Perles Nase – »ich hätte *bupkes* gehabt, aber es wäre zumindest *mein bupkes* gewesen. Und wieder einmal ist es dir gelungen, mich vor allen zum Trottel zu machen! Damit bin ich nicht nur der finanzielle Versager von Warschau, sondern jetzt auch noch von Buenos Aires.«

Tutsik schüttelte traurig den Kopf. Ich hatte Angst, er würde in Tränen ausbrechen. »Dabei habe ich es alles so klar vor Augen gehabt!« Er klang wehleidig. »Nicht mehr ein *jenzer* oder ein Zuhälter, sondern ein respektierter Geschäftsmann. Ein Agent. Und dann, einfach so« – er schnippte über dem Tisch mit den Fingern –, »ohne auch nur ein einziges Mal zu fragen, was *ich* will, hast du mir alles weggenommen. Einfach so, liebe Schwester«, schnauzte er mit einem Mal wieder, »stehe ich erneut mit nichts da.«

»Und als was bezeichnest du dieses Bordell, bitte schön? Für das ich Tag und Nacht geschuftet habe, um es zu dem erfolgreichsten seiner Art in ganz Argentinien zu machen? Ich gebe es dir, Tutsik Goldenberg, mit allem Drum und Dran. Es ist eine verlässliche Sache – finanzielle Sicherheit bis ans Ende deines Lebens! Nennst du das etwa nichts?«

Ich blickte mich am Tisch um. Rachel legte ihre Gabel auf den Teller und setzte sich in ihrem Stuhl zurück; Magda nahm einen winzigen Bissen Steak; Sara hielt eine Hand vor den Mund, um ihr Lachen zu verstecken, und schluckte ihren

Wein in einem Zug. Du, Hankus, du trugst ein völlig ausdrucksloses Gesicht und schobst deinen Teller weg.

Tutsik trank den Wein direkt aus der Karaffe, wischte sich mit dem Handrücken über den Mund und schlug auf den Tisch. »Also soll ich hier jetzt der Chef werden, was?« Sein wütender Blick richtete sich erst auf mich und durchbohrte dann dich, Hankus. »Einige glückliche Umstände haben dazu geführt, dass ich das Einzige verloren habe, was ich jemals für mich allein hatte. Du wirst dieses vornehme Kleidchen tragen und einen berühmten Rabbi heiraten, und ich kriege nichts weiter als dieses Loch hier. Und wer bekommt den wundervollen Hankus Lubarsky?« Du wandest dich auf deinem Stuhl, als er dein Gesicht in seine Hand nahm. »Und wer darf angesichts seiner wunderbaren Zauberei, seiner fabelhaften Kunststücke *kweln* und dabei auch noch die Gewinne einstreichen? Nun, kein anderer als dieser Kenner der hohen Kunst, dieser Liebhaber schöner Dinge, dieser *meschuggene mamser* Marek Fischbein.«

Tutsik schlug sich lachend auf die Schenkel, verstummte und hob die Überreste seines Steaks mit der Hand in die Höhe. Er nahm einen riesigen Bissen davon. Beim Kauen tropfte ihm roter Fleischsaft über das Kinn. Wir beobachteten ihn vorsichtig, als er das, was von dem Steak noch übrig war, beinahe zärtlich auf seinen Teller zurücklegte. »Ich habe den Entfesselungskünstler verloren.« Er schaute mit einem solch hasserfüllten Blick von mir zu Rachel, zu Sara und zu Magda, dass ich das Verlangen verspürte, mich zu ducken. »Ich habe den Entfesselungskünstler verloren und euch vier *sojnes* bei dem Geschäft geerbt. Du meine Güte!« Er seufzte und leckte den Fleischsaft von seinen Fingern. Er deutete mit seinem Steakmesser geradewegs auf mich. »Was für einen bösen Streich mir das Schicksal da gespielt hat! Was für ein verkorkstes Leben ich doch führe!«

An den folgenden Tagen herrschte eine schreckliche Stille zwischen der verlobten Perle Goldenberg und ihrem niedergeschlagenen Bruder Tutsik. Das Geschäft zwischen uns Huren und unseren Stammkunden lief weiter wie gewöhnlich, obwohl mir eine zusätzliche Last aufs Herz drückte. Denn schon bald, nachdem Tutsik Goldenberg an jenem Abend vom Tisch aufgestanden war, verließest du unser Haus. Kein einziges Wort wurde zwischen uns gewechselt – ich war mir sicher, dass ich dich auf immer verloren hatte.

Die Gerüchte über Madame Perles unmittelbar bevorstehende Abreise schwirrten durch die gepflasterten Straßen des jüdischen *barrio,* und bevor wir uns unserer unangenehmen Arbeit widmen konnten, versuchten uns die Freier klarzumachen, dass die unglaubliche Veränderung in unserem Haus auch eine Änderung der üblichen »Vertragsbedingungen« zur Folge haben würde. Rachel hingegen begann, einige *pesos* mehr zu verlangen, und erzählte ihren Freiern dafür fabelhafte Geschichten: Madame Perle sei Katholikin geworden und gehe nach Italien, um in einem Kloster zu leben; sie gehe nach Montana, in die Vereinigten Staaten von Amerika, um dort mitten in der Prärie eine neue Synagoge für Frauen wie uns zu begründen. Sara setzte ein Gerücht in die Welt, demzufolge Madame einen Olivenhain in Palästina geerbt hatte und nun beabsichtigte, ihn zu verkaufen, um mit dem Gewinn ein Bordell unmittelbar vor den Mauern Jerusalems zu eröffnen.

Madame Perle selbst verbrachte ihre Zeit damit, die Angelegenheiten des Freudenhauses zu ordnen und sich auf ihre lange Reise vorzubereiten. Sie verbrachte ihre Abende nun ausschließlich damit, ihre heiligen Bücher einzupacken. Die Bedingungen, unter denen Tutsik zum Besitzer des Geschäfts wurde, erfuhr er durch lange Nachrichten, die ihm in sein Zimmer überbracht wurden, oder er erhielt sie am Esszimmertisch aus Mariannas oder leider meinen Händen. Tutsik lieferte die Antworten, indem er Porzellan oder Gläser zerschlug, oder auch durch den Boten Mordechai Dorfman. Man hörte ab und zu, wie der Doktor an Madames verschlossene Tür klopfte und sie bat, doch aufzumachen, denn es sei eine kleine Aushandlung vonnöten, wie der genaue Betrag von Mariannas Lohnerhöhungen in den nächsten fünf Jahren auszusehen habe (Lohnerhöhungen für uns Huren fanden natürlich keine Erwähnung); oder aber es ging um die genauen Bedingungen von Perles Abmachung (o ja, selbst nach so vielen Jahren) mit der Roten Ruthie und um andere geschäftliche Angelegenheiten.

Dann öffnete Madame Perle die Tür zu ihrem Boudoir und nahm die Unterlagen von Dorfman entgegen und schloss die Tür wieder. Wenige Minuten später öffnete sie erneut die Tür und präsentierte dem glücklosen Boten die Korrekturen. An einem guten Tag war die Transaktion damit beendet. Aber an einem Tag, an dem entweder die Schwester oder der Bruder von Bitterkeit erfüllt oder brutal gestimmt waren, konnte man dem armen Dr. Dorfman dabei zusehen, wie er unzählige Male die Treppe hinauf- und hinunterlief. Bei jedem Aufstieg wirkte er zerzauster und nervöser – die Krawatte wurde immer lockerer, das Hemd zerknitterter, die Stirn krauser, und es rann der Schweiß.

Tag für Tag tauchten oben auf dem Treppenabsatz weitere frisch gepackte Truhen und Koffer auf. Tag für Tag schleppte Marianna, die keine junge Frau war, mit zusammengebissenen Zähnen ganz allein jedes einzelne Stück nach unten in den Lagerraum hinter der Speisekammer. Auf einmal lag Madames aufreizendste Unterwäsche in kleinen Bündeln vor jeder unserer Türen, und ich fragte mich, wie Madame wohl Rabbi Eleazar von Chelmno auf der langen Reise von hier nach Rosario und von Rosario nach Polen zu unterhalten gedachte, wenn wir ihre ausgefallenste Unterwäsche hatten und ich ihre Bücher behalten durfte.

Marianna sollte das Porzellan erhalten, selbst wenn sie das *schandhojs* ein für alle Mal verlassen würde.

»Es ist beschmutzt. Ich kann solche Dinge nicht mit in mein neues Heim bringen«, erklärte uns Perle bei unserem letzten gemeinsamen Frühstück. Sie aß aus einer neuen weißen Porzellanschüssel und trank aus einer neuen weißen Porzellantasse, die von keiner anderen Hand als ihrer eigenen berührt werden durften, obwohl es Marianna, so glaube ich zumindest, erlaubt war, sie zu füllen, abzuräumen und zu spülen. Madame aß ihre übliche Portion Grütze und nicht etwa süße Brötchen wie wir anderen, aber ich bemerkte, dass sie sehr viel Sahne in ihren Tee gab.

Tutsik Goldenberg überraschte uns an jenem Morgen, indem er sich auf seinem Stammplatz niederließ, auch wenn seine Schwester unter uns weilte. »Madame Perle darf keine beschmutzten Teller und kein beschmutztes Essen vorgesetzt bekommen«, murmelte er, während er seine Zeitung öffnete, »aber sie glaubt, dass solche Dinge für mich gut genug sind.«

Alle rutschten unangenehm berührt auf ihren Stühlen hin und her, aber niemand sagte ein Wort, während Perle in ihrer Grütze rührte und ihren Tee trank. »Wenn du magst, kannst du ja neues Porzellan kaufen, Tutsik. Wenn Marianna so klug ist, wie ich glaube, könnte sie sich entscheiden, dieses Etablissement für immer zu verlassen und das Geschirr mitzunehmen.«

»Sollte dies der Fall sein«, erwiderte Tutsik, schlug raschelnd die Zeitung zu und warf sie hin, »werde ich vier Hundeschüsseln kaufen und sie mit großem Tamtam vor den Damen des Hauses absetzen.« Dann stand er auf, holte sich seine Jacke aus dem Flur und schlug krachend die Wohnungstür hinter sich zu.

Madame beendete ihr Frühstück und erhob sich mit großer Feierlichkeit. Sie ließ ihre Schüssel stehen, trug jedoch die Tasse mit sich fort. »Ich werde in einer halben Stunde einen frisch gebrühten Tee nehmen, Marianna.«

Marianna nickte und seufzte tief. Bevor Madame halb die Treppe hinauf war, ertönte ein lautes Hämmern an der Haustür. Rachel rannte los, um zu öffnen. Mordechai Dorfman kam hereingestürzt, das Gesicht mit dem Hut bedeckt. »Seht aus dem Fenster!«, rief er in Panik, und da wir gerade nichts anderes zu tun hatten, taten wir, wie uns geheißen.

Dort unten, mitten auf der Calle Talcahuano, standen fünf jüdische Männer mit langen Bärten, schwarzen Filzhüten und Kaftanen, die vor unserer Tür auf und ab spazierten. Jeder von ihnen hielt ein Plakat in die Höhe, auf dem in Jiddisch zu lesen stand: HERR, SCHAFF DIESE GEFALLENEN FRAUEN FORT! und IM HIMMEL HABEN METZEN NICHTS ZU SUCHEN! und IM GELOBTEN LAND IST KEIN PLATZ FÜR PERLE GOLDENBERG!

»Schauen Sie nur, Madame!«, rief ich, denn das hier war aufregender als alles, was wir lange Zeit von der Welt da draußen mitbekommen hatten, und zielte direkt auf uns.

Perle steckte den Kopf zum Fenster hinaus und zeigte mit dem Finger auf die Männer. »Sieh an, sieh an«, sagte sie mit lauter Stimme, »das sind ja dieselben Freier, die sonst immer am Samstag vorbeikommen, um die Ware auf Kredit zu begrapschen, weil *schabbes* ist und sie kein Bargeld dabeihaben.« Sie lehnte sich weiter aus dem Fenster und brüllte hinunter: »Lügner! Was ihr an einem Wochentag als *trejf* bezeichnet, nennt ihr am Freitagabend *mizwa,* um euren Spaß zu haben!«

Die Männer blickten auf und schüttelten die Fäuste. Einige zeigten mit dem Finger, und gemeinsam schrien sie: »*Schande!* Dreckspack! *Chasserei!*«

Madame warf ihre neue Tasse nach ihnen. Die Männer sprangen auseinander, und die Tasse zerbrach auf dem Pflaster. Perle stand mit den Händen in die Hüften gestemmt da, den Kopf hatte sie zurückgeworfen, und ihre Brüste hoben und senkten sich mächtig. »In zwei Tagen werden wir ja sehen, was ihr von einer wie mir haltet! Ihr mit euren Schildern und euren Schläfenlocken! Schert euch doch zum Teufel, ihr übereifrigen kleinen Scheißer!« Sie ließ die hölzerne Jalousie mit einem einzigen Ruck hinuntersausen, drehte sich dann überaus würdevoll um und stieg die Treppe hinauf. »Wen kümmert es schon, was dieser Haufen über Perle Goldenberg denkt? Wen kümmert es überhaupt, was dieser Haufen denkt? Mich jedenfalls nicht.«

Aber wie ich schon sagte und wie du ja selbst gesehen hast, Hankus, kümmerte es Madame Perle ziemlich, was dieser Haufen von ihr dachte. Sie machte sich zwar über diese Leute lustig und ahmte sie nach, wie sie in ihren Kaftanen wippend die Straße entlangliefen, aber ihre Verachtung verletzte sie tief. Mit ihrer arrangierten Heirat mit Rabbi Eleazar war Madame Perle ein äußerst bemerkenswerter Coup gelungen, und sie hatte damit die größtmögliche Rache genommen. Während wir *nafkes* der Ansicht waren, dass es keine frommere Frau als Madame Perle gab, bemühte sie sich ständig, Gott noch näher zu kommen. Auch während des Packens widmete sie sich ausgiebig ihren Studien und betete länger als die eifrigsten Glaubensfanatiker. Ging eine *frum* jüdische Frau vielleicht einmal im Monat zum *mikwe,* so fand Madame Perle jeden Nachmittag den Weg zu den reinigenden Wassern. Waren zwei weiße Kerzen erforderlich, um den *schabbes* zu heiligen, so entzündete Madame Perle jeden Abend 18 Kerzen in ihrem Schlafzimmer. Der größte Skandal war jedoch – so hieß es zumindest (und ich hatte es mit meinen eigenen Augen gesehen und wusste, dass es der Wahrheit entsprach) –, dass Madame Perle, die mit der kleinen Rolle, die der Frau bei der Einhaltung religiöser jüdischer Weisen zukam, unzufrieden war, sich nicht nur den *tallis* eines Mannes um die Schultern legte und eine blaue Satin-*jarmulke* auf dem Kopf trug, sondern nun auch ihren linken Arm in Leder-*tefillin* band und ein *zizit* trug wie ein Mann.

Vielleicht lag es an ihrer bevorstehenden Hochzeit mit dem bekannten Rabbi aus Chelmno, dass Madame diese Dinge in der verbleibenden Woche, die sie noch unter uns weilte, die ganze Zeit über trug. Denn der Rabbiner würde sicherlich von ihr verlangen, dass sie sich dieser männlichen Ausstattung entledigte.

Perle wollte nichts mehr mit den gesellschaftlichen Verpflichtungen des Bordells zu tun haben. In dieser ihrer letzten Woche unter Sündern empfing Perle Goldenberg keine Männer, nicht einmal ihre Lehrer. Sie fand den Weg zu Gottes Ohr in der Abgeschiedenheit ihres Zimmers, wo sie zuversichtlich hinter verschlossenen Türen ausharrte.

Niemand erfuhr jemals, wie das Arrangement zwischen Madame Perle und *Rebbe* Eleazar zustande gekommen war. Einige vermuteten, dass der Rabbi bei einem seiner Besuche seines Bruders in Rosario im Bordell haltgemacht hatte, wo er Madame Perle kennenlernte und sich in sie verliebte. Aber weder Sara noch Rachel noch die Rote Ruthie erinnerten sich daran, ihm jemals begegnet zu sein, und auch ich bin sicher, dass ich ihn noch niemals zu Gesicht bekommen hatte, bevor er eintraf, um seine Braut abzuholen – es sei denn, er war in Verkleidung hier erschienen. Andere waren der Ansicht, Madame Perle habe eine Anzeige in all den jiddischen Zeitungen weltweit aufgegeben, in der Hoffnung, dass trotz ihrer zweifelhaften Geschäfte ihre Mitgift und ihre gute, selbst erworbene Bildung sie zu einer achtbaren Partie machen könnten. Wieder andere fragten sich, ob Perle nicht einfach einen Brief an diesen Rabbi geschickt hatte, der weit und breit in dem Ruf stand, unverbesserliche Sünder heilen zu können, sodass er von Madames Demut und Brillanz wie ihrem tiefen Wunsch, Buße zu tun, derart berührt gewesen war, dass er sich auf der Stelle entschloss, sie zu ehelichen.

Es spielt keine Rolle, wie die Falle ausgelegt worden war. Zwei Tage nach der Demonstration vor unserem Bordell in der Calle Talcahuano traf Rabbi Eleazar ben Yahud ben Yaakov von Chelmno ein. Er stand in unserem Salon, herausgeputzt in einem Zobel-*strejmel,* einem neuen Kaftan und hohen schwarzen Stiefeln. Sein schwarzer Bart war gekämmt und am Ende nicht nur mit einem blauen Band versehen, sondern mit einem winzigen Diamanten *und* einem Saphir. Nicht ein einziges Haar der *pejes* saß schief.

Der hochverehrte Rabbi aus Chelmno gab sich große Mühe, den Anblick der Frauen des Hauses zu meiden, obwohl dies angesichts der Uhrzeit ein schwieriges Unterfangen war. Rachel und ich lagen ausgestreckt auf den beiden verblassten Sofas. Sie feilte sich die Nägel, und ich las einen von Madame Perles ausrangierten französischen Romanen (auf Jiddisch natürlich) und versuchte, die traurigen Gedanken an dich, die ich dich nach so langer Zeit gefunden und dann für immer verloren hatte, zu vertreiben. Sara saß zusammengesunken und geistesabwesend in einem der roten Samtsessel, und die kleine Magda übte Tonleitern auf dem Klavier.

Anfangs hielten wir ihn für einen Freier und schenkten ihm daher keine besondere Aufmerksamkeit. Der einzige Mann, der sich zu der Zeit im Salon aufhielt, war Dov Hirsch. Er war damit beschäftigt, ausgiebig ein Blatt mit der Anordnung der Pferderennen im Hippodrom von Palermo zu studieren.

»Sind Sie der Bruder?«, erkundigte sich der *rebbe.*

Hirsch blickte verärgert zu ihm auf. »Ich bin wohl der Bruder von irgendjemandem, aber wenn Sie Perlies nichtsnutzigen Verwandten meinen – der alberne Narr ist in der Bar unten an der Ecke und säuft sich seinen Kummer weg.«

»Ich bin gekommen, um Perle Goldenberg abzuholen und sie unverzüglich aus diesem *schandhojs* fortzubringen.«

»Aha, Perles Rabbi ...« Dov Hirsch musterte den frommen Mann eingehend von oben bis unten. »Wissen Sie überhaupt, worauf Sie sich da einlassen?«

»Wenn Sie so freundlich wären, mich zu ihr zu bringen.«

»Ich?« Hirsch gab ein schallendes Lachen von sich. »Marianna!«, schrie er mit spöttischer Stimme und schnippte mit den Fingern. Sie kam aus der Küche und bedachte erst Hirsch, dann den Rabbi mit einem finsteren Blick. »Sag deiner Herrin, dass sie ihren Arsch hier runterbewegen soll. Ihr frommer *jenzer* ist gekommen, um sie zu holen.«

Der Rabbi trat zum ersten Mal unruhig von einem Fuß auf den anderen. Marianna fuhr sich mit dem Daumen an die Zähne und gab ein schnalzendes Geräusch in Hirschs Richtung von sich, bevor sie die Treppe hinauftrödelte, um Perle zu holen. Rachel und ich räkelten uns verführerisch auf den verblassten Sofas und nahmen einige unserer eher provozierenden Posen ein. Aber ob sich der *rebbe* aus Chelmno davon erregen ließ, war nicht so leicht zu entscheiden. Er stand in militärischer Habtachthaltung da und bewegte nur ständig den Kopf vor und zurück, als lausche er einer ganz eigenen Musik oder einem ganz eigenen Gebet.

Marianna kam wieder herunter. Mit einer überaus nüchternen Stimme erkundigte sie sich, ob der Herr eine Tasse Tee wünsche. Dieser schüttelte kaum merklich den Kopf und benahm sich ansonsten so, als habe er kein einziges Wort von dem vernommen, was sie gesagt hatte.

Hirsch faltete das Blatt zusammen. Er bot dem Rabbi seinen Stuhl an, aber der blickte ihn bloß ohne jede Neugierde an und lehnte ab. Er blieb selbst dann noch stehen, als Hirsch ihn mit uns allein gelassen hatte. Er lief nicht auf und ab und schaute auch nicht ungeduldig auf seine Taschenuhr. Rachel und ich flüsterten und kicherten, aber der Mann war nicht aus der Ruhe zu bringen.

Nachdem scheinbar eine Ewigkeit vergangen war, kam Madame Perle die Stufen heruntergetanzt. Sie trug ein neues, recht konservatives Kleid aus schwarzem Taft mit einem passenden kleinen Hut, dessen Schleier sie bis zum Kinn hinuntergezogen hatte. In einer Hand hielt sie eine prall gefüllte Reisetasche, in der anderen einen zierlichen schwarzen Schirm. Sie setzte die Tasche ab und hielt dem Rabbi ihre freie Hand hin. Genau in diesem Augenblick wandte sich der Wunderrabbi von Chelmno ab und schaute in die andere Richtung.

Bevor sich irgendjemand Gedanken darüber machen konnte, was dies zu bedeuten hatte, war Madame Perle Goldenberg, Königin der Varsovia-Gesellschaft, Hurenprinzessin von Buenos Aires und Herrin der Calle Talcahuano 154, vor diesem Wunderwirker auf die Knie gefallen und weinte wie ein kleines Mädchen.

Madame Perle verschwand nur wenige Minuten, nachdem sie Rabbi Eleazar begrüßt hatte. Er verbeugte sich in ihre Richtung und bat sie mit einer vornehmen Geste seiner linken Hand (natürlich ohne sie eines Blickes zu würdigen), sich zu erheben. Marianna rang die Hände und zog scharf die Luft ein, wohl um zu vermeiden, dass sie sich diesem Mann gegenüber, der nun mit dem Kopf in Richtung seiner Verlobten, ihrer geliebten Madame Perle, zuckte, respektlos verhielt. Mit einem plötzlichen Gefühlsausbruch wandte sich Perle Goldenberg an jede von uns. Sie ergriff Rachels plumpe Hände und küsste sie, eilte dann zu Sara, die die Augen schloss und ihre Arme an die Seiten presste, während Madame sie umarmte. Sie kniff Magda in die Wange. Ich zog meinen Kimono enger um meinen Körper und hielt den Atem an, als sie auf mich zutrat. »Sofia«, flüsterte sie, »meine größte Hoffnung, meine Herzallerliebste.« Und bevor ich wusste, wie mir geschah, umfing sie mein Gesicht mit ihren Händen und küsste mich mitten auf den Mund. Dann war sie verschwunden.

Wir beugten uns aus dem Fenster und sahen zu, wie *Rebbe* Eleazars Kutscher Madame Perle in die feinste Kutsche half, die wir je gesehen hatten: glänzendes Kirschholz und bronzene Zierleisten und Samtvorhänge an den Fenstern. Rachel glaubte, dass der Rabbi, der so offensichtlich darauf bestand, Madame nicht anzusehen, gewiss auch einen Vorhang in der Kutsche selbst habe, um die Vordersitze vom hinteren Teil zu trennen, damit der fromme Mann nicht einen einzigen Blick auf unsere schöne und verhasste Madame werfen musste, während sie nach Rosario reisten.

Die Kutsche wurde von zwei falben Pferden gezogen, die beide Scheuklappen trugen und deren Mähne und Schweif jeweils geflochten und am Ende mit Bändern und winzigen Juwelen verziert waren. Ihr Zaumzeug war aus feinem schwarzen Leder, und der Kutscher, der kein Jude war (und demzufolge imstande, einen guten Blick auf Madame zu erhaschen), trug Abendkleider, wie sie unsere feinsten Kunden trugen, wenn sie nach einer Theatervorstellung oder einem Ball zu uns kamen.

Hinter der Kutsche und den Pferden befanden sich zwei kleine Planwagen, wie sie die Zigeuner immer dabeihatten, wenn sie durch Polen reisten. Sie waren brandneu, nicht im Mindesten schäbig, und vor jeden war ein kleines weißes Pferd gespannt. Drei jüdische Männer, die genauso gekleidet waren wie der *rebbe,* aber mit viel weniger Juwelen, traten in den Salon des Bordells, gingen Richtung Speisekammer und trugen Madame Perles zahlreiche Schrankkoffer und Kisten heraus und luden sie auf die Planwagen. Sie mussten fünfmal die Treppe hinauf und wieder hinunter, ehe sie fertig waren.

In der Zwischenzeit war Tutsik Goldenberg am Arm von Dov Hirsch zum *schandhojs* zurückgekehrt. Es war zwei Uhr am Nachmittag, und er schwankte von einer Seite zur anderen und war ganz offensichtlich betrunken. »Viel Glück, *Rebbe Jenzer!* Sie wird dir dein Leben genauso stehlen, wie sie meins gestohlen hat.«

Der Rabbi, der draußen an der Kutsche stand, um das Verstauen von Perles Habseligkeiten zu beaufsichtigen, ignorierte Tutsik, wie er uns Frauen ignoriert hatte. Goldenberg hämmerte mit der Faust gegen das Fenster der Kutsche, und Perle zog den Samtvorhang zur Seite. »Liebe Schwester!«, schrie er, als die letzte Kiste verstaut war und die kleinen jüdischen Männer hinter ihren Pferden Platz genommen hatten.

»Was willst du?«, erkundigte sich Perle aus der Kutsche. Wir Huren fragten uns, ob er sie um Vergebung und ihren Segen bitten würde. Wir beugten uns, so weit es eben ging, aus dem Fenster, um seine Antwort zu hören.

Der Rabbi stieg ein und klopfte mit seinem Spazierstock gegen die Decke der Kutsche. Der Kutscher hob die Peitsche über die Falben.

»Leb wohl! Ein Glück, dass wir dich los sind!«, rief Tutsik Goldenberg seiner Schwester spöttisch zu. Die hellen Pferde wieherten, setzten sich in Bewegung und verfielen schnell in Galopp. »Ein Glück, dass wir dich los sind!«, schrie unser neuer Eigentümer, Tutsik Goldenberg, als die Planwagen an ihm vorbeirumpelten und sich für immer von uns entfernten. »Gut, dass wir dich los sind, und leb wohl!«

Kapitel 16

So kam es, dass wir Huren nun alle Tutsik gehörten – Rachel, Sara, Magda und ich. Aber du nicht, Hankus. Als Tutsik die nackten Tatsachen über sein Leben erfahren musste, saßest du da zwar nicht schüchtern, aber auch nicht im Mindesten reumütig neben ihm am Tisch? Und wandte er sich nicht von dir, dem Sohn, den er nie hatte, ab und erklärte dich von diesem Tage an zu seinem ärgsten Feind? Ja, von diesem Augenblick an warst du, Hankus Lubarsky, für den Rest von Tutsik Goldenbergs irdischem Leben und deinem eigenen aus den Gefängnismauern in der Calle Talcahuano verbannt.

Du verbrachtest die Woche zwischen Perle Goldenbergs Rückkehr mit dem Hochzeitskleid und ihrer Abreise nach Polen im Exil, in deinem kleinen Zimmer auf der Calle Chacabuco, wo du mit den Fingern schnipptest und Dinge verschwinden ließest. Du liefst in diesem winzigen Raum auf und ab, wie du es bei Orang-Utans und Tigern gesehen hattest. Du rauchtest Zigaretten und trankst deinen Kaffee schwarz. Und die ganze Zeit über fragtest du dich, ob du mich jemals wiedersehen würdest. Warum bloß hattest du dir keinen Plan für den Moment ausgedacht, wenn alles ans Licht kam? Du wusstest, wie groß Tutsik Goldenbergs Wut werden konnte, aber du hättest niemals gedacht, dass sie sich gegen dich richten würde.

Und wie hattest du überhaupt von der Wahrheit erfahren? Fischbein selbst hatte es dir gesagt und dir wundervolle Versprechen über ein ausverkauftes Theater des Gebrochenen Herzens voller Juden gemacht, die vor Begeisterung mit den Füßen stampften. Er stattete dir keine Stunde, nachdem er seinen Handel mit Madame Perle abgeschlossen hatte, einen Besuch in deinem Zimmer in der Calle Chacabuco ab. Du warst darüber erstaunt, und da du angekleidet warst, konntest du ihn hereinbitten. Er nahm mit seinem schmutzigen Anzug auf deinem kleinen Bett Platz und musterte dich von oben bis unten.

»Also, ich werde mir Mühe geben, damit du mich richtig verstehst, *jingele*. Tutsik Goldenberg redet so, als wäre er derjenige, der dich berühmt machen wird. Lass ihn nur reden.« Fischbein blies eine stickige Rauchwolke über deinen Kopf hinweg. »Aber seit ungefähr einer Stunde bin ich derjenige, der dich zum Zauberprinzen des jüdischen Buenos Aires machen wird und dann zum Zauberherrscher der restlichen Welt.« Er gab dir ein *schockle* auf die Wange und steckte dir dann einen Zwanzig-*peso*-Schein in deine Westentasche, wie es reiche Onkel bei ihren *Bar-Mizwa Bocher* Neffen tun. »Es gibt bloß einen Haken an der Sache: Kein Wort davon zu irgendjemanden – nicht zum gesamten jüdischen Universum, aber vor allem nicht zu diesem *schlemil* Tutsik Goldenberg. Spiel einfach mit und tu so, als wäre er der große Chef, mein Junge, dann musst du nie wieder ein Steak in der Casa de Yale Levine jonglieren.«

Du standest mit offenem Mund vor ihm. Das war ein Mann, der fertigbringen würde, wovon Tutsik Goldenberg nur schwafelte. Deine Träume erfüllten sich in Form eines Albtraums. »Ich werde mein Bestes tun, *Pan* Fischbein«, und das meintest du ganz ehrlich, Hankus.

»Du wirst mehr als das tun, *jingele*. Du wirst genau das tun, was ich sage.«

»Genau das, was Sie sagen, *Pan* Fischbein.«

Er wandte sich zum Gehen, tätschelte dir aber noch einmal deine glatte Kinderwange. »Da wäre nur noch eins, mein Junge. Von jetzt an wirst du mich *Tate* nennen.«

»*Tate?*« Deine Stimme drohte zu versagen.

»Und ich werde dich *Sohn* nennen.«

Du schlucktest schwer und blicktest deinen selbst ernannten Vater an. Er war das genaue Gegenteil des Mannes, bei dem du vor gar nicht so vielen Jahren hattest zusehen müssen, wie man ihn enthauptete und aufspießte. Doch Fischbein bot dir etwas, das du dir immer stärker wünschtest. Du schlucktest deine Wut hinunter und brachtest ein Lächeln zustande, das einem Schauspieler zu Ehren gereicht hätte. »Also schön, *Tate* soll es sein.«

»Mein Junge, mein Sohn, mein Leben.« Er legte seine schmuddeligen Arme um dich. »Du wirst es nicht bedauern, nicht eine einzige Sekunde, niemals. Das schwöre ich beim Grab meines Vaters.«

Als Fischbein gegangen war, bliebst du still sitzen. Der schreckliche Gestank seiner Zigarre, der noch in der Luft hing, erinnerte dich an einen anderen Rauch, der eine ganze Familie vernichtet hatte. Der Vorfall rief ein Gefühl der Übelkeit in dir hervor, und doch ... wurde deine Miete nicht von diesem Augenblick wie durch Zauberei bezahlt? Und tauchten nicht jede Woche auf geheimnisvolle Weise kleine Geschenke – eine diamantene Krawattennadel, ein Paar Manschettenknöpfe aus Perlmutt oder ein schlichter Goldring für den kleinen Finger –, mit zerknitterten Zettelchen versehen, auf deiner Kommode in der Calle Chacabuco auf? »Übe, *mein zun,* und bereite dich auf das Kommende vor« und »Es ist beinahe so weit, mein Herz, verzweifele nicht«. Die Botschaft war klar: Solange du den Mund hieltst, würde Marek Fischbein dafür sorgen, dass du ein nettes Leben hattest. Das einzig Kitzlige an der ganzen Sache war, dass Tutsik immer noch glaubte, er habe das Zepter in der Hand – schließlich hatte Fischbein dich ohne deine Zustimmung adoptiert.

Aber du konntest dich schlecht beschweren. Als nach den Feiertagen wieder der Alltag einkehrte, sahst du dich reichlich Geld und schönen Geschenken gegenüber. Doch am allerbesten war die Aussicht, als Entfesselungskünstler auf der Bühne zu stehen. Und dennoch warst du nervös. Denn niemand, weder Fischbein noch Goldenberg noch sonst einer der Lakaien dazwischen erwähnte auch nur mit einem einzigen Wort etwas von einem Übungssaal oder einem Termin für deine erste Vorstellung im Theater des Gebrochenen Herzens. Du hattest noch keinen Vertrag zu Gesicht bekommen und noch kein einziges Plakat mit deinem Namen darauf. Wenn du Fischbein im Vorübergehen einmal begegnetest und versuchtest, ihm in die Augen zu sehen, so machte er nur eine Kopfbewegung in deine Richtung (und das nicht gerade auf sehr diskrete Weise) und sagte laut zu seinem Schwager, dem Rechtsverdreher: »Ach, der junge Entfesselungskünstler, Hankus Lubarsky! Gib ihm fünf *pesos,* Moritz, für seine Karriere.« Dann blinzelte er dir zu, kniff dich in die Wange und flüsterte: »Jetzt dauert es nicht mehr lange, *kaddischl*, lass dir das gesagt sein.«

In der Woche, als sich Madame Perle darauf vorbereitete, die Hölle des *schandhojs* zu verlassen, traf eines Tages eine Nachricht mit schmutzigen Fingerabdrücken darauf in deinem Zimmer ein. Sie war an einer unbeholfen verpackten Schachtel befestigt. »Übe jeden Tag und sei bereit, mein Sohn. Die Zeit ist beinahe reif. Dein dich liebender Tate, MF.« Du packtest das Päckchen ganz langsam aus, und als du sahst, was Fischbein dir geschickt hatte, da lachtest und weintest du zugleich: Es waren Handschellen, Hankus, goldene Handschellen.

Tja, und was war mit mir? Ich war am Boden zerstört, weil dich Tutsik Goldenberg für alle Ewigkeit aus dem Bordell verbannt hatte, ehe ich überhaupt die Gelegenheit bekam, dich zu fragen, ob du mich liebtest und ob du mich dort herausholen würdest. Ich wusste, dass du mich in deinem Herzen trugst – vielleicht noch nicht vor unserer Liebesnacht in dem Bordell in der Calle Talcahuano, aber danach jeden Augenblick, das weiß ich. Aber wärst du in der Calle Talcahuano aufgetaucht, hättest du dich diesem verrückten Goldenberg und seinem beträchtlichen Zorn gegenübergesehen. Ach, mein Liebling, da ich nichts über dein Schicksal als Zauberer oder Geliebte wusste, verzehrte ich mich nach dir. Ich hoffte, du würdest wieder zu mir zurückfinden und mir zur Tür hinaushelfen.

Ausgerechnet an dem Tag, als Madame Perle Buenos Aires für immer verlassen sollte, schickte der König der Zuhälter des jüdischen *barrio* endlich seinen Schwager Moritz Schatz, um dich, seinen geliebten Sohn, zu holen. Ich stelle mir in meiner Fantasie gern vor, dass du nackt warst und von der Nacht träumtest, die wir beide miteinander verbracht hatten, und auch von dem Morgen in meinem Bett in der Calle Talcahuano. Wie rasch du lerntest zu küssen, Hankus, was für ein Vergnügen, welch eine Überraschung es war! Selbst als ich den traurigsten Teil in dir entdeckte, sehntest du dich nach mehr. Und in deinem Traum an jenem Morgen *war* da mehr; meine Hände lagen auf dir und unter dir, und mein Mund entdeckte in diesem wunderbaren Traum alles an dir.

Dann ertönte ein lautes Klopfen an deiner Tür in der Calle Chacabuco. Du setztest dich mit einem Ruck auf und stelltest erschrocken fest, dass du dich allein in einem durchgelegenen Bett befandest. Du griffst dir an den Kopf und riebst dir die Augen. Du erinnertest dich an die Umstände deines Lebens: die trunkene Nacht, in der wir uns geliebt hatten; die toten Gesichter deiner Familie in ihrem Heim, das bis auf die Grundmauern abgebrannt war; Marek Fischbein, der dir versprochen hatte, dich auf schreckliche Art und Weise zu lieben. Dies alles verursachte ein tiefes Brennen in deinem Inneren, schoss dir durchs Herz und bohrte sich durch deine *peeric*. Nun warst du vollends erwacht, während das Klopfen weiterging.

Du zogst dir einen seidenen Morgenrock über und strichst dir dein wundervolles schwarzes Haar aus dem Gesicht. »Wer ist da?«, riefst du. Zu deiner Bestürzung fand deine Stimme nicht ihre männliche Tiefe. In diesem Moment klangst du in deinen eigenen Ohren wie ein Mädchen.

»Entschuldigen Sie vielmals, *Señor* Lubarsky. Hier ist Moritz Schatz, Marek Fischbeins Anwalt.«

Du tratest auf die Tür zu, legtest eine Hand auf den Knauf und atmetest tief ein, um deiner Stimme Tiefe zu verleihen. »Geht es um ein Geschäft mit Marek Fischbein?«

»Oh, aber gewiss, *Señor* Lubarsky. Ihr ganzes Leben dreht sich um *Pan* Fischbein und seine Geschäfte. Heute wird das, was seit einiger Zeit bereits offiziell ist, endlich öffentlich werden.«

Du öffnetest die Tür einen Spaltbreit. »Könnten Sie in einer Stunde wiederkommen?«

Schatz drückte die Tür mit seiner flachen Hand um Haaresbreite weiter auf. »Tut mir leid, junger Mann, das kann ich nicht. *Pan* Fischbein ist ein viel beschäftigter Mann und muss seine Termine wahrnehmen, wie sie abgemacht wurden.«

Du stemmtest einen Fuß unten gegen die Tür und begannst, deine Brüste zu umwickeln. »Aber ich weiß nichts von einer Verabredung mit *Pan* Fischbein.«

»Natürlich nicht, *Señor* Lubarsky. Niemand hat sich die Mühe gemacht, es Ihnen zu sagen. Aber wenn Sie so freundlich wären, sich anzuziehen und mit mir in die Calle Maipú zu kommen, so darf ich Ihnen versichern, dass dort gewiss alle Fragen zu Ihrer Zufriedenheit beantwortet werden.« Er drückte erneut gegen die Tür. »Darf ich hereinkommen?«

Du schobst Moritz die Tür vor der Nase zu. »Nein, auf keinen Fall!« Du fuhrst dir mit den Fingern durchs Haar und suchtest, zur Besinnung zu kommen. Moritz klopfte erneut. »Ich bin in einer Minute bei Ihnen – in fünf Minuten!«, riefst du und fragtest dich, wie lange es wohl dauern mochte, aus dem Fenster zu springen und sich ein für alle Mal aus dem Staub zu machen. Stattdessen sprangst du in eine Hose und ein zerknittertes Hemd, zogst dir die Stiefel und die Jacke an und fühltest dich zumindest imstande, die Tür zu öffnen. Das war nicht die Art und Weise, wie du gern Geschäftspartner begrüßtest. Du warst stolz auf deine gepflegte Erscheinung, aber an jenem Morgen blieb dir keine Zeit für Sorgfalt. Du öffnetest die Tür, und *voilà,* für die Welt warst du wieder der Entfesselungskünstler.

»*Señor* Lubarsky?« Moritz Schatz hielt dir die Hand hin. »Es ist mir ein Vergnügen, endlich den berühmten Zauberer kennenzulernen. Kommen Sie, ein Taxi wartet auf uns.«

Nun warst du ein wenig entspannter und folgtest ihm die Treppe hinunter. Du beruhigtest dich, indem du den Schnitt seines braunen Anzugs und den keck aufgesetzten Filzhut bewundertest. »Gefällt Ihnen der Anzug?«, fragte dich Schatz, als ihr in das Automobil stiegt. »Junger Mann, man sollte jeden Tag einen schönen Anzug tragen. Fischbein mag es, wenn seine Leute Tag und Nacht gut aussehen. Ist Ihnen schon aufgefallen, dass dieser *jenzer* Tutsik Goldenberg sich für seine Verhältnisse recht gut kleidet? Nun, da die Karten endlich auf dem Tisch liegen, werden wir Ihnen anständige Kleidung besorgen. Ich werde mich persönlich darum kümmern.«

Du atmetest tief durch und betrachtetest das Alltagsleben von Buenos Aires durch die Fensterscheibe des Taxis. Nach 15 Minuten hielt der Wagen vor dem Backsteingebäude auf der Calle Maipú.

Schatz geleitete dich die wackelige Treppe hinauf und an dem gefährlich aussehenden Mann vorbei, der die Tür mit einem Messer in der Hand bewachte. Als der Schläger den Anwalt erkannte, begrüßte er dich mit einem Kopfnicken und warf das Messer senkrecht in die Luft. Du fingst es am Griff und hieltest es ihm wortlos hin. Er riss es dir aus der Hand und begann sofort, seine Nägel damit zu reinigen.

Die Geschäftsräume waren düster, und überall hing übel riechender Rauch. Du konntest Fischbein in dieser Düsterkeit kaum hinter seinem Schreibtisch ausmachen, wo er mit hochgelegten Beinen und einer dicken Zigarre zwischen den Zähnen saß. Als er dich erblickte, sprang er auf und kam um den Schreibtisch auf dich zugehüpft. »Da ist er ja!«, schrie er. »Er ist es wirklich, in Fleisch und Blut! Ach, *mein kaddischl zun!«* Er packte dich an den Schultern und zog dich an sein Gesicht. Der Gestank seiner Zigarre ließ dich zusammenzucken. »Seht ihn euch nur an! Mein kleiner Zauberer!« Er nahm seinen abgerissenen Zylinder vom Kopf und hielt ihn dir wie eine Suppenschüssel hin. »Hol mir ein Karnickel aus dem Hut, *jingele.* Ein Karnickel, bitte schön!«

Du starrtest in seine schmutzige Kopfbedeckung. »*Pan* Fischbein –«

»Sag ruhig Du zu mir, mein Junge, und nenn mich Papa –«

Du nahmst einen tiefen Atemzug. »Nun ... entschuldige mich ... Papa, aber ich bin gerade erst aufgewacht.«

»Aber natürlich! Wie dumm von mir! Wie unhöflich! Ich vergesse immer wieder, welch unchristliches Leben ihr Künstler führt!« Er schlug sich gegen den Kopf. »Moritz, lauf zur *confiteria* hinunter und hol uns etwas Kaffee. Es sei denn, du bevorzugst diesen fürchterlichen argentinischen Tee, mein Junge.«

Du sahst Marek Fischbein an und vermochtest nur zu denken, was für ein Affe dieser Mann augenscheinlich war. »Ich nehme auch einen Kaffee, *Señor.«*

»*Con leche?«*, erkundigte sich Fischbein mit großer Autorität.

»Nein, *Señor, sin.«* Es war offensichtlich, dass Fischbein eine ganze Minute benötigte, um zu begreifen, dass du einen Kaffee ohne Milch wünschtest, aber Schatz verstand es sofort.

»Ich werde mich darum kümmern, *Pan* Fischbein«, sagte der Anwalt und war innerhalb einer Sekunde zur Tür hinaus.

Nun warst du allein mit deinem Wohltäter, deinem Ersatzvater und deinem Chef Marek Fischbein.

Er beugte sich zu dir herüber, als wollte er dich küssen. »Wir sind endlich so weit, mein Junge! Wir müssen unsere außergewöhnliche Partnerschaft nicht länger verheimlichen. Schon bald wird die ganze Welt wissen, dass du nicht Tutsik Goldenberg gehörst, sondern mir allein. Ach, dieses Schweigen hätte mir beinahe das Herz gebrochen! Denn wer würde es nicht gern der ganzen Welt verkünden, dass er einen hundertprozentigen Anteil an einem solchen Wunderkind wie dir hat? Aber meine Abmachung mit Perle Goldenberg sah vor, die Vereinbarung geheim zu halten, bis sie sich in Sicherheit gebracht hatte, und daher musstest du es mir gleichtun. Heute ist der Tag, an dem ihr Verlobter, irgend so ein Trottel von einem Rabbi aus der alten Heimat, kommt, um sie abzuholen. Wir werden die kleine Perlie vermissen, aber zumindest kann ich nun laut verkünden, was mir gehört.« Fischbein kniff dich in die Wange. »*Kein Bartwuchs.* Immer noch kein Bartwuchs! Ach, die Jugend und ihre Talente! Du darfst der Welt nun ebenso verkünden, dass auch ich dir gehöre!«

Und so war es. In den Augen der Welt warst du von nun an das Eigentum von Marek Fischbein, Verbrecher und Stütze des Fleischmarktes von Buenos Aires. Dir fiel nicht ein einziges Wort ein, was du hättest sagen können.

»Nun denn, mein lieber Junge, der Kaffee ist unterwegs. Schwarz, wie du ihn magst. Und jetzt tu deinem neuen Chef bitte einen Gefallen.« Er hielt dir seinen gähnenden Hut unter die Nase. »Bitte, *jingele, zun* meiner Söhne, hol mir ein Karnickel aus dem Lieblingshut meines verblichenen Vaters.«

Die ganze Sache war zwar unangenehm, aber als du aus dem Verbrecherquartier in der Calle Maipú tratest, befand sich doch etwas in deinem Besitz, nach dem du dich dein ganzes Leben als Entfesselungskünstler gesehnt hattest. Zugegeben, es war lediglich ein Fetzen Papier, aber was für ein Fetzen! Denn auf diesem Blatt standen in ordentlich getippten und von Moritz Schatz zu Papier gebrachten Worten die genauen Bedingungen einer Vereinbarung, die darlegte, dass du der Star einer eigenen Zauberschau werden würdest. Zudem war festgelegt, wie sie bekannt gemacht und wo und wann sie stattfinden sollte und so weiter und so weiter. Zwar befanden sich keine konkreten Angaben über Geld darin, aber eine Klausel, auf die dich Schatz aufmerksam machte und die dir keine andere Wahl ließ, als zu unterschreiben: Es war eine lange Laufzeit der Vorstellungen im Theater des Gebrochenen Herzens vorgesehen, und du würdest einen bis dato noch unbestimmten Prozentsatz an den Einnahmen erhalten. Es gab auch eine Klausel über eine neue Wohnung, in die du noch am selben Nachmittag einziehen konntest. Fischbeins Schlägertypen würden alle Arbeiten übernehmen, du selbst musstest keinen Finger rühren. Und es stand schwarz auf weiß zu lesen, dass Fischbein für jedes neue Kostüm, für jede neue Requisite und für jede an der Bühne des Theaters vorzunehmende Renovierung bezahlen würde.

Worin bestand nun deine Gegenleistung? Die schwierigste Aufgabe lag darin, Marek Fischbeins erfundene Adoption zu ertragen. Der Rest war ein Kinderspiel. Man verlangte lediglich von dir, du sollest die fantastischste Zaubervorstellung abliefern, die Argentinien jemals zu Gesicht bekommen hatte. Du wusstest, dies würde nicht schwierig sein. Auch wenn sich in Buenos Aires viele hervorragende Schauspieler und Musiker drängten und obwohl hier seit Jahren der berühmte englische Clown Frank Brown zu Hause war, so hatten sie einen Zauberer wie dich noch nie gesehen. Es gab wohl Feuerschlucker und auch Schwertschlucker, und natürlich zählten deine Akrobatenfreunde in San Telmo zu den Besten in der Stadt der Guten Lüfte, aber noch niemals zuvor hatte es einen Zauberer wie dich, Hankus Lubarsky, gegeben. Trotz all seiner schludrigen Tölpelhaftigkeit war Marek Fischbein als Geschäftsmann kein Narr. O nein, mitnichten.

»Hör zu.« Dieses Mal hatte er seinen Arm um deinen Hals gelegt. »Bist du überhaupt schon einmal im Theater des Gebrochenen Herzens gewesen? Wir von der Varsovia-Gesellschaft haben es mit dem gleichen Ansinnen gebaut wie die *schul* der Diebe, nämlich als Bestechung für unsere Brüder und Schwestern. Gewiss weißt du alles über die kunstfertige Anordnung seiner fünf Balkone, die gleichsam zum Himmel aufsteigen. Über die vornehmen Samtsitze und die moderne Gasbeleuchtung. Mag sein, dass die einfachen Juden in Buenos Aires uns nicht ausstehen können, aber billig verkaufen tun wir uns nicht. Eins sollst du wissen, kleiner Hankus Lubarsky, mein Lieblingssohn, Liebe meines Lebens: Wenn du mit deiner Zaubervorstellung fertig bist, wird das Theater des Gebrochenen Herzens auf der Calle Libertad in Buenos Aires weit und breit als dein Zuhause bekannt sein. Ja, das Zuhause des Entfesselungskünstlers Hankus Lubarsky. Und wer, mein Sohn, könnte so etwas widerstehen?«

O ja, du warst der glücklichste Zauberer auf der ganzen Welt! Glücklicher sogar als Houdini aus den Vereinigten Staaten von Amerika, denn Houdini hatte sogar dann magere Zeiten, wenn er vor den gekrönten Häuptern Europas auftrat. Aber deine mageren Zeiten, Hankus, die sollten von nun an für immer vorüber sein, und deine Träume sollten wahr werden. Du vermochtest deine Freude kaum zu verbergen, als du diese wackeligen Stufen vorbei an dem Mann mit dem Messer in der Hand und der feurigen Zeitschrift auf dem Schoß hinuntergingst und durch die Tür in den kühlen Sonnenschein von Buenos Aires hinaustratest, um geradewegs zur Calle Talcahuano und zum *schandhojs* zu marschieren. Du hattest insbesondere die Absicht, Perle Goldenberg ein herzliches Lebewohl zu sagen, denn schließlich war es ihrem Geschäftssinn zu verdanken, dass du nun überhaupt einen anständigen Wohltäter hattest. Zudem hegtest du eine kleine Hoffnung, du könntest dich an Tutsik Goldenberg vorbeischleichen, um zu mir zu gelangen.

Als du die Stufen des Verbrecherkontors hinuntergingst und draußen in der kühlen Luft über das Kopfsteinpflaster bis hin zu unserem kleinen Bordell schlendertest, vermochtest du ein Kichern nicht zu unterdrücken. Du schriest in die offenen Fenster und zu den Zigaretten rauchenden Straßenkehrern hinüber: »Ich bin reich! Ich bin reich! Ich bin reich!« Sie starrten dich an wie einen Idioten, und vielleicht warst du in jenen kurzen Momenten auch genau das.

Du gingst die Straße entlang zur Calle Talcahuano 154, und das Erste, was du dort erblicktest, war Madame Perle Goldenberg, die in ihren besten Reisekleidern mit einem seltsam aussehenden Rabbi, der sehr wachsame Augen hatte, davonrauschte. Oh, Eleazar blickte dich wohl an und betrachtete dich abschätzend in deinem zerknitterten Hemd und deinen fabelhaften Stiefeln. *Jenzer,* dachte er, ein gewöhnlicher Mann. Wie er sich in dir täuschte, wie schrecklich er sich in dir täuschte!

Du standest mit offenem Mund da und wurdest wie wir anderen auch Zeuge, wie Perle Goldenberg mit verschleiertem Gesicht in eine sagenhafte Kutsche gesteckt wurde und wie sie hastig abreiste. Wie im Märchen war das. Sogar der böse Prinz trat in Form des Bruders – meines widerwärtigen Chefs Tutsik Goldenberg – auf und spuckte ihr hinterher, als sie über die Straße brauste, die sie schließlich auf den Weg nach Rosario führen würde. Tutsik blickte dir auf diese gemeine Art in die Augen, die ihm zu eigen war. Es war diese besondere Art, die er eigentlich für uns Frauen reserviert hatte, und zum ersten Mal in vielen Jahren fürchtetest du um dein Leben. Für einen kurzen Augenblick fürchtete auch ich um dich, Hankus, denn Tutsik Goldenberg packte dich, wie er dich niemals zuvor gepackt oder auch nur die Anstalten gemacht hatte, es zu tun. Er packte dich an deinem Hemdkragen und presste dich gegen das Gebäude. »Verräter!«, schrie er dir ins Gesicht. »Nicht besser als eine Frau!«, schrie er, und er ballte die Faust und zog den Arm zurück, um dich niederzuschlagen. Doch in dem Moment ergriff Mordechai Dorfman, der sich inzwischen auch zu unserer Abschiedsfeier gesellt hatte, Tutsik an seinem ausholenden Arm und zerrte ihn von dir fort.

Der arme Dr. Dorfman! Tutsik landete seinen Schlag mitten in seinem weichen Gesicht. Mordechais Nase fing an zu bluten, doch er bewahrte dich davor, verprügelt zu werden. Du nicktest ihm zu, winktest zu uns allen herüber, zogst dein Hemd gerade und riefst zu mir hinauf: »Ich werde dich holen – ich bin reich!«

»Du wirst nichts dergleichen tun!«, fauchte Goldenberg. »Du kannst dich glücklich schätzen, wenn du da draußen unter ihrem Fenster stehen darfst. Denn du bist ein Verräter, und ich werde nicht zulassen, dass du auch nur noch ein einziges Mal deine dreckige Visage hier in meinen vier Wänden zeigst!«

»Deine Schwester hat mich doch an Fischbein verkauft, um deinen Arsch zu retten!«

Goldenberg hechtete wieder auf dich zu, doch du vollführtest einen Salto rückwärts und gelangtest auf diese Weise aus seiner Reichweite.

»Ich komme zurück, um dich zu holen, Sofia!«, riefst du wieder.

»Versuch's nur, Hankus!«, fauchte Tutsik Goldenberg. »Ich reiße euch beiden mit bloßen Händen das Herz raus!«

Kapitel 17

Es mag den Anschein haben, dass es eine einfache Sache gewesen wäre, den Fängen Tutsik Goldenbergs zu entkommen und den Mauern des Bordells auf der Calle Talcahuano zu entfliehen, nachdem sich die berüchtigte Madame Perle auf so stilvolle Weise für immer verabschiedet hatte, aber tatsächlich war das Gegenteil der Fall.

Da das *schandhojs* nun ihm allein gehörte und niemandem sonst, hätte Tutsik Goldenberg eigentlich entspannt und mit einem Gefühl der Sicherheit leben können, doch stattdessen wurde er besorgter und unflätiger als jemals zuvor. Schlimmer noch, diese Kontrolle über seine schreckliche Wut, die es ihm bisher erlaubt hatte, Frauen in der Öffentlichkeit wohl zu bedrohen, ohne ihnen aber tatsächlich etwas anzutun (außer das eine Mal, als er mit seinem schärfsten Messer über die arme Sara herfiel), gab nach und wich einem überaus lockeren Umgang mit seinen Fäusten, sodass er von nun an jederzeit ohne jede Vorwarnung auf uns einschlug. Innerhalb von 24 Stunden nach Madame Perles Abreise wurde deutlich, dass Tutsik Goldenberg nicht nur Gefallen daran fand, das Gesicht einer Frau unter seinen zornigen Handflächen zu spüren, sondern dass er sich nun, da Perle fort war, bemüßigt fühlte, diesem Drang nach einem *fraßk* ins Gesicht oder einem *sez* in den Magen ganz nach Belieben nachzugeben. Nun, da seine Schwester auf dem Weg zu einer prächtigen Hochzeit war, gab es niemanden mehr, der sich zwischen die dicken Goldringe an Tutsik Goldenbergs sorgfältig manikürten Fingern und der einst glatten Haut auf unseren traurigen, bleichen Gesichtern stellte, niemanden, der ihn davon abhielt, uns gegen eine Wand zu drücken oder uns an den Handgelenken aus einem Fenster baumeln zu lassen.

Die alten Stammgäste, Dov Hirsch und Mordechai Dorfman, kamen wie früher vorbei, aber in den Augen von Tutsik

Goldenberg, der sich einen bleistiftdünnen Schnauzbart wachsen ließ und sich angewöhnte, in der Wohnung eine seidene Hausjacke und einen roten Fes zu tragen, hatten sie ihren alten Glanz verloren. Es gab neue Schurken, die bei uns herumlungerten und die einen größeren Wert für Tutsik hatten, weil ihnen der Polizeipräsident sein Ohr schenkte und Tutsik sie benutzen konnte, um sich bei den einflussreichen nicht jüdischen Personen in Buenos Aires einzuschmeicheln. Während Madame Perle sich immer bemüht hatte, die Schlägertypen mit Rasiermessern und *schtarkers* mit ihren Totschlägern fernzuhalten, so gehörte gerade dieses Gesindel nun zu Tutsik Goldenbergs engsten Freunden.

Wenn wir unter uns waren, warfen wir *sojnes* Tutsik Goldenberg durchaus Beleidigungen an den Kopf, sagten ihm ein oder zwei Mal sogar ins Gesicht, wie lächerlich er aussah mit seiner Hausjacke, seinem Halstuch, dem Schnäuzer und dem Fes. Aber Tutsik Goldenbergs neue Freunde befingerten voller Respekt seine Satinaufschläge und fassten ihn unters Kinn. Uns gegenüber rümpften sie natürlich in grenzenloser Verachtung die Nase und benahmen sich so, als täten sie uns einen riesigen Gefallen, wenn sie uns vögelten und schlugen und in einer Art demütigten, wie wir es noch niemals zuvor erlebt hatten.

Anfangs dachte ich, dumm, wie ich war, es sei eine gute Sache, wenn die neue Klientel uns so sehr hassen würde, dass Tutsik Goldenberg sich schließlich gezwungen sähe, uns alle rauszuschmeißen und durch einen frischeren, schwungvolleren Haufen zu ersetzen. Aber leider wurde alles nur noch schlimmer. Tutsik stellte eine Reihe neuer strenger Regeln und Vorschriften auf, die unsere Bewegungsfreiheit auf schamlose Weise eingrenzten. Da gab es kein Zusammensitzen bei einem *maté*-Tee mehr und auch kein Kartenspiel nach unserem späten Mittagessen. Wir wurden zum Essen aus unseren Käfigen gelassen, und dann beorderte uns Tutsik wieder in unsere Zimmer bis um fünf Uhr abends. Dann erwartete man von uns, dass wir so gut wie nackt unten im Salon herumsaßen und die Kunden unterhielten. Falls ein Freier schon vor fünf Uhr eintraf, so sahen die neuen Praktiken unter Tutsik Goldenbergs herrschender Diktatur so aus, dass ihn Marianna nach oben geleitete, unsere Zimmertüren aufschloss und ihm erlaubte, uns ohne viel Federlesen zu bespringen. Wie ich bereits erwähnte, war es Goldenberg völlig egal, wie uns die Kunden behandelten. Perles sämtliche Regeln waren außer Kraft gesetzt und all ihre Voraussagen überholt. Wenn ein Freier uns ein Rasiermesser – oder Schlimmeres – an die Kehle hielt, während er es mit uns trieb, so mussten wir es geschehen lassen. Dr. Dorfman und Dov Hirsch sollten sich eigentlich um unsere Sicherheit kümmern, aber das war im Grunde ein Scherz.

Keine von uns *nafkes* durfte das *schandhojs* zu irgendeiner Zeit aus welchem Grund auch immer verlassen – weder um ein neues Paar Seidenstrümpfe zu kaufen noch ein Päckchen Zigaretten. Stattdessen erhielt Marianna die Anweisung, all unsere Einkäufe für uns zu tätigen, und zwar von dem Geld, das direkt aus unseren allabendlichen Einnahmen stammte. Keine von uns sollte von nun an auch nur noch *einen peso*-Schein in den Händen halten.

Aber viel schlimmer für mich war, Hankus, dass ich nichts von dir hörte. Unser irrsinniger Chef hatte dich für immer aus unserem Etablissement verbannt, um sich die Peinlichkeit zu ersparen, seinen Spießgesellen eingestehen zu müssen, dass seine Schwester seinen Anteil an dir einfach verkauft hatte. Die alten Freier allerdings erkundigten sich nach dir, Hankus, und wenn sie dies taten, so begegnete Tutsik ihren Fragen mit frostigem Schweigen. Meist wechselte er mit solchen Kunden nie wieder ein Wort.

Zwei Mal versuchtest du, durch die Tür der Calle Talcahuano 154 zu gelangen, und jedes Mal stellte sich dir ein unbarmherzig dreinblickender Dov Hirsch in den Weg, der keine Skrupel hatte, dir einen ausgesprochen scharfen Dolch an die Kehle zu halten und dir zu raten, du sollest verschwinden. Beim zweiten Mal rief ich dir hinterher, und Goldenberg packte mich an der Kehle, drückte mich gegen das Geländer und schlug auf mich ein, bis Mordechai Dorfman ihn unter großen Mühen von mir wegzog.

Ich tröstete mich damit, mir vorzustellen, wie dein Leben wohl aussehen mochte. Die Rote Ruthie erzählte mir, dass Fischbein dir eine Wohnung oben in Once beschafft hatte, doch sie wusste nicht genau, wo. Welch ein Vergnügen es für mich war, mir dich in deiner neuen Wohnung vorzustellen, wie du Knoten löstest, unter Wasser den Atem anhieltest und mit allem jongliertest, das dir in die Hände fiel! Wie befreiend es für mich war, dich in Gedanken zu sehen, wie du kopfüber dahingst, dich aus diesen edlen Goldhandschellen befreitest und vor den Augen Hunderter magische Kammern betratest, um dann auf geheimnisvolle Weise und mit viel Schwung mir nichts, dir nichts zu verschwinden.

Ich gab mir große Mühe, daran zu glauben, dass du, sollte es in deiner Macht stehen, in meinem Zimmer auftauchen würdest, so wie du seit jener ersten Nacht, als ich dich in meinen jämmerlichen *nafke*-Armen gehalten hatte, in meinen Träumen auftauchtest.

Jeden Tag wuchs meine Angst, dass Tutsik Goldenberg in seinem derzeitigen Zustand Sara, Rachel, Magda und mich erledigen würde, bloß um uns los zu sein. Ja, dass er uns nur deshalb umbringen würde, weil er sich als Besitzer des Freudenhauses im Rahmen des Gesetzes bewegte. Zu seinen neuen besten Freunden zählte inzwischen die Hälfte aller Polizisten von Buenos Aires, und die hätten nur allzu bereitwillig in die andere Richtung geschaut, wenn irgendeine dumme *prostituta* von irgendeinem Unbekannten in Stücke geschnitten wurde oder schließlich einfach verschwand. Wenn sich allerdings eine Frau in den Kopf gesetzt hätte, aus dem Fenster zu springen oder einfach zur Tür hinaus in die Freiheit, hätten dieselben Polizisten sie nur zu gern aufgespürt, verprügelt und wieder dorthin zurückgebracht, wohin sie ihrer Meinung nach gehörte, nämlich in die niederträchtigen Arme eines Tutsik Goldenberg.

Apropos Sprung aus dem Fenster, mein Fenster ging auf die Calle Talcahuano hinaus und lag im zweiten Stock. Nicht so schlimm, ein solcher Sprung, dachte ich. Du selbst hattest es nach unserer ersten gemeinsamen Nacht getan. In der guten alten Zeit, als das Aufschlitzen von *nafkes* in unserem kleinen Bordell noch nicht erlaubt war, hatte ich einmal beobachtet, wie ein *schadchen* aus La Plata durch ebendieses Fenster verschwunden war, nachdem er ein Rasiermesser gezogen und es mir an die Kehle gehalten hatte. Er war über mich hinweggestolpert, als ich Madame Perle zu Hilfe rief, war auf die Balustrade gesprungen und im nächsten Moment auch schon – einem verwegenen Kerl gleich – verschwunden gewesen. Doch als ich hinunterblickte, humpelte er auf einem gebrochenen Knöchel davon. Ich hatte keinen Zweifel, dass jede von uns *nafkes* zu ihren besten Zeiten mit einer ähnlichen Verletzung davongekommen wäre, aber ehrlich gesagt, hatte man uns seit Jahren wie eine Herde Kälber behandelt, und nun war es sogar noch schlimmer geworden, weil Tutsik uns am Tag nie länger als fünf Minuten aus unseren düsteren Zimmern herausließ. Wir durften keine überwachten Spaziergänge mehr machen, von ungehindertem Herumwandern ganz zu schweigen. Wir wurden weiterhin jeden Tag von Marianna und ihren Kochkünsten gemästet, auch wenn es Tutsik Goldenberg dieser Tage zum Nutzen welchen Etats auch immer auf sich nahm, Mariannas Menüs zu überwachen, als wäre er der Direktor eines schlecht laufenden Hotels. Unsere Portionen wurden Tag für Tag kleiner. Wir bekamen immer mehr Kartoffeln und immer weniger Fleisch, das Brot wurde grober und der Kaffee dünn. Unsere Körper waren geschwollen und litten doch Hunger – nur Sara erging es anders, sie wurde dünner und dünner.

Doch selbst wenn wir uns bei bester Gesundheit und in bester körperlicher Verfassung befunden hätten, so wäre eine Flucht dennoch unmöglich gewesen. Denn zu Tutsiks neuen Praktiken gehörte eine, die in anderen Häusern der Varsovianer durchaus an der Tagesordnung war, doch bei Madame Perle nie Anwendung gefunden hatte: Er begann, unseren Lohn zu beschneiden. Da er uns nicht mehr vor die Tür ließ und Marianna, wie ich ja bereits erwähnte, losgeschickt wurde, um uns Unterwäsche und Strümpfe zu kaufen (obwohl sich Tutsik ab und zu das Vergnügen gönnte, Hirsch zu schicken oder selbst zu gehen), und da er das Geld für diese Strümpfe und die Unterwäsche von unserem Lohn abzog, konnte er uns für alles das Doppelte abknöpfen. Am Ende des Abends, wenn die *pesos* aufgeteilt wurden, war sein Haufen der größte. Unsere dagegen wurden immer kleiner, bis es offensichtlich war, dass in absehbarer Zeit für uns überhaupt kein Geld mehr übrig bleiben würde. Selbst wenn es uns gelingen sollte, ohne gebrochene Knochen aus dem Fenster zu entkommen, so hätten wir nichts in unseren Taschen gehabt und keine Möglichkeit, irgendwohin zu gelangen, und wären über kurz oder lang wieder im *schandhojs* gelandet. Wir kannten ja nichts anderes.

Da wir nichts weiter als die Straßenkleider besaßen, in denen wir in unserem neuen Heim angekommen waren, hatte keine von uns mehr nennenswerten Besitz. Was hatte ich außer diesem Witz von einem Hochzeitskleid, das mir inzwischen so klein vorkam, als wäre es für eine Puppe angefertigt worden, und dazu noch die paar Schals, die mir Madame Perle überlassen hatte? Ich wollte raus aus dem Bordell in der Calle Talcahuano, ich wollte ein eigenes Leben, ich wollte ein Leben mit dir, Hankus, ein richtiges, ein ehrliches Leben. Solange ich daran glauben konnte, dass wir beide lebendig waren, klammerte ich mich an die Hoffnung, dass ich dieses Leben einmal führen würde. Aber so gut wie nackt zwei Stockwerke in den verregneten argentinischen Winter hinunterzuspringen, um dann von diesen schrecklichen Polizisten aufgelesen und wieder hierher zurückgeschleppt zu werden – nein, das wollte ich nicht.

Ich war verzweifelter als jemals zuvor. Denn bevor du zu meiner Geliebten wurdest, konnte ich von dir als meinem goldenen Schlüssel in die Freiheit träumen. Doch nun warst du viel mehr als das – du warst mein Herz, mein Ein und Alles. In dem Augenblick, als Tutsik Goldenberg dich verbannte, verlor ich mehr, als ich glaubte, jemals besessen zu haben.

Und so ging es weiter. Wochenlang kein einziges Wort von dir, was eine neue und grausamere Art von Folter darstellte. Das allein, Hankus, mein Liebling, wäre schon schlimm genug gewesen – ohne meine dauernde Angst, dass Tutsik Goldenberg dich umbringen würde, um ein für alle Mal seine Rechnung zu begleichen. Ich hegte nicht den geringsten Zweifel, dass Goldenberg dazu fähig war, aber wenn er es wirklich tat – was Gott verhindern mochte –, so würde ich nun niemals davon erfahren. Denn schließlich wurde nach dir, Hankus, auch der Roten Ruthie, die Madame Perle bis zum Ende die Treue gehalten hatte, untersagt, in unser Bordell zu kommen. Und um die Isolation von uns *nafkes* vollständig zu machen, verbot uns Tutsik auch die jiddische Zeitung, die uns dazu gedient hatte, unsere schwindende Vorstellungskraft am Leben zu erhalten. Ja, Hankus, ich hatte schreckliche Angst, dass dich Tutsik Goldenberg mit seinen eigenen, sorgfältig manikürten und zornerfüllten Händen ermorden und niemand es mitbekommen würde.

Wenn ich längere Zeit darüber nachdachte, erfüllte mich ein schreckliches Herzeleid. Aber eines Morgens, als ich meine unglücklichen Augen öffnete, fasste ich eine seltsame Hoffnung. Falls Tutsik Goldenberg es wirklich auf sich nehmen würde, dein Leben zu beenden, hätte er im Handumdrehen Fischbein und seine Busenfreunde am Hals. Dieses Haus würde mit all seinen Insassen in Brand gesteckt und vernichtet werden. Wie besessen Tutsik Goldenberg auch immer sein mochte, ich war mir sicher, dass er in seinen schlimmsten Momenten nicht vergessen würde, wie der Zorn eines Marek Fischbein ausfallen konnte, und nun, da du sein *golden jingele* warst, warst du deshalb vielleicht in Sicherheit. Da ich glaubte, dass Goldenberg tief in seinem Innern ein Feigling war, hoffte ich von ganzem Herzen, dass Hankus Lubarsky, nicht weit von uns entfernt, in der neuen Wohnung in Once oder wo auch immer, sicher und wohlbehalten lebte.

Dennoch sehnte ich mich schrecklich danach, von dir zu hören. Wenn du mir irgendwelche Nachrichten schicktest, so erhielt ich sie nicht; es hätte Tutsik Goldenberg ähnlich gesehen, unsere Post zu zerreißen. Ich schrieb dir jeden Tag Briefe, in denen ich dich bat, mich zu retten, und in denen ich dir meine Liebe und all meine Sehnsüchte gestand. Ich verbrannte sie alle, sobald sie aus meinem Füller geflossen waren, verbrannte sie und zerdrückte die Asche zu Pulver, das ich dann aus meinem Fenster blies, um es vom Winterwind forttragen zu lassen an den Ort, wo auch immer du sein mochtest. In jenen Briefen sprach ich also von meiner Liebe und auch von unseren größten Geheimnissen – von zwei Frauen, die sich liebten. Ich wusste, dass Goldenberg uns allein für dieses Verbrechen, trotz Fischbein und seines überwältigenden Zorns, töten würde. Er würde mich *und* dich töten, Hankus, ohne jede Angst vor Fischbein, nur mit einer alles überdeckenden Wut im

Bauch. Wir hatten ihn doppelt betrogen: Wir liebten einander und nicht ihn, und wir waren zwei Frauen, die beisammengelegen hatten.

Die Vorstellung, dem Ganzen auf die gleiche Weise zu entkommen wie Sara mit ihrer Opiumpfeife, erschien mir immer verlockender. Ich starrte aus dem Fenster und fragte mich, wie viel schlimmer ein Leben mit zwei gebrochenen Beinen sein konnte als das, das ich hier führte. Wenn die Kunden in mein Zimmer kamen, betete ich zu Gott, dass einer von ihnen irgendwo ein Rasiermesser versteckt hatte und mir die Kehle durchschneiden würde. Ich betete darum, dass Marianna verrückt werden und uns Arsen ins Essen tun würde, um uns zu vergiften. Ich flehte Gott an, einen Wahnsinnigen zu schicken, der ins Bordell eindringen, seine Pistolen ziehen und uns alle auf der Stelle ermorden würde.

Ich befand mich in ebendiesem Zustand der Mutlosigkeit, als eines Abends ein Besucher eintraf, ein Fremder, der noch niemals zuvor unser Haus in der Calle Talcahuano 154 betreten hatte. Er war gut ausgestattet und gekleidet, wie es europäische Herren hier in Buenos Aires oft waren, trug einen grauen Anzug und graue Handschuhe, einen grauen Zylinder, Weste und Krawatte. In der Hand hielt er einen schwarzen Spazierstock, dessen Griff aus einer goldenen Kugel bestand. Um seine Schuhe trug er Halbgamaschen. Er war klein und beleibt, und über seinen Bauch spannte sich eine goldene Uhrkette. Er war ein Jude mit Bart, den er aber auf die moderne Weise trug: Spitzbart und Schnäuzer sorgfältig getrimmt. Seine Augenbrauen waren dicht, und im rechten Auge trug er ein Monokel. Er sprach Jiddisch mit einem heiseren Flüstern, doch sein Akzent schien auf einen Italiener hinzudeuten. Er betrat den Salon unseres *schandhojs,* nickte Tutsik Goldenberg zu, der faul mit Magda auf dem Schoß dasaß, und wandte sich umgehend an Dov Hirsch. Ich, die ich am Klavier saß, legte das Buch, das ich gerade las, zur Seite, denn dieser Gast hatte etwas Bezwingendes an sich. Was genau es war, vermochte ich allerdings nicht zu sagen.

»Man hat mir in Bologna gesagt, dass ich dieses Haus aufsuchen soll, um die besten Mädchen in Argentinien zu bekommen.« Er tätschelte seinen dicken Leib und richtete seinen Blick auf mich. Ich verspürte eine seltsame Schüchternheit. Ich konnte nicht anders, ich senkte die Augen.

»Ist es wohl möglich«, fuhr der Fremde fort, »die Dienste einer gewissen Madame Perle in Anspruch zu nehmen?«

Daraufhin schob Goldenberg in seinem lächerlichen Fes Magda von seinem Schoß und brach in Gelächter aus. »Das dürfte etwas schwierig sein, denn Sie müssten dazu erst nach Europa reisen. Ich fürchte, die gute Madame hat es in die Karpaten gezogen. Wir werden sie wohl erst in der Hölle wiedersehen.«

Der Mann machte einen verstimmten Eindruck. »Aber man hat mir gesagt, sie sei die außergewöhnlichste Kurtisane der Welt!«

Goldenbergs Gesichtsausdruck wurde säuerlich, und er trat auf den Herrn zu. Er strich sich über die Aufschläge seiner Hausjacke. »Nun, sie ist nicht hier. Aber wir haben andere Mädchen, die jünger sind als Perle und weniger hochnäsig. Und auch ein klein wenig billiger, wenn ich das bemerken darf.«

Der Mann schüttelte für einen Augenblick den Kopf, tätschelte dann seinen Bauch. »Ich ... ich hatte mein Herz nun mal an Perle Goldenberg gehängt.« Sein Blick wanderte von mir zu Magda. Dann schaute er zu Sara hinüber, die vor sich hin döste, und schließlich zu Rachel, die seinen Blick erwiderte, woraufhin er rasch die Augen abwendete. »Die Sache verhält sich folgendermaßen. Ich habe mehr als ein paar Gold-*pesos,* die ich zu zahlen bereit bin, aber ich möchte etwas Anständiges für mein Geld bekommen.« Zum ersten Mal seit Beginn meines Lebens in der Calle Talcahuano hoffte ich, dass ein Mann *mich* wählen würde. Er hatte etwas an sich, das mir irgendwie vertraut vorkam, obwohl ich nicht zu sagen vermochte, was es war. So viele Männer gingen hier ein und aus oder spazierten auf der Straße unten vorbei. Wenn ein neuer Kunde eintrat, füllte sich mein Herz meist mit Furcht. Ich wollte nicht ausgesucht werden, denn ich war müde, und das alles widerte mich schrecklich an. Doch als dieser Mann auf mich zutrat und seine behandschuhten Finger unter mein Kinn legte, da erfüllte mich ein schwaches Gefühl von Wärme. »Wie viel wollen Sie für die da?«, fragte er.

»Kommt drauf an, was Sie wollen«, erwiderte Tutsik.

»Das ganze Drum und Dran«, entgegnete der kleine Mann.

»Wissen Sie was ... Sie nehmen sie mit nach oben und machen mit ihr, was Sie wollen, und ich rechne später mit Ihnen pro Stunde ab. Ist mein ganz besonderes Einführungsangebot für Sie, weil Sie wegen Perle gekommen sind und sich mit ihren Überbleibseln abgeben müssen.«

»Sie halten die Zeit im Auge?«

»Die Uhr läuft ab jetzt.«

»Hervorragend!«, erwiderte der Mann. Er legte seine Finger zusammen und schaukelte auf seinen Fußballen vor und zurück. »Dann komm mal mit«, sagte er lächelnd mit einem Glitzern in den Augen. Hatte ich dieses Glitzern nicht schon einmal gesehen? Aber ich kannte keine Männer aus Italien.

»Wie ist ihr Name?«

»Das ist Sofia«, schaltete sich Dr. Dorfman ein. »Sehr gute Ware, das können Sie mir glauben.«

»Sofia«, wiederholte der kleine Mann und tätschelte mein Hinterteil. »Dann geh mal vor, Sofia.«

Und wir verschwanden die Treppe hinauf.

Als wir in meinem Zimmer angekommen waren, wurde der Mann mit einem Mal ganz hektisch. »Schließ die Tür zu«, flüsterte er. »Bitte schließ sie zu!«

»Wenn Sie darauf bestehen«, erwiderte ich. Ich spielte die Verärgerte, aber ehrlich gesagt sehnte ich mich danach, mit diesem seltsamen kleinen Mann eingesperrt zu sein.

»Jawohl«, sagte der Mann, »ich bestehe unbedingt darauf!«

Ich drehte den Schlüssel, und er berührte meine Hand. »Lass ihn stecken. Dann verdeckt er das Loch.«

Manche Männer sind wirklich eigenartig. Sie kommen in ein Bordell, sie äußern freimütig ihre Wünsche, aber dann wollen sie alles im Geheimen tun. Ich fragte mich, welch seltsame Vorlieben er wohl haben würde. Ob ich ihm vielleicht aus der Bibel vorlesen sollte, während ich auf ihm ritt? Ein paar Zeilen Shakespeare auf Jiddisch zitieren? Ihn mit Koseworten für kleine Kinder anreden, während ich seine *schlang* lutschte?

»Lass den Schlüssel im Schloss stecken. Lass ihn stecken und komm hier herüber.« Etwas veranlasste mich, innezuhalten, etwas in seiner ernsthaften Stimme voller Wärme und Kraft. Ich stand vor ihm und sah ihn an.

Der Mann nahm erst seinen Hut ab und zog seine Handschuhe aus. Dann folgten sein Jackett, seine Weste und das Hemd. Und nach dem Hemd kam der Bauch, der nichts weiter war als ein flach gedrücktes Kissen, das er sich umgebunden hatte. Als das Kissen fort war, stand niemand anders mit einem falschen Bart und nichts weiter sonst vor mir als du, Hankus Lubarsky, und du breitetest die Arme aus und flüstertest: »*Voilà.*«

Der neue Freier, der uns seinen Namen als Dr. Katterfelto nannte, kam von nun an drei Mal die Woche, um meine Dienste in Anspruch zu nehmen. Er traf immer dienstags, donnerstags und samstags abends in genau demselben grauen Anzug mit Handschuhen und Spazierstock um Punkt halb acht ein und blieb bis zehn Uhr bei mir. Alsdann verschwand er mit gesenktem Kopf ohne viele Abschiedsworte. Ich für meinen Teil tat so, als ob die Ekstase, die ich mit dem guten Doktor teilte, eine schreckliche Pflicht sei. Denn hätte Tutsik Goldenberg von unserem süßen Geheimnis erfahren, Hankus, hätte er gewusst, dass wir einander in diesen zweieinhalb Stunden voller Liebe in die Augen blickten und dass du mir drei Mal die Woche von deinen neuen Kunststücken und Entfesselungsnummern erzähltest, ach Hankus, dann wären wir wohl inzwischen mausetot, und ich könnte diese Geschichte nicht mehr erzählen.

Doch wir hielten unsere Stimmen zwischen den Küssen gesenkt, während ich dich, meine Geliebte, anflehte: »Wann wirst du mich hier herausholen? Sag mir, wie lange muss ich noch aushalten?«

Und du antwortetest: »Schon bald, meine liebste Sofia, bald.«

Für all diese gestohlenen Momente berechnete dir Tutsik Goldenberg zwanzig Gold-*pesos*, die dein Dr. Katterfelto immer bereithielt. Ich fand schon bald heraus, dass es dieselben zwanzig Gold-*pesos* waren, die immer wieder den Besitzer wechselten, denn Tutsik Goldenberg hatte nicht die geringste Ahnung, dass Dr. Katterfelto nicht nur ein Schwindler war, sondern ein Taschendieb dazu. Kaum hatte unser dem Alkohol zugetaner Freund die *pesos* in die Brusttasche seiner Hausjacke gesteckt, da hatte Dr. Katterfelto sie auch schon wieder von dort entwendet.

Ich genoss es so sehr, dich zu sehen, Hankus! Ach, dich zu sehen, war ein solcher Segen in diesen schrecklichen Zeiten! Aber ich fürchtete allmählich, dass unsere Liebe dazu bestimmt war, für immer in diesem schrecklichen kleinen Zimmer festzustecken, mit dem ich so viele böse Erinnerungen verband. Ich war fast so weit, dass ich meine Hoffnungen aufgab, jemals einen anderen Ort mein Zuhause zu nennen.

Eines Abends traf Dr. Katterfelto nicht allein ein, sondern brachte einen Freund mit. Der Freund war ein etwas größerer Mann, ein Argentinier, der nach typisch argentinischer Art feierlich gekleidet war: Statt eines Zylinders trug er einen Strohhut, dazu eine Fliege und einen Winteranzug. Auch er hatte, ganz wie unser Dr. Katterfelto, einen Spazierstock dabei, doch im Gegensatz zu seinem Begleiter hielt er außerdem noch einen kleinen Koffer in der Hand. Sein Benehmen ließ erkennen, dass er kein Europäer war – er war steif, doch es war Bewegung in seinen Hüften. Goldenberg unterbrach ein Binokel-Spiel mit einem Sergeanten der Sittenpolizei von Buenos Aires, um sich höchstpersönlich um die beiden Herren zu kümmern.

»Ach, unser Freund, der Doktor! Was für sündige Freuden darf ich Ihnen denn heute Abend anbieten?« Tutsik hob den Kopf und deutete auf Sara, die dasaß und ausdruckslos vor sich hinstarrte, und auf Rachel, die allem Anschein nach einen Schal strickte. Magda klimperte eine traurige Weise auf dem Klavier, während ich auf dem verblassten Sofa lag und vorgab, nicht das geringste Interesse an unseren beiden Gästen zu haben. »Hätten Sie und Ihr Freund vielleicht Lust, andere wohlschmeckende Bissen von unserer Speisekarte zu kosten? Rachel hier hat beispielsweise schon des Öfteren zwei Hähne auf einmal dressiert, wenn Sie verstehen, was ich meine.«

Rachel schniefte laut und begann, ihre gestrickten Reihen zu zählen.

Dr. Katterfelto kicherte hörbar. »Mein guter Mann, lieber Tutsik Goldenberg, bitte, mein werter Herr, ich bin ein Mann mit geringen Bedürfnissen. Sofia reicht mir völlig aus. Wenn man Hühnchen mag und es köstlich schmeckt, warum soll man dann Rindfleisch essen? Das hier ist der Bruder meiner ersten Frau, Moische. Er ist diese Woche den ganzen Weg von Moisesville zu Besuch gekommen. Wir unterhielten uns heute Mittag beim Essen und dachten, es wäre gewiss interessant, wenn wir, ehem ...« Er blickte unruhig zu dem Sergeanten hinüber, der verschmitzt lächelte und dann wieder auf die Spielkarten in seiner Hand hinabblickte. Dr. Katterfelto lehnte sich zu Tutsik hinüber und senkte seine Stimme dennoch zu einem Flüstern.

Goldenbergs Augenbrauen schossen in die Höhe, und sein Kinn ruckte nach vorn. Er schob seinen Fes auf dem Kopf nach hinten, als Dr. Katterfelto fortfuhr, wobei er dieses Mal auf Moisches Koffer deutete. Tutsik Goldenberg entfuhr ein leises »Meine Güte!«.

Der Doktor flüsterte noch einige Sekunden weiter. An einem Punkt griff sich Tutsik durch die Taschen in der Hausjacke an den eigenen Schritt. Kleine Schweißperlen bildeten sich auf seiner rosigen Stirn. Schließlich entfernte sich der Doktor wieder von Tutsiks Ohr und sagte so laut, dass es dieses Mal alle hören konnten: »Was halten Sie davon?«

»Ich wünschte, ich könnte Ihnen Gesellschaft leisten«, erwiderte Goldenberg und drückte ein weiteres Mal in seinen unteren Regionen zu.

Der Doktor wich zurück und erweckte für einen Moment den Eindruck, als wolle er wieder gehen.

»War nur ein Scherz, Doktor, nur ein Scherz. Gehen Sie beide nur mit Sofia hinauf und amüsieren Sie sich. Sie wird uns die Einzelheiten dann später erzählen.«

Der Doktor wich erneut zurück.

»Das war nur Spaß, Doktor, wirklich. Was hinter geschlossenen Türen geschieht, ist allein eine Sache zwischen Ihnen dreien.«

Der Doktor schien für eine Sekunde darüber nachzudenken, ob er Tutsik Goldenberg glauben sollte oder nicht.

»Das ist mir heilig, Doktor. Genau wie die Beichte bei den Katholiken. Was zwischen Ihnen beiden Herren und Sofia vorgeht, bleibt hinter geschlossenen Türen. Mein Ehrenwort.«

Daraufhin platzte der Sergeant lachend heraus. Tutsik rückte seinen Fes zurecht und wandte sich wieder dem Geschäft zu.

»Da Sie zu zweit sind, muss ich das Doppelte berechnen. Und weitere 15, weil ich den Mund halte.«

»Sie stellen ja harte Forderungen«, sagte Dr. Katterfelto und zahlte seine Gold-*pesos* dieses Mal im Voraus.

»Meine Arbeit ist mein Leben«, entgegnete Goldenberg demütig. »Sofia!«, schrie er dann, und ich trat auf die Herren zu.

Oben in meinem Zimmer angelangt, handelten wir rasch. Du, Hankus, zogst dich aus, und ich legte Dr. Katterfeltos Kleider an. Der Bauch verschwand in Moisches geheimnisvollem Koffer, aus dem ein weiterer Spitzbart und ein Paar Augenbrauen auftauchten, die du mir mit Mastix-Gummi sanft auf das Gesicht klebtest. Während es antrocknete, holtest du deine eigene Kleidung aus Moisches Tasche hervor und zogst dich eilig an. »Was möchtest du mitnehmen, was in diese Tasche passt?«, erkundigtest du dich mit drängender Stimme.

Ich tastete unter der Matratze herum und zog das einzige Relikt aus Madame Perles ruinierter Bibliothek hervor, von dem ich wusste, dass es wirklich mir gehörte. Es war die jiddische Shakespeare-Übersetzung, die mein Vater Tutsik Goldenberg zusammen mit meiner Seele vor so vielen Jahren verkauft hatte. Reumütig stopfte ich den in Leder gebundenen Band gemeinsam mit dem nie benutzten Hochzeitskleid und meinem einzigen Paar fester Schuhe in den Koffer. Und zur Erinnerung legte ich noch eine von Madame Perles seidenen Unterhosen dazu.

Wir breiteten meinen chinesischen Seidenkimono auf dem Bett aus und steckten ein Mieder mitsamt zwei Seidenstrümpfen hinein, als ob ich dort läge. Meine Satinpantoletten stellten wir ans Fußende des Betts. Du blicktest nervös auf deine Uhr. »Schließt das Fenster hinter mir und die Tür hinter euch. Wir müssen uns beeilen. Wenn wir die Zeit überschreiten, wird er mehr Geld verlangen, und dann fliegt die ganze Sache auf. Sofia, geh etwas gebeugt, erweck den Eindruck, als seiest du verlegen. Er ist daran gewöhnt, dass Katterfelto ohne große Abschiedsworte verschwindet. Moische wird ein Spektakel veranstalten und dir Deckung geben. Sie müssen mutig hier hinausmarschieren, Dr. Katterfelto, ein klein wenig peinlich berührt ob des Vergnügens, das hinter Ihnen liegt, aber nonchalant. Bereit?«

Moische schüttelte den Kopf und deutete auf sein Auge. Du schlugst dir mit der Hand gegen die Stirn. »*Signore* Doktor K., Sie haben Ihr Monokel vergessen.« Du zogst es aus meiner Brusttasche hervor und halfst mir dabei, es in mein Auge zu klemmen. Dann küsstest du mich ganz leicht auf die Wange. »Sehr hübsch«, flüstertest du. Ich vermochte dich nur mit heftig klopfendem Herzen anzusehen.

Moische hob seinen Koffer in die Höhe, lockerte seine Krawatte, schob sich den Hut in den Nacken und setzte ein albernes Grinsen auf. Wir wagten kaum zu atmen. Du, Hankus, öffnetest meine Zimmertür. Draußen im Flur war niemand, aber es war meine Aufgabe, rückwärts aus dem Zimmer zu treten und zu winken. Du sagtest in der besten Manier des Dr. Katterfelto: »Ach, meine liebe Sofia, tausend Dank. Wir werden uns dann in ein paar Tagen wiedersehen.« Dann blinzeltest du mir zu, sprangst über die Balustrade aus dem Fenster und landetest zwei Stockwerke tiefer wie eine Katze auf deinen Füßen. Moische schloss das Fenster hinter dir. Er zog die Tür zu und schloss sie mit einem Dietrich ab, den er in seiner Hosentasche trug.

Ich schritt die Treppe hinunter, wie ich es schon unzählige Männer hatte tun sehen – befriedigt und betreten zugleich. Der Polizist war inzwischen verschwunden, und Tutsik saß am Spieltisch und trank Schnaps mit seinem Kumpel Dr. Dorfman. Er wandte sich zu uns um und begann zu lachen. »Da ist ja unser anderer Doktor und sein *schwoger* aus Moisesville! Warum die Eile, Doktor? Erzählen Sie mir und Ihrem Medizinerkollegen hier doch, wie es gewesen ist.«

Jetzt trat die Angst an die Stelle der Nervosität, und ich musste gegen das Verlangen ankämpfen loszurennen. Stattdessen verlangsamte ich meinen Schritt und brachte ein tiefes Kichern zustande. Aber Moische – Gott segne ihn – platzte lachend heraus. Er lachte sehr laut und schüttelte den Kopf. »Nein, nein, nein!«, kreischte er und begann erneut zu lachen.

»Hat es Spaß gemacht?«, erkundigte sich Tutsik Goldenberg und stand auf, um uns hinauszugeleiten.

Ich schritt weiter auf die Tür zu, zuckte mit den Schultern und nickte mit dem Kopf, während Moische hysterisch wurde. »O ja, ja, sehr viel Spaß – o ja, in der Tat, ich, o Gott ...« Ich fühlte, wie er hinter mir glucksend mit den Armen gestikulierte.

Dorfman blickte Goldenberg fragend an.

Goldenberg legte einen Finger an die Lippen und schüttelte den Kopf.

Ich wurde für einen Moment ganz steif, so wie ich es schon bei dir gesehen hatte, Hankus, und strebte dann noch schneller der Tür zu. Meine einzige Hoffnung bestand darin, dass Tutsik in seinem Bemühen, den guten Doktor noch weiter bloßzustellen, nicht vor mir dorthin gelangte, um mich aufzuhalten. Aber ich hatte wenig zu befürchten, denn Moische ergriff erneut die Initiative. »Nein, nein, nein, nein!«, kreischte er. »Sie darf Ihnen nie davon erzählen, niemals! Falls sie auch nur ein Wort verlauten lässt, werde ich meinen Vetter mit einem großen Gewehr herschicken, damit er Ihnen allen die Köpfe wegpustet!«

»Jetzt mal ganz ruhig, du *jold*. Sie wird mir gar nichts erzählen. Deshalb habt ihr mich doch so gut bezahlt. Damit sie die Klappe hält.«

Ich bekam die Tür auf. Moische hob die Faust und fuchtelte damit vor Tutsiks teigigem Gesicht herum. Er schob sie weg und verdrehte die Augen.

»Werden wir Sie wiedersehen, Dr. K.?«, rief er fragend.

»Gewiss«, murmelte ich.

Moische wandte sich noch einmal zu Tutsik um, als wir die Treppe hinuntergingen. »Mein Vetter in Moisesville hat ein sehr großes Gewehr!«, schrie er.

»Oh, daran zweifle ich keine Sekunde, Moische.« Tutsik öffnete seine Hausjacke. »Aber ich auch, du *trombenik,* ich auch.«

Meine ersten Atemzüge als freier Mensch in der argentinischen Luft tat ich hastig, während um mich herum Regen herabprasselte. Selbst auf der Straße hörten wir die Männer noch lachen, als Tutsik Dorfman seine Sicht der Geschichte erzählte. Aber als sie »Sofia!« zu meinem Zimmer hinaufriefen, da begannen Moische und ich zu rennen. Wir flüchteten die Calle Talcahuano hinunter Richtung Avenida Córdoba, wo du mit einer Pferdedroschke auf uns wartetest. Wir sprangen hinein.

»Zur Calle Maza, schnell!«, riefst du.

Und wie der Blitz waren wir verschwunden.

Die Sehenswürdigkeiten der Stadt, die an mir vorbeirauschten, während wir über die mit Kopfstein gepflasterten Straßen von Buenos Aires hinwegeilten, waren vielfältig und neu für mich, doch sehr viel davon vermochte ich aus dem Kutschenfenster nicht zu sehen. Meine Angst war ohnehin viel zu groß, als dass ich ein Auge für die Sehenswürdigkeiten gehabt hätte. Die Bilder, die ich vor meinem inneren Auge sah, überdeckten zudem alles andere. Anfangs amüsierte ich mich, wenn ich daran dachte, welche Überraschung wir für Tutsik Goldenberg vorbereitet hatten. Ich kannte ihn nun schon so lange und hatte so viele seiner Wutanfälle erlebt, dass ich mir, obwohl ich nicht selbst körperlich anwesend war, mit Leichtigkeit vorstellen konnte, was in der Calle Talcahuano 154 vor sich ging, während wir der Freiheit entgegeneilten:

»Sofia!«, rief Tutsik, schluckte sein grausames Lachen hinunter und brüllte die Treppe hinauf: »Erzähl uns von dem Spaß, den du mit dem Italiener und seinem Freund gehabt hast! Komm runter und erzähl uns, wie es gewesen ist! *Sofia!*« Er wurde ungeduldig, knallte sein Schnapsglas auf den Tisch, und da er zu faul war, es selbst zu tun, schickte er seinen Kumpel Dorfman los. »Geh rauf und hol sie!« Tutsik schlug sich klatschend mit der Hand auf die Wange. »Ich hoffe bloß, dass sie sie nicht umgebracht haben!« Die beiden brachen in schallendes Gelächter aus.

»Nein, nein« – Dorfman unterdrückte ein Glucksen –, »die hätte bestimmt geschrien.«

»Nicht, wenn sie sie geknebelt haben!« Und die beiden Männer fielen beinahe um vor Lachen über ihren armseligen Witz.

»Ich sollte wohl besser mal nachsehen«, sagte Mordechai dann. »Vielleicht braucht sie ja einen Arzt.«

Goldenberg goss sich einen weiteren Schnaps ein. Er hielt die Flasche über Dorfmans Glas, aber Dorfman, der noch imstande war, einen kleinen Rest von Mitleid zu empfinden, winkte ab. »Die arme Sofia«, seufzte er.

Nicht so Goldenberg. Nein, der kippte seinen Schnaps hinunter und knallte das leere Glas erneut auf den Tisch. »Arme Sofia? Armer Tutsik!« Er deutete auf sich selbst. »Weißt du, ich hatte Ziele, Dorfman. Im Gegensatz zu dir wollte ich eines Tages jemand sein. Ich hatte eine Zukunft vor mir – eine große Zukunft. Und was werde ich stattdessen? König von diesem Scheißhaus.« Er schüttete sich ein weiteres Glas ein. »Hast du eine Schwester, Mordechai?«

Dorfman schüttelte den Kopf. »Nicht, dass ich wüsste.«

»Dann bist du ein Glückspilz. Denn eine Schwester – selbst eine Hure von einer Schwester wie die meine – hat immer das bessere Ende für sich, und uns Brüdern bleibt nur der billige Rest.«

Dorfman blickte angelegentlich in sein eigenes leeres Schnapsglas. »Weißt du«, wagte er sich vor, »einige Männer würden den Laden hier nicht gerade als billigen Rest bezeichnen. Es gibt bestimmt Männer, die sich diese kleine *nafke bejs* anschauen und denken, was für ein behagliches Leben für den Besitzer! Genug Frauen, mit denen man eine Nummer schieben kann, wann immer es einem beliebt. Jede Menge Kerle, die auf einen Besuch vorbeikommen. Guter Schnaps, guter Kaffee. Eine Köchin hinterm Ofen. Also wirklich, Tutsik, es gibt ganz bestimmt Männer, die dich beneiden.«

Tutsik Goldenberg spießte ein Stück harter Salami mit seinem Messer auf. »Dann sind diese Männer Narren«, sagte er. »Die Frauen sind müde, die Männer langweilen mich. Schnaps und Kaffee könnte ich auch unten an der Straße bekommen. Und die Köchin kostet mich 50 Gold-*pesos* im Monat.« Er zog die Salami mit den Zähnen von dem Messer ab und kaute sie sorgfältig. »Ich würde lieber Hühner rupfen, als für den Rest meines Lebens hier angebunden zu sein.«

Die beiden Männer saßen eine Minute lang schweigend da. Mordechai mischte die Karten, hob sie einmal ab.

»Na, dann lass uns mal raufgehen und den Feuer speienden Drachen befreien.«

»Gut«, erwiderte Dorfman, und sie stiegen hintereinander die Treppe hinauf.

Ich sah sie vor mir, wie sie lachend auf mein Zimmer zugingen. Tutsik riss sich schließlich zusammen und klopfte. »Hallo, Sofia!« Er klopfte wieder und drückte die Klinke hinunter. »Abgeschlossen.« Er begann, an der Klinke zu rütteln. Plötzlich war er vollkommen nüchtern. »Sofia! Hallo, Sofia! Mach sofort auf!« Dann begann er, ganz bestimmt gegen die Tür zu hämmern, und Dorfman tat es ihm gleich.

»*Take,* vielleicht haben sie sie ja wirklich umgebracht.«

Daraufhin schlug Goldenberg mit der Handfläche gegen die Tür. »Das hat mir gerade noch gefehlt, eine Leiche im Haus!« Er schlug erneut gegen die Tür.

Inzwischen standen Rachel und der Polizeisergeant im Flur, der sich ein Handtuch umgebunden hatte. Selbst Sara mit den stumpfen Augen erschien in ihrem schäbigen alten Kimono im Türrahmen. Der Kerl, der bei ihr war, knöpfte sich hastig die Hose zu, während Magda ihren Kopf nur gerade so weit aus ihrem Zimmer steckte, dass er zu sehen war.

»Du liebe Güte, Tutsik, nimm doch deinen Schlüssel!«, herrschte Rachel ihn an.

Tutsik betastete die Taschen seiner Hausjacke und hämmerte dabei trotzdem weiter gegen die Tür. »Wenn sie noch nicht tot ist, bringe ich sie eigenhändig um!«

Rachel nahm die Angelegenheit in die Hand. Sie rannte nach unten. In einer Minute war sie mit Marianna zurück, die vor sich hin brummte, während sie mit ihrem riesigen Schlüsselring herumfuchtelte. Tutsik hämmerte immer noch gegen die Tür, als Marianna einen Dietrich ins Schloss steckte und ihn herumdrehte. Die Tür flog auf. Ach, was hätte ich nicht alles dafür gegeben, in dem Moment den Ausdruck auf Goldenbergs Gesicht zu sehen!

Da war keine Sofia, die mit durchgeschnittener Kehle gefesselt auf ihrem Stuhl saß, wie er es sich vorgestellt hatte, keine kleine polnische Hure, die ans Bett gekettet war oder von der Decke herabbaumelte! Es war überhaupt gar keine Sofia Teitelbaum zu entdecken, denn ich war verschwunden. Fort, fort, fort!

Tutsik prüfte das Fenster. Geschlossen. Er riss den Schrank auf und schob die wenigen Kleidungsstücke zur Seite. Nichts. Er öffnete den Deckel der Zedernholzkiste am Fußende meines Betts – gefüllt mit Büchern, aber keine Spur von mir. Schließlich schaute er unter das Bett. Nein, auch dort war ich nicht.

Nur mein Kimono, die Strümpfe und diese lächerlichen, nutzlosen Satinpantoletten waren von mir übrig geblieben. Als

Tutsik Goldenberg klar wurde, dass ich verschwunden war, wandte er sich der kleinen Menge zu, die dicht zusammengedrängt und schweigend im Türrahmen stand.

»Was glotzt ihr denn so?« Er schlug gegen das geschlossene Fenster. »Sie ist verschwunden. Das Einzige, was von ihr noch da ist, sind diese blöden Schuhe.« Er hob meine armseligen Satinpantoletten auf und warf sie in Richtung Bett.

»Aber wohin könnte sie denn verschwunden sein?«, fragte Rachel. »Es war doch alles von innen verschlossen.«

»Vielleicht haben diese italienischen Juden sie in kleine Stücke geschnitten und in ihren Koffer gepackt«, schlug Dorfman vor. »Einen solchen Fall hat es erst kürzlich in England gegeben –«

Tutsik versetzte Dorfman einen Schlag auf den Kopf.

Aber was mich wirklich in Furcht und Schrecken versetzte, während ich mich in der rettenden Kutsche zurücklehnte und wir auf Once zurasten, das war der Moment, von dem ich wusste, dass er kommen würde: Wenn nämlich jegliche Sorge aus Tutsik Goldenbergs Gesicht wich und sich seine Lippen zu einem höhnischen Lächeln verzogen. »Ich verstehe«, würde er sagen. »Ich verstehe. Langsam dämmert es mir.« Die anderen würden zurückweichen, wie ich es selbst getan hätte, wenn ich noch dort gewesen wäre, denn wenn Tutsik diese unheimliche Ruhe überkam, wurde er gefährlich. »Lubarsky ist für diese Sache verantwortlich.« Sein Finger deutete zuerst auf das Bett, dann hinüber zum Fenster. »Ich habe keine Ahnung, wie er es angestellt hat, aber lasst euch eins gesagt sein: Wenn das hier nicht die Arbeit dieses *pischer*-Zauberers ist, dann bin ich der Baron de Hirsch.«

»Na, wenigstens ist Sofia nicht tot«, gluckste Dorfman.

Die anderen Huren, meine Schwestern, kommentierten dies mit einem erleichterten Seufzen.

»Noch nicht«, sagte Tutsik Goldenberg verächtlich. »Aber bis zum Ende der Woche werde ich beide erwürgt haben.«

VIERTER TEIL
Zwei Bräute auf der Flucht
(1916)

Kapitel 18

Ich habe nur undeutliche Erinnerungen an die eigentliche Flucht im Kutschen-Taxi von der Calle Talcahuano zur Wohnung in der Calle Maza, wo dich Fischbein wie einen Liebhaber aushielt. Ich weiß noch, dass Moische sich draußen auf der Straße winkend von uns verabschiedete. »Mein Vetter in Rosario hat ein sehr großes Gewehr!«, rief er uns nach, und du, Hankus, brachst in Lachen aus. Doch mein Herz sprang in diesem Moment auf, und als du schließlich in dem schmalen Messingbett, das zu unserem Hafen werden sollte, die Arme ausbreitetest, um mich darin zu umfangen, da schluchzte ich bereits. Das Leben, wie ich es nun fünf lange Jahre gekannt hatte, war vorüber, und ich war erleichtert, mein Liebling, fühlte mich aber zugleich auch, als sei mir etwas genommen worden.

Als wir die schmalen Stufen zu deiner Wohnung hinaufstiegen, glichen wir zwei Brüdern – ich noch immer mit meinem Katterfelto-Bart und dem Hut und du in einem grauen Anzug, der dem meinen bis auf die letzte Naht glich. Du schlossest die Tür hinter uns und warfst dich auf diese Wiege aus quietschenden Federn und Pferdehaar. »Unser Hochzeitsbett«, flüstertest du mir ins Ohr, aber ich musste dich vor Verzweiflung und Dankbarkeit einfach immer nur ansehen. Du zogst mich neben dich und schobst mir mit einer sanften Bewegung den Hut vom Kopf. Dann lockertest du den falschen Bart mit deinen Fingern, zogst vorsichtig erst die eine, dann die andere falsche Augenbraue ab, strichst meine eigenen darunter glatt und küsstest sie mit einer Zärtlichkeit, die mein gefrorenes Herz vollends entzweibrechen ließ. Danach zogst du mir behutsam den Bart herunter, den du mir selbst erst eine Stunde zuvor ans Kinn geklebt hattest, und riebst das Mastix-Gummi mit deinen Daumen ab. »Unser Hochzeitsbett«, sagtest du abermals, und deine Hand wanderte zu meinen Hemdknöpfen, um sie zu öffnen. Doch ich gebot dir an dieser Stelle Einhalt, presste deine Handgelenke auf das Kissen, riss dir dein Hemd mit den Zähnen auf, zog mit meinen Händen die Binden von deinen Brüsten und nahm dich dort, Hankus, nahm dich voller Verzweiflung, voller Dankbarkeit, nahm dich mit meiner Zunge und mit meinen Händen, und du gabst nach, und am Ende weinten wir uns beide in den Schlaf.

Es war in jenem schmerzerfüllten Schlaf, dass ich meinen ersten echten Traum träumte, seit ich nach Argentinien gekommen war. Darin war das Freudenhaus ohne Männer. Nur Frauen befanden sich dort. Frauen, die ich kannte, und Frauen, die mir unbekannt waren, sowie Frauen, die aus allen Ecken meiner kleinen Welt stammten. Sara saß am Klavier, und meine geliebte, verlorene Tamar spielte Geige. Tamar trug ein durchsichtiges Kleid. Sara hatte wie immer ihren schäbigen Kimono an, aber in dieser Nacht war sie nicht leblos. Sie strahlte. Ihr ansonsten hochgestecktes Haar fiel ihr über die Schultern herab, und es war ebenso lang und rot und wild wie Tamars. Wir übrigen Huren saßen auf den üblichen Plätzen: ich in Unterwäsche auf dem verblassten Sofa, Rachel auf einer Holzbank in der Nähe des Klaviers und Magda auf ihrem Schoß. Die Rote Ruthie und ihre Mädchen saßen herum, und selbst Madame Perle befand sich in unserer Mitte. Wie eine Königin thronte sie auf dem samtenen Sessel. Sie trug wieder ihren grünen Seidenkimono, der bei unserem ersten Zusammentreffen einen solchen Eindruck auf mich gemacht hatte. Aber es waren noch mehr Frauen in diesem Traum vom Salon in der Calle Talcahuano, Frauen, die im wirklichen Leben lieber gestorben wären, als dass sie nur ein einziges Mal einen Fuß in ein *schandhojs* gesetzt hätten. Doch in meinem Traum waren sie dort: meine Mutter, Tamars Mutter und ihre Schwester und all meine Lehrerinnen vom Gymnasium. Und in einer Ecke, mit einem Strauß roter Rosen in der Hand, standest du, Hankus, in deiner Männertracht und beobachtetest uns alle.

Auf Madame Perles Zeichen hin begannen Tamar und Sara zu spielen – nicht etwa einen Tango, wie man es im Salon eines Bordells in Buenos Aires erwartet hätte, sondern einen Walzer. Den traurigsten Walzer, der mir in diesem Land wie auch in der alten Heimat jemals zu Ohren gekommen war. Anfangs hörten alle nur zu. Dann zog die Rote Ruthie Rachel in ihre Arme und tanzte langsam mit ihr durch den Salon. Kein Lachen ertönte, wie es manchmal im Alltagsleben in der Calle Talcahuano der Fall war. Nein, nur ein verträumtes Lächeln erschien auf den beiden Gesichtern. Der purpurfarben leuchtende Unterrock der Roten Ruthie spannte sich gar köstlich über ihre weichen, sommersprossigen Brüste, und Rachels ruhige, braune Hand lag liebevoll auf ihrem hübschen Hintern. Das Vergnügen, das beide in den Armen der anderen fanden, war unverkennbar.

Nach und nach begannen auch die übrigen Frauen zu tanzen – die Huren, die Mütter, alle. Sara stand vom Klavier auf, das aber dennoch auf wundersame Weise weiterspielte. Sie zog Madame Perle in ihre Arme, während sich meine Mutter vor Tamars Mutter verbeugte und beide sich zu drehen begannen. Dann tanzten die versammelten Frauen eine nach der anderen mit mir. Und ich schwebte mit ihnen über den Holzboden des Salons: zuerst mit der Roten Ruthie, dann mit Rachel und anschließend mit Sara, in deren Armen ich etwas länger verweilte. Als Nächstes drehte ich mich mit meiner Mutter, über deren Gesicht ein liebevoller Ausdruck huschte, als sie mich ansah. Innerhalb weniger Sekunden hatte sie mich an Madame Perle weitergereicht, die kleiner war als ich. Aus irgendeinem Grund beugte ich mich in diesem Traum vor und küsste Perles Stirn. Ich war sehr behutsam, als ich dies tat, und auch wenn ich sie auf der Stelle umgebracht hätte, wenn sie am nächsten Tag in mein Leben spaziert gekommen wäre, so empfand ich ihr gegenüber in diesem Traum für einen kleinen Augenblick nichts als Liebe.

Schließlich war ich an der Reihe, mit Tamar zu tanzen, die ihre Geige am Klavier zurückließ und mit weit ausgebreiteten Armen Pirouetten tanzend auf mich zukam. Gemeinsam drehten wir uns auf Zehenspitzen durch den Raum, genau so, wie wir es schon als Kinder getan hatten. Sie hielt mich fest und wirbelte mich herum, und ich lehnte mich in diesen starken Armen zurück, überließ mich ihrer Führung und blickte in diese Augen, die ich all die Jahre vermisst hatte. Das war der Moment, Hankus, mein Liebling, als die Tränen in meinem

Traum zu fließen begannen und Tamar mich behutsam in deine Arme weiterreichte.

Wir blickten einander in die braunen Augen. Ich sah dich, Hankus, aber ach, auch mich selbst. Und erst da begannen die Wände des Salons und alles darin zu bröckeln, bis wir beide schließlich mitten im Nichts allein dastanden.

Ich habe keine Ahnung, wie viele Tage und Nächte wir in diesem schmalen Bett verbrachten, während es unter uns sang und stöhnte. Deine Großzügigkeit belohnte ich mit Grausamkeit und spielte dir all die schlimmen Streiche, die ich in der Calle Talcahuano von Sara und Perle gelernt hatte: Ich hielt dich auf dem Bett fest und ließ dich betteln, entlockte dir tiefste Seufzer und Schreie, aber der grausamste Streich von allen war, dass ich mich von dir abwandte, sobald du Anstalten machtest, mir Befriedigung zu verschaffen. Wie konnte es nur sein, fragte ich mich, während ich deine gerade entdeckte Brustwarze zwischen meinen frisch geschliffenen Zähnen hielt, dass unser erstes Stelldichein in der Calle Talcahuano so köstlich, so befreiend gewesen war und ich es dir nun, da ich frei war, auf diese Weise vergalt? Doch wir hörten nicht auf. Wenn ich mich von dir abwandte, wurdest du grausam und furchtlos, presstest mich eng an dich, entfachtest das Verlangen in mir und ließest mich brennen und leiden. Dann hieltest du meine Hände über meinem Kopf fest und tauchtest immer wieder in mich ein, fiebernd und streitlustig. Es war Liebe dort zwischen uns in dem schmalen Bett in der Calle Maza, aber es war eine schonungslose und unnachgiebige Liebe, und nach vielen Tagen war keine von uns befriedigt. Hatte unser erstes Stelldichein in der Calle Talcahuano uns geheilt und uns in unserem Leid vereint, so hatte uns unser erstes Zusammensein außerhalb dieser verfluchten Mauern heißhungrig gemacht, wir hungerten und dürsteten beide nach dem Blut der anderen.

Versank die eine in Schlummer, weckte sie die andere. Wurde eine hungrig, fütterte sie die andere mit einem Teil ihres Selbst. Ich labte mich an deinen Fingern, deinem Hintern und deinen Handflächen; du saugtest mir die Eingeweide durch meinen Bauchnabel, meinen After, meine *peeric* und meine

Zähne heraus. Wir plauderten ein wenig und begannen erneut, bis die Schreie des Betts in unsere eigenen mit einstimmten. Ich weiß nicht, wie viele Tage und Nächte auf diese Weise vergingen, bevor ein lautes, beharrliches Klopfen an der Tür ertönte. Wir erstarrten.

»Tutsik!«, flüsterte ich heiser vor Entsetzen.

»Moische?«, murmeltest du. Das Klopfen ertönte weiter, beharrlich und rücksichtslos. Wir schmiegten uns eng aneinander und kuschelten uns tief ins Bett.

»Mein Junge!«, ertönte eine Stimme vom Flur. Dann, o Schreck, war das Klirren eines Schlüssels im Schloss zu hören. »Mein Junge, ich bin es, Marek Fischbein, Adoptivvater deines Herzens und deiner Seele!«

Wir klammerten uns aneinander, wagten kaum zu atmen, ganz so, als hätte uns dies vor einer Entdeckung bewahren können. Kurz darauf hörten wir, wie die Wohnungstür aufschwang. Ich roch den widerlichen Gestank seiner Zigarre, während schon die Holzbohlen unter seinen schweren Schritten quietschten. »Mein lieber *pezele,* nun sag schon, wo du bist!«, rief er, und wir vernahmen, wie er Schritt für Schritt auf unseren kleinen Hafen zusteuerte. »Du mein Herz und meine Seele, mein besonderer Junge, du!« Seine Stimme hatte beinahe einen singenden Tonfall angenommen, bis er uns endlich fand und durch den Spalt in der Schlafzimmertür blickte. »Da bist du ja, mein Junge!«, tönte er und stieß die Tür auf. Dann schlug er die Hände, die in schmutzigen Handschuhen steckten, vor das Gesicht. »Gütiger Gott im Himmel, die Hure ist auch hier! Vergib mir, o Herr! Goldenberg hat recht gehabt!«

Ich reagierte, ohne nachzudenken. Auch wenn mir nicht der Sinn danach stand, diesem *schmendrik* aller Zuhälter eine Chance zu geben, so hatte ich dennoch keine Wahl. Ich sprang nackt, wie ich war, erfüllt von unserem Liebesspiel, aus dem Bett. »Du hast uns erwischt!«, sagte ich und führte ihn an dem Zipfel seines schmierigen Barts aus dem Schlafzimmer und schloss die Tür.

Fischbein versuchte, sich an mir vorbeizudrängen. »Dieser Spinner Goldenberg hat der ganzen Stadt erzählt, dass dich mein kleiner Liebling Hankus gestohlen hätte, aber du hast ihn dazu angestiftet, du warst das, du dreckige Hure, hab ich nicht recht?«

»Es ist doch jetzt ganz egal, wie es passiert ist, Papa Fischbein. Ich bin nun einmal hier, und damit hat sich die Sache.« Ich zog Fischbein an seiner scheußlichen Krawatte zum Sofa herüber, und auch wenn es mich beinahe umbrachte, setzte ich mich doch so nackt, wie ich war, auf seinen Schoß. Ich tat so, als wolle ich ihn küssen, doch er wich vor mir zurück.

»Pfui!«, stieß er hervor. »Du hast mein Ein und Alles verdorben und mich in solche Schwierigkeiten mit deinem alten Arbeitgeber gestürzt, dass ich dich aus Rache möglicherweise erdrosseln werde.«

Ich ließ meine Finger über seine aufgesprungenen Lippen tanzen. »Nur zu, erdrossele mich doch!«, flüsterte ich und griff dann mit der Hand nach unten. Ich hatte sie beinahe auf seiner schrecklichen *schlang,* als du Gott sei Dank, weltmännisch in deinen Satin-Morgenrock gehüllt, aus dem Schlafzimmer auftauchtest. Daraufhin schubste mich Fischbein von seinem Schoß und eilte geradezu in deine Arme.

»Mein Junge, bitte sag mir, dass sie dich dazu angestiftet hat! Sag mir, dass dir diese Hure die Sinne benebelt hat, sodass du nicht mehr imstande warst, einen klaren, vernünftigen Gedanken zu fassen! Schwöre mir, dass das alles allein ihr Verschulden ist!«

»*Pan* Fischbein –«

»Papa«, verbesserte er dich.

»Papa«, flüstertest du durch deine gefletschten Zähne hindurch. »Es tut mir leid, aber das kann ich nicht.«

Ihr beide saßt euch in deinem Zauberzimmer gegenüber. Fischbein nahm beinahe das ganze Sofa in Beschlag, und du hattest auf einem Holzstuhl Platz genommen. Ich kochte etwas Wasser und bereitete Fischbein ein Glas Tee zu. Er zog einen schmutzigen Zuckerwürfel aus seiner Westentasche und steckte ihn sich zwischen die Zähne. »In der alten Heimat trinken wir unseren Tee auf diese Weise, und hier in der neuen Heimat verfahre ich genauso. Ich mache mir nichts aus diesen Kalebassen, du etwa?«

Darauf antwortetest du nicht, Hankus, und zogst mich lediglich an dich heran. Ich nahm deine Hand von meinem nackten Arm und wich zurück.

»Zieh dir was über«, herrschte Fischbein mich an.

Für einen Moment war ich versucht, seine Anweisung nicht zu befolgen. Ich fragte mich, warum ich ihm den Tee serviert hatte, statt ihm das kochende Wasser über den Kopf zu gießen, aber ich musste gar nicht erst diese Mittel anwenden, um deinen Adoptivvater in Schach zu halten. Meine Nacktheit reichte völlig aus, um ihn hilflos zu machen. Es war unter den *nafkes* im jüdischen Buenos Aires ein offenes Geheimnis, dass Marek Fischbein wohl nur zu gern die Gewinne einstrich, die sie ihm brachten, er aber den Anblick unserer *kurwe*-Körper verabscheute. Laut der Roten Ruthie war dies so, weil er es nicht ausstehen konnte, selbst nackt zu sein. Er zog sich niemals aus – weder in der Gegenwart von Frauen, noch wenn er unter Männern war. Zu den seltenen Gelegenheiten, wenn er es als klug erachtete, zum *mikwe* zu gehen (was das letzte Mal geschehen war, nachdem er den Rabbi aus La Plata mit einem Stück Klavierdraht erdrosselt hatte), bezahlte Fischbein der Aufseherin eine große Anzahl Gold-*pesos,* damit sie das Gebäude schloss und er sich ganz allein und in Ruhe baden und von seinen abscheulichen Sünden reinigen konnte.

Dies war auch der Grund, warum Marek Fischbein selbst im Sommer einen Anzug und ein Hemd mit hochgeschlossenem Kragen nebst einer eng gezogenen Krawatte bevorzugte. Madame Perle hatte mir einmal zugeflüstert, dass Fischbein immer seine langen Unterhosen anbehielt, wenn er mit einer Frau zusammen war – außer natürlich bei seiner eigenen. Wenn er sie beglückte (was er ausschließlich an einem einzigen Freitagabend im Monat tat, und dies auch nur, um seinen religiösen Pflichten nachzukommen), so tat er es auf die altmodische Art und Weise: mit einem Betttuch zwischen ihnen, in welches ein Loch geschnitten war, damit sie keinen Gefallen an seinem Anblick finden konnte, während er seine *schabbes*-Pflicht erfüllte.

Einige nackte Frauen schaute er sich allerdings doch gern an. Er hatte Perle einmal erzählt, dass es ihm gefiel, uns alle im *schandhojs* herumtollen zu sehen wie Hirsche im Wald. Ab und an bumste er uns auch ganz gern, wobei er immer sein Hemd anbehielt. Ein einziges Mal hatte auch ich das zweifelhafte Vergnügen gehabt. Er lag auf mir und zappelte ohne jegliche Finesse und ohne jeden Spaß herum, dann schlug er mir klatschend auf den Hintern und schmetterte: »Ach, Sofia! Das war gut.«

Aber nun war ich deine Geliebte, Hankus, die Angebetete des Sohnes, den er nie hatte. Mich anzusehen war, als ob er seine Tochter nackt gesehen hätte, und dies konnte er nicht ertragen. »Zieh dir was über!«, herrschte er mich erneut an, und dieses Mal vernahmen wir das Klicken seiner winzigen Pistole. Ich ging ins Schlafzimmer und zog mir einen Kimono über. Du zündetest dir eine Zigarette an und hieltest Fischbein auch eine hin.

»Ich bin ein Freund von Zigarren, mein Junge. So viel zumindest solltest du über mich wissen.«

»Gewiss«, sagtest du. Du strichst dir dein hübsches Haar aus dem Gesicht und deutetest auf deinen selbst ernannten Adoptivvater. »Jetzt, wo du deinen Tee hast und Sofia bedeckt ist, verrätst du uns, womit wir das Vergnügen deines Besuchs verdient haben?«

Ich war verblüfft, wie dreist du dich in diesem Augenblick gebärdetest.

»Du hast Tutsik Goldenberg gedemütigt.« Fischbein schmatzte angesichts des heißen Tees mit den Lippen. »Und auch wenn der Mann eine Ratte ist und alles Böse und Schlechte verdient hat, was das Universum für ihn bereithält, so darfst du nicht vergessen, mein lieber Junge, dass er einer meiner Geschäftspartner ist. Ich bin derjenige, der für die Demütigungen zuständig ist, wenn sie angebracht sind. Habe ich mich verständlich ausgedrückt?«

»Sehr verständlich, *Pan* Fischbein –«

Fischbeins Glas wurde mit einem lauten Knall auf dem Tisch abgesetzt. »*Tate!*«

Du zogst deinen Morgenmantel enger um deinen Körper. »*Tate* …«

Fischbeins Gesichtsausdruck wurde ein wenig weicher. »Viel besser.«

»Aber was soll geschehen, wo nun einmal Tatsachen geschaffen wurden?«

Fischbein nippte an seinem Tee und schmatzte mit den Lippen. Er steckte sich eine Zigarre in den Mund und bedeutete dir, sie anzuzünden. Du schnipptest mit den Fingern, und schon war die Sache erledigt. »Ein echtes Genie«, sagte er und schüttelte trotz seiner offenbaren Verärgerung vergnügt den Kopf. Er tat einen langen Zug an seiner Zigarre. »Sofia wird umgehend zu Goldenberg zurückgebracht«, sagte Fischbein ausdruckslos.

Du blicktest erst deinen Adoptivvater und dann mich an.

Ich stand am Fenster und kam mir nackter vor als ohne den Kimono. Fischbein betrachtete mich voller Abscheu und schüttelte sich. »Moritz wartet unten in einem Taxi. Er wird sie mit einem Geldschein für die verlorenen Gewinne der letzten Woche zu Goldenberg zurückbringen. Danach kann Tutsik mit ihr tun und lassen, was er will.«

Dein Fenster lag höher als das meine in der Calle Talcahuano. Wenn ich nun sprang, so würde ich mit Gewissheit als ein Haufen kaputter Knochen enden – was in jedem Fall besser wäre, als wieder in Tutsik Goldenbergs Haus der Schande zurückzukehren. Ich begann, mich ganz unauffällig zum Fensterriegel vorzutasten.

»Ich fürchte«, sagtest du und plustertest dich auf, »das wird unmöglich sein.«

Meine Finger, die den Riegel erreicht hatten, ließen diesen wieder los.

Fischbein kaute auf seiner Zigarre herum. Er schob sich mit einem dreckigen Daumen den Zylinder zurück. Dann zog er an seinem Ohrläppchen und flüsterte: »Wie bitte? Habe ich da eben richtig gehört? Ich gebe dir eine Anweisung, und du widersetzt dich?«

»So ist es, Papa.«

Er deutete mit demselben verschmierten Daumen über seine Schulter auf mich. »Und das alles für dieses dreckige, kleine *nekejwe?* Hör mir zu, Hankele – wenn du mit einer Hure bumsen willst, geh nach Moisesville. Da gehen all die jüdischen Huren-*schtuppers* hin.«

Du kamst zu mir herüber, Hankus, und legtest den Arm um mich. Ich musste mich beherrschen, um nicht in Tränen auszubrechen. »*Tate* Fischbein«, sagtest du, ohne den Arm wieder wegzunehmen, »sage ich dir etwa, wie du deine Geschäfte zu führen hast?«

Fischbein drehte sich zu uns beiden um. Sein Gesicht war knallrot. Er zog sich ständig mit der Hand am Bart. »Wenn du das jemals wagen solltest, mein Junge, dann wäre das trotz aller familiärer Bande dein Ende.«

»Und daher muss ich dich bitten, dich nicht in die meinen einzumischen.«

Fischbein breitete die Arme aus, als brächte er seine verletzten Gefühle als Opfer dar. »Aber ich habe doch nicht ein einziges Mal –«

»*Pan* Fischbein – *Tate* –, Vater meines Herzens und meiner Seele« – du verdrehtest nur ein wenig die Augen –, »diese Frau ist mehr als eine Geliebte für mich. Sie ist meine reizende Assistentin, die all meine Zaubergeheimnisse kennt. Es wäre sehr schlecht fürs Geschäft, sie zu Goldenberg zurückzuschicken, denn so wahr ich hier als Mann vor dir stehe« – du räuspertest dich nur ganz leicht –, »so wird Tutsik Goldenberg alles in seiner Macht Stehende tun, Sofia diese Geheimnisse zu entreißen, und das wäre das Ende des besten Zauberers im jüdischen Buenos Aires.«

Marek Fischbeins Blick wanderte zwischen uns beiden hin und her. »Du hast ihr alle Geheimnisse anvertraut, aber mir, der ich so gern dein eigener Vater wäre, dein eigen Fleisch und Blut, mir hast du nichts verraten?«

»Leider, leider bist du nicht die Frau, die ich liebe, Papa Fischbein. Und wenn sie meine reizende Assistentin werden soll, dann muss sie all meine Kunstfertigkeiten kennen. Nun, wer ist die Assistentin dieses nordamerikanischen Wunderkerls, Harry Houdini? Keine andere als seine Frau, seine geliebte Bess. Und da unsere Zauberschau schon so bald ihre Pforten öffnet, würde es ein kleines Problem darstellen, solltest du unsere reizende Sofia wieder in die Höhle dieser Ratte Goldenberg zurückbringen. Ich habe Sofia die Theorie beigebracht, die hinter meinen Zauberkunststücken steckt, aber damit sie mir dabei assistieren kann, müssen wir üben – eine Leistung, die wir wohl kaum vollbringen können, wenn sie am anderen Ende der Stadt eingesperrt ist und eines Besseren belehrt wird.«

Marek Fischbein schob sich den schmuddeligen Hut auf dem Kopf zurecht. Er beförderte seine Zigarre mit der Zunge von einem Mundwinkel in den anderen, schlug sich auf die Wange, hob einen dreckigen Finger in deine Richtung und wackelte damit hin und her. »Ihr beiden Milchgesichter habt mich in der Zange. Aber vergessen ist die Angelegenheit damit für mich noch nicht. Ich bin ein Mann, der sich nicht zu schade dafür ist, einem Menschen die Kehle durchzuschneiden oder das Hirn herauszuschießen, gleichgültig, was er mir auch bedeuten mag.«

»Dessen bin ich mir sehr wohl bewusst, *Tate*«, erwidertest du mit überaus freundlicher Stimme.

Fischbein konnte nicht anders, er musste mich ansehen, denn es gab niemanden sonst, dem er es hätte sagen können. »Er ist ein *kaddischl,* ein echter Schatz. Dieser Junge bringt mich zum *kweln!*«

»Oh, ich weiß sehr gut, wovon du sprichst«, sagte ich und öffnete meinen Kimono weit genug, um ihn einen Blick auf meine *zizkes* erhaschen zu lassen. Ich weiß auch nicht, warum – ich konnte einfach nicht anders.

»Ich bin noch nicht fertig mit dir«, sagte Fischbein und spazierte zur Tür hinaus.

Keine zehn Minuten später – sein Zigarrenstummel im Aschenbecher war noch warm – ertönte ein erneutes Hämmern an unserer Tür, gefolgt von Schlüsselgeklimper, und ein zweiter ungewünschter Besuch deines Adoptiv-*Tates* in deiner Wohnung in der Calle Maza fand statt. Dieses Mal befand er sich in Begleitung seines Schwagers und Anwalts, dieses *trombeniks* Moritz Schatz.

»Also schön, es ist alles geregelt. Wenn du unbedingt mit dieser *tinef zazkele* leben musst, dann aber nicht in Sünde.«

Ich blickte Marek Fischbein an und biss mir auf die Lippe, um nicht mit der Frage herauszuplatzen, wer von seinen Kumpanen aus der großen Varsovia-Gesellschaft denn bitte schön nicht in Sünde lebte.

»Ich bin mir nicht sicher, ob ich dich richtig verstehe«, sagtest du.

»Oh, du verstehst mich schon sehr gut, du Schlauberger. Moritz!« Fischbein kommandierte seinen Schwager mit einer kleinen Kopfbewegung zu sich.

»Es ist eigentlich sehr einfach.« Schatz öffnete seinen ledernen Aktenkoffer und zog daraus ein Blatt Papier sowie einen Füllfederhalter hervor. »Wenn Sie in dieser kleinen Wohnung zusammenleben wollen, die Marek Fischbein großzügigerweise für Sie zur Verfügung gestellt hat, dann müssen Sie auch nach seinen Regeln leben. Da Sie sich weigern, seiner Aufforderung anderweitig nachzukommen, wünscht er, dass Sie heiraten.«

Und so geschah es, dass ich zum zweiten Mal im Laufe meines jungen Lebens zum Objekt einer von Dieben arrangierten Scheinehe wurde.

Kapitel 19

Meine Aufgaben als reizende Assistentin waren nicht übermäßig anspruchsvoll. Wir verlagerten lediglich die Art von Gymnastik, die wir betrieben, von deinem schmalen, kleinen Bett auf die große, weite Bühne im Theater des Gebrochenen Herzens. Obwohl ich keine ausgefallenen Flickflacks erlernte und inzwischen zu alt war, um auf meinen Händen zu laufen, so hatte ich doch in meiner Warschauer Kindheit den einen oder anderen Salto vollbracht, und das Radschlagen war eine der Spezialitäten gewesen, die Tamar und ich ganz besonders für Geburtstage entwickelt hatten. Ja, an solchen Tagen schlugen wir kopfüber unsere Räder quer über den Marktplatz – ein Rad für jedes Jahr unseres kurzen, glücklichen Lebens. Mit deiner und auch Moisches Hilfe, Hankus, rief ich das Wissen um diese Fertigkeiten wieder in meinem Körper wach, und das trotz meiner durch die Kalbfleischmast verkümmerten Muskeln. Anfangs noch ungelenk, wirbelte ich schon bald recht flink über den Boden. Auch wenn ich nicht wie du mit dieser wunderbaren Leichtigkeit durch die Luft fliegen konnte, so versichertest du mir dennoch, dass ich unter dem richtigen Licht und in einem anständigen Kostüm eine perfekte Ablenkung darstellen würde, während die echten Kunststücke vonstattengingen.

In sechs Wochen wollten wir das Publikum im Theater des Gebrochenen Herzens mit unserer Eröffnungsvorstellung verblüffen. Ganz wie sein Pendant, die *schul* der Diebe, war auch das Theater des Gebrochenen Herzens ein Traum für jeden Künstler: Die Bühne war breit und tief, die Akustik warm und wie elektrisierend. Man konnte ein Flüstern auf der Bühne bis oben auf den höchsten Balkon hören, und wenn man es geschickt anstellte, vermochte man mit Rauch und Licht sogar einen Elefanten von diesen gut versiegelten Brettern zum Verschwinden zu bringen. Moische und seine Akrobaten bauten in den frühen Morgenstunden, ehe die meisten *porteños* überhaupt ihren ersten Schluck Kaffee des Tages zu sich genommen hatten, heimlich einen falschen Boden über die eigentliche Bühne. Darin installierten sie Falltüren, die als Ausgänge für dich dienten, Hankus, damit du durch Backsteinmauern gehen und dich sogar in Luft auflösen konntest.

Moische selbst spielte auch eine Rolle bei deinen Kunststücken. Von dem Moment an, als Fischbein dich in der Calle Maza unterbrachte, war Moische wesentlich für deinen Ruf. Denn wie sonst wäre es möglich gewesen, dass du in der einen Minute noch über ein Drahtseil balanciertest, das hoch oben quer über die Calle Rividavia gespannt war, und im selben Moment mitten auf der Plaza de Mayo zu bewundern warst, wie du kopfüber von einer Winde baumeltest? Wie sonst hättest du dich, während du am Bug eines Dampfers im Hafen von La Boca herabhingst, deiner Handschellen entledigen können und gleichzeitig einer fürstlichen Persönlichkeit aus Bialystok, die gerade auf der Rennbahn von Palermo weilte, den Gewinner des Pferderennens vorhersagen können? Wann immer dich der jüdische Pöbel an zwei Orten gleichzeitig sah, botest du die Entfesselungskunststücke dar, und Moische verkörperte deine Person und gab den Gedankenleser und Akrobaten an einem anderen Ende der Stadt. Er war nicht nur dein Vetter aus Rosario, der mich gerettet und nach Hause gebracht hatte, sondern auch dein Doppelgänger, dein Zwillingsbruder.

Für unsere Zauberschau im Theater des Gebrochenen Herzens sollte Moische in einer ganz anderen Eigenschaft auftreten. Er würde ein dunkles Anzugsjackett und eine Krawatte tragen und sich wie ein Butler verhalten. Für mich selbst waren ein Bustier und Seiden-Pantalons vorgesehen, dazu elegante Pantoletten, die sich an den Zehenspitzen in die Höhe ringelten. Auch wenn ich das Kostüm albern fand, so waren dies doch mehr Kleidungsstücke, als ich lange Zeit in der Öffentlichkeit getragen hatte.

Meine Aufgabe bestand überwiegend darin, vor den Zuschauern auf und ab zu marschieren und mit meinem Hintern zu wackeln, um sie von deinen geschickten Händen abzulenken. Wäre dies alles gewesen, hätte ich es wohl kaum ausgehalten, aber neben den Saltos hattest du mir außerdem leichte

Jongliernummern beigebracht, und dies versetzte mich in Hochstimmung. Ich lernte rasch, und es machte mir einen Heidenspaß, wenn wir uns gegenseitig Vasen oder Fackeln zuwarfen und sogar Säbel durch die Luft tanzen ließen.

Jedes Mal, wenn wir übten, wurde ich daran erinnert, dass ich Fähigkeiten besaß, die wir jüdischen Frauen der allgemeinen Meinung nach überhaupt nicht besaßen. Denn von rundlichen Frauen, wie ich eine war, glaubte man nicht, dass sie in der Lage seien, Rad zu schlagen oder einen Salto durch einen Reifen zu vollführen und am Ende den Zuschauern fröhlich zuzuwinken. Ach, Hankus, was für ein Vergnügen es mir bereitete, zu erfahren, dass mein Körper zu mehr imstande war, als sich auf einem Bett zurückzulehnen und den Samen arroganter Männer zu empfangen! Und noch besser war, dass mir all diese neuen Fertigkeiten leichtfielen, ganz so, als hätte ich schon immer gewusst, wie man einen Teller oder eine Fackel aus der Luft fängt! Dennoch war es meine Aufgabe, diese Kunststückchen vorzuführen und mich dann vor dir zu verbeugen, der du meine angestrengten Bemühungen jedes Mal mit einem Salto rückwärts oder einem atemberaubenden Handstandüberschlag von der Bühne ins Publikum hinein übertrafst.

Es fiel mir nicht schwer, dir all diese Aufmerksamkeit zu überlassen, denn du hattest mich befreit. Erinnerungen wurden wach – an die letzten Tage meiner Kindheit, als Tamar und ich zusahen, wie der Zauberer die Frau in zwei Hälften zersägte. Als Mann bekam man all den Ruhm, doch was hätte er ohne die Frau anderes zersägt als eine leere Kiste? Ach, Tamar, es war keine Schande, die Frau in der Kiste zu sein. Es war eine ganz eigene Form von Macht.

Meine Aufgaben als reizende Assistentin waren eine recht simple Angelegenheit, was man von unserer bevorstehenden Hochzeit allerdings in keiner Weise behaupten konnte. Für die Welt warst du ein Mann, und ich war eine Frau – allerdings keine gewöhnliche Frau, Hankus. Nein, ich war eine ehemalige Hure. Und Marek Fischbein machte es sehr deutlich, dass das, was unter normalen Umständen im besten Falle als eine skandalöse Verbindung hätte gelten können, nun zu einem echten Problem für die Öffentlichkeitsarbeit wurde. Ganz wie Madame Perle, so war auch dein *Pan Tate* Fischbein überaus besorgt, was seine konventionellen jüdischen Nachbarn denken könnten, und ganz offenbar hielten sie nicht besonders viel von uns.

Ehrlich gesagt hatte Marek Fischbein schon an dem Morgen, als er uns überraschte, nach dem Rabbi schicken wollen, ja, sofort nachdem du die Papiere unterzeichnet hattest. Aber Gott sei Dank war dir eine Möglichkeit eingefallen, etwas Zeit zu gewinnen, Hankus.

»Marek, du bist wie ein Vater für mich, und ich habe dir oft genug gesagt, dass ich dir in Angelegenheiten, die deine Geschäfte angehen, blind vertraue.«

Im Gesicht des Verbrechers ließen sich keine Anzeichen väterlicher Güte ausmachen. »Aber in dieser Angelegenheit?« Fischbein schnippte mit den Fingern, und sein Schwager, der Rechtsverdreher, brachte einen silbernen Flachmann zum Vorschein. Dann blickte er mich mit einem neuen Ausdruck von Verachtung auf seinem schlecht rasierten Gesicht an. »Wenn du hier leben willst, dann mach dich auch nützlich. Gläser für alle!«

Ich ging in die Küche und suchte die Gläser, spuckte in Fischbeins Glas und stellte sicher, dass er es auch erhielt. Dann hielt ich ihm mein Glas hin.

»Was soll das? Das hier ist eine Angelegenheit unter Männern. Wie kommst du darauf, dass du mit anstoßen darfst?«

»Jetzt gieß mir schon einen Fingerbreit ein, Fischbein, sonst fange ich noch an, mich wie eine Frau zu benehmen, und höre nicht mehr auf zu reden.«

Er grinste mich spöttisch an und nickte Moritz zu, der mir ein paar Tropfen in mein Glas kleckerte.

Du wartetest ab, Hankus, während Fischbein einen Schluck von seinem Schnaps nahm und es sich auf seinem alten Platz bequem machte. Du sahst zu, wie Fischbein in seine Tasche griff und zwei Zigarren hervorzog. Eine bot er dir an. Du schütteltest den Kopf. »Nein? Mein Junge, du hast ja keine Ahnung, wie selten diese besonderen Tabaksorten sind.« Er öffnete deine kleine Hand und legte dir eine Zigarre auf deine Handfläche. »Roll sie nur einmal zwischen den Fingern und spüre, wie gut sie sich anfühlt.«

»Wirklich sehr nett«, sagtest du und blicktest zu mir herüber. Ich sagte nichts und steckte nur meine Zunge in mein kleines Gläschen Schnaps.

Fischbein zündete sich seine Zigarre an und lehnte sich abermals auf dem Sofa zurück. Er verwandelte sich wieder in den Geschäftsmann. »Was sagtest du noch, Hankus?«

»Marek, wenn du jetzt den Rabbi rufst und uns auf der Stelle verheiratest, dann werde ich mich nicht dagegen wehren –«

Ich hielt den Atem an.

»Aber ehrlich gesagt, *Pan* Fischbein – *Tate,* ich halte das für einen großen Fehler.«

»*Du* bist derjenige, der einen Fehler begangen hat. Du, ein feiner, rechtschaffener Junge, der mit diesem lasterhaften Mädchen, dieser einstigen *nafke* zusammenlebt!«

»Ja, sie war in der Tat einmal eine *nafke* –«

Und du, die du für Fischbein arbeitetest, was bist du?, hätte ich am liebsten gefragt, doch ich besann mich eines Besseren. Ich hielt den Mund.

Fischbein kaute auf seiner Zigarre herum. Er rieb sich mit seinen großen Händen über das Gesicht. »Aber ein Mann und eine Frau, die unverheiratet sind und zusammenleben ...« Fischbeins Augen wurden feucht, und er hätte beinahe geweint. Doch genauso schnell hatte er sich wieder gefangen und blickte auf. »Was sollte das für ein Fehler sein, den ich begehe?«

»Hör zu. Ich werde bald der Meister aller Zauberer von Buenos Aires sein. Ein Traum geht für mich in Erfüllung, und mein Leben wird sich nur noch unter den Augen der Öffentlichkeit abspielen.« Du nahmst einen Schluck von deinem Schnaps, schnipptest mit den Fingern, und schon war das Glas verschwunden.

»Genau. Die Leute werden dich bald schon genauso hassen wie mich und meine varsovianischen Brüder. Warum, glaubst du, habe ich dir hier in der Calle Maza eine Wohnung eingerichtet und nicht in einer bequemeren Lage auf der Rividavia? Glaubst du etwa, die würden mir etwas auf der Rividavia vermieten? So nah an ihrer kostbaren *schul?* Die *schul,* bei deren Errichtung ich geholfen habe? Es ist ein schlechter Scherz. Ich verschaffe der Hälfte dieser *schleps* ihren Spaß, und die wollen mir nicht mal ein Cornedbeef-Butterbrot verkaufen! Diese *schmucks* hassen uns – selbst wenn wir etwas Nettes für sie tun, können sie es kaum erwarten, dass wir es versauen.« Er neigte Moritz' leeren Flachmann ergebnislos über sein Glas, erhob sich, ohne ein Wort zu verlieren, bohrte seinem Anwalt einen Finger in die Brust und sagte: »Moritz, lauf zur Ecke und hol uns noch eine Flasche Schnaps.«

Du schnipptest erneut mit den Fingern, und dein Glas tauchte wieder auf – halb voll. »Nimm meins.«

»Sehr gut«, sagte Fischbein und kippte deinen Schnaps hinunter, »aber ich bin immer noch durstig. Schatz«, bedeutete er seinem Schwager.

»Da wären noch dringende rechtliche Angelegenheiten zu erledigen«, protestierte Schatz und zog an den Seiten seines ordentlich gebügelten Jacketts.

»Die werden auch noch bestehen, wenn du wieder da bist. Ich hätte die *kurwe* geschickt, aber die hat ja keine Kleider an. Geh schon.«

Moritz warf mir einen hasserfüllten Blick zu, setzte dann seinen wohlgeformten Filzhut auf und verließ die Wohnung. Fischbein beugte sich aus dem Fenster und rief hinter ihm her: »Bring auch was Eis mit, ich schwitze hier oben wie verrückt!« Er nahm wieder Platz und blickte dir in die Augen. »Wo waren wir?«

Du unterdrücktest ein Seufzen und betrachtetest eingehend Marek Fischbein, deinen Wohltäter und deinen Zuhälter. Da saß er nun, auf ebendem Sofa, das er für dich dort hingestellt hatte, dieser Mistkerl, der doch einer der mächtigsten Männer der argentinischen Unterwelt war. Er ließ Menschen in schöner Regelmäßigkeit allein deshalb umbringen, weil sie ihn schief angesehen oder beim Binokel die falsche Karte gespielt hatten. Nun blickte er dir geradewegs in die Augen. »Weißt du, kleiner Hankele, wenn man sich die Verbrecher so anschaut, gehöre ich wohl noch zu den großzügigsten unter ihnen. Du willst eine Wohnung, in der du leben kannst? Ich suche dir eine Wohnung. Du möchtest um vier Uhr an einem Dienstagnachmittag ein Seil quer über die Avenida Córdoba gespannt haben? Ich sorge dafür, dass es gespannt wird. Du möchtest mit dem Kopf nach unten vor der Synagoge in der

Calle Libertad hängen? Nur zu! Tue ich das alles etwa für mich? Nun, was meinst du? Hankele, Hankele – aber natürlich nicht! Ich tue es für dich. Denn ein gutes Zauberkunststück bereitet mir Vergnügen und erinnert mich an eine schöne Kindheit, die mir nie vergönnt war. Du wirst eine so atemberaubende Zauberschau auf die Beine stellen, Hankele, dass selbst der große Houdini vor Neid erblassen muss. Vor Neid! Und verlange ich für all das etwa auch nur einen einzigen *peso* von dir? Verlange ich auch nur einen *groschn?* O nein, mein lieber Junge. Und das werde ich auch nie tun. Es gibt nur eins, was ich von dir möchte, und dennoch verweigerst du mir dieses kleine Vernügen!«

Du starrtest auf deine geschenkte Zigarre hinab, die inzwischen in deiner Hand ganz klitschig geworden war. »Ich verweigere dir gar nichts, Papa Fischbein. Ich gebe lediglich zu bedenken, dass es aus Reklamegründen sehr viel besser wäre zu warten.« Der Halunke sprang wieder auf und wollte auf dich zueilen, doch du bedeutetest ihm, er solle sich setzen. »Du magst ja recht haben, dass die Gemeinde nicht entsprechend auf eine Synagoge reagiert und sie dich wegen des Theaters auch nicht besser leiden kann, aber welcher Jude auf diesem oder irgendeinem anderen Kontinent würde nicht den Mann lieben, der eine Hochzeit für seinen Sohn schmeißt und dabei alle einlädt, an diesem Vergnügen teilzunehmen?«

»Soll ich das so verstehen, dass du mit der Heirat bis nach der Premiere deiner Zauberschau warten willst?«

»Genau so war es gemeint.«

Das interessierte mich jetzt nun doch, und in meinem eigenen Geschäfts-*kop* begann es zu rattern. Ich konnte nicht anders, ich musste mich in das Gespräch einmischen. »Wir könnten doch noch am selben Abend heiraten, nach der Premiere! Auf diese Weise würden jede Menge Leute kommen, um sich das ganze Spektakel anzusehen.«

Fischbein kaute auf seiner Zigarre und kratzte sich unter dem Hut am Kopf. Er blickte aus dem Fenster und stampfte dann mit der vollen Kraft seiner schmutzigen Stiefel auf den Boden. »Aber natürlich! Warum ist mir das nur nicht schon früher eingefallen? Wir werden die Hochzeit als eine Art Zugabe am Premierenabend veranstalten!«

Ich wollte diesen dreckigen *fresser* Fischbein gerade daran erinnern, dass *ich* diese brillante Idee gehabt hatte, doch du blicktest mich warnend an und schütteltest den Kopf. Fischbein schritt derweil langsam in der Wohnung auf und ab und plante laut vor sich hin. »Ich werde für alles zahlen. Diese Hochzeit wird ebenso außergewöhnlich werden wie deine Zauberschau. Ich werde Räucherlachs aus New York heranschaffen lassen und Kaviar aus der alten Heimat!« Er nahm wieder Platz. »Über diese Hochzeit wird man sogar in Moskau reden. Ich werde mich um sämtliche Details kümmern, du musst keinen Finger rühren.« Er stand wieder auf und schlug dir die Hand auf den Rücken. »Du wirst dich natürlich voll und ganz auf deine Überei konzentrieren, das ist klar. Moritz soll sofort eine Verlobungsanzeige in den jüdischen Zeitungen aufgeben ... wir werden behaupten, dass er dein Onkel ist. Es wäre zum jetzigen Zeitpunkt nicht klug, dich mit mir in Verbindung zu bringen. Später, wenn du dir einen Namen gemacht hast und berühmt bist, dann kannst du eine öffentliche Erklärung abgeben und allen, die es hören wollen, von meiner Güte berichten. Aber im Augenblick verzichte ich auf dieses Vergnügen. Dieser Dummkopf Moritz wird deinen Onkel spielen – was ja praktisch auch der Wahrheit entspricht, da er mein Schwager ist.« Er tippte sich mit seiner Zigarre an die Lippe. »Was erzählen wir ihnen aber über Sofia –«

»*Tate* Fischbein«, begannst du und wünschtest dir sehnlich, dass dein neu erworbener Onkel Moritz doch bitte endlich mit dieser Schnapsflasche zurückkehren würde. Aber Fischbein ließ sich nicht unterbrechen. Sein Blick war mit der Aussicht auf die glorreichen Zeiten, die ihm bevorstanden, ganz glasig geworden.

»Darüber werden wir uns später Gedanken machen ... oh, siehst du es denn nicht auch vor dir, mein Junge? Eine Mitternachtshochzeit! Und alle Juden aus Buenos Aires sind eingeladen! Sogar dieser *poz* Goldenberg, denn ich werde ihm zeigen, was für ein feiner Kerl ich bin und dass ich ihm nichts nachtrage. Ja, genau wie in der alten Heimat – all die Bauern dürfen kommen, und es gibt Musik, und wir setzen ihnen etwas zu essen vor, und Hanke, Hanke, sie werden bis zum Morgengrauen tanzen!«

Du seufztest, doch der heitere Ausdruck, der auf Fischbeins Gesicht lag, bedeutete dir, dass wir besser mitspielen sollten. »Der Premierenabend wird ganz wundervoll werden, *Tate!*«

»Ja, der Premierenabend. Ihr beide werdet euch also am Premierenabend das Jawort geben!«

»Tja«, erwidertest du und zündetest vorsichtig deine Zigarre an, »dann wäre das also geklärt.«

Keine zwei Tage später wurde unsere Verlobung in den jüdischen Zeitungen verkündet – praktischerweise direkt in einer Spalte neben einem Artikel über deine atemberaubende Zauberschau, die Samstag in fünf Wochen im Theater des Gebrochenen Herzens Premiere feiern würde. Zwei Tage später veröffentlichten dieselben Zeitungen einen offenen Brief deines Ersatzonkels, Herrn Moritz Schatz, in dem er sämtliche Juden von Buenos Aires, ob alt oder jung, zur Hochzeitsfeier seines Neffen im Anschluss an »die größte und atemberaubendste Demonstration von Fingerfertigkeit und Entfesselungskünsten auf fünf Kontinenten« einlud.

Mein Name war zwischen all der Tinte kaum auszumachen, obwohl ich einmal als ehemalige Chanteuse bezeichnet wurde (ohne Nennung des Namens) und an anderer Stelle von Fräulein S. Teitelbaum, früher wohnhaft in Warschau, Polen, die Rede war. Dein Pseudo-Onkel, der in der folgenden Woche auf der Gesellschaftsseite befragt wurde, gab sich Mühe, irgendwelche Gerüchte über mein verabscheuungswürdiges Vorleben im Keim zu ersticken: »Sollte Fräulein Teitelbaum jemals eine befleckte Vergangenheit gehabt haben, so bin ich mir sicher, dass unser Hankus niemals etwas davon gewusst hat. Er ist ein guter Junge, ein echter Sohn Krakaus, und wir werden immer stolz auf ihn sein.«

Ich war entsetzt und fühlte mich durch all das beleidigt, doch es kam nicht überraschend. Du flehtest mich wohl tausendmal an, ich solle dir vergeben. »Sofia, bitte versteh doch. Eine Schau dieser Größenordnung ... wenn es eine andere Möglichkeit gäbe ...«

Ich zuckte mit den Schultern. »Hör zu, kleiner Mann«, sagte ich voller Ironie, »Geschäft ist Geschäft, und das hier ist deine Art, es zu tätigen. Aber du siehst wieder einmal, welche Vorteile es bringt, wenn man ständig Hosen und ein gut geschnittenes Jackett trägt statt eines dünnen Kleidchens. Wenigstens werden wir für unsere Anstrengungen eine anständige Mahlzeit bekommen. Und wer weiß, vielleicht sogar ein neues Bett. Endlich finde ich auch Verwendung für dieses verfluchte Hochzeitskleid, obwohl Gott allein weiß, ob es mir jetzt überhaupt noch passt.«

»Wir werden mehr als das haben, Sofia. Denn ich werde der meistverehrte Zauberer seit Houdini sein. Und die ganze Welt wird meinen Namen kennen.«

Und wie lange würde dies wohl so sein, Hankus?

Kapitel 20

Eines Tages, als ich allein in der Wohnung war und mir glitzernde Pailletten auf meine Zauber-Pantalons nähte, vernahm ich die Schritte einer Frau auf den Stufen und anschließend ein leises Klopfen an unserer Tür. »Wer ist da?«, fragte ich mit einem kaum hörbaren Flüstern, denn ich wusste ja nicht, ob Tutsik Goldenberg einen gedungenen Mörder geschickt hatte oder ob meine geliebte Sara vielleicht doch endlich zu ihrer getrübten Vernunft gekommen und geflüchtet war.

»Die Rote Ruthie«, kam die geflüsterte Antwort, und ich legte sofort meine Handarbeit zur Seite und schloss die Tür auf. Da stand sie zu meiner Freude und meiner Erleichterung in einem breitkrempigen Filzhut, weißen Handschuhen und einem gepflegten schwarzen Kostüm. Hier auf der Calle Maza wirkte sie wie eine unverheiratete ältere Tante und nicht wie eine Puffmutter. Sie blickte über ihre Schulter zurück und schlüpfte in die Wohnung. Dann ging sie rasch zum Fenster und sah auf die Straße hinaus. »Gut, es ist mir niemand gefolgt.« Sie zog ihre Handschuhe aus und nahm beinahe sittsam auf dem Sofa Platz. Es war schockierend, sie vollständig bekleidet und in einer Aufmachung zu sehen, die in diesem Viertel von Buenos Aires als anständig galt. Aber noch viel schockierender war die Tatsache, dass all die Fröhlichkeit aus ihren sonst so blitzenden Augen verschwunden zu sein schien.

Sie legte eine Hand auf ihren Busen und fächelte sich mit der anderen Luft zu. »Ich werde zu alt für diese Mantel-und-Degen-Geschichten. Früher hat es mir Spaß bereitet, den Kerlen zu entwischen. Heute ist mir das viel zu anstrengend.« Sie blickte mich an, als sähe sie mich zum ersten Mal, und legte mir die Hand auf die Wange. »*Motek,* das Leben fern von der Calle Talcahuano scheint dir zu bekommen – du strahlst ja förmlich. Oder liegt es einfach daran, dass du verliebt bist?«

Ich setzte mich neben sie auf das Sofa. »Die Liebe spielt wohl eine Rolle, aber ich denke, auch die Freiheit, dass ich mit Kleidern auf dem Leib herumlaufen kann.«

»Unter gewissen Umständen kann es sehr befreiend sein, mehr als nur Unterwäsche zu tragen«, stimmte die Rote Ruthie mir zu, »und wie ich sehe, findest du Gefallen an Hosen.«

Das stimmte. Ich trug eine Hose, die so gearbeitet war, dass sie um meine fülligere Taille passte.

»Aber so gehst du doch wohl nicht auf die Straße hinaus!«

»Rote Ruthie, ich gehe überhaupt ausgesprochen selten auf die Straße.«

»Das ist sehr klug, mein Kind. Sollte Tutsik Goldenberg herausfinden, wo du wohnst, weiß man nicht, was er dir antun könnte ... du hast ja keine Ahnung, wie er diese Frauen, deine Schwestern, behandelt.« Sie fächelte sich erneut Luft zu. »Schnell, *neschomele,* hol deiner alten Tante Ruthie einen kleinen Tee.« Ich ging in die Küche. »Und falls du etwas im Hause haben solltest, dann noch ein bisschen Süßes dazu. Es ist ein langer Weg vom *barrio* hierher – ganz besonders, wenn man ständig über die Schulter nach hinten schauen muss.«

Einige Minuten später hatten wir es uns auf dem Sofa gemütlich gemacht. Die Rote Ruthie hatte ihren Tee vor sich stehen, und ich hatte ein Stück Brot und etwas Marmelade aufgetan. »Du bist jetzt also ein Revuemädchen und verlobt dazu. *Masl Tow.*«

Ich zuckte zurückhaltend mit den Schultern. »Danke, Rote Ruthie. Aber du hast doch bestimmt nicht den ganzen Weg zurückgelegt, nur um mir alles Gute zu wünschen.«

Sie nahm einen Schluck von ihrem Tee und seufzte. »Leider ist dem nicht so, Sofia. Die Dinge stehen sehr schlecht in der Calle Talcahuano. Indem du deine Schwestern verlassen hast, *motek,* hast du ein schreckliches Durcheinander angerichtet.«

»*Ich* habe ein Durcheinander angerichtet?« Ich war versucht, der Roten Ruthie den Tee wegzunehmen und sie genauso schnell wieder vor die Tür zu komplimentieren, wie ich sie hereingelassen hatte. »Wenn ich mich recht erinnere, war das Leben in der Calle Talcahuano schon viele Jahre, bevor ich gegangen bin, in einem schrecklichen Durcheinander.«

Die Rote Ruthie schürzte die Lippen und stieß kleine *Tss*-Laute hervor. »Bis zu dem Tag, an dem Perle Goldenberg in die alte Heimat zurückgekehrt ist, hattet ihr Mädchen es doch fast gemütlich.«

Ich starrte die Rote Ruthie an, in deren schwarzen Augen es nicht blitzte. Nein, diese Augen waren ausdruckslos und leer. »Ob mit oder ohne Perle Goldenberg – wir waren ein Haufen *kurwes,* und so wurden wir von allen Beteiligten behandelt«, brummte ich, »auch von dir.«

Die Rote Ruthie zog eine Augenbraue in die Höhe. Der weiße Puder vermochte kaum die Falten in ihrer weichen Haut zu verdecken, und nun, im Licht der Calle Maza, sah ich, dass sie ihren Lidschatten ungleich aufgetragen hatte und ihr rotes Haar von mausgrauen Strähnen durchsetzt war. »Du kannst über mich sagen, was du willst, Sofia, aber ich will kein schlechtes Wort über Perle Goldenberg hören. Alles, was ich heute habe, verdanke ich ihr.« Die Rote Ruthie nahm einen Schluck Tee und leckte sich die eingerissenen Lippen. »Ihr Bruder allerdings ist uns allen ein Klotz am Bein. Ein *choljere!* Wenn ich dir erzähle, was er mit deiner Freundin Sara vorhat, wirst du begreifen, dass es die *nafkes* in der Calle Talcahuano früher besser hatten als die meisten.«

Ich schüttelte empört den Kopf.

»Ich weiß, dass er immer schon ein gemeiner Kerl war, Sofia, aber jetzt führt sich Tutsik Goldenberg schlimmer auf als jemals zuvor.« Die Rote Ruthie lehnte sich auf dem Sofa zurück und legte ihre Füße hoch. »Das meiste, was ich dir erzählen werde, habe ich von Marianna, denn ich wurde ebenso wie dein Freund Hankus aus Madame Perles Haus verbannt. Von Zeit zu Zeit, wenn Tutsik einmal nicht zu Hause ist – und das ist überaus selten der Fall, meine Liebe –, schleiche ich mich auf einen Besuch zu den Mädchen hinein. Wie du gleich sehen wirst, ist dies der Grund, warum ich heute hier bin.« Die Rote Ruthie nahm einen weiteren Schluck Tee. »Sehr guter Tee, Sofia. Du bist eine richtig kleine *baleboste* geworden –«

»Komm endlich zur Sache, Rote Ruthie. Ich werde langsam ungeduldig.«

»Aber, aber, Püppchen, diese Geschichte braucht eine Weile. Zuerst möchte ich dir von Goldenberg erzählen. Wenn du ihn jetzt sehen könntest, Sofia, würdest du laut lachen, denn er ist zu einer Witzfigur geworden. Seine Hose ist an bestimmten Stellen voller Flecken, und seine einstmals schöne Seidenrobe hat an den Stellen, wo heiße Streichholzköpfe hingefallen sind, kleine Löcher. Dieser ägyptische Fes, der immer schon lächerlich an ihm ausgesehen hat, ist inzwischen eingedrückt und ganz ausgefranst, und dauernd hängt ihm die Quaste in den Rattenaugen.

Außerdem trägt er einen Schnauzbart, so schmal wie ein Bleistift, den er nun wichst und zu zwei festen Spitzen zwirbelt. Die ragen wie zwei umgedrehte Giftzähne aus seinem Gesicht hervor. Wenn Tutsik Goldenberg beginnt, an diesen Giftzähnen zu ziehen und sie zwischen den Fingern zu reiben, musst du vorsichtig sein. Es ist ein sicheres Zeichen dafür, dass irgendjemandem ein Schlag mit der flachen Hand oder der Faust oder Schlimmeres blüht.«

Die Rote Ruthie blickte sich in unserer Wohnung um. »Habt ihr hier Aussicht auf die Straße?«

»Besser als früher.«

»Hm«, sagte sie und stellte ihre Tasse vor sich auf den Tisch. »Kurz gesagt, der Mann sitzt Tag und Nacht in seinem Fes und seiner Hausjacke mitten im Salon herum und schmollt. An manchen Tagen raucht er in aller Öffentlichkeit Opium, nickt ein und träumt vor sich hin. Seine Hände und Füße zucken dann wie bei einem großen verwahrlosten Hund. Aber wenn er aus diesen Träumen erwacht, Sofia, so ruft er deinen Namen, wenn man Marianna glauben darf. Und danach den von deinem geliebten Hankus. Und dann schnaubt und faucht er: ›Wehe ihnen, wenn ich auch nur einen Blick auf sie erhasche!‹«

Ich seufzte.

»An den Tagen, wenn er kein Opium nimmt, kaut er Kokablätter, so heißt es. Er benimmt sich wohl wie ein Teufel oder ein Hund vom Schrottplatz, und er ist viel gemeiner als zu der Zeit, bevor unsere liebe Perle uns verlassen hat. Er feilt sich mitten im Salon die Nägel wie der Kaiser von China und reinigt sie mit diesem kleinen Messer, das er sonst immer versteckt bei sich trug. Und er schlägt die Mädchen ganz schrecklich. Dabei spielt es keine Rolle, wer gerade dabeisitzt – es könnte der Bürgermeister von Buenos Aires sein, es wäre ihm gleichgültig.

Rachel und Magda haben gelernt, ihm aus dem Weg zu gehen. Aber Sara, die arme Sara! Ihr Gesicht ist grün und blau, das kannst du mir glauben, weil all das Opium sie so benebelt macht, dass sie selbst Tutsiks langsamsten Schlägen nicht ausweicht. Und inzwischen hackt er nicht nur auf den Mädchen herum. Sein guter Freund Dr. Dorfman hat letzte Woche den Fehler begangen, ihm deine Verlobungsanzeige in der Zeitung zu zeigen, und dann, Gott behüte, hinzugefügt, dass er euch beiden Glück wünsche. Im Bruchteil von Sekunden hatte ihn dieser verkommene Tutsik Goldenberg an den Knöcheln gepackt und versuchte, ihn so aus dem Fenster zu halten. Es war allein dem letzten Rest von Güte in Dov Hirschs Herz zu verdanken, dass er Tutsik Einhalt gebot, ehe der arme Doktor mit dem Kopf auf dem Pflaster der Calle Talcahuano aufschlug.« Die Rote Ruthie schüttelte den Kopf.

»Es tut mir leid, Rote Ruthie, aber das alles hätte ich mir auch denken können, ohne dass du vorbeigekommen wärest. Da muss es doch noch etwas Schlimmeres, Dringlicheres geben –«

»O ja, meine Liebe. Ich habe dir noch mehr zu berichten. Aber wenn es dir nichts ausmacht, hätte ich gern noch einen Tee.«

Ich schleppte mich in die Küche. Nach einer halben Ewigkeit – so wollte es mir zumindest vorkommen – präsentierte ich der Roten Ruthie eine frisch gebrühte Tasse Tee.

Sie blies vorsichtig hinein und sagte: »Tutsik Goldenberg plant, Sara an einen Puff in La Boca zu verkaufen.«

Ich wusste von diesen Ställen, in denen sie die Frauen hielten, Hankus. Früher, als Madame Perle uns mit nach La Boca nahm, um *taschlich* zu machen, gingen wir immer mit großer Angst und Beklommenheit daran vorbei – an den Ställen selbst wie auch an den Frauen, die das Pech hatten, darin gefangen zu sein. Spindeldürre Frauen, wie Sara eine geworden war, Frauen, die einst *saftik* und fröhlich gewesen waren. Der Gedanke daran, dass Sara dort wie eine hungernde Kuh enden könnte, brach mir schier das Herz. Als ich der Roten Ruthie antwortete, kamen die Worte wütend aus meinem Mund: »Jeder wusste doch, dass diese Ratte Goldenberg Sara irgendwann einmal dort abladen würde. Das ist keine Überraschung. Ich finde es viel verwunderlicher, dass er es nicht schon bei der ersten Gelegenheit getan hat.«

Die Rote Ruthie musterte mich mit einem geringschätzigen Blick. »Das sagst du jetzt, Sofia, weil du verbittert bist. Aber ich behaupte, es ist ein Segen, dass Perle Goldenberg nicht miterleben musste, was aus uns geworden ist.«

Dann erzählte mir die Rote Ruthie, wie sich alles zugetragen hatte, und in Gedanken sah ich es vor mir.

An einem kalten Nachmittag, kurz vor dem Abendessen, hörte Sara ein Klopfen an ihrer Tür. Sie glaubte, es sei Marianna mit ihrem Kaffee, doch es war Dov Hirsch, der mit leeren Händen gekommen war und sich über etwas zu amüsieren schien.

»Der Chef will dich sehen«, sagte er nur, und seine Oberlippe verzog sich zu einem abscheulichen Grinsen.

»Im Thronsaal?«, fragte Sara, denn sie hatte es immer noch in sich, diesen *schmucks* das Leben schwer zu machen.

Hirsch sah sie an, als wäre sie vollkommen verblödet. »In seinem Schlafzimmer.«

»Gewiss.« Sie mag wie ein Mondkalb ausgesehen haben, aber es lag nicht eine Spur von Unterwerfung in ihrer Stimme. Sie band ihren Kimono zu und schlüpfte in ihre abgewetzten Pantoletten. »Ich werde Seine Majestät umgehend aufsuchen«, sagte sie langsam. Ach, hätte sie diesem arroganten Arschkriecher doch nur ins Gesicht gespuckt!

Es muss seltsam gewesen sein, Tutsik Goldenberg in dem Raum aufzusuchen, der einmal Perles Privatbibliothek gewesen war. Noch viele Wochen, nachdem Perle fort war, so erzählte mir die Rote Ruthie, hatte er dieses Zimmer unberührt gelassen und nicht ein einziges Buch angefasst. »Er behandelte die Bücher so, als hätte Perle sie einzig und allein dir vermacht, Sofia.«

Aber einen Tag, nachdem ich um mein Leben gerannt war und dieses Höllenloch verlassen hatte, reduzierte er den Bestand der Bibliothek. Er und Dorfman packten die Bücher zusammen, und Tutsik brachte sie persönlich nach San Telmo, wo er sie an einen Händler verkaufte, und er feilschte nicht einmal besonders heftig um den Preis. Er behielt wohl Perles erotische Bücher – das heißt, bis auf das eine oder andere, das Dorfman unter seiner Jacke verschwinden ließ. »Er ist jetzt zweimal die Woche in San Telmo, um mehr Schweinkram zu kaufen«, sagte die Rote Ruthie mit einer seltsamen Zufriedenheit. »Er prahlt bei jedem, der ihm zuhört, damit, dass er weit und breit dafür bekannt sei, ein Kenner für Anstößiges zu sein.« Und ich sah es vor mir, Hankus, wie die Händler ganz wild darauf waren, Tutsik Goldenberg zu sich herüberzuziehen, um ihm zu zeigen, was sie ganz tief unten in ihren Karren versteckt hatten. »Er kommt wie Perle mit Büchern bepackt von den Ständen zurück. Sie sind in braunes Papier eingeschlagen, aber was für Bücher da zum Vorschein kommen, wenn er sie auspackt!« Die Rote Ruthie kicherte. »Würdest du das Fenster bitte einen kleinen Spaltbreit öffnen, Püppchen?«

Wenn man der Roten Ruthie glauben durfte, dann hatte Tutsik Goldenberg inzwischen die Regale von Madame Perles einst so geheiligter Bibliothek mit exotischen Bildbänden jedweder Verderbtheit gefüllt: Männer und Frauen, Frauen und Frauen, Männer und Männer, Männer und Tiere aller Art, die Handlungen vollzogen, die selbst für Sara und ihresgleichen unaussprechlich waren. Es spielte keine Rolle, dass er von lebendigen Frauen umgeben war, die er anschauen und misshandeln konnte. In der Tat schenkte er Magda oder Rachel oder Sara kaum einen Blick. Er konsumierte die Bildbände auf die gleiche Weise wie seine Drogen. Er verbrachte Stunden damit, die Bilder auf provozierende Art und Weise zu befingern, und wenn ihn irgendjemand dabei störte, machte sich diese Drecksau nicht einmal die Mühe aufzuschauen – es sei denn, es ging um Geld oder um einen großen Kampf.

Als dieser *toches'licher* Dov Hirsch Sara zu ihm rief, war Tutsik Goldenberg gerade damit beschäftigt, einen Bildband voller nackter Frauen zu betrachten. Er spielte Perle den größten Streich, denn er hatte das gotteslästerliche Buch auf ihren heiligen Schreibtisch gelegt und betrachtete es eingehend mit einem riesigen Vergrößerungsglas. Sara wusste, dass sie verloren war, denn sobald sie in sein Arbeitszimmer gekrochen kam, begann Tutsik, mit den Enden seines albernen Schnäuzers zu spielen.

»Deine Schoßratte, dieser Hirsch, sagt, du wolltest mich sehen.«

Goldenberg starrte sie wütend an und legte das Vergrößerungsglas weg. Er begann, mit den Fingerspitzen auf den Schreibtisch zu trommeln. »So redest du also jetzt von unserem kleinen Dovy? Ihr zwei seid doch mal so dicke miteinander gewesen. Wie Bruder und Schwester.« Er schlug sein Buch mit einem Knall zu. Ohne jegliche Vorwarnung versetzte er Sara eine mächtige Ohrfeige. Sie bedeckte ihren Mund und machte einen Schritt nach hinten. Und dann konnte sie einfach nicht anders – sie begann zu lachen.

Tutsik zwirbelte seine Schnäuzerenden zwischen den Fingern. »Ich freue mich, dass dir das Spaß macht, Sara.« Sein Arm schoss nach vorn, und er schlug sie erneut. Dieses Mal taumelte sie zu Boden. Tutsik kreuzte die Arme vor der Brust und stellte sich über sie. Sie hörte auf zu lachen, aber ihre Mundwinkel zuckten immer noch.

Diese Schlange Goldenberg setzte sich hin und schob einen klebrigen Klumpen Opium in eine Tonpfeife. Da wurden Saras Augen groß, und Tutsik, der sie quälen wollte, wedelte mit dem Kopf der unangezündeten Pfeife unter ihrer Nase hin und her. »Du glaubst doch hoffentlich nicht, dass das für dich ist, oder? Denn das ist es nicht.«

»Dann eben nicht!« Sie rieb sich ihre pochende Wange.

»Als du noch deinen Anteil hier geleistet hast, hätte ich es mir vielleicht überlegt. Es hat mir nie etwas ausgemacht, dich ab und zu an meinem privaten Vorrat teilhaben zu lassen. Um meine Anerkennung auszudrücken.« Er legte die Pfeife auf den Bildband. »Aber so, wie die Dinge jetzt stehen, Sara« – er spuckte ihren Namen förmlich aus –, »bist du nur noch eine Last, und du ziehst uns alle mit dir runter. Wir versinken im selben Treibsand wie du.«

Sie starrte ihren Folterknecht an. Erneut bildete sich ein Lachen in ihrem geschwollenen Mund, doch sie hielt es zurück und schluckte es hinunter. Sie fand eine Zigarette in der Tasche ihres Kimonos und zündete sie an. Sie strich über die abgenutzte Spitze ihrer Satinpantolette. Dann warf sie einen weiteren Blick auf die Tonpfeife. »Was willst du eigentlich?«

Goldenbergs Augen weiteten sich. Er hielt seinen Bildband in die Höhe und deutete auf eine Seite. »Frauen sollten schön sein. Siehst du das hier? Klassische Schönheit. Rachel besitzt sie. Die kleine Magda wird sie erwerben. Selbst diese Schlampe Sofia Teitelbaum – möge ihre Seele in der Hölle schmoren! – hat sie.« Er hielt Saras Gesicht zwischen Daumen und Zeigefinger. »Männer bezahlen eine Menge Geld für das Privileg, solch eine klassische Schönheit berühren zu dürfen, ihre *schwonzes* hineinzustecken und sich darin zu ergießen.« Er ließ ihr Gesicht los und begann wieder, seine Schnäuzerenden zu zwirbeln. »Aber sie müssen eine Frau als echte Schönheit erkennen, sonst wollen sie sie nicht.« Plötzlich schleuderte er das Buch quer durch das Zimmer. »Du warst einmal schön, *Tante* Sara, aber jetzt bist du nur noch eine Leiche. Ja, eine wandelnde Leiche.«

Sara zog an ihrer Zigarette und blickte wieder zu Tutsiks Pfeife hinüber. Sie schaute in seine wässrigen Augen. »Dir gefällt also nicht mehr, wie ich aussehe, na und? Was soll das ganze Getue?«

Tutsik zog sein Messer hervor und deutete mit der Spitze geradewegs auf ihre Kehle. »Ich kann es mir nicht leisten, dich zu halten, und du kannst es dir nicht leisten, dich freizukaufen. Dov Hirsch, Gott segne ihn, hatte genug gesunden Menschenverstand, um mir vor Monaten schon die Ställe in La Boca ans Herz zu legen, aber ich wehrte mich, weil ich dachte, du würdest vielleicht einsehen, dass du auf dem falschen Weg bist, und wieder zu uns zurückkehren. Aber *meine Tante* Sara, das Gegenteil ist eingetreten. Du wurdest immer dünner und noch geistesabwesender. Du bist dein Gewicht nicht einmal mehr in Kupfer-*pesetas* wert. Du bist in jeder Hinsicht eine Belastung für mich, meine erbärmliche Sara, und daher habe ich Dov Hirsch beauftragt, dich endlich nach La Boca zu schaffen und zu sehen, was er noch für dich bekommt. Dann werden wenigstens die Matrosen dort etwas für ihr Geld erhalten.«

Es dauerte eine volle Minute, ehe Sara die Tragweite dieser schrecklichen Worte begriff. Sie dachte: Hat er etwa *Ställe* gesagt?, und gab sich die Antwort darauf selbst: Ja, Ställe. Ein kalter Schauer lief ihr über den Rücken.

»Es ist schon eine Schande«, fuhr Goldenberg fort, als unterhielten sie sich gerade über ein Polo-Spiel, »denn schließlich befinden wir uns gerade mitten im Winter. In deiner gegenwärtigen Verfassung erscheint es mir unwahrscheinlich, dass du die Festtage überleben wirst.«

Sara betrachtete Tutsik forschend und blickte dann auf ihre fleischigen Hurenhände herab. Sie fragte sich, ob sie nicht vielleicht die Stärke besaß, ihn auf der Stelle zu erwürgen. Sie entschloss sich, so zu tun, als ob er kein Wort von dem, was er gesagt hatte, wirklich meinte. »Hör auf mit deinen Versuchen, mir Angst einzujagen, Goldenberg. Selbst du könntest mich nicht auf eine solche Weise im Stich lassen. Ich bin es doch, Sara Koblentz, deine süße *Tante* Sara.« Obwohl es sie anekelte, legte sie ihm einen Arm um die Schultern und drückte ihn an sich. Dann zauste sie die Quaste seines Fes. »Wie viele Frauen habe ich auf diesen langen Reisen über den Ozean in den Schlaf gewiegt?«

Doch Tutsik Goldenberg wischte Sara weg, wie man ein lästiges Insekt vertreibt. Er zog die Aufschläge seiner albernen Hausjacke zurecht und rückte seinen Hut gerade. »So eine Rührseligkeit ist langweilig, Sara, ganz besonders, wenn sie von einer wie dir kommt.« Er blickte auf seine Fingernägel hinab. Statt sie mit seinem winzigen Messer zu reinigen, biss er sie einfach ab. »Wir werden uns etwas Zeit nehmen, um dich herauszufüttern, falls das überhaupt möglich ist. Dann wird dich Hirsch nach La Boca bringen und LaMarc, diese Wasserratte, auftreiben. Was folgt, ist ein Austausch einer erbärmlich kleinen Menge Bargeld, und dann wirst du für immer aus diesem Haus verschwunden sein. Leider verpasst du dadurch das gesellschaftliche Ereignis der Saison.«

»Ach ja?«, erwiderte Sara, die sich bemühte, die Tränen zu unterdrücken. »Und das wäre?«

Goldenberg ging zu der Stelle hinüber, wo sein Buch lag, hob es auf, blätterte darin herum und zog die Ausgabe einer jüdischen Zeitung hervor. »Da steht zwar nicht ihr Name, aber dein Liebling Sofia und ihr Taschenspieler-Freund feiern Hochzeit. Die ganze Familie ist eingeladen. Da hast du es schwarz auf weiß.« Er warf Sara die Zeitung zu. Sie las die Anzeige, und dabei wäre ihr fast das Herz stehen geblieben.

»Aber das geht doch nicht!«, kreischte sie.

»Nimm die Zeitung, *Tante* Sara, und verschwinde aus meinen Augen. Auf mich wartet Arbeit. Siehst du denn nicht, was für ein beschäftigter Mann ich bin?«

Sara drückte die Zeitung an ihre Brust. »Wie nett von dir«, stieß sie hervor.

»Nein, Sara. Wenn ich ein wirklich netter Mensch wäre, hätte ich dich erdrosselt.«

»Sieh einer an, Tutsik Goldenberg, das Gleiche hatte ich eigentlich mit dir vor.«

Sie stolperte in ihr Zimmer zurück und hörte, wie wenige Sekunden später die Tür hinter ihr abgeschlossen wurde. Tutsik und Hirsch murmelten einander auf dem Flur draußen etwas zu, aber das war ihr gleichgültig. Sie saß mit der zerknitterten jüdischen Zeitung auf ihrem Schoß da und las ungläubig immer wieder unsere Verlobungsanzeige. Sie dachte für sich: Das ist doch unmöglich! Wie dreist und voller *chuzpe* können zwei Menschen nur sein? Die Neuigkeit verblüffte sie so sehr, dass sie sich den Artikel Wort für Wort einprägte. *Entfesselungskünstler heiratet polnische Chanteuse,* stand dort zu lesen. Das Blut gefror ihr in den Adern.

Eine halbe Stunde später schloss Dov Hirsch Saras Tür auf und präsentierte ihr das vertraute Silbertablett, auf dem Tutsik Goldenbergs eigene schöne Tonpfeife lag, dazu ein Gefäß mit Opium und eine Schachtel Streichhölzer. »Mit Empfehlung deines Chefs«, sagte er lächelnd.

Sie warf einen Blick auf das Tablett. Für eine Sekunde nur dachte sie, sie würde es fertigbringen, sich davon abzuwenden, damit ihr Kopf klar bleiben und sie vernünftig denken konnte. Doch als Dov Hirsch nach dem Gefäß mit dem Opium griff und so tat, als wolle er es in die Tasche stecken, da verließ Sara der gesunde Menschenverstand, und sie riss ihm alles aus den Händen.

»Für zehn Jahre loyaler Dienste«, sagte Dov Hirsch verächtlich.

Geh mir aus den Augen, hätte sie am liebsten gesagt. Aber sie war zu sehr damit beschäftigt, diese verfluchte Pfeife zu füllen.

An den darauffolgenden Tagen grübelte Sara trotz ihres benebelten Zustands weiter über unsere Verlobung nach. Jedes

Mal, wenn es ihr wieder einfiel, mochte sie es gar nicht recht glauben, dass es wirklich so war und dass es sich nicht bloß um einen ihrer Opiumträume handelte. Also entfaltete sie die Zeitung immer wieder aufs Neue, um alles noch einmal zu lesen. Sie sehnte sich nach Vergeltung und nach Rache, und der bittere Geschmack in ihrem Mund überraschte sie. Sie hatte gehört, dass Rache süß sei, aber vielleicht war damit der Akt selbst gemeint – wenn man den Abzug drückte, das Messer drehte oder auch bei einem groben Scherz, der schließlich mit dem Ausdruck äußerster Kränkung auf dem Gesicht des Opfers endete. Danach sehnte sich Sara, nach diesem Geschmack von Blut auf ihren Lippen, das ausnahmsweise einmal nicht ihr eigenes war. Sie verlangte nach dem Blut eines anderen Menschen, und, Gott mochte ihr verzeihen, du weißt, wen sie in ihrem Wahnsinn und ihrer Eifersucht erwählte.

Nun, Hankus, ich selbst weiß nur zu gut, wie es ist, ein Leben wie Saras zu führen. Habe ich nicht selbst oft genug nach Rache gedürstet? Wollte ich nicht Madame Perle all die blauen Flecken an den Armen und die aufgeplatzten Lippen, all die täglichen Demütigungen übereifriger Freier und die blutige Unterwäsche heimzahlen?

Aber ich richtete meine Wut auf Tutsik Goldenberg, denn er sorgte im Auftrag seiner abwesenden Schwester Perle dafür, dass die Lippen aufplatzten. Wenn wir Huren jemals darüber nachgedacht hätten, wäre es uns vielleicht gelungen, einen Plan zu entwerfen und Marek Fischbein umzubringen oder eine Bombe im Hauptquartier der Varsovia-Gesellschaft von Buenos Aires zu legen. Besser noch, wir hätten die Kosaken und Judenhasser in Brand gesteckt, die uns überhaupt erst nach Argentinien getrieben hatten und die schließlich die wahre Quelle all unserer Probleme darstellten.

Aber unter den Umständen, die Saras Leben beherrschten, kann eine *nafke* nicht gerade die klarsten Gedanken fassen.

Sie sah wohl die Faust in ihrem Gesicht, und sie sah auch, dass Tutsik Goldenberg sie damit traf und dass Perle Goldenberg ihn dazu getrieben hatte. Aber was Sara viel mehr verletzte als all die Schläge und die Boxhiebe, war die Tatsache, dass ich fortgegangen war und sie allein gelassen hatte, dass ich mit dir, meinem Liebling, geflohen war und die arme Sara nun ihre Demütigungen allein ertragen musste.

Die Rote Ruthie blickte sich ängstlich in unserer kleinen Wohnung um. »Hör zu, *motek*, die Dinge stehen sehr ernst.« Sie griff in den Ausschnitt ihres Kleides und zog einen dicken, parfümierten Umschlag hervor, auf den mein Name gekritzelt war. »Hier, *motek*. Den Rest kannst du ruhig selbst lesen.«

Meine teure Schwester Sofia,
warum nur hast du mich verlassen? Ich habe mich noch niemals in meinem Leben so einsam gefühlt. Jeden Tag hoffe ich aufs Neue, dass du kommst, um mich zu holen. Ich blicke forschend in das Gesicht jedes neuen Freiers und betrachte eingehend seine Statur, denn vielleicht bist es ja du, die sich verkleidet hat, oder auch Hankus. Vielleicht kommt ja Dr. Katterfelto noch ein einziges Mal, um eine weitere kurwe *aus der Calle Talcahuano zu retten. Aber leider ist es bisher nie so gewesen.*

Es ist nun schon so viele Wochen her, seit du mich verlassen hast. Ich bin nur noch Haut und Knochen. Mein Haar hängt mir dünn und schmutzig ins Gesicht wie Bindfadenschnüre. Bascherter! Bascherter! *Ich bin uralt.*

Unser Folterknecht Goldenberg hat Schreckliches mit mir vor. Sehr bald schon will er mich zu den Ställen in La Boca schicken. Als wäre das nicht schon Folter genug, hat er sich entschlossen, mich weiter mit der schrecklichen Neuigkeit zu quälen, dass du und Hankus heiraten wollt. Aber wie kann das sein? Selbst wenn du mir nichts bedeuten würdest, Sofia, und mein Herz nicht unter dieser Neuigkeit gelitten hätte, wäre eine Heirat zwischen dir und Hankus doch gegen alle Gesetze – selbst gegen die in unserem schäbigen, moralischen Universum!

Mir ist nach Lachen zumute, Sofia, und auch nach Weinen!

Ich habe es dir nie gesagt, Sofia, aber seit deiner Ankunft in unserem Höllenloch in der Calle Talcahuano – nein, seit ich dich das erste Mal in dem düsteren Licht unseres Hotelzimmers in Plock sah und wir dann ein Bett an Bord der Viktorius *teilten – nun, seit damals hatte ich endlich das Gefühl, als ob dieser Albtraum, der mein Leben darstellte, erträglich würde. Du hattest etwas an dir, Sofia, das mein Herz berührte, und ich erlaubte mir zum ers-*

ten Mal, von einer Zukunft zu träumen, auch wenn ich es zuließ, dass diese verfluchte Opiumpfeife meine Träume wegwusch.

Als du und Hankus euch ineinander verliebt habt, da war ich schrecklich einsam. Ja, glaubst du denn, ich hätte nicht gewusst, was zwischen euch vor sich ging? Meinst du, ich hätte nicht bemerkt, dass ihr beiden euch in einer Geheimsprache unterhalten habt? Ihr seid wie diese billigen Gedankenleser gewesen, die im Sommer immer auf den Straßen Moskaus zu finden waren. Du kennst sie doch bestimmt, es muss sie in Warschau auch gegeben haben. Der magiker *schreit: »Sie, junge Dame, denken Sie sich eine Zahl aus und jetzt schreiben Sie sie auf«, und die ganze Zeit über blickt die hübsche Assistentin über die Schulter des Mädchens, sodass sie dem Zauberer mithilfe von Augenblinzeln und geheimen Gesten diese vertrauliche Zahl verraten kann. Du und Hankus, ihr habt euch in Madame Perles Salon mit einer ebensolchen Signalsprache aus Augenblinzeln und vorgetäuschtem Husten, aus geheimen Handzeichen und Lächeln auf eine Weise verständigt, die nur für euch beide gedacht war. Wie habe ich euch deswegen gehasst! Ich wusste, dass du mich früher oder später meinem traurigen Schicksal überlassen würdest.*

Oh, du magst wohl sagen, Sara, was bist du doch für eine alberne Gans! Du bist nicht allein. Was ist mit Rachel und Marianna? Und der naiven, kleinen Magda?

Doch Rachel ist ein Einfaltspinsel. Sie lächelt die ganze Zeit und lacht über jeden Witz, wie sehr er sie auch herabsetzen mag. Sie erduldet ihr Schicksal wie Hiob. Die ganzen Jahre sitzt sie mir nun schon beim Abendessen gegenüber, die ganzen Jahre habe ich gehört, wie die Freier im Zimmer nebenan ihren Spaß mit ihr hatten – aber kenne ich sie überhaupt auch nur ein bisschen? In Rachel entfache ich die Angst vor dem, was einmal aus ihr werden könnte. Sie sieht meine Verzweiflung und meine scheinbare Herzensleere, und sie befürchtet, eines Tages wie ich zu sein. Diese Verzweiflung hat mich nicht umgebracht, aber Rachel sorgt sich gewiss dennoch, dass ich eines Tages in ihr Zimmer kommen und sie umbringen werde.

Marianna glaubt, sie nimmt einen höheren Rang ein als wir Huren, und sie hat recht. Sie hat uns auf eine seltsame, kalte Art bemuttert, aber sie ist nie meine Freundin gewesen. Warte nur ab, irgendwann wird auch sie dieses Haus verlassen.

Was die kleine Magda angeht, sie ist jung, sogar jünger noch, als du es warst, als ich das erste Mal mit dir schlief, und du weißt so gut wie ich, dass sie in den ersten Wochen, nachdem Hirsch sie auf unserer Türschwelle ablieferte, immer nur geweint hat. Sie ist sehr liebenswürdig, aber ihr fehlt dein Verstand, Sofia. Sie besitzt nicht ein Quäntchen von der Klugheit, die du zeigst, ob im Bett, im Salon oder bei Tisch. Diese Klugheit gehört nun Hankus. Ach, ich könnte euch beide umbringen, aber das werde ich nicht tun. Wenn ich dich umbringe, kannst du mich ja nicht mehr retten. Und das musst du unbedingt, Sofia. Wer sonst sollte es tun?

Im selben Moment, als mein Todesurteil erging, wurdest du zu einer anständigen Frau. Du wirst heiraten und eine große, würdevolle Hochzeit feiern, zu der alle Juden aus Buenos Aires kommen werden, um zu tanzen. Und dein zukünftiger Mann, dieser verfluchte Zauberer, ist gar kein Mann. Nein, Hankus Lubarsky ist eine Frau wie ich! Und diese Tatsache, meine Liebe, ist das Druckmittel, das ich benutzen werde, um mein eigenes Leben zu retten.

Neschomele, *liebste Sofia, es sind nur noch wenige Tage bis zu LaMarcs* Rückkehr, und dann wird mich *Dov Hirsch zu diesem nafke-Müllhaufen in La Boca bringen. Ich habe diese Zeilen in der Hoffnung geschrieben, dass die Rote Ruthie, die sich gelegentlich in unser Haus schleicht, sie dir überbringen kann, bevor es zu spät ist. Tutsik Goldenberg mag nicht wissen, wo du dich aufhältst, aber die Rote Ruthie hat so ihre Quellen, und ich weiß, dass sie dich finden wird.*

Komm zu mir, Sofia! Rette mich vor meinem grausamen Schicksal! Sonst bleibt mir keine andere Möglichkeit, als alles zu verraten.

Sei herzlich gegrüßt,
deine Sara Koblentz

Ich faltete Saras eng beschriebene Seiten zusammen und stopfte sie in den Umschlag zurück. Die Rote Ruthie saß mit ihrem leeren Teeglas in der Hand auf dem Sofa. »Hast du das hier gelesen?«, fragte ich sie, aber ich wusste die Antwort.

»Gewiss. Jedes Wort. Aber ich kannte das Geheimnis bereits, bevor es niedergeschrieben wurde. Nimm meinen Rat an, mein Kind, und verschwinde aus der Stadt.«

Kapitel 21

Hankus, mein Liebling, am darauffolgenden Sonntag sollte unsere Premierenvorstellung sein! Wie sollten wir nur Saras Drohung begegnen? Wir konnten sie doch nicht einfach ignorieren!

Es gab noch so viel zu tun: Winden mussten überprüft und Spiegel platziert, Handschellen und Schlösser geölt werden. Es schien beinahe so, als kämen Marek Fischbein oder Scholem Big Sam oder auch dieser Rechtsverdreher Moritz Schatz alle zwei Stunden am Theater vorbei, um uns mit Details und Fragen zur Hochzeit zu belästigen. Beispielsweise sollte Kaviar mit einer Schiffsladung aus Odessa eintreffen. Wie wäre es, ihn wie Handschellen formen zu lassen? Ein Dampfschiff aus Spanien sollte die Kisten mit Sangria bringen. Hättest du etwas dagegen, Hankus, wenn er mit Champagner aus einem Springbrunnen hervorsprudeln würde? Zwischen solchen zu treffenden Entscheidungen, die für Marek Fischbein offenbar Fragen auf Leben und Tod darstellten, und unseren eigenen Proben hatten wir kaum einen einzigen Moment für uns.

Doch zwei Abende später, ja, es war zwei Abende vor unserer Premiere, als du gerade damit beschäftigt warst, dich aus deinen Seilen herauszuwinden, und ich dir dabei assistierte, schien es so, mein Liebling, als ob wir gerettet wären.

An jenem Abend klopfte ein großer, dünner Mann mit rabenschwarzem Haar und einem ebensolchen Schnauzbart an die Tür des Bordells in der Calle Talcahuano. Er trug einen schwarzen Hut mit breiter Krempe, einen billigen Anzug aus glattem Kammgarnstoff und außergewöhnlich spitze schwarze Schuhe. »Constantin LaMarc. Ich bin gekommen, um Tutsik Goldenberg zu sehen«, erklärte er Marianna mit einem schweren französischen Akzent.

Marianna rief Goldenberg widerstrebend aus seiner mit Schweinereien gefüllten Bibliothek herunter, und der Mann goss sich in der Zwischenzeit etwas zu trinken ein. Er stand mit ungewöhnlicher Ungezwungenheit im Salon des Bordells, einen Ellbogen auf das Kaminsims gestützt, und trank seinen Schnaps in langsamen Schlucken. Unterdessen nahm er die Sehenswürdigkeiten wahr: Rachel, die in einem blauen Satin-Kimono dasaß und sich die Fingernägel feilte, und Magda, in einem beinahe durchsichtigen Mieder, die mit einem scheinbar steinalten Herrn in einem sehr feinen Abendanzug Binokel spielte.

Dov Hirsch saß am Kartentisch und betrog sich selbst beim Solitär. Dr. Dorfman hockte in dem mächtigen Sessel, paffte eine zweitklassige Zigarre und las die jüdische Zeitung.

Endlich kam Goldenberg die Treppe herunter. Er hatte wieder einmal seine verlotterte Hausjacke und den verbeulten Fes an und trug dazu seinen neuesten Spleen, ein in Gold eingefasstes Monokel, das vor seinem rechten Auge klemmte. Der Mann in dem billigen Anzug setzte sein Glas ab und traf in der Mitte des Zimmers mit Goldenberg zusammen. Er streckte eine Hand aus und sagte auf Französisch: »Tutsik Goldenberg, nehme ich an?«

Goldenberg schob sein Gesicht praktisch in das seines Besuchers. »Sie sind nicht dieser französische Zuhälter, LaMarc. Ich habe LaMarc persönlich kennengelernt, und Sie sind es nicht.«

»Ich bin nicht der Mann, den *Sie* als LaMarc kennen«, erwiderte der Besucher in gebrochenem Jiddisch, »denn ich halte mich erst weniger als 24 Stunden in Buenos Aires auf. Ich bin *Constantin* La Marc, Bruder des LaMarc, den Sie kennen. Wir sind gestern erst auf einem Dampfschiff aus Nizza eingetroffen. Als wir in der Wohnung meines Bruders ankamen, fanden wir dort eine Nachricht von Ihrem Mann Hirsch vor, in der er schrieb, Sie hätten eine Frau für ihn hier. Und da dachten wir, es könnte gar keine bessere Gelegenheit für mich geben, mich mit Jean-Pierres Geschäftsfreunden bekannt zu machen, als das Weibsstück selbst abzuholen.«

Tutsik Goldenberg betrachtete den Mann durch sein Monokel und blickte ihn prüfend von Kopf bis Fuß an. Mit einem

Mal schoss seine Hand vor und riss den Mann an seinem Schnauzbart. LaMarc griff sich an die Oberlippe und schrie vor Schmerz auf. »*Monsieur,* ich verstehe nicht ganz, was Sie da tun!«

Goldenberg unterdrückte ein Kichern und zuckte mit den Schultern. »Tut mir sehr leid, *Señor,* aber vor ein paar Wochen erst hatte ich einige Schwierigkeiten mit einem bärtigen Mann, der ganz und gar nicht das war, was er zu sein vorgab.« Goldenberg studierte das Gesicht dieses LaMarc noch einmal sorgfältig, stieß dabei mit seiner Nase beinahe an die des Mannes und blickte ihm in die Augen. Nein, da war nichts, was ihm bekannt vorkam. Er war weder du, Hankus, noch dein Komplize, Moische. Er warf einen letzten forschenden Blick aus der Nähe auf Constantin LaMarc, um ganz sicher zu sein. Nein, der fragliche Mann war auch nicht ich.

»Man hat mir schon gesagt, dass ihr Juden seltsames Geschäftsgebaren zeigt, aber ich hatte keine Ahnung, dass es so aussieht.« Constantin LaMarc rieb sich ein weiteres Mal mit den Fingerspitzen über seine Oberlippe und räusperte sich.

»Ja, das kann ich mir denken«, entgegnete Goldenberg, »aber bei einem Mann in meiner Position ist Vorsicht besser als Nachsicht.«

»Das mag ja so sein, *Monsieur,* aber von mir haben Sie wenig zu befürchten.« Er schüttelte den Kopf und deutete dann zuerst auf Rachel und anschließend auf Magda. »Welche der beiden ist denn das Weibsbild, um das es geht?«

Tutsik Goldenberg atmete erleichtert auf. Wie einfach nun alles für ihn sein würde! Er konnte Sara umgehend loswerden. Er hatte nicht vor, auch nur eine einzige weitere Sekunde zu verschwenden. »Keine von beiden ist das Miststück, um das es geht«, erklärte Tutsik Goldenberg. »Die Dirne befindet sich oben.«

In dem Moment war ein lauter Krach aus Saras Zimmer zu vernehmen, ein mächtiges Getöse und Knallen und splitterndes Glas.

»Aha, Sara scheint wach zu sein.«

Rachel blickte von ihren Nägeln auf, als LaMarc die Treppe hinaufstieg. »Sie hat in letzter Zeit weniger Opium genommen und wird nicht so ohne Weiteres mitgehen.«

Goldenberg machte es sich auf dem verschossenen Sofa gemütlich. »Diese LaMarcs sind an so etwas gewöhnt. Er wird sie in null Komma nichts zu Boden ringen und hier rausschaffen.« Goldenberg befingerte die 20 Gold-*pesos,* die ihm LaMarc für Saras Hintern gegeben hatte, ohne dass er auch nur einen einzigen Blick auf sie geworfen hatte. Es war nicht viel, aber Tutsik hatte nicht gefeilscht, als LaMarc ihm das Angebot machte. Sara war wie eine Kuh mit Maul- und Klauenseuche. Er hätte sich sogar durchaus mit 20 *pesetas* zufriedengegeben.

Vom Treppenabsatz oben war ein Krachen zu vernehmen. Magdas Gegenüber, der alte Kartenspieler, räusperte sich und zog gerade eine Uhr aus der Tasche, als etwas Großes und Sperriges gegen Saras Zimmertür geworfen wurde. Der alte Mann schob ein kleines Häufchen Münzen zu der jüngsten *nafke* der Calle Talcahuano hinüber, beugte sich vor und küsste sie auf die Wange. »Auf Wiedersehen, mein Kind«, sagte er in barschem, russischem Jiddisch. »Für einen alten Mann wie mich wird es hier ein wenig zu unruhig.«

»Gehen Sie nicht«, sagte Dov Hirsch lachend, »der Spaß fängt doch gerade erst an.«

»Meine Frau erwartet mich in der Oper.«

»So ein Pech aber auch«, erwiderte Dov Hirsch, »das hier wird eine bessere Vorstellung geben.«

»Mag sein, mag sein, aber meine alte Pumpe kann so viel Aufregung nicht mehr vertragen.« Die Männer lachten, und der alte Mann begann, auf die Tür zuzuschlurfen. In dem Moment ertönte von oben Saras Stimme.

»Ich werde nirgendwohin gehen!«, kreischte sie. »Ich werde mich weder an dich noch an irgendeinen anderen Fleischhändler verscherbeln lassen, um wie eine kranke Kuh in einem kalten, heruntergekommenen Stall zu krepieren!«

Wieder ertönte ein Poltern auf dem Boden über ihren Köpfen. Constantin LaMarc gab ein ersticktes »Autsch!« von sich.

»Ich weiß was!«, hörten sie Sara schreien. »Ich weiß was über Hankus Lubarsky! Sag das Goldenberg!«

Ein weiteres Poltern und mehr Gekreische von Sara. »Sag Goldenberg, dass ich was über Lubarsky weiß, und wenn ich es ihm erzähle, wird er mich freilassen.«

Daraufhin setzte sich Rachel kerzengerade hin. Sogar Marianna kam mit einem Geschirrtuch in der Hand aus der Küche.

»Vielleicht solltest du raufgehen und dir anhören, wovon sie da redet«, schlug Mordechai Dorfman vor.

»Brauchst dir gar nicht erst die Mühe zu machen, Tutsik. So eine würde doch alles Mögliche erzählen, wenn sie am Ende ist.« Dov Hirsch setzte ein schreckliches Grinsen auf. »Außerdem ist der Klang doch hier unten viel besser.«

Tutsik Goldenberg rückte sein Monokel zurecht und schritt auf den Fuß der Treppe zu. »Du meinst also, ich soll mir ihre Plapperei nicht anhören?«

»Du hast doch deine 20 Gold-*pesos*«, sagte Rachel ruhig. Sie blickte zu Marianna hinüber, die bloß dastand und den Kopf schüttelte. »Was könnte sie dir schon über Hankus Lubarsky erzählen, was du nicht schon längst weißt?«

»Genau.« Hirsch kicherte. »Sie wird dir wahrscheinlich erklären, dass Lubarsky verlobt ist und heiraten will.«

Tutsik tippte sich mit seinem rosafarbenen Finger gegen das Kinn. »Vielleicht, vielleicht auch nicht«, murmelte er. »Aber Vorsicht ist gemeinhin besser als Nachsicht ...«

Er bewegte sich gerade unentschlossen auf die Treppe zu, als Sara wieder zu schreien begann. »Ich sag dir doch, ich *weiß* was!« Dann ertönte ein letztes Krachen, und danach wurde es im ganzen *schandhojs* unheimlich still.

Alle, die sich im Salon versammelt hatten – auch der alte Freier, der wieder von der Tür zurückgetreten war, als das Getöse oben zunahm –, blickten einander mit weit aufgerissenen Augen an.

»Hat er sie umgebracht?«, fragte der Mann.

»Wohl kaum, wo er doch schon für sie bezahlt hat«, erwiderte Rachel nüchtern.

Magdas helle Augen füllten sich mit Tränen.

Nachdem eine halbe Ewigkeit vergangen war, öffnete sich Saras Tür quietschend, und alle Augen, wie trüb sie auch waren, richteten sich auf den Treppenabsatz. Constantin LaMarc erschien mit Sara, die ganz schlaff, wie ein *tallis,* um seine Schultern geschlungen war. In einer Hand trug er eine kleine Reisetasche, in die er einige von Saras Habseligkeiten gestopft hatte. In der anderen hielt er in ein Taschentuch eingewickelt etwas, das wie eine Injektionsspritze aussah. Diese stopfte er in die Tasche seines Anzugs. Er blickte auf all die herab, die sich am Fuß der Treppe versammelt hatten. »Es war etwas schwierig, mit ihr fertigzuwerden«, erklärte er in gebrochenem Jiddisch, »daher war ich gezwungen, ihr Laudanum zu spritzen.«

»Laudanum?«, fragte Dorfman ungläubig. »Wo bekommt denn ein Mann wie Sie Laudanum her?«

»Das ist eine dumme Frage«, murmelte Rachel. »Von Quacksalbern wie dir natürlich.« Sie warf einen letzten Blick auf ihre Leidensgenossin und stieg empört die Treppe hinauf.

LaMarc folgte ihr mit seinen Augen. Er schob Saras Körper zurecht, damit er sie mit seinen langen Armen umfassen konnte. Der alte Mann sah ihm entsetzt zu.

»Es ist also noch was Leben drin, wie?« Tutsik folgte LaMarc verlegen zur Tür.

»Das kann man wohl sagen!« LaMarc zeigte mit dem Kinn zu der Stelle mit den Kratzern an seinem Hals und dem zerrissenen Hemdkragen.

»Sie hat wohl nicht mehr über das erzählt, was sie angedeutet hat, wie?« Goldenbergs Hand legte sich für einen Moment um den Türknauf, ehe er ihn für den französischen Zuhälter drehte.

»Was hätte sie nach der Spritze noch sagen sollen, *Monsieur*?«

»Wenn sie wieder zu sich kommt und eine Nachricht für mich haben sollte, LaMarc, dann werden Sie mir doch jemanden schicken, damit ich nach La Boca kommen und mit ihr reden kann, nicht wahr?«

LaMarc schob Saras Körper, der in diesem Zustand wie ein Gewicht an ihm hing, erneut unruhig hin und her. Er blickte nervös zu Magda hinüber, die mit jeder Sekunde, die verstrich, sichtlich aufgeregter wurde, und auch zu dem alten Mann, dessen Finger sich in seinen Barthaaren vergruben. »Ich fürchte, dies wird nicht möglich sein, Monsieur Goldenberg. Die Dienste Ihrer *Mademoiselle* Sara werden auf einem Frachter voller Söldner benötigt, der in gerade einmal zwei Stunden nach Deutschland aufbrechen wird.«

Alle, auch Tutsik Goldenberg und sogar Dov Hirsch, waren aufrichtig schockiert über diese Neuigkeit. »Wenn sie aufwacht«, fuhr LaMarc fort, »wird diese Frau mitten auf dem südatlantischen Ozean sein, und niemand wird sich auch nur im Geringsten um irgendwelche Dinge scheren, die sie mitzuteilen hat.«

»O mein Gott!«, kreischte Magda und rannte in die Küche.

Der alte Mann sagte nichts und ging nur mit traurig gesenktem Kopf auf die Tür zu. Er verließ das Bordell gemeinsam mit LaMarc und seinem Bündel.

Zweimal erreichte uns diese Neuigkeit, Hankus, und beide Male an unserem Premierenabend. Jedes Mal klang sie uns ganz schrecklich in den Ohren.

Die Erste, von der wir es erfuhren, war die Rote Ruthie, die sich im Theater des Gebrochenen Herzens befand, um mir das Haar zu frisieren und mir beim Ankleiden zu helfen. Da sie unser größtes Geheimnis kannte, so argumentierten wir, konnten wir ihr ebenso gut auch all die anderen anvertrauen. Sie soll unsere Brautjungfer sein, erklärten wir Marek Fischbein, und er stimmte zu, denn ihm selbst fiel keine andere Frau für diese Aufgabe ein.

»Welch ein Glück für euch, dass sie Sara mitgenommen haben«, sagte sie zwischen diversen *Tss, Tsss* und strich mir das Haar aus den Augen.

»In der Tat«, sagtest du, während du deine goldenen Handschellen einöltest und den Mechanismus überprüftest. Du blicktest mich mit dieser unbewegten Zauberermiene an und ließest die Handschellen rasch um deine eigenen Gelenke einschnappen.

»Aber ob es auch ein Glück für Sara war?«, fragte ich.

Die Rote Ruthie stieß einige weitere *Tss, Tsss* hervor, den Mund voller Haarnadeln. »Auf einem Frachter voller Söldner ... nun, vielleicht ist ihr das Glück hold gewesen, und sie ist mittlerweile tot. Ich kann mir kein schrecklicheres Schicksal vorstellen.«

Du antwortetest gar nichts, drehtest nur kurz deine Handgelenke, als die Handschellen aufsprangen. Du befördertest sie mit einer anmutigen Bewegung in deine Tasche und vollführtest einen Handstand.

Eine halbe Stunde später, als die Rote Ruthie mir in mein Mieder half, klopfte es an der Tür der Garderobe. »Wir sind nicht anständig angekleidet!«, rief die Rote Ruthie.

»Komm nur herein, Hankus«, sagte ich, »die Tür ist nicht abgeschlossen.«

O gütiger Gott, ich wünschte, sie wäre es gewesen! Eine Sekunde später stand Dr. Mordechai Dorfman im Türrahmen unserer Garderobe. Mir wurde eiskalt, und ich fühlte mich nackter als in all den vielen Jahren in der Calle Talcahuano. Der Doktor stand da, in der einen Hand einen kleinen Strauß gelber Rosen und in der anderen einen tropfenden Schirm. Zugegeben, er war derjenige unter meinen Folterknechten, der mir das wenigste Leid zugefügt hatte, aber sein Anblick hier inmitten meines fröhlichen Lebens im Kreise vertrauter Menschen ließ es mir kalt den Rücken hinunterlaufen. Ich wusste, dass er nicht gekommen war, um mir Glück zu wünschen.

Die Rote Ruthie stellte sich rasch zwischen uns und reichte mir etwas zum Umlegen. »*Reb* Dorfman«, sagte sie, »Sie brechen sämtliche Regeln Ihres Herrn.«

»Ganz recht, Rote Ruthie. Dieser Besuch ist strikt gegen alle Grundsätze«, murmelte er. »Es ist allerdings ganz offensichtlich, wo *Ihre* Treuepflichten liegen.«

»Ich bin immer aufseiten der Mädchen gewesen, Dr. Dorfman, so viel steht fest. Sie haben Glück, dass ich nicht mehr mit Goldenberg rede. Wenn er herausfindet, dass Sie ins Lager des Feindes gegangen sind und dazu noch mit Geschenken, kann man Wetten darauf abschließen, welcher Teil von Ihnen zuerst im Hafen von Buenos Aires an die Oberfläche steigen wird.«

Der Doktor trat von einem Fuß auf den anderen und starrte auf seine Rosen. »Es wäre wohl zu viel verlangt, wenn ich Sofia allein sprechen möchte?«

Die Rote Ruthie wandte sich mir mit einer fragenden Handbewegung zu. Ich hatte schreckliche Angst, dass man ihn geschickt hatte, um mich umzubringen, und so setzte ich ein hartes Gesicht auf. »Du kannst mich ruhig mit dem guten Doktor fünf Minuten allein lassen«, beruhigte ich sie. »Und sag Hankus, dass wir einen Gast haben.«

Dr. Dorfman stand still wie ein kleiner Hund. »Ich bin nicht wegen Lubarsky gekommen«, sagte er. Die kleinen Härchen in seinem Nacken hatten sich aufgerichtet.

»Ich werde ihm trotzdem sagen, dass Sie da sind«, erwiderte die Rote Ruthie. »Es wird ihn freuen, das zu hören – vorausgesetzt, er hängt nicht gerade wie eine Fledermaus mit den Füßen von den Dachsparren herab.«

Daraufhin verschwand sie, ließ aber die Tür offen stehen.

Mordechai Dorfman nutzte die Gelegenheit, mich von oben bis unten auf eine Weise zu betrachten, wie es mir in der Calle Talcahuano nie aufgefallen war. Er hielt mir die Rosen hin. Ich nahm sie, obwohl ich ihm lieber ins Gesicht gespuckt hätte. »Regnet es?«, fragte ich.

Er rückte näher an mich heran und beugte traurig den Kopf. »In Strömen.« Ich wich zurück. »Aber ich bin nicht gekommen, um über das Wetter zu reden. Unglücklicherweise habe ich schreckliche Neuigkeiten für dich.«

Ich wusste, was er mir sagen würde, und die Rosen fühlten sich plötzlich in meiner Hand sehr schwer an.

»Ein französischer Zuhälter ist neulich gekommen und hat 20 Gold-*pesos* für Sara bezahlt. Wir dachten, er würde sie in die Ställe seines Bruders in La Boca bringen. Aber stattdessen wurde sie auf ein Schiff voller Soldaten verfrachtet, das nach Deutschland unterwegs war.«

»Und keiner von euch hat sich die Mühe gemacht, ihr zu helfen, da Goldenberg ja sein Geld bekommen hatte?«

Dorfman stand da und blickte auf seine schmutzigen Schuhe hinab. »Leider war es so.« Er seufzte schwer. »Ich kannte sie, seit sie eine ganz junge Frau war.« Er streckte die Hand aus, um mein Gesicht zu berühren. Ich wandte mich rasch ab.

»Sie haben doch bei ihr genauso zugesehen, wie sie sich entwickelte, was, Mordechai?« Ich warf die Blumen auf meine Frisierkommode. »Mit geschlossenem Mund und einem Schloss an der Tür.«

Dorfman zuckte mit den Schultern. Dann ergriff er meine Hand und küsste sie. Zu meiner Überraschung war es ein schöner und sanfter Kuss. Trotzdem zog ich meine Hand zurück. Dorfman schniefte und stieß ein kleines Lachen hervor. »Ich bedauere es wirklich über alle Maßen, Sofia Teitelbaum, dass ich nicht den Mut aufgebracht habe, dich aus der Calle Talcahuano zu entführen und dich selbst zu heiraten.«

»Dorfman, Sie scherzen.« Unwillkürlich musste ich lachen.

Dorfman machte einen tief getroffenen Eindruck. »*Señorita* Teitelbaum, ich habe in meinem ganzen Leben niemals mit größerem Ernst gesprochen.« Er griff erneut nach meiner Hand, und wer weiß, was er sich sonst noch gegriffen hätte, wäre nicht in dem Moment Martín, einer von Moisches Akrobaten, in der Tür erschienen. Martín, der normalerweise ein ruhiger Mann war, groß, dunkel und überaus gut aussehend, wich ein Stückchen zurück, als er Dorfman sah.

Er deutete auf seine Taschenuhr. »Wir öffnen das Theater in einer halben Stunde, Fräulein Sofia«, sagte er auf Spanisch.

Beim Klang von Martíns Stimme zuckte Dorfman erstaunt zusammen, drehte sich um und sah ihn an.

»Noch 40 Minuten bis zum Beginn der Vorstellung.«

»Ach du liebe Güte, ist es denn schon nach sieben?« Dorfman blickte rasch auf seine eigene Uhr. »Ich muss mich beeilen«, keuchte er. »Ich treffe mich mit Goldenberg und Hirsch im *schandhojs,* da wir die Festlichkeit gemeinsam besuchen wollen.«

»Wie schön zu wissen, dass Sie alle drei da sein werden«, sagte ich ohne einen Hauch von Aufrichtigkeit in der Stimme.

Mordechai Dorfman blickte sich suchend nach Martín um, aber der Akrobat war verschwunden.

»Ich muss los«, sagte der Doktor und rannte, ohne ein weiteres Wort zu verlieren, auf den Flur und zum Bühneneingang hinaus.

Ich vermute, dass gleich darauf Folgendes geschah:

Da war etwas in Martíns Stimme, etwas an seiner ungezwungenen Haltung, wie er im Türrahmen der Garderobe stand, das Mordechai Dorfman sofort wiedererkannte. Als er den Bereich hinter der Bühne durchquerte und in den strömenden Regen hinaustrat, stellte sich Dr. Dorfman unseren Freund Martín in einem schlechten Anzug und mit einem Schnauzbart vor, wie er am Abend von Saras Verschwinden gebrochenes Jiddisch mit einem falschen französischen Akzent gesprochen hatte. Der Doktor erinnerte sich außerdem an

Magdas steinalten Kartenspieler desselben Abends. Er dachte über die Größe des alten Mannes nach, seinen Bart und die Art, wie ihm sein Anzug um die Schultern saß. Während Dr. Dorfman rasch, aber irgendwie benommen durch die schweren Tropfen lief, die auf ihn herabprasselten, fiel ihm ein anderer Herr ein, der vor ungefähr drei Monaten einmal das Bordell in der Calle Talcahuano aufgesucht hatte. Ein Doktor wie er selbst war er gewesen, mit denselben Schultern und der gleichen Haltung und genau der Art von Bart, wie ihn der alte Herr getragen hatte, nur dass der Bart dieses Mannes grau gewesen war und der des Alten schneeweiß. Und während Mordechai Dorfman sich weiter durch knöcheltiefe Pfützen und schlammige Bäche schleppte, ohne auch nur ein einziges Mal daran zu denken, seinen Schirm zu öffnen, wandelten seine Gedanken auf Pfaden, die Leuten wie dir und mir gefährlich werden konnten.

»Die haben es schon wieder gemacht!« Er schlug sich auf die Wange, während sich seine Schuhe mit Wasser füllten. »Die haben Goldenberg noch um eine weitere *nafke* betrogen. Aber warum sollten sie diese heruntergekommene Hure Sara retten? Was ist es nur, was diese Schlampe angeblich weiß?«

Mordechai Dorfman stand an der Ecke Calle Paraguay und Calle Maipú, während ihm der Regen über den Hutrand in den Kragen lief. Er benutzte den letzten Rest seines verblassten Arztverstandes, um das Geheimnis zu lüften, das jemand, der so verbraucht war wie Sara, über dich wissen konnte. In Gedanken musterte er dich von Kopf bis Fuß, Hankus: deine strahlenden Augen, deinen ernsten Mund, deine Dr.-Katterfelto-Schultern, deine kleinen Hände –

»Die Hände!«, schrie Dorfman laut in den strömenden Regen hinein. »Hankus Lubarsky hat kleine, zarte Hände wie eine Frau! *Eine Frau!* Lubarsky ist eine Frau, und Sara hat es die ganze Zeit gewusst!«

Unter normalen Umständen hätte Mordechai Dorfman eine solche Information möglicherweise für sich behalten. Er war kein Mann wie Dov Hirsch, der versuchte, sich überall einzuschmeicheln, und im Grunde hatte er an diesem Punkt des Spiels nichts zu gewinnen, wenn er Tutsik Goldenbergs Gunst erlangte.

Doch ich hatte eine knappe Viertelstunde vorher Dorfmans Rosen weggeworfen. Er hatte mir nach all den Jahren sein Herz geöffnet, und ich hatte ihm in sein jämmerliches Gesicht gelacht. So wenig Rückgrat er auch scheußlichen Kerlen wie Tutsik Goldenberg oder Dov Hirsch gegenüber bewies, konnten die Äußerungen einer dahergelaufenen Hure Mordechai Dorfman immer noch beleidigen. Schließlich war er ein Mann, und ich hatte ihn nicht nur abgewiesen, sondern ich hatte ihn abgewiesen wegen jemandem wie dir. Und du, Hankus, warst ganz und gar kein Mann.

Zum ersten Mal fiel Mordechai Dorfman auf, dass er klatschnass war. Er öffnete seinen Schirm und rannte, so schnell ihn seine feuchten Füße trugen, zum *schandhojs* in der Calle Talcahuano. »Ich muss es ihnen sagen! Ich muss es ihnen sagen! Ich muss ihnen sagen, was ich weiß!«

Kapitel 22

Stellen wir uns andere Schlägertypen an ebendemselben denkwürdigen Abend vor und wie sie sich wohl Stunden vor dem Beginn unserer Vorstellung gefühlt haben mochten!

Es sollte Marek Fischbeins stolzester Abend werden, und aus diesem Grund beabsichtigte er, ganz nach Ganovenart im Theater des Gebrochenen Herzens einzutreffen. Er kletterte also aus der mit heißem, duftendem Wasser gefüllten Badewanne, kleidete sich mithilfe seines Schwagers, dem Anwalt Moritz Schatz, an; er richtete Fischbeins Manschettenknöpfe und rückte ihm seine Krawatte zurecht. Anschließend musste er zusehen, wie Fischbein innerhalb weniger Minuten wieder in seinen typischen, unordentlichen Aufzug zurückfiel.

Scholem Big Sam Horowitz, den sie geschickt hatten, um Marek Fischbeins Automobil zu holen, schob sich hinter das Steuer und startete den Motor. Er fuhr immer den großen, gelb-schwarzen Packard, der mit dem Schiff den ganzen Weg von England herübergeschafft worden war und ausschließlich dazu diente, Fischbein aus seiner Villa am Rio Tigre zu seinen täglichen Geschäften in der Stadt der Guten Lüfte zu befördern. Moritz Schatz wiederum hatte nicht nur die undankbare Aufgabe, Fischbein möglichst gepflegt aussehen zu lassen, ohne Brandlöcher von Zigarren und Soßenflecken, zudem sollte er auch die Aktentasche des Königs der Verbrecher tragen und obendrein – wie an jedem Regentag – den Schirm über seinen schwitzenden Schwager halten, um zu verhindern, dass er noch nasser wurde, als er ohnehin schon war.

Als Fischbein schließlich aus seiner Villa trat und sich zu seinem Wagen begab, da reichten diese drei kurzen Minuten bereits aus, dass der größte Zuhälter von Buenos Aires, der zu diesem Zeitpunkt ein nervöses Wrack war und schon sein zweites sauberes Hemd innerhalb einer Stunde trug, wieder in Schweiß gebadet war. Obwohl der Ganove sich erst wenige

Momente zuvor Haare und Bart gekämmt hatte, sprangen überall unter der Krempe seines Zylinders und quer durch den Bart Locken und Tollen hervor. Moritz stieß einen tiefen Seufzer aus und gab sein Bestes, um Fischbein unter dem riesigen Schirm zu halten. Aber der Gauner war ein groß gewachsener Mann – Moritz reichte ihm gerade einmal bis zu den Schultern –, und so kam es, dass Fischbein wohl vor den herabfallenden Tropfen geschützt wurde, der Anwalt aber genauso klatschnass war wie sein berühmter Schwager, als sie endlich am Automobil ankamen.

»Glaubst du, dass die Leute bei so einem Regen überhaupt kommen werden, Big Sam?« Fischbein tauchte seine Hand auf der Suche nach einer Zigarre in die Westentasche.

»Aber sicher, Chef. Eine große Feier wie die? Natürlich werden sie kommen.«

An Moritz gewandt, sagte Fischbein: »Ich schwitze wie ein Schwein hier drin, mach ein Fenster auf.«

»Würde ich ja gern, Marek, aber wenn ich das tue, wird es reinregnen.«

»Ich sage dir, ich schwitze. Nass werde ich so oder so.«

Den ganzen Weg nach Buenos Aires *kwetschte* und *krechzte* Fischbein über den Regen, über die Hochzeit wie über die aufwendigen und komplizierten Vorbereitungen und spie Zigarrenrauch beim Sprechen. Als sie nach Once kamen, stellte er trotz allem fest, dass er vollkommen mit sich zufrieden war. Denn obwohl es immer noch wie aus Kübeln goss, strömten Juden in Scharen auf das Theater des Gebrochenen Herzens zu. »Seht euch das nur an!« Fischbein war mit einem Mal regelrecht fröhlich. »Sie kommen im strömenden Regen, um unseren kleinen Zauberer zu sehen und um an der Hochzeit teilzunehmen! Sie waten durch das Wasser, das ihnen bis zu ihren Ärschen hinaufreicht, aber macht es ihnen etwas aus? Nein! Seht sie euch nur an!«

»Das ist gut, Marek«, sagte Moritz.

»Das ist mehr als gut!«, knurrte Fischbein seinen Schwager an. »Eine Zauberschau mit einem hübschen Mädchen und fabelhaften Kunststücken, das ist eine Sache. Aber eine Zauberschau mit einem hübschen Mädchen und fabelhaften Kunststücken und anschließend eine jüdische Hochzeit und ein

Fest, das garantiert drei Tage und drei Nächte dauern wird – ah!« Er blies eine lang gezogene Wolke stickigen Rauchs aus. »Das nenne ich einen Geniestreich!«

Moritz vermochte nicht zu widerstehen. Er musste sich seine Fingernägel für einen kurzen Augenblick an seinem eigenen durchweichten Revers glänzend reiben. »Nun, das *magiker jingele* ist ja schließlich auch mein Ersatz-Neffe.«

Fischbein spürte, wie ihm die Luft wegblieb. Wie konnte es dieser Emporkömmling von einem Anwalt wagen, die Anerkennung für irgendeinen Teil dieser ganzen Sache einzufordern, den größten Moment in der Geschichte der Varsovia-Gesellschaft, was ihr Verhältnis zu den anderen Gemeindemitgliedern betraf! Sollte es sich bis Odessa herumsprechen, was ihm hier für ein Coup gelungen war, würde es Fischbein nicht überraschen, wenn ihn die Bruderschaft zum König erklärte – nicht nur von Buenos Aires, sondern auch von Konstantinopel und Johannesburg dazu. »Und wer hat die brillante Idee gehabt, dass du dich für Hankele Lubarskys Onkel ausgeben sollst? Wer hat dir diese Rolle übertragen?« Fischbein streckte die Hand aus und umfasste die Kehle seines Schwagers. »Jetzt sag es mir schon, *Señor* Großmaul. Wer hat sich das ausgedacht?«

»Tja, ehrlich gesagt«, presste der Anwalt hervor, dessen Gesicht rot anlief, »ich glaube, das war die Idee von Big Sam.«

Ein dumpfes Geräusch ertönte, als Fischbein den Anwalt gegen die Seite des Wagens beförderte. »Scholem, war das deine Idee?«

Big Sam blickte seinen Chef im Rückspiegel an. »Wissen Sie, Chef, ich glaube, eher nicht.« Er kratzte sich erst am Kopf und dann an der glatt rasierten Wange. »Ich glaube, das war Ihre Idee.«

Moritz schluckte einen Mund voll Galle hinunter. »Aber ja«, säuselte er, als Fischbein seinen Griff lockerte, »das war deine Idee, Marek. Stimmt. Jetzt fällt es mir wieder ein.«

»Gut«, sagte Fischbein. »Sehr gut.« Er nahm seine Hand weg und legte zwei Finger um seine Zigarre. »Denn es würde mir ganz und gar nicht gefallen, wenn Big Sam eine halbe Stunde vor dem stolzesten Moment meines Gangsterlebens noch ein blutiges Auto sauber machen müsste.«

In der Zwischenzeit warteten in der Calle Talcahuano Dov Hirsch und Tutsik Goldenberg ungeduldig auf Mordechai Dorfmans Eintreffen. Goldenberg trug zum ersten Mal, seit seine Schwester in die alte Heimat abgereist war, wieder einen richtigen Anzug. Und obwohl man kaum behaupten konnte, dass mit seinem Aussehen etwas nicht stimmte, so war doch im Vergleich zu Marek Fischbein sein altes Modebewusstsein, sein Glanz verschwunden.

»Nein, so was!«, sagte Dov Hirsch, als er aus dem Fenster und in die feuchte Nacht hinausblickte. »Dieses Wetter ist aber ein schlechtes Zeichen für Marek Fischbeins ach so gepriesene Veranstaltungen.«

Goldenberg sah Dov Hirsch wütend an. Dieser zog einen Zahnstocher aus Elfenbein aus seiner Westentasche. »Ich meine« – der Zuhälter lehnte sich in seinem Stuhl zurück –, »welcher Jude, der etwas auf sich hält, geht denn schon gern im Regen raus? Gewiss, diese Wunderjuden, diese *chassidim*. Die genießen es manchmal, ihre kleinen Kreise im Schnee zu tanzen. Aber ich habe noch nicht einen Juden kennengelernt, ob gläubig oder nicht, der gern von Kopf bis Fuß klatschnass wird. Das ist etwas, was mir an Argentinien überhaupt nicht gefällt. Hier steckt man immer bis zum *pupek* in Schlamm und Dreck.«

Goldenberg zupfte sich eine Fluse von seinem Jackett. »Keinem Juden gefällt das«, sagte er. »Erinnert uns zu sehr an die alte Heimat. Warum glaubst du, dass so viele Zionisten aus Orten wie Moisesville in die Stadt zurückgerannt kommen?«

»Nicht genug Pflastersteine unter den Füßen«, erwiderte Hirsch und bearbeitete sein Zahnfleisch mit dem Zahnstocher. »Verlassen wir etwa das *schtetl*, bloß um dann wieder im *schtetl* zu wohnen?« Dov Hirsch blinzelte Tutsik Goldenberg zu und deutete auf seinen eigenen Kopf. »Nein, der Jude sehnt sich nach dem Stadtleben. Toilette im Haus, hübsche Anzüge und ein Automobil, wenn er es sich leisten kann.«

»Tja«, sagte Goldenberg, der gerade vergeblich versuchte, seine einst makellos manikürten Fingernägel zurückzuschneiden, »dann sind die Juden wohl ins falsche Land gekommen. Der Regen wird bis *Jom-Kippur* nicht mehr aufhören. Allmählich beneide ich unsere kleine Sara um ihren Schiffsausflug nach Deutschland.«

»Da wäre ich mir nicht so sicher.« Dov Hirsch sog am Ende seines Zahnstochers und ließ ihn dann wieder in seiner Tasche verschwinden. »Aber ich frage mich, welcher Jude wohl mitten in einem Wolkenbruch in seinen besten Kleidern zu einer großen, schicken Hochzeit kommt. Denk doch nur mal an all die schmutzigen Säume und die hochgeschlossenen Schuhe. Das Pflaster war schon glatt, als ich vor einer Stunde hier ankam. Welcher Jude sieht sich wohl heute das *goldene jingele* an?«

»Wir«, sagte Goldenberg ausdruckslos. »Das heißt, wenn Dorfman, dieses Rindvieh, noch einmal irgendwann hier eintreffen sollte.«

Hirsch hob ein Kartenspiel auf und mischte es mit großer Geste. Dann legte er die Karten in ordentliche Solitär-Häufchen. »Ich frage mich auch, was ihn aufgehalten haben mag. Vielleicht hat er es missverstanden und wartet am Theater auf uns.« Er verharrte für einen Moment stumm und legte den Kopf auf die Seite. »Ist ziemlich ruhig hier. Was hast du mit den Damen angestellt?«

»Die Damen unterhalten sich heute Abend selbst.« Goldenberg hielt ihm einen Schlüssel hin. »Ich habe mir die Freiheit genommen, sie einzuschließen.«

»Wie Schoßhündchen«, grunzte Dov Hirsch.

»Hol die Schirme«, sagte Tutsik Goldenberg mit einem Mal. »Ich werde keine Sekunde länger auf diesen *schmendrik* Dorfman warten.«

Als Tutsik Goldenberg und sein Spießgeselle Hirsch auf den Gehsteig hinaustraten, flossen kleine Sturzbäche von Regenwasser über die gepflasterten Straßen. Normalerweise wäre Hirsch mit dem Schirm in der Hand in den Regen hinausgestürzt und nach Once marschiert, aber sein Kumpel Goldenberg war außer bei seinen Ausflügen zu den Bücherständen kaum aus der Wohnung gekommen, und er bewegte sich wie ein alter Mann. Goldenberg wirkte in seinen Straßenkleidern irgendwie geschrumpft, und seinen Augen wohnte ein harter Ausdruck inne. Er hatte überhaupt keine Ausstrahlung mehr, und hier auf der Straße, mitten in diesem Wolkenbruch, schien Tutsik Goldenberg gar nicht mehr zu existieren. »So einen Regen habe ich in meinem Leben noch nicht gesehen«, sagte er verträumt. »Vielleicht ist es ein Zeichen Gottes.«

»Hör mal, Tutsik«, sagte Hirsch, denn sie kannten sich immerhin schon seit der Zeit in Warschau, und obwohl er ein hartes Herz hatte, empfand er so etwas wie Verantwortung für Goldenberg, »das ist die Hölle hier draußen. Niemand wird es bemerken, wenn wir gar nicht im Theater auftauchen. Und warum sollten wir auch? Wir wünschen ihnen doch allen die Pest an den Hals. Lass uns wieder nach oben gehen, Tutsik. Marianna gießt uns beiden einen Weinbrand ein, und ich fülle dir ein Pfeifchen. Mordechai Dorfman wird uns erzählen, was wir verpasst haben.« Hirsch konnte kaum glauben, dass er diese Worte sprach, denn er selbst freute sich schon seit Wochen auf die Festlichkeiten, und die Aussicht darauf, das erste Mal, seit er nach Argentinien gekommen war, ein anständiges Cornedbeef-Brot zu bekommen, behagte ihm außerordentlich.

»Entweder sehe ich es mir mit eigenen Augen an, oder ich will gar nichts davon wissen«, erklärte Goldenberg.

»Also schön«, erwiderte Dov Hirsch. »Dann besorge ich uns mal ein Taxi.«

Beide spähten sie auf der Suche nach Lebenszeichen in den Regen hinaus. Entgegen Dov Hirschs Voraussage wimmelte es davon. Juden tauchten unter Regenschirmen auf und eilten in Scharen Richtung Once, als befänden sie sich auf dem Weg zur *schul*. Sie gingen in Gruppen von dreien oder vieren, meist Männer, aber auch viele junge Frauen, die unter Schirmen daherstolzierten, über die Pfützen hinweghüpften und ihre gelüpften Röcke dabei fest an sich gepresst hielten.

»Das ist ja die Höhe!«, rief Dov Hirsch.

»O nein, noch lange nicht«, sagte eine männliche Stimme, die von einer Wasserratte in einem dreiteiligen Anzug mit einem Seidenschirm über dem Kopf kam. Eine vertraute Stimme, die aus einem Körper drang, der von Kopf bis Fuß mit Matsch bedeckt war.

Endlich hörte der Regen auf. Hirsch packte Dorfman recht unsanft in eine Decke und quetschte ihn zwischen Goldenberg und sich auf den Rücksitz eines Taxis. Da selbst er, der grausamste von Tutsik Goldenbergs Busenfreunden, erkannte, dass es lohnenswert war, Dorfman warm zu halten, gewährte er ihm einen Schluck Weinbrand aus seinem Flachmann. Goldenberg lehnte sich zu Dorfman hinüber und blickte ihm ohne jede Güte in die Augen. »Also schön, du Scharlatan, was genau weißt du? Mit welchen Verleumdungen willst du meinen geliebten Hankus Lubarsky vernichten?«

Der Doktor nahm einen weiteren Schluck aus Dov Hirschs Flachmann. »Oh, Goldenberg, nicht nur Lubarsky, sondern auch Sofia Teitelbaum. Diese beiden und wer weiß, wie viele andere haben dich auf etliche Weisen betrogen!«

»Nenn mir eine«, verlangte Goldenberg, »abgesehen von der offensichtlichen Entführung von Sofia Teitelbaum aus meinem Etablissement.«

»Das war nur die Spitze des Eisbergs, Tutsik.« Dr. Dorfman wischte sich das Gesicht mit einem klatschnassen Taschentuch ab. »Hankus Lubarsky hat auch Sara kürzlich abends aus deinem Bordell mitgenommen.«

Goldenberg holte aus, um Dorfman einen Schlag auf die Nase zu versetzen, doch der Raum im Taxi war beengt, und Tutsik war bereits so geschwächt von den Aufregungen des Tages, dass keine Kraft in seinem Schwinger lag. Dorfman starrte Tutsik an und wich keinen Millimeter zurück. »Dieser französische Zuhälter war ein Witz, und ich wette 1000 *pesos,* dass der Opa, der mit Magda Karten gespielt hat, in Wahrheit Lubarsky war.«

»Warum sollten sie diese abgewrackte Fotze stehlen wollen?«, fragte Dov Hirsch ungläubig.

»Das gehörte zu einer ausgeklügelten List, um Lubarskys Geheimnis zu wahren«, sagte Dorfman mit Überzeugung. »Sie wussten, dass Sara vorhatte, alles zu verraten, und da haben sie sie einfach geraubt.«

»Großer Gott!«, stieß Goldenberg hervor und lachte. »Dr. Dorfman, du alte Wasserratte, du lügst doch wie gedruckt. Sara befindet sich gerade jetzt auf einem Frachter und wird von einem Haufen Söldnern durchgeorgelt, wenn sie sie nicht schon längst über Bord geworfen haben.«

»Ich bin willens, weitere 1000 *pesos* zu verwetten, dass dem nicht so ist, Tutsik Goldenberg.«

Goldenberg starrte Mordechai Dorfman an, den er schon so viele Jahre kannte und der sein erster Geschäftspartner in Buenos Aires gewesen war. »Hast du Sara mit deinen eigenen Augen gesehen?«

Der Doktor kippte den Rest von Dov Hirschs Weinbrand hinunter und reichte ihm den leeren Flachmann zurück. »Nein.«

Goldenberg wedelte mit der Hand vor seinem eigenen Gesicht. »Also, wenn du sie nicht gesehen hast, woher willst du dann wissen, dass sie sich nicht auf einem Kahn voller Gorillas befindet?«

»Weil ich den Mann, der sich Constantin LaMarc nennt, heute Abend gesehen habe. Und Monsieur LaMarc der Zweite ist überhaupt kein LaMarc, er ist Bühnenarbeiter bei Hankus Lubarsky.«

Es wurde für einen Moment still in dem Taxi, das sich auf dem Weg zum Theater des Gebrochenen Herzens befand. Endlich sagte Goldenberg: »Nehmen wir einmal an, jedes Wort, das du sagst, ist wahr – obwohl ich davon, ehrlich gesagt, nicht im Geringsten überzeugt bin –, welche Art von Geheimnis könnte Hankus Lubarsky wohl so dringend schützen wollen, dass er sich so viel Mühe gibt?«

Dorfman atmete tief durch. Welch eine Erleichterung, dass sie alle saßen und er zudem ein bisschen *farschnoschket* war! »Hankus Lubarsky ist eine Frau«, zischte er und mochte es selbst immer noch nicht so recht glauben.

»Unmöglich!«, schrie Goldenberg.

»Ach, Tutsik«, Mordechai Dorfman schüttelte bedauernd den Kopf, »denk doch nur mal an diese zierlichen, kleinen Hände.«

Sie schwiegen erneut. Plötzlich ging Tutsik Goldenberg auf Mordechai Dorfman los und packte ihn an seinen pitschnassen Aufschlägen. »Wusste meine Schwester Perle, diese Schlampe, davon? Gehörte dies mit zu ihrem Plan, um mich aufs Äußerste zu demütigen?«

Dorfman schubste Goldenberg weg und flüsterte: »Wer weiß, Tutsik? Diese Frauen erzählen uns doch kein einziges ihrer Geheimnisse, wohingegen wir Narren ihnen die unsrigen alle verraten.«

Goldenberg starrte Dr. Mordechai Dorfman hasserfüllt an. Er hätte ihn wohl aus dem Taxi geworfen, wenn er es hätte bewerkstelligen können.

Schließlich zwitscherte Dov Hirsch: »Jetzt, da wir es alle wissen – ist es dir wirklich früher nie aufgefallen? Hast du denn nicht gesehen, wie Hankus sich gab und hielt?«

Goldenberg starrte aus dem Fenster. Seine Stimme war kalt und teilnahmslos. »Im Rückblick betrachtet, hätte es mir vielleicht in jener Nacht auffallen können, als wir die Sache mit Sofia für ihn arrangiert haben. Aber es spielt wirklich keine Rolle, wer es wann bemerkt hat. Wesentlich ist, dass wir es jetzt alle wissen. Alle, bis auf diesen Hanswurst in seinem Frack, Fischbein. Ja, meine Freunde, die göttliche Gerechtigkeit arbeitet rasch.« Tutsiks Augen wurden klar und kalt. »Heute Abend werde ich Marek Fischbein so tief in die Knie zwingen, dass ihn kein Mann jemals mehr fürchten wird. O ja! Lubarsky und diese Hure Sofia werden ihre Zaubervorstellung geben. Vor den Augen der Welt wird ein Mann mit Seilen umwickelt, die verknotet werden, und er wird sich daraus befreien. Er wird mit einer ganzen Kücheneinrichtung von Töpfen und Pfannen jonglieren, wird Purzelbäume schlagen und Saltos in der Luft vollführen. Vor den Augen der Welt wird sich ein Mann verbeugen und sich als der größte Zauberer feiern lassen, den die Juden von Buenos Aires jemals gekannt haben. Und vor Gott wird ein Mann, der in Sünde mit einer sündigen Frau gelebt hat, diese heiraten und sie rein machen.

Und ich, der Hüter dieses Geheimnisses, werde abwarten, bis meine Zeit gekommen ist, und meine Zunge im Zaum halten. Ich werde sie so lange im Zaum halten, bis das glückliche Paar sich einander vorbehaltlos und bis in alle Ewigkeit das Eheversprechen gegeben und jeder sein endgültiges ›Ich will‹ gesprochen hat.

Ich werde abwarten, bis Hankus Lubarsky auf das Hochzeitsglas getreten ist und alle dort Versammelten, ob gläubig oder ungläubig, ob Verbrecher oder Tugendlamm, ihre *masl tovs* gerufen haben. Und dann werde ich vor all diesen Menschen aufstehen und aus der hintersten Ecke dieses verfluchten Theaters schreien: ›Marek Fischbeins *goldene magiker* ist eine Frau! Sein verlorener Sohn ist ein Mädchen!‹«

Kapitel 23

Endlich war es so weit, Hankus: unser Premierenabend.

Erinnerst du dich noch daran? Dein Herzenswunsch sollte in Erfüllung gehen, und was war es für ein vielversprechender Anfang: Jeder einzelne Plüschsitz im Theater des Gebrochenen Herzens war besetzt! Leute standen auf Zehenspitzen im hinteren Teil und drängten sich bis nach vorn in den Mittelgängen! Und sah nicht Marek Fischbein, unser verfluchter Gönner, wie er so an der Tür stand, die Zigarre im Mund, der Smoking zu eng, das weiße Hemd schmutzig und eine diamantene Nadel in die fleckige Krawatte gepikst, wie der stolzeste aller Väter aus? War er nicht das Bild von einem Brautvater? Wie ein Zeremonienmeister stand er da und strahlte, dass es alle sehen konnten.

Er wurde auf beiden Seiten umrahmt von seinem stupiden Schwager und Scholem Big Sam Horowitz, beide in marineblauen Anzügen mit Schlips. Sie trugen *jarmulkes* und erweckten den Eindruck, als warteten sie auf den Beginn der *Bar Mizwa* ihres Neffen. Was sie in gewisser Weise ja auch taten.

Es ließ sich schwer beurteilen, was für die versammelte Menge aufregender war – die Aussicht auf die Zaubervorstellung oder auf unsere schreckliche Hochzeit. Die Leute bezahlten ihr Geld und suchten sich die besten Plätze. Sämtliche Logen und Balkone im Theater des Gebrochenen Herzens waren zum ersten Mal, seit die Varsovianer es erbaut hatten, gefüllt. Platzanweiser in roten Jacketts und mit weißen Handschuhen, das Pagenkäppi schräg auf dem Kopf, begleiteten die Leute mit Stolz zu ihren Plätzen. Dünne Frauen in Tutus spazierten die Reihen entlang und boten Konfekt und Zigaretten feil. Fischbein wanderte durch die Menge und winkte und schüttelte eifrig die Hände von Ganoven und Rabbis gleichermaßen. »Willkommen, mein Freund, willkommen!«, begrüßte er jeden. »Sie bleiben doch hoffentlich zur Hochzeit? Es wird Essen aus der alten Heimat geben. Dazu Scotch und Wodka aus meiner Heimatstadt Odessa. Ja, Sie müssen unbedingt bleiben und daran teilnehmen, *Señor!* Amüsieren Sie sich, amüsieren Sie sich!«

Wir selbst, Hankus, wurden mit einem riesigen Blumenstrauß aus Gladiolen und Rosen, Iris und Lilien verwöhnt. Ob der nun für eine Beerdigung oder als Glückwunsch gedacht war? Es fiel nicht leicht, den Unterschied auszumachen. Es befand sich eine Karte darin. Du erkanntest Scholem Big Sams sachliche Handschrift, obwohl die Nachricht ganz offensichtlich von seinem Chef stammte: *Meinem talentierten Pärchen als Dank für all die Freude, die ihr mir bereitet. In Liebe, euer Papa im Geiste, Marek Fischbein.* Dies verlieh mir nicht nur ein Gefühl des Unbehagens, sondern verursachte mir Übelkeit. Anders bei dir, Hankus. Nein, du warst damit beschäftigt zu atmen. Wie einer deiner gaunerhaften Wohltäter, der sich auf einen Raubüberfall vorbereitet, gingst du die ganze Vorstellung in deinem Kopf durch. Jede einzelne akrobatische Figur, jede Drehung, jede Trance, jedes Entfesselungskunststück – du erlebtest alles, ohne auch nur einen Finger zu rühren, denn dies sollte der beste Abend deines Lebens werden.

Als das Publikum endlich auf seinen Plätzen saß, als Fischbein und seine Spießgesellen sich in ihren besonderen Logen eingefunden hatten, kam Martín in unsere Garderobe und nickte uns zu. Die Lichter wurden gedämpft. Ein erwartungsvolles Schweigen breitete sich im Publikum aus. Das Rampenlicht erstrahlte, und die Kapelle begann mit einem Schlag, wilde jüdische Musik ins Theater zu ergießen. Das Publikum, erfüllt von verheißungsvollen Erwartungen, stampfte rhythmisch mit den Füßen dazu, bis sich schließlich der Vorhang hob.

Und mit einem Mal warst du da. Hankus Lubarsky. Du vollführtest Saltos vom hinteren Teil der Bühne bis vorn an den Rand, flogst wieder und wieder kopfüber durch die Luft, bis du in deinem stattlichen, ein wenig zu weiten Smoking und der roten Fliege vor ihnen standest, die Lippen zu diesem ganz besonderen warmen und großzügigen Lächeln geschwungen.

Du verbeugtest dich nach rechts, und Moische tauchte auf, in seinem gut sitzenden Frack mit Fliege. Du verbeugtest dich nach links, und da war ich in meinem paillettenbesetzten Bustier. Die Männer im Publikum johlten und pfiffen, als sie mich sahen, doch als wir mit unserer Hexerei begannen, da erstarrten ihre Münder in stiller Ehrfurcht.

Ich reichte dir einen Spazierstock. Du machtest daraus einen violetten Schal, aus dem dann ein Strauß wunderschöner Rosen wurde. Moische enthüllte einen Tisch mit Vasen. Du verwandeltest das klare Wasser darin erst in Scharlachrot, dann in Smaragdgrün und wieder zurück in die ursprüngliche klare Flüssigkeit. Dann riefst du Freiwillige aus dem Publikum auf die Bühne, und zwei Mitglieder aus Moisches Truppe, die wie Matrosen aus La Boca gekleidet waren, meldeten sich und fesselten dich, derweil du auf dem Kopf standest. Innerhalb weniger Minuten hattest du dich von deinen Fesseln befreit, was dir einen tosenden Applaus des Publikums einbrachte.

Du zogst einen kleinen Pfau aus meinem Ohr. Du vollführtest einen Salto rückwärts und standest erst auf beiden Händen, dann auf einer Hand, und eine volle Minute lang sah es so aus, als ob du auf gar keiner Hand stündest. Es machte den Eindruck, als ob du in der Luft hängen würdest.

Du vollführtest einen weiteren Salto und klatschtest in die Hände.

Nun trat ich mit fünf Keulen vor, die ich dir eine nach der anderen zujonglierte. So ging es eine Weile, bis du schließlich allein alle fünf Keulen durch die Luft wirbeln ließest. Minutenlang ging das so, bis Moische mit drei brennenden Fackeln auftrat, die er mir zujonglierte und ich dann wiederum dir. Du nahmst sie auf und fügtest sie in der Luft zu den Keulen, spieltest dann die Keulen zurück zu mir, bis du mit allen drei brennenden Fackeln jongliertest und ich die Keulen durch die Luft sausen ließ.

Während du diese Fackeln hoch über deinem Kopf in Bewegung hieltest, erschien Moische mit einem Schlachtermesser, einem Hackbeil und einer Mistgabel. Das Messer jonglierte er mir zu und das Beil dir. Ich spielte dir mein Messer zu und erhielt daraufhin erst eine, dann eine weitere Fackel von dir, und mit einem Mal jonglierte ich drei, während du, Hankus, die gefährlichen Küchenutensilien immer und immer wieder oben über deinem Kopf in der Luft herumsausen ließest. Ich brachte die Fackeln zum Verschwinden, und Moische warf dir die Mistgabel zu, die sich zu dem Schlachterbesteck gesellte und in gleicher Weise vor dir, hinter dir, zwischen den Beinen hindurch und über deinem Kopf wirbelte.

Schließlich ertönte ein Trommelwirbel, und es wurde still. Du balanciertest die Mistgabel auf deiner Nase und ließest sie herumschnellen, sodass sie in der Bühne stecken blieb und du nun auf ihrem Griff balanciertest. Während du dich so auf dem Kopf, oben auf dieser Mistgabel befandst, jongliertest du mit dem Messer und dem Beil, und wie aus dem Nichts tauchten mit einem Mal die brennenden Fackeln und die Keulen wieder auf, und du ließest auch diese noch durch die Luft wirbeln.

Jedes Mal, wenn diesem sich ständig in Bewegung befindlichen Kreis ein Teil hinzugefügt wurde, keuchte das Publikum auf. Und als du wie durch Zauberhand plötzlich aufrecht dastandest, Messer, Beil und Keulen in der einen Hand und die brennenden Fackeln in der anderen, da sprang das Publikum auf, stampfte und schrie. Die Leute waren schier aus dem Häuschen, mein Liebling. Denn sie hatten wohl schon Jongleure gesehen und auch Akrobaten, und einige hatten dich sogar schon dabei beobachtet, wie du die heilige Tora auf deinen Fußballen herumsausen ließest. Doch niemals zuvor hatten sie dich, ihren über alles geliebten Hankus, dabei bewundern können, wie er alles gleichzeitig tat.

Du verbeugtest dich bescheiden, klatschtest in die Hände, und die Musik wurde geheimnisvoll und langsam. Ich trat als Nächstes mit einem seidenen Zylinder und einem Samtumhang auf. Mit theatralischer Feierlichkeit platzierte ich diesen Hut auf deinem Kopf, Hankus. Und du hobst den Umhang von meinen Schultern und legtest ihn dir mit einem eleganten Schwung um deine eigenen.

Du schnipptest mit den Fingern, und auf den Fingerspitzen erschien eine Taube, dann noch eine und noch eine. Du klatschtest in die Hände, und die Tauben flogen in die Luft. Dann nahmst du deinen Zylinder ab, griffst hinein und zogst im Nu neun wunderschöne Tücher hervor, eines länger als das andere. Als du sie alle wieder in den Zylinder gestopft hattest, griffst du ein weiteres Mal hinein, und nun zogst du ein opulentes Tuch in vielen Farben hervor – es nahm schier eine Ewigkeit in Anspruch, ehe du es vollständig aus dem Hut heraus hattest, so lang war es.

Dann wickelten Moische und ich dich in dieses wunderschöne, farbenprächtige Tuch. Wir brachten immer wieder neue Knoten an, bedeckten dich von Kopf bis Fuß, bis die Musik verstummte. Dieses Mal klatschte ich in die Hände, und das Tuch fiel zu Boden. Moische hob es auf und durchsuchte die Falten, aber du, Hankus, warst verschwunden. Das Publikum schnappte nach Luft, als Moische und ich das schöne Tuch in die Höhe hielten, um allen zu beweisen, dass du, unser geliebter Zauberer, vollkommen verschwunden warst.

Die Musik hob erneut an. Moische rollte eine lackierte Kiste auf die Bühne, die so groß war, dass ein Mensch darin Platz finden konnte. Er klappte die Seiten herunter, sodass eine glatte, lackierte Fläche entstand. Wir drehten diese Fläche herum, um allen zu zeigen, dass es keine versteckten Einsätze und keinen versteckten Entfesselungskünstler gab. Wir klappten die Seiten wieder zu einer Kiste zusammen und legten das große Tuch darüber. Dann drehten wir die Kiste vor den Augen des Publikums mehrmals herum, und unversehens begann das Tuch, ins Innere der Kiste zu verschwinden. Als es ganz verschwunden war, trat ich zur Seite und breitete die Hände Richtung Publikum aus. Moische tat es mir nach.

Mit einem Mal flog die Kiste auf, und da warst du, unser Hankus, und deine Hände steckten in den goldenen Handschellen. Das Publikum explodierte förmlich!

Plötzlich war da grüner Rauch. Als er sich lichtete, trug ich die Handschellen, und du, Hankus, warst wieder einmal verschwunden.

Dann tauchtest du Salto schlagend hinten im Zuschauerraum des Theaters auf und wirbeltest in Windeseile den Gang entlang auf die Bühne zu, auf deren Rand du nach einem letzten Satz auf den Zehenspitzen landetest.

Du verbeugtest dich und lächeltest. Du öffnetest meine Handschellen. Ich verbeugte mich neben dir. Das Publikum sprang auf und klatschte zur Musik in die Hände, stampfte mit den Füßen und jubelte. Ein Trommelwirbel erklang. Du vollführtest einen Salto von der Bühne, Hankus, und ich folgte.

Dann purzelten all deine Akrobaten-Bühnenarbeiter, angeführt von Moische, hinter uns von der Bühne. Die Menge pfiff und brüllte und schrie »Zugabe!«, bis Fischbein und sein dämlicher Anwalt erschienen.

»Meine Damen und Herren«, hob Fischbein an (jemand im Publikum begann, ihn auszubuhen), »ich lade Sie, unsere lieben Mitglieder der jüdischen Gemeinde, in dieser unserer Exilheimat, dem liebenswerten Buenos Aires, ganz herzlich ein –«

Jemand schrie: »Zuhälter!«

Fischbein griff nach seiner Pistole, aber Moritz packte seine Hand, bevor er sie zur Gänze aus der Tasche hervorholen konnte. Der Ganove verzog seine wachen Augen zu Schlitzen, ließ den Blick über das Publikum wandern und hob erneut an. »Ich lade Sie, meine hochverehrten Brüder und Schwestern in der Stadt der Guten Lüfte, herzlich ein, mich, Marek Fischbein, und meinen Geschäftspartner, den Onkel des Entfesselungskünstlers, *Señor* Moritz Schatz –«

»Winkeladvokat! Gauner!«, brüllte jemand.

Fischbein zuckte nur leicht mit den Schultern. »Vielleicht. Nichtsdestotrotz ist er der Onkel unseres Entfesselungskünstlers Hankus Lubarsky –«

Der Applaus dauerte eine volle Minute und war ohrenbetäubend. Dann hielt es Fischbein nicht mehr aus. Er zog seine Pistole dieses Mal ganz heraus und schoss in die Decke. Daraufhin wurde die Menge ruhiger, aber mitnichten freundlicher.

»Hört mir zu, Juden! In wenigen Minuten werden der Entfesselungskünstler und seine entzückende Assistentin, Fräulein Sofia Teitelbaum –«

»Hure!«

Fischbein ignorierte dies völlig und fuhr mit seiner Ansprache fort:

»– hier auf der Bühne im Theater des Gebrochenen Herzens den Bund fürs Leben schließen. Wir würden uns freuen, wenn jeder Einzelne von Ihnen uns hierbei Gesellschaft leistet. Die Zeremonie wird kurz und zu Herzen gehend sein, und im Anschluss daran« – es gab einige Zwischenrufe, doch Fischbein redete einfach weiter – »werde ich Ihnen die beste Mahlzeit aus der alten Heimat kredenzen, die Sie jemals gekostet haben. Ihre Großmutter, *oleha scholem,* würde in Tränen ausbrechen, so köstlich und gut wird sie sein.«

Während er sprach, bauten Martín und zwei andere Akrobaten einen Hochzeitsbaldachin voller prächtiger Blumen zusammen. Als die Akrobaten beiseitetraten, wurde es wieder still im Publikum, nur ein gelegentliches »Ooh!« und »Aah!« waren zu hören, so wunderschön war die *chuppe* vor ihren Augen.

»Also bleiben Sie, wo Sie sind, und seien Sie unsere Gäste bei der Hochzeit, über die diese Stadt und andere Städte in der ganzen Welt noch in den nächsten 30 Jahren reden werden!« Fischbein blickte hinter sich und sah, dass die *chuppe* fertig dastand. Er klatschte einmal in die Hände, und ein Mann, der wie ein Rabbi gekleidet war, betrat die Bühne. Dann winkte er mit seiner Zigarre zur Kapelle hinüber. »Maestro, einen Hochzeitsmarsch, bitte!«

Und wie die Kapelle spielte! Welch wunderbare Musik! Ich hatte beinahe wirklich Lust zu heiraten.

Nicht nur die Kapelle oder unsere fabelhafte Vorstellung versetzte mich in eine Hochstimmung. Ich durfte endlich eine alte Schuld begleichen, denn ich würde meiner Mutter nicht eine Minute länger Schande bereiten. Mein albernes Hochzeitskleid sollte schließlich doch noch einem wundervollen Zweck zugeführt werden. Dies erfüllte mich mit einem so großen Glücksgefühl, dass mir beinahe schwindelig wurde. Ich war erfreut, allerdings nicht minder über die wunderbare Art und Weise, wie ich an jenem Abend durch die Luft gewirbelt und geflogen war! Ich hatte dir brennende Fackeln zugespielt und dir bei all den Zauberkunststücken geholfen, bei denen du verschwandest. Und nun stand unser größtes Zauberkunststück bevor: Unser Leben, wie wir es heute kennen, sollte beginnen. Hankus, mein Liebling, ich bedauere nur, dass es uns deinen wundervollen Traum kosten sollte.

Die Menge klatschte im Rhythmus zur Musik, und Fischbein hielt es nicht länger auf der Bühne im Theater des Gebrochenen Herzens. Fröhlich mit den Füßen aufstampfend, sprang er ins Publikum hinunter. Er packte alte Freunde an den Schultern und schüttelte sie vor Freude.

Das Theater war so erfüllt von Musik und Aufregung und Leuten, die bereit waren, die wundervollen Gänge hinunterzutanzen, dass niemand die drei Parasiten – Dov Hirsch, Tutsik Goldenberg und Mordechai Dorfman, den Verräter an uns allen – ganz hinten im Zuschauerraum des Theaters versteckt sah, ja, versteckt und bereit zuzuschlagen.

Fischbein, Schatz und Scholem Big Sam Horowitz sahen sie nicht. Genauso erging es der Roten Ruthie und den anderen Frauen ihres Hauses sowie Rachel und Magda und auch Marianna, die die Huren freigelassen und sich ihnen in einer lustigen Verkleidung angeschlossen hatte. Auch Sara erblickte sie nicht – Moment mal, war sie denn wirklich da? Vielleicht ja, vielleicht aber auch nicht. Wer weiß das schon.

Es gab keinen Trommelwirbel, nur die süße Hochzeitsmusik unserer *klesmer*-Kapelle. Fischbeins Rabbi stand in seinen besten Feiertagskleidern auf der Bühne. Plötzlich richteten sich alle Augen auf den Mittelgang des Theaters, wo mich vier verschleierte Frauen und dich vier Männer auf zwei Stühlen hereintrugen, die sie hoch über ihre Köpfe hielten. Ich als Braut war von Kopf bis Fuß in weiße Spitze gekleidet. Du als Bräutigam hattest einen *tallis* um die Schultern gelegt.

Die Juden von Buenos Aires sahen zu, wie wir, zwei Toras gleich, getragen und von der Menge gefeiert wurden. Die großartige Musik brachte alte Leute und Marek Fischbein zum Weinen, denn sie rief Erinnerungen an das Land ihrer Kindheit wach. Als man uns, das glückliche Paar, auf die Bühne brachte und unter der *chuppe* niederließ und als der Rabbi mit der ernsthaften Arbeit begann, uns im Namen Gottes zu vereinen, legte sich eine ehrfürchtige Stille über die Menge.

»Braut und Bräutigam, nehmt einander bei der Hand«, befahl der Rabbi. Das Publikum war Zeuge, als er den *tallis* von deinen Schultern über unsere beiden Köpfe ausbreitete. Er gebot dir, mich in Gesundheit und Krankheit zu lieben, in Reichtum und Armut, bis in alle Ewigkeit. Mir gebot er, dir eine Gefährtin zu sein, dein Schemel, und dich in Ergebenheit zu lieben. Als er uns fragte, ob wir dies wollten, hielten alle Versammelten den Atem an.

Ich nickte mit dem Kopf, und du, Hankus, antwortetest: »Ich will.«

Die Menge schnappte vor Vergnügen nach Luft. Dann gab der Rabbi uns Wein aus einem silbernen Becher zu trinken und legte seine Hände auf unsere Köpfe und segnete uns für alle Ewigkeit vor den Augen Gottes, des Allmächtigen, und allen, die an jenem Abend im Theater des Gebrochenen Herzens zusammengekommen waren. Und gerade, als der Rabbi dir das Hochzeitsglas zu Füßen legte, gerade, als Tutsik Goldenberg, diese Ratte, sich bereit machte, auf die *bima* zu springen und uns zu einem sicheren Tod zu verdammen, tauchten drei Akrobaten mit deinem langen, prächtigen Tuch auf. Bevor die Versammelten überhaupt wussten, wie ihnen geschah, war das Theater von mystischer Musik erfüllt, und dein riesiges Tuch blähte sich mit wilden Bewegungen auf. Purpurfarbener Rauch erfüllte die Bühne, und als er sich verzog, da war der Platz unter der *chuppe* leer. Wir waren verschwunden! Schwupp, weg waren wir!

Eine erwartungsvolle Stille legte sich über die Menge. Fischbein, der Rabbi und Moritz Schatz blickten auf die Gemeinde hinab, als ob Braut und Bräutigam jeden Augenblick wieder durch den Mittelgang zurückgesprungen kämen. Als nach einigen Minuten klar wurde, dass dies nicht geschehen würde, wandten sie alle ihre Aufmerksamkeit der leeren *chuppe* und den Dachsparren darüber zu. Nichts. Niemand zu sehen. Alles, was von der Hochzeit übrig geblieben war, war das Stück wundervoller Seide und unser unzerbrochenes Hochzeitsglas.

Da verwandelte sich die Stille in einen Höllenlärm.

Fischbein betastete mit fahrigen Bewegungen dein herrliches Tuch, und nachdem er sich vergewissert hatte, dass sich niemand in den Falten versteckte, durchlöcherte er es mit seiner Pistole. Moritz Schatz veranstaltete mit einer versilberten Pistole in der Hand eine systematische Durchsuchung des Samtvorhangs, während Scholem Big Sam die Akrobaten herbeischeuchte und ihnen versicherte, dass er niemandem etwas zuleide tun wolle – aber wo in aller Welt steckten nur der kleine Zauberer und seine Braut? Doch soviel Big Sam den Akrobaten auch zusetzte und sie schüttelte, sie wurden schlaff wie Nudeln, oder sie schlüpften einfach aus seinem Griff und gaben vor, das schreckliche Spanisch des Ganoven nicht zu verstehen.

Das Publikum, unsere Hochzeitsgäste, war entzückt. Seit der Zeit, als der englische Clown Frank Brown die Bühnen von Buenos Aires mit seiner Anwesenheit beehrt hatte, waren ihnen nicht mehr solch hervorragende humoristische Einlagen geboten worden.

»Spielt! So spielt doch etwas!«, schrie der Rabbi den Musikern zu. Sie spielten eine muntere kleine Weise, zu der die lebhaften Juden der Stadt der Guten Lüfte zu tanzen begannen. Und während sie tanzten und Big Sam die Akrobaten schüttelte, Moritz die Latten und Falltüren absuchte und Fischbein seine armselige Pistole in die Luft hielt, sprang Tutsik Goldenberg von seinem im Dunkel gelegenen Versteck auf die Bühne.

Mit der wenigen Kraft, die ihm geblieben war, riss er Moritz Schatz die versilberte Pistole aus den schmierigen Anwaltshänden und zielte damit auf Marek Fischbein. Rumpelstilzchen gleich, stampfte er mit den Füßen auf, bis er beinahe ein Loch in den Boden getreten hatte. Es wurde still im Saal. Da stand er nun, Tutsik Goldenberg, zitternd und bebend und bereit, sich seinen verpatzten großen Auftritt zurückzuerobern. Er zwirbelte die Enden seines Schnäuzers und blickte über die verblüffte Gemeinde hinweg. Bevor irgendein anderer jüdischer *porteño,* ob gläubig oder ungläubig, auch nur einen weiteren Muckser von sich geben konnte, plusterte sich der triefnasse Tutsik Goldenberg auf und begann, mit Moritz Schatz' glänzender, kleiner Pistole herumzufuchteln. »Sei froh, dass die Hochzeit nicht vollzogen wurde, Marek Fischbein! Sei dankbar, dass dieses Hochzeitsglas noch ganz ist! Denn dein ganzer Stolz, der kleine Hankus Lubarsky, ist überhaupt kein Mann!«

Die Leute schluckten.

Tutsik fuhr fort: »Gott sei Dank sind sie dir entkommen! Denn ihre Sünde wäre zu deiner eigenen geworden! Deine angelobten Turteltäubchen sind zwei Mädchen und nicht etwa ein Junge und ein Mädchen!«

Marek Fischbein stand auf der Bühne im Theater des Gebrochenen Herzens, die eigene Pistole immer noch in der Hand, und blickte in die Menge der versammelten Juden. »Lügner!«, schrie er und zielte mit seiner Pistole auf Tutsik Goldenberg, der sich nicht rührte. Fischbein richtete die Pistole auf sich selbst. Die Menge keuchte auf. Er richtete sie auf den Rabbi, der sich duckte. Er zielte auf die Menge, die sich unter ihren Sitzen verkroch.

Und dann, ohne jede Vorwarnung, ungeachtet der zahlreichen Zeugen, richtete Marek Fischbein seine Pistole erneut auf Tutsik Goldenberg und erschoss ihn auf der Stelle.

Epilog – El Escape Maravilloso Finale

Wie viele Leute sahen wohl an jenem verregneten Samstagabend die beiden jungen Frauen in ihren Hauben und Turnüren, die mit behandschuhten Händen und ungeöffneten Regenschirmen aus dem Theater des Gebrochenen Herzens hinausspazierten und die Avenida Rividavia entlanggingen? Wer sah wohl, wie sie um zehn Minuten nach Mitternacht den Zug nach Rosario bestiegen? Sie hatten nur einen Schrankkoffer bei sich, und der Schaffner, der sie zu ihren Plätzen in der ersten Klasse geleitete, fragte, ob sie Schwestern seien. Du antwortetest nichts, wischtest dir lediglich eine Träne aus deinen traurigen braunen Augen. »Ja, Schwestern«, erwiderte ich, »auf dem Weg in die Pampas.«

»Zu Verwandten?«, erkundigte sich der Schaffner in diesem interessanten argentinischen Spanisch.

»In gewisser Weise. In unser neues Heim.«

Es war eine lange und anstrengende Fahrt. Wir aßen aus einem Korb, den Moische und die Rote Ruthie für uns gepackt hatten. Du leertest den Rotwein beinahe allein und schliefst dann ein. Die Nacht schien endlos und einsam, aber in der Morgendämmerung war er da: der Bahnhof von Rosario. Wir liehen uns ein Fuhrwerk, und ich lenkte die Pferde die letzten Meilen nach Moisesville, unserer neuen Heimat in den Kolonien.

Wir trafen spät am Tag ein und gingen sofort zur örtlichen Behörde für Wohnungsbeschaffung. Wir gaben unsere Namen mit Sofia Teitelbaum und Hannah Lubarsky an. Die Frau hinter dem Tisch starrte uns an. Erinnerte sie sich etwa an einen anderen Lubarsky, der vor langer Zeit hier hätte eintreffen sollen?

Sie besorgte uns ein Zimmer für die Nacht. Innerhalb einer Woche erhielten wir ein kleines Stück Land. Mit der Hilfe der anderen Siedler und dem Geld, das Moische für uns aus der Theaterkasse gestohlen hatte, besaßen wir innerhalb eines Jahres eine winzige Ranch und ein Dutzend Schafe. Ich lernte reiten und mit dem Lasso umzugehen.

Du warst unendlich traurig, denn dein herrliches Leben als Hankus Lubarsky war ein für alle Mal vorbei. Doch es war der Traum von Max und Motke, der sich nun erfüllte, und daher hieltest du ihn mit der Erinnerung an sie in deinem gebrochenen Herzen fest. Wir hatten es in der Tat geschafft, unser Leben zu retten.

Du bist der Schlosser des Dorfes. Für die Kinder und um der alten Zeiten willen ziehst du manchmal *pesetas* aus ihren Ohren. Ab und an, wenn Nachbarn zum *schabbes*-Abendessen an unserem Tisch sitzen, holst du das Sammelalbum hervor, das deine Geschichte erzählt. Ja, das war der große Hankus Lubarsky, der Entfesselungskünstler, dessen größte Stunde an seinem Premierenabend schlug. »*Ihr Bruder?*«, fragen die Nachbarn.

»*Das bin ich*«, entgegnest du mit klarer, kräftiger Stimme, »*der Entfesselungskünstler war ich.*«

Sie mustern dich mit deinem langen schwarzen Haar, das du hochgesteckt trägst, mustern dich in deinem langen Rock und den prächtigen Lederstiefeln, und sie sind sich nicht sicher, ob sie dir glauben sollen. Du schnippst mit den Fingern, und als plötzlich aus dem Nichts eine Vase mit Rosen auf unserem Tisch auftaucht, da nicken sie, zucken mit den Schultern und sagen: »*Mag sein.*«

An den meisten Tagen begegnet einem am Rande von Moisesville, draußen in den Pampas, eine *saftik* Frau auf einem Schimmel. Diese Frau, die ihr Lasso hoch oben durch die Luft schwingt, ist imstande, verirrte Schafe und Rinder mit einem einzigen Wurf ihres Seils einzufangen. Diese Frau auf dem Schimmel bin ich. Nicht etwa ohne Sattel in einem Zirkuskleid, nicht auf dem Kopf stehend und auch nicht mit einem Freier auf dem Schoß oder auf dem Schoß eines solchen. Nein, ich trage richtige Gaucho-Kleidung: einen breitkrempigen Hut, eine weite Hose und eine Wolljacke.

Manchmal, wenn ich die festen Lederzügel zwischen meinen Zähnen halte, denke ich an die *tefillin*. Ich denke nach über ein Leben, in dem ich dieses Pferd reiten würde, du auf seinem Kopf, brennende Fackeln jonglierend, die du vorwärts und rückwärts durch die Luft sausen lässt, ein Spektakel aus Feuer und blendendem Schimmer, aus weißen Tauben und Rubinen, die deinen herrlichen Lippen entweichen.

Und schließlich noch ein allerletztes Zauberkunststück:

Ich stehe barfuß auf dem Rücken unseres kräftigen Rosses. Ich hebe dich in deinem eleganten Leinenhemd, deiner schwarzen Hose und mit deinen nackten, blassroten Füßen mit einer Hand hoch über meinen Kopf. Ein Trommelwirbel ertönt, die Hufe des Pferdes hämmern gleichmäßig über das Pampasgras. Vor uns ein riesiger, brennender Reifen. Um uns herum ist es still, als wir Salto schlagend hindurchpurzeln und Hand in Hand, nur mit dem Geräusch der Hufe in den Ohren, sicher auf dem Rücken des Pferdes landen.

Nun sind wir endlich frei.

Glossar

Eine Übersicht der in diesem Buch verwendeten jiddischen, hebräischen, spanischen und anderssprachigen Begriffe.

A

alef bejs (jidd.): Alphabet

B

bacán (span.): feiner Pinkel, aber auch alter Knacker, der junge Frauen aushält
baleboste/bale-boßte (jidd./hebr.): Hausherrin, Wirtin, Besitzerin
bar mizwa'hed/bar mizwa: Bezeichnet im Judentum sowohl die religiöse Mündigkeit als auch den Tag und die Feier der Religionsmündigkeit. Jungen erreichen sie im Alter von 13 Jahren, Mädchen – bei denen man von der bat mizwa spricht – im Alter von zwölf Jahren.
bar-mizwa bocher (jidd./hebr.): Junge, der seine bar mizwa feiert
barrio (span.): Stadtviertel, Vorstadt
baruch atta ... aretz (hebr.): Anfang des am Sabbat oder an Feiertagen ausgebrachten Segensspruches *kiddusch* über das Brot (Brotsegen)
baruch atta ... gafen (hebr.): Anfang des am Sabbat oder an Feiertagen ausgebrachten Segensspruches *kiddusch* über den Wein (Weinsegen)
bascherter (jidd.): Der von Gott vorherbestimmte Ehemann; wird auch ironisch verwendet für einen »Unglückseligen«.
bima (hebr.): Der erhöhte Platz in der Synagoge, von dem aus die Tora gelesen wird. Bei den Aschkenasim – also den mittel-, ost- und nordeuropäischen Juden und ihren Nachfahren – befindet sich die Bima traditionell im Zentrum der Synagoge.
bisteca (span.): Beefsteak
blinze (jidd.): Mehlspeise – auch als Blinse und Plinse bekannt –, vergleichbar mit Pfannkuchen
bobbe (jidd.): Großmutter
bombilla (span.): metallener Trinkhalm, am unteren Ende mit Löchern versehen, damit man beim Mate-Tee die Teeblätter nicht mittrinkt

borscht/borschtsch (poln./russ.): eine Suppe; der polnische Borschtsch wird nur aus Roter Bete gemacht, der ukrainische besteht aus verschiedenen Gemüsesorten und einer Fleischeinlage.
bupkes/bobkes (jidd.): Bohnen; in der Kombination »das ist alles bopkes« bedeutet es »das ist alles Nonsens«.

C

cantina (span.): Taverne, Weinkeller
challa (hebr.): Sabbat-Brot; zumeist ein Hefezopf mit Mohn. **challa-Tuch:** Tuch, mit dem man das Sabbat-Brot bedeckt
chanukka/chanukkah/hannukkah (hebr.): Achttägiges Fest, auch Lichterfest genannt, zum Gedenken an die Wiedereinweihung des zweiten Tempels in Jerusalem; der Chanukka-Leuchter besitzt daher acht Arme. Beginnt am 25. Tag des Monats Kislew, findet nach dem gregorianischen Kalender also im November oder Dezember statt.
charojßes/charosset (jidd./hebr.): Ein Brei aus Früchten, Wein, Nüssen und Gewürzen, der am Seder-Abend des jüdischen Pessach-Festes symbolisch als »Lehm« dient zur Erinnerung an die Fronarbeit der Israeliten in Ägypten.
chasser (hebr. *chassir*): Schwein
chassid (hebr.): der Fromme; Plural: chassidim
chawer, chawerte (jidd.): Freund, Freundin
choljere (jidd.): Cholera, Plage
chuleta cordero (spanisch): Lammkotelett
chuppe/chuppa (hebr.): der Trau-Baldachin bei jüdischen Hochzeitsfesten.
chuzpe (jidd./hebr.): Frechheit, aber auch intelligente Unverschämtheit, charmante Penetranz und unwiderstehliche Dreistigkeit
confiteria (span.): Süßwarengeschäft
compadre (span.): Gevatter, Freund
corto (span.): besonders starker kleiner Kaffee, entspricht dem Esperesso Ristretto

D

desayuno (span.): Frühstück

E

ejdem (jidd.): Schwiegersohn
ensalada mista (span.): gemischter Salat

erev (hebr.): Abend. Die jüdischen Festtage beginnen immer am Vorabend, der Sabbat also am *erev Schabbes,* am Freitagabend.

F

fantasior (jidd.): Fantast, Schwärmer
farschnoschket (jidd.): angeheitert
farschtaißt?/farschtejßt? (jidd.): Verstehst du?
fava (span.): Bohne, Saubohne
fejgele (jidd.): Bezeichnung für einen Homosexuellen, vom Frauennamen Fejga abgeleitet, bedeutet auch »Vögelchen« (*foigl*, pl. *fejgele*)
flanken (jidd.): großes Stück Fleisch, auch Steak
fraßk/fraßk in bak (jidd.): Ohrfeige
froj (jidd.): Frau; wird auch als Anrede verwendet
frum (jidd.): fromm

G

ganev (jidd.): Dieb
goj/gojim (jidd.): Nichtjude, Nichtjuden; gojisch: nicht jüdisch
goldene nafkele (jidd.): Gold-Dirne, eine, die »gutes Geld« einbringt
gottenju (jidd.): Koseform von Gott
groschn (jidd.): für *groszy* (poln.) – altes polnisches Geld

H

haggadot (hebr. Aussprache, jidd.: *haggodess*): Ritualbücher, die zu verschiedenen Festtagen wie z.B. Pessach angelegt wurden; Einzahl: haggada
hajsl (jidd.): Häuschen
harzenju (jidd.): Herzchen
hejmisch (jidd.): vertraut, gemütlich

J

jarmulke (poln. *jarmulka*): Das kleine, kreisförmige Gebetskäppchen, wird in der Regel *kippa* genannt; symbolisiert Gottesfurcht und Bescheidenheit vor Gott.
jenzer (jidd.): Freier
jeschiwe/jeschiwa: Talmudschule
jinge/jingele (jidd.): Junge, in Verbindung mit der Verkleinerungsform »-le« Jüngelchen

jisgadal vejiskadasch schmej rabe: Anfang des wichtigsten jüdischen Gebets, des *kaddisch.*

jold: auf Mode versessener Mensch

jom-kippur (hebr.): höchster jüdischer Fast- und Feiertag; auch: Versöhnungstag. Findet nach dem gregorianischen Kalender an von Jahr zu Jahr unterschiedlichen Tagen im September oder Oktober statt.

jontev (jidd., von *Jom Tov*): Feiertag

K

kaddisch (aramäisch *heilig, Heiligung*): eins der wichtigsten Gebete im Judentum, auch als Totengebet bekannt, im Wesentlichen aber eine Lobpreisung Gottes, dessen wichtigste Gedanken sich auch im christlichen Vaterunser finden.

kaddischl (jidd./hebr.): der »Erstgeborene« bzw. der älteste Sohn, der beim Ableben der Eltern das Kaddisch sagen wird. Im Jiddischen meist: »*du kaddisch majner*«

kascha (poln. *kasza*): Buchweizengrütze

kasches (hebr.): Fragen. Bei der Seder am Pessach-Abend stellt der Jüngste die *fir kasches* (vier Fragen), die jeweils mit »*ma nischtana halajla ha-se?*« beginnen: »Was unterscheidet die heutige Nacht von den anderen?«

kibbizer (jidd.): Kiebitz; jemand, der »kiebitzt«, beobachtet oder guckt ab; auch: Voyeur

kiddusch (hebr.): Der Segensspruch über einem Becher Wein, mit dem jüdische Feiertage und der Sabbat eingeleitet werden.

kischke (jidd./poln *kiszka*): Darm, Gedärme, aber auch eine Wurst im Rindsdarm, die mit einer Mehl-Zwiebel- oder Kartoffelfüllung gefüllt ist.

klesmer/klezmer (jidd./hebr.): wörtlich »Gefäß des Liedes«. Eine aus dem askenasischen Judentum stammende Volksmusiktradition, deren Bezeichnung sich früher auf die Musiker selbst bezog.

kop (jidd.): Kopf

koscher (jidd.): rein; zum Genuss erlaubt; aber auch die Tora-Rolle sowie die Kleider und Stoffe der frommen Juden sind »koscher«

krechzte/krechzn (jidd.): stöhnen; im Zusammenhang »*kwetschn und krechzn*« ist Herummeckern gemeint

kreplach (jidd.): Kleine Teigtaschen mit Füllung, meist Suppeneinlage, vergleichbar mit Maultaschen.

kunzn-macher (jidd.): Zauberer, Jongleur

kurwe (slaw. *kurwa*): Hure
kweln (jidd.): entzückt sein; etwas genießen
kwetschn (jidd.): drücken; im Zusammenhang »*kwetschn und krechzn*« ist Herummeckern gemeint

L

la cuenta, por favor (spanisch): »Die Rechnung, bitte.«
landßman (jidd.): Landsmann
l'chaim (hebr.): Trinkspruch, der »Auf das Leben« bedeutet, also soviel wie »zum Wohl!«
Litwak: ein Jude aus Litauen

M

ma'ariw (hebr.): Abendgottesdienst; das letzte der drei täglichen Gebete
macher (jidd.): ein Macher, bedeutet aber auch so viel wie Wichtigtuer
magiker (amerik.-jidd.): Zauberer, Magier
mamser (jidd.): Bastard, also ein Kind, das von einem anderen Mann als dem Ehemann stammt; Schimpfwort
masl tov/masel tov (jidd./ hebr.): ein Glückwunsch oder Segen, frei übersetzt »Viel Glück« oder »Viel Erfolg«
maté (spanisch) : Mate-Tee
mazzekneidlach: Mazzeknödel
mazza (jidd.), auch Mazze, Matzen: Ein dünner, ungesäuerter Brotfladen aus Wasser und Weizen, Roggen, Gerste, Hafer oder Dinkel, der während des Pessach zur Erinnerung an den biblisch überlieferten Auszug der Juden aus Ägypten gegessen wird.
mechutn: Vater der Schwiegertochter
mechutonim: Schwiegereltern
mejdl (jidd.): Mädchen
mentschn (jidd.): Menschen
meschugge (hebr./jidd.): verrückt
mikwe (hebr.): rituelles Tauchbad, um sich von Unreinheiten zu reinigen
mischpoche (jidd., von hebr. *mischpacha*): Familie
mizwa (hebr.): Gebot, »gute Tat«
mohel (hebr.): Beschneider
mora (hebr.) Lehrer
motek (hebr.): Süßer; Süße
mozo (spanisch): Kellner

N

nafke/nafkele (jidd.): Herumtreiberin, Hure
nekejwe (hebr./jidd.): Frauenzimmer, Weibsbild
neschomele (hebr. *neschome* / mit jidd. Endung *-le*): Seelchen
nischgutnik (jidd.): Nichtsnutze

O

omejn (jidd.): Amen

P

pan (poln.): Herr, als Anrede sowie als Titel
parrillado (span.): Grillrestaurant
paßkudnjak (jidd.): Halunke, Lump
peeric (hebr.): vulgär für Vagina (Möse)
pejes (jidd.): Schläfenlocken der frommen Juden, die auf ein Gebot der Tora zurückgehen.
pessach (hebr./gr. *passah*): Eins der wichtigsten Feste des Judentums, das nach dem gregorianischen Kalender im April stattfindet, mit dem Sederabend eingeleitet wird und an den Auszug aus Ägypten erinnert. Trägt auch den Namen »Das Fest des ungesäuerten Brotes«, weil acht Tage lang nur Mazza/Matzen zu den Mahlzeiten gegessen wird.
pezele (jidd.): Bärchen
pischer/pischerke (jidd.): Schimpfwort; wortwörtlich: Pisser bzw. Pisserin
porteño (span.): ein Bewohner von Buenos Aires
poz (jidd.): eingebildeter, aufgeblasener Kerl
prostituta (span.): Prostituierte
pupek (jidd.): Bauchnabel
puta (span.): Hure

R

reb, rebbe (jidd.): der Rabbi (Lehrer, Meister), zuweilen aber auch Anrede für einen fremden Juden
rosch ha-schana (hebr.): der jüdische Neujahrstag; wörtlich übersetzt: *Haupt des Jahres.*

S

sabbat/schabbat (hebr.): nach jüdischem Glauben geheiligter, von Freitag- bis Samstagabend dauernder Ruhetag

saftik (jidd.): saftig, reif, auch verwendet als erotisch, sexy
schabbes (jidd.): Sabbat
schadchen (hebr.): Heiratsvermittler, Ehe-Anbahner
schames (hebr.): Synagogendiener
schana tova (hebr.): »Ein Gutes Jahr«, der Glückwunsch zum jüdischen Neujahr
schand (jidd.): Schande
schandhojs (jidd./mhd.): Bordell
schlang (jidd.): Schlange, aber auch vulgäre Bezeichnung für das männliche Glied
schlemil (jidd.): Narr, Pechvogel
schlep (jidd.): Landstreicher; Heimatloser
schlimasl (jidd.): Unglück
schlub (jidd.): Dummkopf; Trottel
schmendrik/schmendrick (jidd.): ein Trottel oder Stümper – oder auch: ein »Schlemil in der Ausbildung«
schmuck (jidd.): südjiddische Form von *schmock*, Penis; häufig als Schimpfwort gebraucht für einen flegelhaften oder törischten Mann
schnorrer (jidd.): Bettler
schockle: eigentlich die Pendelbewegung mit Kopf oder Körper beim Beten; hier: einen Knuff versetzen
schofar (hebr.): das Widderhorn, eines der ältesten jüdischen Instrumente
schojchet (jidd.): der jüdische Schächter, der mit seinem Messer dem Ritus entsprechend die Halsschlagader des Tieres durchtrennt
scholem alejchem (hebr.): Gruß beim Eintreten; die Rückantwort ist: »*Alejchem Scholem!*«
schtarker (jidd.-amerik.): Schläger
schtetl (jidd.): das jüdische Städtchen, aber auch das jüdische Viertel einer Stadt
schtupn (jidd.): stoßen, vulgar auch: vögeln
schul (slg. auch *schil*): die Synagoge, in der die Heilige Schrift »gelehrt« wird, wie in einer Schule
schwer (jidd.): Schwiegervater
schwiger (jidd.): Schwiegermutter
schwoger (jidd.): Schwager
schwonz (jidd.): Schwanz
seder (hebr.): Ordnung; Ablauf des Pessach-Abends

seder-Platte: ein großer Teller, auf dem die Pessach-Symbole (Ei, Bitterkraut, Knochen, Charosset, Mazza usw.) gelegt werden
sez (jidd.): Schlag – gebraucht im Zusammengang von »*a sez gebn*«
simchat-tora (hebr.): wörtlich Freude der Tora; das letzte der jüdischen Feiertage, fällt nach dem gregorischen Kalender in den September oder Oktober.
sißkajt (jidd.): Süßheit
smetene (poln. *smietana*): saure Sahne
sojne (jidd.) : Hure; Dirne
strejmel/schrteimel (jidd..): der Zobel-Pelzhut der Chassidim
sukkot (hebr. *sukka*): wörtlich Laubhütte. Bezeichnet das zu den drei jüdischen Wallfahrtsfestem gehörene Laubhüttenfest, das nach dem gregorianischen Kalender zwischen September und Oktober gefeiert wird. Es erinnert an das provisorische Hüttenleben während der Wüstenwanderung nach dem Auszug auf Ägypten.
sun (jidd.): Sohn

T

tallis (hebr. *tallit*): der viereckige Gebetsmantel, an dessen Ecken die *zizit* hängen
taschlich (hebr.): Der Brauch, am Neujahrstag Rosch ha-Schana an ein fließendes Gewässer zu treten, die Kleidung und vor allem ihre auszuschütteln und so Krümel zu entfernen – so sollen symbolisch die Sünden abgeschüttelt und im Wasser versenkt werden.
tate (jidd.): Vater
tefillin (hebr.): Gebetsriemen aus Leder mit Lederkapseln bzw. -kästchen, die von Männern beim Morgengebete am linken Arm und am Kopf getragen werden; die Kapseln bzw. Kästchen enthalten handgeschriebene Texttollen mit Texten aus der Tora.
tejglech (jidd.): Teigtaschen, eine feine jüdische Mehlspeise
tinef (jidd.): Unrat, wertloses Zeug
toches (jidd.): Hintern, Gesäß; toches'licher (Slang): arschig
trejf(e) (hebr.): unrein
trombenik (jidd./slaw.): Wirbelwind oder Windhose, aber auch: aufgeblasener Mensch
tscholent (jidd.): Eintopfgericht für den Sabbat, beispielsweise aus Bohnen, Kartoffeln, Rindfleisch und Suppenbrühe

U

ulica (poln.): Straße

W

wilde (jidd.): das Wilde, auch verwendet als Bezeichnung für Wollust

Z

zazkele (jidd.): Spielzeug, Girlanden, aber auch wertloses Zeug
ze'doke (jidd.): Spende
zedrejt (jidd.): durcheinander, verwirrt
zimes (jidd.): Eintopf
zizit (hebr.): geknotete Schaufäden an den vier Ecken des Gebetshemds und am *tallit*
zizke (jidd.): weibliche Brustwarze
zloty: polnische Währung
zun (jidd.) Sohn